तापसी

कुसुम अंसल

राजपाल

₹ 295

ISBN : 9789386534835

संस्करण : 2008 संशोधित संस्करण : 2019

TAPSI (Novel) by Kusum Ansal

मुद्रक : जी.एस. ऑफसेट, दिल्ली

राजपाल एण्ड सन्ज़

1590, मदरसा रोड, कश्मीरी गेट, दिल्ली-110006

फोन : 011-23869812, 23865483, 23867791

e-mail : sales@rajpalpublishing.com

www.rajpalpublishing.com

www.facebook.com/rajpalandsons

भूमिका

वह शायद मेरी पहली तीर्थ-यात्रा थी। मैं पहली बार वृन्दावन जा रही थी। घर में आर्यसमाजी वातावरण और निराकार परमात्मा की सार्वलौकिक सत्यता को अपने भीतर स्वीकार करके मैं एक विश्वास जी रही थी। मेरी अपनी मान्यताएँ मुझे अंधविश्वासों से बचाती थीं। परन्तु अनुसंधान, प्रयोग, और भी अधिक जानने की मेरी चाह मेरे अवचेतन में सदा बनी रहती थी। मुझे अपनी यात्राओं के मध्य हमेशा यह लगता था कि पटरियाँ जहाँ भी ले जाती हैं वह रास्ता, तयशुदा गन्तव्य, पूर्णसत्य नहीं हो सकता, तभी मेरा मन एक द्वन्द्व के बीच उलझा-उलझा रहता था। शायद इसी कारण एक आतुरता, एक बेचैनी मेरे हृदय के दरवाज़े पर दस्तक देती रहती थी, एक चेताता-सा संदेह मुझे हाथ पकड़ कर तयशुदा रास्ते से उठा कर टेढ़ी-मेढ़ी पगडंडियों पर भटकाता रहता था। इसीलिए मेरी वह पहली तीर्थ-यात्रा मेरे अनेकानेक प्रश्नों की अन्तर्यात्रा बन गई, अज्ञात से अज्ञात तक की यात्रा।

वृन्दावन की गलियों में पैदल चलकर मन्दिरों के दर्शन किए, 'इस्कॉन टैम्पल' के राधा-कृष्ण, बलराम, फिर बाँकेबिहारी की मनोहारी, ऐतिहासिक प्रतिमा। मुझे लगा, प्रायः सभी प्रतिमाएँ, उनकी ठहरी हुई आँखों की वह तीव्र दृष्टि मेरी आँखों में सीधा-सीधा देख रही थीं। उनका स्मित चितवन उनके सुन्दर मुखारविन्द पर ठहरी हुई वह मुस्कान मेरी अतिमानवीय चेतना को छू रही थी। जैसे ही उस दृष्टि से मेरे भीतर किसी विचार का आविर्भाव होता, पंडों की भीड़ परदा खिसकाकर भगवान और मेरे बीच व्यवधान बन कर खड़ी हो जाती। अगरबत्ती के धुएँ, भीड़ के स्वर, पंडों, पुजारियों की गुहार, बँटते हुए प्रसाद, फ़ेंके हुए पुष्पहार, मन्दिर के रंगमंच पर चलता एक दृश्य, पता नहीं श्रद्धा को

उकसाते थे या अश्रद्धा को? पीले कपड़ों में अंग खुजाते पंडे, मन्त्र या जाप के स्थान पर चढ़ावे की गणनाएँ करते पुजारी एक सामंती समाज के षड्यन्त्र में धंसे हुए वह धर्म के दावेदार मुझे एक बहुत गहरे संदेह की खाई में धकेल जाते थे। परिणामस्वरूप बहुत से प्रश्न या रिफ़्लेक्टिव सवाल मुझे घेर कर खड़े हो गये और मुझे लगा यहाँ के इस रहस्यमय रंगमंच को जानना होगा। क्योंकि मेरा विश्वास था कि खोज संदेह से होती है, श्रद्धा से नहीं। तो क्या यही कारण था विदेशों में चर्च तोड़े गये थे। नीत्शे जैसे विचारक वैज्ञानिकों ने खुलेआम ईश्वर की मृत्यु का ऐलान किया। उसके विचार से 'ईश्वर, एक असंतुष्ट विवेक की परिकल्पना भर था' और कुछ नहीं।

आज के समय में, हम जहाँ कमर्शियलाईज़ेशन की या ग्लोबलाईज़ेशन की बात कर रहे हैं वहीं दूसरी ओर धर्म की अनिवार्यता भी व्यवस्था का एक महत्त्वपूर्ण हिस्सा बनती जा रही है। आधुनिकता के दौर में भगवान के साथ-साथ भक्तिभाव का भी तो आधुनिकीकरण हुआ है। जैसे-जैसे मनुष्य के जीवन की त्रासदियाँ, जटिलताएँ बढ़ती गईं वैसे-वैसे तीर्थ, उनके भीतर बसे मठाधीश, पंडे, गुरु, संन्यासी टाईप लोग, उन सबका भाव बढ़ता गया, उनका बाज़ार गर्म होता गया। मनुष्य की त्रासदी यह थी कि वह पंडों आदि के चंगुल में फँसकर अपने बौद्धिक परिदृश्य में खुद ही खोखला होता चला गया और धर्म सरेआम टेलीविज़न के अनगिनत चैनलों पर सवार, 'आस्था,' 'आत्मा' या 'संस्कार' जैसे मुखौटे पहनकर मनुष्य की चेतना को झिंझोड़ने लगा। ज्ञान का रस गन्ने के मीठे रस की तरह धर्म के चमचमाते गिलासों में डालकर पिलाया जाने लगा। भक्ति, दान, अध्यात्म अब एक चालू नित्यकर्म का हिस्सा बन चले थे। 'गीता', 'रामायण' आदि धर्मग्रन्थों का ज्ञान रंगीन पन्नी चिपके मुखौटों-सा हमारे सामने आकर टँग गया था।

जहाँ एक ओर कुछ विशेष विचारकों ने जाने-अनजाने मनुष्य के मनुष्यत्व के साथ भगवान की भी अंत्येष्टि कर दी थी, धर्मवीर भारती के 'अंधायुग,' ''होती होगी बधिकों की मुक्ति। प्रभु के मरण से। किन्तु रक्षा कैसे होगी अंधे युग में, प्रभु के इस कायर मरण से। नियति है हमारी बँधी प्रभु के मरण से नहीं। मानव भविष्य से।'' वहीं दूसरी ओर धर्म ने हमें एक द्विविधा भरे चौराहे पर खड़ा कर दिया था। वह चौराहा, हाँ, आनन्द लिप्सु उपभोक्तावाद से जुड़े चौड़े रास्ते थे। धार्मिक कट्टरवाद की सड़ाँध मारती गलियाँ थीं, मनुष्य की

अविरचना (डिकस्ट्रंक्शन) करते सामाजिक नियम थे, और सामाजिक राजनीति की घातक निष्क्रियता अपने झंडे गाड़े खड़ी थी। उसी चौराहे के दूसरी ओर नज़र बचाते, जानवरों के बाड़े से भी बदतर विधवा-आश्रम थे जिन्हें बड़े-बड़े सेठ-साहूकारों ने धर्मार्थ बनवाया था। कन्ज़्यूमरिज़्म, संसार का खरीद-फरोख़्त का गोरख धंधा जाल बिछाये दबे पाँव इस तीर्थ भूमि के विधवा आश्रमों तक चला आया था। संसार के, या शायद भारतीय संस्कार में विवाह हो जाना, विधवा हो जाना सबसे आसान तरीका है एक छलाव या एक्सप्लाईटेशन का। मैं भक्तों की भीड़ में खड़ी सोच रही थी, पता नहीं वह कैसी अंधी आस्था है जो पर्यटकों को इन तीर्थों तक लाती है। पता नहीं हमारे यह तीर्थ भारत का कौन-सा रूप, कैसा 'क्लासिक डिज़ाइन' गढ़ने में जुटे हैं?

मेरी तीर्थ-यात्रा में, मेरे हाथों में पकड़ा जलता दीया, बार-बार बुझ रहा था। उस बरसाती सुबह में, सूर्योदय नहीं हुआ था। धुँधले परिवेश की, अँधेरे में बुझे दीये सी मेरी वह यात्रा मेरे लिए एक दर्दीले यथार्थ की यात्रा बनती जा रही थी। यात्रा की यान्त्रिकता में चलती मैं जिन नर-कंकाल जैसी भिखमंगी विधवाओं के बीच ठहर गई थी, वह माहौल मुझे बेहद परेशान कर रहा था, उकसा रहा था, कुरेद रहा था। मैं तय नहीं कर पा रही थी कि क्या करूँ? मेरे भीतर मार्शल ब्लावस्की (अमरीकन माइथोलाजिस्ट) के शब्द खुदे थे, ''हम आकृतियों की दुनिया में जीने के लिए विवश हैं। हम भूल गये हैं कि कभी कोई वास्तविक आकाश भी था, वास्तविक आहार था, कभी कोई वास्तविक वस्तु थी।''

मेरे सामने दो ही रास्ते थे, उन सबके मृतप्राय शरीरों में प्राण फूँकने का प्रयास करूँ या किसी शवगृह में उनकी अन्त्येष्टि कर दूँ। विधवा के खोल से उन्हें मुक्त करने के आंदोलन का दावा मैं आज भी नहीं कर सकती और पूरे सिस्टम से लड़ना मेरे बस की बात भी नहीं है। मैं तो केवल समाज के सम्मुख उन विधवाओं का, जो विशेष रूप से बंगाल से आई हैं या खदेड़ दी गई हैं, उनका दर्दीला यथार्थ, उन आश्रमों का कालकोठरी जैसा परिवेश, खरीद-फरोख़्त होते जिस्म, नैतिक-अनैतिक सभी कर्म, चोरी, वेश्यावृत्ति, बेबस हाथ, मंजीरा बजा कर 'हरिधुन' गाते मुखौटों का सच बयान करना चाहती हूँ। उनके साथ-साथ नंगे पैरों से गोवर्धन की परिक्रमा करते मेरे पैर उस सच की परिधि, उस यथार्थबोध तक भी पहुँचना चाहते हैं जिसे हम 'धर्म' कहते हैं, जहाँ विचारशक्ति का जागरण होता है और एक सूर्योदय के प्रकाश में

मनुष्य स्वयं के अतिक्रमण के साथ-साथ परमात्मा में लीन हो जाता है।

हम तीर्थों पर क्यों जाते हैं? शायद इसलिए कि तीर्थ पृथ्वी पर 'इमोशंस की डैन्सिटी' का स्थल है, तीर्थ की धरती पर पैर रखते ही हमारी चेतना में एक अद्भुत-सी ऊर्जा का संचार होता है, हमारे भीतर कुछ झनझनाता है। कहते हैं तीर्थ की हवाओं में एक विशेष कम्पन, वाईबरेशन्स होती है। तीर्थों के विस्तार में एक विशेष सुगंध होती है जो हमारे अस्तित्व को आध्यात्मिक विपन्नता से मुक्त करती है। कहते हैं तीर्थ से कभी कोई खाली नहीं लौटता, तीर्थ उसके दुःखों को सोखकर उसे कष्टमुक्त कर देता है। धर्मग्रन्थों में तीर्थों के दो स्वरूपों की बात आती है। एक तो 'मृण्मय रूप' जो खुली आँख से दिखाई देता है, दूसरा है 'चिन्मय रूप'। वह रूप जो ध्यान में प्रवेश कर जाता है और उसी को प्राप्त होता है जो अंतस्थ हो जाता है। तीर्थों का एक संगीत होता है—भक्ति संगीत, मन्त्र जाप जो मनुष्य के हृदय में एक स्थिति विशेष रचता है। 'साउन्ड इलैक्ट्रोनिक' पर काम करने वाले वैज्ञानिकों के विचार से भक्ति से पगी ध्वनि, चेतना पर आघात करती है—ऐसी ध्वनि जो हृदय में धँस जाये, साधक मिट जाये, भक्त मिट जाये—चेतना का रूपान्तरण हो जाये और भक्त अपनी वर्तमान स्थिति से उठकर, ऐलीवेट होकर अनन्त यात्रा पर निकल जाये। वही गीत जो बोधिसत्व के पाँच सद्गुणों को गाते हैं, जो बोधिसत्व के पाँचों स्रोत हैं और हैं ज्ञान के सात चरण, जहाँ पक्षी चहचहाते हैं, कदम्ब के तले कृष्ण बंसी बजाते हैं, राधा और गोपियों के साथ रास रचाते हैं, जहाँ दूध की नदियाँ बहती हैं, जहाँ बाल-गोपाल मक्खन के गोले चखते हैं, जहाँ केवल सुख है, सौन्दर्य है। परन्तु कहाँ है वैसा तीर्थ? कहाँ?

सरल हृदया तापसी जैसी हज़ारों विधवाओं की कष्टभूमि बन गये हैं ये आज के तीर्थ। वृन्दावन के तीर्थ में कोई सुगंध, कोई सौन्दर्य, कोई ऊर्जा, कोई वाईबरेशन नहीं था। कम से कम मुझे वैसा अलौकिक कोई अनुभव नहीं हुआ। बल्कि मुझे कीर्कगार्ड की तरह लगा, "आदमी को जितना ही मैंने समझा, उतना ही पाया कि आदमी एक कम्पन है, जस्ट ए ट्रैम्बलिंग। भीतर उसका सब काँप रहा है।" शायद इसलिए तीर्थों की दर्दनाक कराह को मैंने अपने कानों से सुना है, हृदय में कँपकँपाने का अनुभव किया है। मन्दिरों के भीतर भगवान की प्रतिमाओं का सौन्दर्य, पंडों की सुविधानुसार टुकड़े-टुकड़े विभाजित, सिकुड़ते दृश्यों में बँधा दर्शन मन में किसी भक्ति भावना को नहीं उकसाता। कोई आनन्द

फलित नहीं होता वहाँ की धरती पर, कुछ भी नहीं। उत्सव के स्थान पर सहस्त्र आँखों का रुदन, दुःखी, सताई हुई विधवाओं का हृदयविदारक क्रन्दन तीर्थों के भक्ति संगीत को लील गया है। वहाँ के विधवा-आश्रमों में जो बड़े-बड़े शहरों के रईसों, साहूकारों ने बनवाये हैं, बारह घंटे जाप चलता है। नरकंकाल जैसी भूखी, बीमार, बेसहारा वे विधवाएँ जैसे अपने जन्म लेने की एक सज़ा भुगत रही हैं। कालकोठरी जैसे अँधेरे में डूबे उन आश्रमों में उनकी चेतना का रूपान्तरण यांत्रिक या मैकेनिकल ढंग से किया जाता है, उन विधवाओं का जाप जैसे कील पर पड़ता हथौड़ा—जिसे आश्रम के नियम ठोंक-ठोंक कर बैठाना चाह रहे हैं। यह आश्रम विधवाओं को मनुष्यत्व की योनि, उसके प्राकृतिक स्वरूप से निकाल कर उन्हें एक परतन्त्र इकाई में बदल रहे हैं। जहाँ वह अपनी सभी क्षमताएँ, संवेदनाएँ खोकर एक अपाहिज की तरह कोई भी काम करने के लिए मजबूर हैं। उन्हें कुछ भी करना पड़ता है। छह घंटों के जाप के अतिरिक्त वेश्यावृत्ति, भीख, या उससे भी गिरे हुए कार्य जो आश्रम की अध्यक्षा की इच्छा या घृणा पर आधारित होते हैं।

पिछले छह वर्षों में मैंने वृन्दावन और गोवर्धन की गलियों, सड़कों, मन्दिरों और आश्रमों के गलियारों में पैदल चल-चल कर वहाँ की वास्तविकता को निकट से जाना ही नहीं, अनुभव भी किया। बहुत-सी स्त्रियों से जो मन्दिर में जाप कर रही थीं या सड़क के किनारे बैठी भीख माँग रही थीं बातचीत की, जानना चाहा उनकी अपनी सत्ता और स्वायत्तता, उनके जीवन का सच क्या था? क्या हो गया है? उनके दुःख, शारीरिक कष्ट उनकी व्याकुल प्रश्नाकुलता ने मुझे भीतर तक सिहरा दिया है। बहुत-सी जीवन गाथाओं के नोट्स तैयार किये और 'केस-हिस्ट्रियाँ' जमा कीं। जब भी लगता अब मेरे पास काफ़ी 'मैटर' जमा हो गया है, गोवर्धन की नंगे पैर परिक्रमा करते किसी मोड़ पर 'गउर-दासी' मिल जाती या 'हिजड़ा देवदासी'। कभी ऊबड़-खाबड़ रास्तों पर एक कच्चे टीले पर बक-बक करता पत्रकार दीख पड़ता और उसके सच्चे खरे व्याख्यान मेरी आँखें खोल देते थे। खण्डहरी मोड़ से आगे जाने के लिए अगर रिक्शा पर बैठती तो उसका वाचाल चालक मुझे मन्दिरों के साथ-साथ उन आश्रमों के बुलंद दरवाज़ों तक ले जाता, जहाँ एक ओर भगवान की बड़ी-बड़ी प्रतिमाएँ थीं व दूसरी ओर चोर-उचक्कों, जेबकतरों को आश्रय देते महन्त थे। दूसरों की पत्नी को ज़बरदस्ती उठवा कर बलात्कार करने वाले पुजारी थे, यही नहीं उनसे मिले

जुले, एक ही तख़्त पर अड्डा जमाये पुलिस कान्सटेबल थे। वहीं दूसरी ओर 'कुसुम-सरोवर' का अछूता सौन्दर्य, उसके निकट बड़ी-बड़ी पथराई आँखों वाले उद्धव जी का मन्दिर और मृत्यु के द्वार से लौटकर आते मौनी-बाबा की छोटी-सी कोठरी।

मुझे लगता है आज के तीर्थ अपना गंतव्य, अपनी भव्यता, कलात्मकता, यहाँ तक कि अपनी आत्मा भी खो चुके हैं। जिस तीर्थ की मिट्टी, उसकी रेत का एक-एक कण पूजनीय था, जिसे लोग माथे पर तिलक की तरह लगाते थे या उस पर लेट-लेट कर परिक्रमा करते, या फाँक लेते थे प्रसाद की तरह, वह धरती आज अपनी समूची गरिमा को खो बैठी थी। पहले तीर्थों की मिट्टी भक्त के चरण चिह्नों को भी सँभाल कर रखती थी, जितना चलते रास्ता बाँहें खोलकर खड़ा हो जाता था। परन्तु अब उन्हीं रास्तों पर भिखमंगों की लम्बी कतारें हैं, जो भूख, अकेलेपन, शारीरिक कष्टों से बिलबिलाती, अवसादपूर्ण आत्माएँ चील-कौओं की तरह भोजन और फ़ेंके हुए पैसे पर झपटती हैं। आज का तीर्थ छीनने-झपटने का तीर्थ है, जो एक नकारात्मक भावावेश या नेगेटिव इमोशंस ही हमें पकड़ाता है। और आश्रम? जहाँ षड्यंत्र रचे जाते हैं, एक प्लैनिंग चलती है और जिसके बन्द दरवाज़ों के भीतर सैल्फिश और मैनीप्यूलेटेड संसार की संरचना होती है। उनके विध्वंसकारी चक्रव्यूह में फँसकर कोई भी विधवा स्त्री अपनी मनुष्यता खो देने को विवश है, ठीक वैसे ही जैसे सोमालिया के भूख से बिलखते बच्चे, कश्मीर की उजड़ी वीरानगी या साम्प्रदायिकता की आग में स्वाहा होते गुजरात के फटेहाल अनाथ बच्चे। क्या यही है आज के यथार्थ का प्रतिबिम्ब या तीर्थों की पवित्र भूमि का सच, जो शाश्वत और सम्पूर्ण था, विश्वव्यापी था? क्या यह केवल इलैक्ट्रॉनिक मीडिया की राजनीति और टेलीविज़न नेटवर्क, इंटरनैट की विद्युत् लहरों पर तरंगित एक 'डीमिस्टीफाईड' दृश्य भर है, जो अपना निजत्व खो चुका है? मरुस्थल फैलते जा रहे हैं, क्योंकि ऑडियो-वीडियो टेक्नोलॉजी सपने की हरियाली को अपने मशीनरी दाँतों में कब का चबा चुकी है।

वृन्दावन की उस विरोधाभास जीती तीर्थ-भूमि पर पैदल चलते, विधवाओं से बातचीत करते या अपनी केस-हिस्ट्रियाँ जमा करते मुझे लगा अधिकतर महिलायें बंगाल से भेजी गई हैं या खदेड़ दी गई हैं, अपनी इच्छा से तो ऐसे कोई नहीं आता। उनके खंडित प्रतिबिम्बों को जमा करते मुझे लगा, अगर मैं उन्हें

अलग-अलग कहानियों में बाधूँगी तो वह एक दीवार पर लटके हुए चित्रों की तरह अकेली टँगी रह जायेंगी और उनका कष्ट उतना प्रभावशाली नहीं बन पायेगा और मेरी सारी की सारी सम्प्रेषणीयता धरी की धरी रह जायेगी। मुझे अपने कथानक को अर्थपूर्ण सामंजस्य में ढालने के लिए एक केन्द्र-बिन्दु चाहिये था, एक शहर और एक विधवा, जो वृन्दावन की अन्तर्स्पन्दित कष्ट की यातना को एक आदमकद चौखटे में रखकर उसे एक सशक्त अर्थवत्ता प्रदान कर सके।

कलकत्ता के बेहद शहरी परिवेश ने मुझे कभी प्रभावित नहीं किया था—उसके साइकेडेलिक रंग मुझे चमत्कारी तो लगे थे, सांस्कृतिक नहीं। हाँ, एक बार मैं बोलपुर गई थी, वहाँ चार-पाँच दिन रहना हुआ था—मेरी बचपन की दबी-ढकी इच्छा, 'शांतिनिकेतन' में पढ़ पाने की ललक मेरे भीतर एक अजीब-सी पुलक भर रही थी। एक पूरा दिन गाइड के बँधे-बँधाये शब्दों से मेरा 'विश्व-भारती' से बड़ा औपचारिक-सा परिचय हो गया था। परन्तु वह, एक अकस्मात् आये अतिथि-जैसा साक्षात्कार मुझे ज़रा भी रास नहीं आया था। मैं दूसरे दिन सूरज की पहली बेचैन नारंगी किरण के साथ-साथ उस दरदरी ज़मीन पर पैदल चल पड़ी थी। वहाँ की हवाओं ने अपने-अपने अजीब से ऐन्द्रजालिक आकर्षण में बाँध लिया था। मुझे लगा वृक्षों की लम्बी कतार, उनके झुरमुट, घास पत्ते, बबूल काँटे, झोपड़ी—सभी कुछ एक ऐतिहासिक गंध से रचे-बसे हैं। मुझे वह, साल, महुआ और छातिम वृक्ष, छोटे-छोटे टीले, सारा परिदृश्य टैगोर बाबा के हाथों से रचा गया लैंडस्केप जैसा लग रहा था, जहाँ मनुष्य और सृष्टि एक-दूसरे में घुल रहे थे। मैं वहाँ की हर पत्ती, हर टहनी और वृक्ष को अपनी अँगुलियों से छूना चाहती थी। पेड़ों की लचकदार टहनियों पर झूल जाना चाहती थी। मुझे लग रहा था जैसे उनके भीतर धड़कती मंद-मंद श्वास मेरे भीतर घुमड़ कर, मेरे भीतर फुसफुसा कर कुछ कहना चाह रही है। उस समय मुझे ऐसा प्रतीत हुआ जैसे मेरे जिस्म और आसमान के बीच एक संगीत ठहर गया है—चारा काटने की आवाज़, खुरपी चलने का स्वर, मेरे लिए उतना ही महत्त्वपूर्ण हो गया था जैसे किसी नाटक के संगीत का स्वर जो रहस्योद्‌घाटन करता हुआ मुझे उस परिवेश में खोये दे रहा था। मैं भौचक्की होकर आकाश में उड़ते किसी सुनहरे गरुड़ को खोज रही थी।

मेरी सारी अस्त-व्यस्त इच्छाएँ—मुरादें, जैसे अचानक पूरी हो रही थीं। मैं वहाँ कुछ दिन ऐसे रही थी जैसे कोई समुद्री यान में बैठकर बाहरी ससार से दूर होता चला जाता है।

हमारे छोटे से होटलनुमा 'छुट्टी' के आँगन में शाम को 'बाउल-गीत' गाने वाले लोग जमा हो गये थे। तीन-चार पुरुष ही थे। एक पैरों में घुँघरू बाँधे था, बाकी दो ने वाद्य पकड़े हुए थे। उस आँगन की निऑन लाईट में वह गा रहे थे—घुँघरू बाँधे वह पुरुष नृत्य भी कर रहा था। मेरे भीतर की आंतरिक सृष्टि में खून की हलचल, एक तूफ़ान उमग रहा था जैसे। कैसा अछूता संसार था उनका, जिसे बाहर की कम्प्यूटरी दुनिया से कुछ लेना-देना नहीं था। मैं उन कुछ दिनों एक बहुत भिन्न परिवेश में, जो लोकगीतों की क्षितिज स्पर्शी तान और बरगद पर बेधड़क लटकते ढेर सारे मुखौटों की भाषाहीन हँसी और नाटकीयता या किसी काले जादू टोने में गुम था, जैसे अपने ही गूँगेपन में किसी अजनबी गुफ़ा में भटक गई थी। शान्तिनिकेतन के उस पायदान पर खड़ी होकर मैं अपने आत्मचेतस् मन की संवेदनात्मक प्रतिक्रिया में बाहरी संसार के बीहड़ दुःस्वप्नों को एकाएक जैसे भूल गई थी।

एक शाम, बोलपुर की उस एक शाम को प्राइवेट महफ़िल में भी जाना हुआ था। विश्वविद्यालय के एक प्रोफ़ेसर के घर पर वहीं का लोकल गज़ल-गायक आमन्त्रित था, पता नहीं क्यों मुझे उसका बातें करने का अंदाज़, उसका सलूक बड़ा बनावटी लगा था। परन्तु वहाँ बैठे सभी श्रोता उस पर जी-जान से फ़िदा थे। उस धरती पर जहाँ मस्तिष्क के सभी स्नायु किसी विशेष परम्परा या क्लासिकी से जुड़ते थे, उर्दू की वह गायकी नितान्त असंगत लगी थी। परन्तु मेरे लिए वह माहौल—वह घर एक नितान्त आवश्यक अनुभव बन गये थे, जिसमें मैंने जितेन दा और कनिका दी की स्थापना कर दी थी।

बाउल गीत, प्रोफ़ेसर के ड्राइंगरूम की गज़ल गायिकी के बाद 'छातिम टोला' और वह शिला जहाँ खुदा था "ही इज़ द जॉय ऑफ माई लाइफ़, द जॉय ऑफ माई माइंड एंड द पीस ऑफ माई सोल।" मेरे पैर चलते जा रहे थे 'कला भवन' के निकट खुले चबूतरे पर, जहाँ 'पौष मेले' के लिए भक्ति गीतों का रिहर्सल चल रहा था, कलाकार मंडलियाँ उठ रही थीं, बैठ रही थीं। पता नहीं कितनी देर मैं उस धरती पर आलथी-पालथी मारे बैठी रही—भाषा न समझने पर भी वह सारा संगीत मेरे भीतर-बाहर एक इन्द्रधनुषी प्रत्यंचा-सा टँग गया था। मेरे निकट एक सज्जन और भी आ बैठे थे—मैंने उन्हें अपनी नोट बुक पकड़ा दी थी—वह बेधड़क उस गायन का बंगला से अंग्रेज़ी अनुवाद मेरे सफ़ेद कागज़ पर लिख रहे थे। मैं बेचैन अँगुलियों से पटकथाओं से

भी गहरी घास की जड़ें उखाड़ रही थी। पता नहीं क्यों मुझे अनुभव हो रहा था—वह दूब जाने कब से उस जल को सोख रही थी जो इस संगीत और गायन में डूबा हुआ था। पेड़ों की टहनियों पर टँगी धूप में नहाती, पुरखों के प्रभावकारी जीवन को गुंजारती नीली गौरैया भी पेड़ की डाली पर बैठी गा रही थी। मेरे पास बैठे सज्जन ने मेरी नोट बुक मुझे लौटा दी थी, सुंदर अक्षरों में दो-तीन पन्नों पर गीत के अर्थ को लिख दिया था। मैंने पूछा, ''क्या आप पढ़ाते हैं, यहाँ विश्वविद्यालय में?''

''अरे नहीं, आई एम ओनली ए कार मैकेनिक।'' वह हँस कर चला गया था।

मुझे लगा इस धरती के तत्त्व, यहाँ की हवाओं में ठहरी सांस्कृतिक धुंध, यहाँ रहने वाले हर प्राणी की रासायनिक बनावट में सारी की सारी कलात्मकता घुल गई है, और यही नहीं, वह संचित है यहाँ के हर प्राणी की मानसिकता में, आँखों में, हर क्रिया में, उसके हर व्यवहार में। मुझे लगा कि इस धरती से उठाई गई मेरी नायिका की बहुत-सी चारित्रिक सम्भावनाएँ उसमें अपने-आप आकर जुड़ जायेंगी, मुझे उसे सँवारने के लिए कोई विशेष प्रयास नहीं करना पड़ेगा। शायद वही एक नन्हा केन्द्र-बिन्दु तापसी के जीवन का पोटेंशियल बन गया था। अर्जुन के तीर की तरह, जो केवल मछली की आँख पर तना था, तापसी की समूची चेतना में अनुप्राणित हो गया था 'विश्व-भारती', मेरी तरह वह उसका भी एक ऑबसेशन (धुन) बन गया, एक सपना, एक क्षितिज, जहाँ उसे पहुँचना था, जीना था, प्राप्त करना था।

एक बार पैरिस में बसे भारतीय चित्रकार सैयद हैदर रज़ा की चित्रकला के साथ-साथ उनकी डायरी के पन्ने भी पढ़ने को मिले थे। उनका यह वाक्य मुझे बहुत भा गया था, मुझे लगता है तापसी का चरित्र और मेरे उपन्यास की व्याख्या बस इतनी भर है—''एक शब्द...मैंने उसी को लिया और पूरे दृश्य के विरुद्ध रख दिया। अब मैं स्वतंत्र थी कहीं भी जाने के लिए...।''

लेकिन फिर अचानक महसूस हुआ कि हमारे तो सारे शब्द नकारात्मक हैं। इसलिए कि उनका सृजन मनुष्य के उपयोग के लिए हुआ है और यह भी सच है कि हमारे सबसे मूल्यवान शब्द ही नकारात्मक हैं—जैसे हमारे तीर्थ। परन्तु तापसी जैसी महिलाओं का अस्तित्व नकारा नहीं जा सकता, क्योंकि वह शब्द के विरुद्ध खड़ा है। मुझे लगता है तापसी को अस्तित्ववान बनाकर मैंने ढेर

सारे प्रश्नों को उकेरा है। जैसे मृत शरीर को नदी में फ़ेंक दिया जाय तो वह डूबता नहीं है। बिना प्रयास किये वह लहरों पर तैरता रहता है।

मेरे प्रश्न भी, तापसी के संघर्ष से उठकर हमारे सामने तैर आते हैं। समाज के सामने आकर केवल पड़े ही नहीं रहते, सड़ने लगते हैं, अपनी कुरूपता की सड़ाँध मारने लगते हैं। उनका अन्तिम दाह-संस्कार तो समाज को करना ही पड़ेगा, उन प्रश्नों का रहस्य तो खोलना ही पड़ेगा। क्योंकि तापसी के प्रश्नों की जीवंत शक्ति को नकारा नहीं जा सकता, वह वृन्दावन के तीर्थ में रोआँ-रोआँ जी रहे हैं और हर तीर्थ की गली के मोड़ पर हताश बैठी, सूखी हड्डियों वाली विधवा के चेहरे पर रावण के दस सिरों की तरह चिपके हुए हैं। उनकी जिह्वाओं से निकलकर हवाओं में टँग गये हैं। वह सारे प्रश्न प्रवाहमान समय में बहकर भी नष्ट नहीं होते। प्रश्न अपने समय के साक्षी होते हैं। संदेह सदा समय के द्वार पर अविचल खड़ा रहता है, जितनी भी जद्दोजहद करो, मिटता नहीं है—क्योंकि कुछ प्रश्न शाश्वत होते हैं।

नई दिल्ली

—कुसुम अंसल

25 फरवरी 2008

जब उसकी आँख खुली, तो उसका सिर चकरा रहा था। उसके सारे शरीर में तीव्र दर्द लहर-लहर उठ रहा था। उसकी लाल फटी आँखों में गहरी, पथराई हुई, एक सिहरन थी, जमे हुए आँसू और भयंकर दृश्यों की सूजन शरीर पर परत-दर-परत चढ़ी हुई थी। वह धीरे-धीरे ज़मीन से उठी, चिथड़ों—जैसे कपड़ों को शरीर पर ढकती-ओढ़ती, सिर में घुमड़ते चक्करों के बीच सोचने के प्रयास में भी कि वह कहाँ थी? जिस कमरे में वह थी, उसकी दवारें काली बदरंग धुएँ-सी धुँधली थीं, कहीं कोई खिड़की नहीं, न खुली हवा। बस, एक दरवाज़ा था, जिसकी टूटी-फूटी दरारों के बीच एक ज़ंग खाई काली-सी साँकल लटक रही थी। पता नहीं, वह दरवाज़ा बन्द था या खुला। वह अपने को अपने में लौटाने की चेष्टा करती हुई स्मृतिशून्य स्थिति से उबरने के प्रयास में लगी रही। परन्तु याद नहीं आ रहा था कि वह कहाँ थी। हाँ, रेल का सफ़र याद था। दो दिन के सफ़र के बाद वह कहाँ पहुँची थी? यह कौन-सा शहर था? क्या जगह थी? क्यों लाई गई थी वह यहाँ? स्मृतियों के फलक पर कोई भी अक्षर-नाम, कुछ भी नहीं उभरा। सब-कुछ खाली था, स्मृतिविहीन मस्तिष्क में गहरे सन्नाटे-सा घुमड़ता शून्य। ज़मीन पर आड़ी-तिरछी कुछ और आकृतियाँ भी थीं। कौन थे ये लोग? उसके बिलकुल निकट साथ सटकर सोई वह लम्बी-सी काली औरत; वह दूसरी, सारे शरीर में कँपकँती उठ रही थी। कौन थे ये लोग? क्या सम्बन्ध था उसका इनसे, इस परिवेश से? अपने साथ लाई छोटी-सी पोटली से साड़ी निकाल रही थी—बस, यही एक पोटली, उसके भीतर लिपटे चार कपड़े, उसके शरीर का बस वही एकमात्र अस्तित्व, और कुछ भी तो नहीं था। नहीं, वह टटोल रही थी। पोटली में साथ लाई नीली कॉपी थी। वह कॉपी, जिसमें वह समय-समय पर कुछ-न-कुछ लिखती रहती थी, अनुभवों का एक दस्तावेज़। फिर एक बार सिर में चक्कर घुमड़ रहा था, वह सँभलती हुई उठी। दीवार थाम कर काँपते कदमों से चलती हुई दरवाज़ा खोल कर कमरे से बाहर आ

गई थी। बाहर खुली हवा का एक झोंका उससे आ टकराया था, लम्बा-सा एक बरांडा, उसके बाद छोटा-सा आँगन, जिसके एक कोने पर नल लगा था। हर जगह कूड़ा, थक्केदार मैल, टूटा हुआ फ़र्श जैसे अपने मैले, बदरंग दाँतों से उस पर हँस रहा था। बरांडे में कोई नहीं था। फिर अचानक एक औरत, न जाने किस रहस्यमय कोने से आकर नल पर नहाने लगी। उसे देखकर वह खड़ी हो गई।

"ओह, तू है नयी वाली।" वह ही-ही करके हँसती रही थी।

"नहीं छोड़ा ना तुझे भी?" उसके मैले दाँत। तापसी के शरीर में एक कँपकँपी छूटने लगी थी।

क्या उत्तर दे? उसे तो ऐसा लग रहा था एक लम्बी नशीली अभिशप्त-सी नींद से जग कर बाहर आ गई थी। एक भयानक-से स्वप्न के मध्य से जैसे अचानक आँख खुल गई थी। भयानकता की लम्बाई का कोई मापदंड नहीं होता, न ही गणित। शरीर, शरीर कहाँ रहा था, चुसे हुए गन्ने के फटे झरोंते जैसा हो रहा था। चिथड़ी साड़ी को लपेटती, वह अपने को निर्वसन होने, न होने की स्थिति से उबारती नल तक पहुँच गई थी। टूटे हुए बालों के गुच्छे, बाँहों पर दाँतों के नीले निशान, जख्म, खरोंच, नरभक्षी हैं क्या ये लोग? क्या जगह है यह? कहाँ आ गई है वह? उसने चारों ओर नज़र घुमाई। टूटे हुए उस घर की खपरैल की छत पर एक नीली-सी सुबह धीरे-से उतर रही थी। पता नहीं कब से उसने सुबह को नहीं देखा था और फिर पेड़ के पीछे उचककर झाँकता सूरज, लाल गोले की ऊर्जा उसे जैसे आह्लादित करने आ पहुँची थी। नल पर जगह बनाती दूसरी औरत उसे उकसा रही थी—"चल, नहा ले।" वह नल के नीचे बैठ गई थी। पता नहीं पानी ठंडा था या गर्म? मौसम कौन-सा था? बस शरीर धुल रहा था, इतना पर्याप्त नहीं था क्या? पानी में कुछ था क्या, कुछ, जो साफ़ ही नहीं करता शरीर को, उत्तप्त भी करता था। पहले नहाने वाली औरत काले बॉर्डर की सफ़ेद साड़ी में तैयार होकर आ गई थी—"चल, अब जल्दी कर। बहुत पानी बहा चुकी। औरों को भी नहाना है।"

"हाँ," वह चौंककर बाहर निकल आई। पोटली में बँधी एकमात्र अधमैली साड़ी, ब्लाउज़ पहनने लगी तो उस औरत ने उसे एक मोटे कपड़े की सफ़ेद साड़ी पकड़ायी अपने-जैसी, काले बॉर्डर की—"ले, यह पहन ले।"

अपनी साड़ी वापस गठरी में बाँधरकर वह सफ़ेद साड़ी पहन कर तैयार

हो गई थी। माथे से गीले बाल हटाकर फटी साड़ी से पोंछती हुई सोच रही थी—कैसे छुपाते हैं ये लोग अपनी गंदगी? शायद काला बॉर्डर सोख लेता था उसे? आगे का रास्ता खोजती वह बराँडा पार कर दूसरे कमरे में पहुँच गई थी। कमरे में बन्द-बन्द-सी सीलन और ठंड भरी हुई थी। एक मद्धम रोशनीवाला पीला-सा मरियल बल्ब अँधियारे की हँसी उड़ाता जल रहा था। आसपास कुछ औरतें आ रही थी। जमा हो रही थीं। बतिया रही थीं। रात वाली काली औरत सामने खड़ी थी। चिल्लाकर बात भी कर रही थी, पिघलते शीशे-जैसी उसकी बातें, रात का व्यवहार, विवर्ण, सहमे चेहरे, घुटे हुए सिर...न जाने क्यों, शरीर बार-बार काँपने लगता था। पाताल लोक है क्या? ये राक्षस हैं या नरभक्षी या कोई और योनि? उसके शरीर के कण-कण में तीव्र पुकार जाग रही थी—वापस लौट जा। यहाँ क्या होगा उसका? विधवा हो जाने की नियति! इतना बड़ा स्थानान्तरण! यहाँ क्यों? इतना पुराना तो नहीं था उसका गाँव, इतनी कुंठित तो नहीं थी वहाँ के लोगों की विचार-शक्ति! फिर...उसने अपने गीले बाल छुए। यही क्या कम है, घुटे हुए सिरों वाली औरतों के बीच उसकी केश-राशि। साड़ी के पल्ले से अपने बाल ढँकने का प्रयास करती है तो कतार बाँधे औरतों के बीच एक औरत चाय बाँट रही थी, स्टील के गिलास की गर्म चाय। पता नहीं कब से उसने कुछ नहीं खाया। वह जल्दी से खा रही थी। देख रही थी कि सब कतार बाँधे खड़ी हो रही थीं, फिर भजन शुरू हुआ—

"मेरे तो गिरधर गोपाल, दूसरा ना कोई।"

वह स्वरों में खो गयी—बोलपुर का 'पौष-मेला', सुबह की 'संगीत-सभा' जितेन दादा "जाके सिर मोर मुकुट मेरो पति सोई...।" पति, क्या होता है यह पति? कैसा भद्दा परिहास था मेरे अपने अस्तित्व के साथ? जब मैं अपनी पढ़ाई, परीक्षा और कुछ जानने या बन पाने के बीच खड़ी थी, यह पति नाम का व्यक्ति जाने कहाँ से आ टपका? अधेड़-सी उस स्त्री ने अपने डंडे से छूकर कहा, "सीधी खड़ी हो।" फिर रजिस्टर जैसा खोल कर कहा—"क्या नाम है तेरा...।"

"तापोशी।"

"तापसी कह ना! ये बंगालिनें, पता नहीं, हर अक्षर को गोल-गोल घुमाकर क्यों कहती हैं? तापसी विधवा है क्या?"

"हाँ।" ये लोग पुलिस हैं क्या, तापसी सोच रही थी। उसने तो पुलिस को कभी नहीं देखा।

"तू विधवा है, तो तेरे बाल, काटे नहीं उन लोगों ने?" "चल, आगे बढ़! यहाँ के कायदे-नियम जान ले, सुना?"

"जी...हाँ।" वह आगे सरक गयी। भजन समाप्त हो चुका था। अब तक सब के हाथों में कागज़ में लपेट कर रखी गई दो रोटियाँ—कोई मटियाली-सी भाजी दे दी गयी थी। भूख तो कुछ भी नहीं देखती है। भात खाने की अभ्यस्त उसकी अंगुलियाँ बड़ी मुश्किल से तोड़ कर रोटी निगल पायी थी। भूख एकाएक जाग चुकी थी, याद ही नहीं, उसने कब से नहीं खाया था—"और देंगी!" उसने हाथ फैलाया।

"ही ही ही...!" शायद सब ही उस पर हँस पड़ीं।

डंडे वाली ने आँखें तरेर कर सबको देखा, "चोप्प...पता नहीं तुम्हें। बस, इतना ही मिलेगा हर रोज़, अब चलो, मन्दिर जाना है। किसकी बारी है?"

सब चलने लगीं। एक औरत ने उसके फैले हाथ पर अपनी आधी रोटी रख दी। उसने भरी आँखों से उसे देखा—"चल, खा ले, और मेरे साथ आ। समझा दूँगी तुझे। क्या करना होता है।"

वह रोटी मुँह में डालती उठ खड़ी हुई। नल पर पानी पीकर वह उनके पीछे चली जा रही थी, पर कहाँ? वह तो, गतिबद्ध नहीं थी, परन्तु जो जा रही थीं वे थीं और उसकी परछाईं। वह कहाँ थी? कौन-सी पहचान थी उसकी 'तापोशी' जिसे ये तापसी कह रहे थे। रजिस्टर में नाम दर्ज हो गया था गाँव बोलपुर, बंगाल। पति का नाम क्या नाम था वह सोच रही थी—हाँ, नरेन मजूमदार। विधवा थी वह। हाँ, वह मर चुका कभी का। बीमारी और उखड़ी साँस के साथ कितने दिन जी सकता था कोई? साल-दो-साल माँग में भरा सिंदूर, हाथ में शंख की चूड़ी, रंगीन साड़ी, इतना भर देकर, काका को ढेर सारे पैसे देकर क्या कुछ नहीं ले लिया उसने। शरीर तो गया ही, उसकी पढ़ाई, उसका भविष्य, उसके सपने। क्या होता है यह शरीर, बाहरी खोल, और उसके भीतर, उसका अंकुर, अपनापन सब कुछ। नहीं, वह नष्ट नहीं हुआ था, नाम उसका या शरीर का? गाँव का नाम—यही उसकी पहचान? रजिस्टर के बाहरी कवर पर लिखा था—"श्री राधा कृष्ण विधवा-आश्रम" "असंगत राधा-कृष्ण तो युगल प्रेमी थे, उनके नाम के साथ जुड़ा विधवा-आश्रम असंगत-सा लगा उसको। दिमाग चलने लगा था, जितेन-दा कहते थे—"सवाल बहुत पूछती है तू। तेरा नाम तापसी नहीं, 'प्रश्ना' होना चाहिए था।"

गंदी नालियों को फलाँगती, बदबू-भरी सँकरी-सी गली से गुज़रती वह पूछ ही लेती है—"यह कौन-सी जगह है?"

"वृन्दावन, तुझे नहीं मालूम?"

"नहीं, पर यहाँ क्यों?"

"यहाँ रहने से विधवाओं को बैकुंठ मिलता है न, भगवान का घर है। इस पवित्र भूमि पर वास करने से अगले-पिछले पाप सब धुल जाते हैं न।"

आसपास के गली-चौराहों पर कहीं 'राधाकृष्ण-चौक', कहीं 'गोकुल-धाम', 'राघव हलवाई', 'बद्री गौशाला' लिखा था। क्या ऐसा होता है बैकुंठ! क्या होता है यह बैकुंठ? वह तो मृत नहीं थी। शरीर शायद मर गया था, परन्तु उसके भीतर तो कुछ था जो धड़क रहा था। क्या हो सकता था वह? गुरुदादा ने बताया था—'स्वर्ग वह स्थान है जहाँ भगवान का वास होता है।' तो? वह सभी रुक गई थीं झुंड-का-झुंड। मन्दिर का द्वार खुल रहा था, सब झुकझुक कर उस देहरी पर माथा टेक रही थीं। वह देहरी, जो अनेकानेक माथों की टेक का स्पर्श पाकर घिस गई थी। वह सब भीतर जा रही थीं। काली सफ़ेद संगमरमरी टुकड़ियों का बड़ा-सा दालान सामने फैला हुआ था। एक-दूसरे में गड्ड-मड्ड होते दोनों रंग। उसे चक्कर-सा आने लगा था। भीतर हॉल कमरा था। जिसकी फटी दरियों से उनके जैसे वस्त्रों वाली स्त्रियाँ उठ रही थीं और वे सब बैठ रही थीं। जहाँ तापसी बैठी थी, उसके बिलकुल सामने भगवान की अति सुंदर प्रतिमाएँ थीं। वह भौंचक्की रह गई थी। भगवान कृष्ण और राधिका, अनुपम सौन्दर्य। हाँ, उसने सोचा, मैं पहचानती हूँ, जितेन दादा के घर के कैलेंडर पर इनकी ही तो तस्वीर बनी थी। एक-दूसरे पर झुके हुए से दो शरीर, युगल जोड़ी, दो मुस्कुराते सुंदर मुख, मनमोहक मुद्रा, अपूर्व आकर्षण, रेशमी पीले कुर्ते पहने कुछ पंडित यहाँ-वहाँ घूम रहे थे। उनके कटे हुए बालों के बीच लम्बी चोटी लटक रही थी। उनके माथे पर चंदन और रोली का तिलक था। वे सब मन्दिर को व्यवस्थित करने में लगे थे। उनमें से एक भगवान की प्रतिमाओं के वस्त्र उतार कर स्नान कराने में लगा था। उसने भगवान की पोशाक उतार दी थी। दूध, दही, शहद, घी, पानी, चंदन का लेप लगाया जा रहा था। उसके साथ-साथ अन्य पंडित भी मन्त्रों का उच्चारण कर रहे थे। पानी डाल कर प्रतिमाओं को साफ़ किया गया था। उनके शरीर का सारा जल एक बड़े पात्र में जमा किया गया था। एक साफ़ गमछे से उनका शरीर पोंछ कर पंडितों ने मिलकर उन्हें वस्त्र पहनाये,

सोने चाँदी के आभूषणों से उनको पूरी तरह सुसज्जित किया; फिर सुगंधित फूलों के गहने पहन कर सौन्दर्य वे लावण्यमयी प्रतिमाएँ जैसे एक मीठे स्मित से भर गई थीं। तापसी ने इतना सौन्दर्य, इतने वस्त्रों और आभूषणों को जीवन में पहली बार देखा था। वह भौंचक्की-सी देखती रह गई। अपने बोलपुर के गाँव का काली माँ का मन्दिर, जहाँ माँ की प्रतिमा की तेजस्विता के सम्मुख वह पूरा सिर उठा कर कभी भी देख नहीं पाई थी, जैसे उस प्रतिमा को अपलक देख पाना उसके जैसी दुर्बल स्त्री के बस में नहीं था। पूजा के अवसर पर बनती मूर्तियाँ, पानी में विसर्जित होती माँ की प्रतिमाएँ, उन पर श्रद्धा तो थी परन्तु ऐसा खिंचाव, ऐसा अनुभव, ऐसा सौन्दर्य उसने नहीं जाना था। और फिर घर में काका ने तो कभी भगवान का नाम लिया ही नहीं था। बस झोल, भात, नमक उसके पश्चात् काम। पसीने से लथपथ उसका थका हुआ शरीर, शराब की बोतल में विसर्जित होता उसका अस्तित्व। हर दिन का यही तो था कार्यक्रम। शब्दहीन उस सूने घर की कोठरी में वह घर के काम समेटती, झाड़ू-बुहारी करती, स्कूल जाती, गुड़ीमुड़ी होकर सोती, रात और दिन में बँटते समय के बीतने से अनभिज्ञ बड़ी हो गई थी। भगवान या उसके बनाये संसार से साक्षात्कार पुस्तकों के माध्यम से था या स्कूल की सुबह की प्रार्थना से, जिसे 'वैतालिक' कहते थे। या फिर जितेन दा और कनिका दी से बात करके जान पाती थी वह सांसारिक बातें। जितेन दा कहते थे—'मनुशेर मोनचय मनुशेरी मोना' (The human heart longs for human intimacy) मनुष्य का हृदय मनुष्य की आत्मीयता के लिए आकुल रहता है। "तो फिर भगवान?" वह पूछे बिना नहीं रहती थी।

"ईश्वर केवल विश्वास है, वह जानने की वस्तु है। संसार विश्वास की वस्तु नहीं है, क्योंकि उसे हम देख सकते हैं। हम सब, तुम भी तापसी, हिन्दू हो। भगवान पर केवल विश्वास करो, उसे समझने का प्रयास करो, ईश्वर हमारा ज्ञान है।" कनिका दी हँस कर कहती, "बाप रे, इससे इतनी बड़ी बात कह रहे हो आप भी, कितनी छोटी है। अभी तो पत्थर है तापसी, सिल-सी धरी है।"

परन्तु अब अचानक लगा यहाँ बैठकर सिल पिघलने लगी थी जैसे। उसे किताब में पढ़ा याद आ रहा था—"भगवान, जिसमें धरती, आकाश और मनुष्य सभी समाहित हैं।" तो भगवान हैं यह साक्षात्। अतीत के क्षण वर्तमान में घुलने लगे थे। उस पल कुछ सक्रिय था तो अद्‌भुत-सा कोई एहसास, अनुभव, क्या नाम दें उसे? हतप्रभ उसे उसके परिवेश में लौटाती हुई उसके साथ वाली ने

उसके हाथों में रस्सी से बँधे दो मंजीरे पकड़ा दिये थे। उसने घबरा कर कहा था—"मुझे नहीं आता बजाना।" उसकी ऊँची आवाज़ मन्दिर के सन्नाटे में गूँज उठी थी। सभी ने पलट कर उसे देखा था। रात वाली काली औरत घूर कर मुँह में कुछ बुदबुदा रही थी। वह डर से आँखें बन्द करके मौन हो गई थी। वाद्य शुरू हो चुके थे। मन्त्रों के जाप का मीठा-सा स्वर अगरबत्तियों की सुगंध के साथ मन्दिर में भरने लगा था। वह मंजीरे बजाने लगी थी। ताल-बेताल होती किसी लय में जा मिली जैसे नदी लहराकर बहती हुई सागर की उत्ताल तरंगों में लीन हो रही थी। उसका अंतस् उस स्पर्श से, संगीत के अन्य वाद्यों के गुंजन से जैसे सजग हो रहा था—"श्री राधे गोबिन्दा...मन भज ले श्री राधे गोबिन्दा।" मंजीरों से बँधे दोनों हाथ लयबद्ध हो चले थे। होंठ थरथरा रहे थे। अनवरत चलता रहा सिलसिला। वह खोती जा रही थी, जैसे उसके भीतर भी कुछ वाष्पीभूत होता जा रहा था, उड़ रहा था, अनेकों दीपों का धुआँ, सुगंध, स्वर उसे बेसुधी में बहाये ले जा रहे थे। बेसुधी ही तो थी जो उसके अन्दर के खालीपन को और खाली कर रही थी, जैसे वह शरीर न हो, मिट्टी का कच्चा घड़ा हो, जिसके भीतर पानी ना भरो तो शून्य होता है, केवल शून्य। मिट्टी और शून्य। पता नहीं, कितना समय था जो व्यतीत होता चला गया। सब उठीं, वह भी अपने खालीपन में खड़ी हो गई। उसके हाथ से मंजीरे छीनती एक औरत, उसकी छोड़ी हुई जगह पर बैठ गई। वे सब बाहर आ गई थीं और मन्दिर के आँगन में प्रतीक्षा करता दूसरा जत्था भीतर जाने लगा था। उसके हाथों में थकान भर गई थी। होंठों में थकान थी और सब भी तो मुरझाई बेदम—जैसी हो गई थीं। उसने मुड़ कर देखा, मंदिर के गर्भगृह में जाप आरम्भ हो गया था—"श्री राधे गोबिन्दा...।" भगवान हर समय अपना नाम ही क्यों सुनना चाहते हैं। उसे आश्चर्य हुआ। वह भी इन सब अकेली छुटी हुई परित्यक्ता, दुखियारी, टूटी खंडित विधवाओं के मुँह से? फिर सवाल, पर सवाल से अधिक थकान शरीर पर पसरने लगी थी। वह चक्कर खाकर गिरने को हुई तो दो औरतों ने पकड़ कर उसे बिठा दिया। कभी-कभी परछाँई को भी पकड़ लेते हैं लोग? शायद। जब उसने आँखें खोली तो देखा, काली वाली स्त्री उसके मुँह पर पानी के छींटे मार रही थी। वह उसके हाथ के लोटे को होंठों से सटाकर गटागट पी गई। पता नहीं, कितनी पुरानी पड़ गई थी वह, उसकी प्यास? "बहुत प्यासी हूँ...और है क्या?"

“लाती हूँ...।” वह और पानी ले आई थी। “नाम क्या है तेरा? ऐसी कमज़ोर, बार-बार बेहोश हो जाती है...।”

“नाम में क्या धरा है?” तापसी कहने को कह गई।

“बता ना! नहीं तो रात को पूछूँगी।” वह अपनी भद्दी हँसी से फिर हँसी। रात, भयानक वह रात आँखों के सामने आ खड़ी हुई थी। उसे याद हो आया था दो दिन, दो रातों के लम्बे सफ़र के बाद जब उसे मजूमदार परिवार का कोई कारिंदा उस आश्रम के दरवाज़े के भीतर धक्का देकर चला गया था। तो, रात काफ़ी हो चुकी थी। भूख-प्यास से बेदम, अपने साथ घट रहे घटनाक्रम से तालमेल न जुड़ा पाने के कारण वह लाचार-सी उस ज़मीन पर बैठ गई थी, जहाँ हालात और समय ने धकेलकर उसे पहुँचा दिया था। हाथ की गठरी सिर के नीचे दबाकर वह चुपचाप लेट गई थी। सोच पाने की शक्ति, शरीर से भी अधिक दुर्बल हो चुकी थी। तभी टटोलते हुए एक जोड़ा हाथ उसके शरीर पर काँटों से उग आये थे—एक काली औरत उस पर झुकी थी। उसके कपड़े शरीर से दूर जा पड़े थे। निर्वस्त्र उस तगड़ी औरत का शरीर उस पर किसी काली प्रेतात्मा-सा तना था। वह चीखती रही, चिल्लाती रही, आसपास की औरतें तमाशा देखती रहीं—काली औरत के दाँत, उसकी बदबूदार टपकती लार उसके सारे शरीर पर कालिख-सी पोत गये थे। औरत ने औरत को इस स्थिति तक पहुँचा दिया था जहाँ उसकी समूची शारीरिक शक्ति और उसका कमज़ोर विद्रोह उसे बेहोशी की स्थिति तक छोड़ कर चला गया था। भय का काला गुमनाम अँधेरा उसके माथे में फिर घुमड़ने लगा था। अजीब डूबती हुई अनुभूति जैसी थी, यह भय था। उसे लगा, वह अपने अन्दर-ही-अन्दर डूब जायेगी। रेलगाड़ी में बिठाते समय दूसरी औरतों ने कहा था—काशी में और वृन्दावन में भगवान का वास है। विधवाओं के लिए वही पुण्यस्थल, तीर्थादि, शान्ति के स्रोत होते हैं। वहाँ रहने से पाप शांत हो जायेंगे, जन्म सुधर जायेगा। इसीलिए तो उसे ले जाया जा रहा था...जाप और प्रार्थनाओं के लिए। तो यह था भगवान का स्थल? कितने अत्याचार और होने थे? पता नहीं? उसने मुड़कर भगवान की प्रतिमाओं की ओर देखा। न जाने क्यों, उसे लगा, अब तक गंभीर मुखमुद्रा में बैठी राधाजी की प्रतिमा धीमे-धीमे मुस्कुरा रही थी। उनकी नासिका में टिका नथ का लम्बा-सा सफ़ेद मोती भी तो धीरे-धीरे हिल रहा था। वह उठकर उन औरतों के झुरमुट से बाहर आना चाह रही थी। तभी किसी ने उसके हाथ पर एक संतरा रख दिया था, उसने आँखें उठाकर देखा, सभी तो भीख माँगने जैसी मुद्रा में बैठी

थीं। एक मोटी-सी सेठानी, जिसकी कमर में चाँदी का भारी गुच्छा लटक रहा था, गहनों और सुखों से लदबद प्रसाद बाँट रही थी। तापसी ने काले बार्डर की अपनी साड़ी, उसमें छुपे अपने आप को देखा। क्या होती जा रही थी वह? अक्स-दर-अक्स, उसका अपनापन किस रास्ते पर चल पड़ा था। क्या थी वह? क्या होना है उसे? भिखारिन, विधवा, औरत, भूख? अचानक भूख बड़ी हो गई थी। वह झटपट संतरा खाने लगी। कोई छीन ना ले। सभी तो वैसे ही खा रही थीं। पेट की भूख इतनी विकट होती है क्या? उसे लगा, वह उसकी बहादुरी नहीं, भीरूता ही थी, जो उसे काली औरत के हाथों से छुटा कर दूर चलने का आश्वासन दे रही थी। नहीं, ये भिखमंगी औरतों की कतार उसकी अपनी पहचान नहीं बन सकती। अचानक जितेन दा के घर के टेलीविज़न में देखे, उन सब बच्चों के चेहरे याद आने लगे, जिनके काले शरीर और चेहरे, भूख और प्यास से सूख गये थे और उनकी चमड़ी लटक आई थी। परिणामस्वरूप आसानी से उनके शरीर की हड्डियों को गिना जा सकता था। उनकी आँखों में पथराया-सा दर्द जमा हुआ था और मुँह पर भिनकती सैकड़ों मक्खियाँ। वह कभी नहीं भुला पाती थी वह दृश्य। उन दुर्बल बच्चों के हाथ इतने कमज़ोर थे, लाचार थे कि वे अपने शरीर पर से मक्खियाँ तक उड़ा नहीं पाते थे। क्या नाम था उस जगह का? हाँ, सोमालिया। सूखे स्तनों की वे स्त्रियाँ अपने 'माँ' होने के दायित्व को निभा न पाने से दुःखी, रोती हुई ढेर सारी औरतें, मर्द बेघर या बेसहारा। क्या होता है यह सोमालिया? तकलीफ़ें केवल औरतों और बच्चों के लिए ही क्यों नियत की थीं भगवान ने? या ये सोमालिया केवल एक दृश्य जैसा था, डर जगाने के लिए, एक भंयकर नज़ारा, जो स्मृतियों में बन रहा था, मिट रहा था। क्या थी उसकी वास्तविकता? या वह केवल मृगतृष्णा जैसी थी कुछ? क्षणभंगुर, टेलीविज़न के पर्दे पर आरम्भ होकर वहीं समाप्त हो जाने के लिए। जितेन दा उस दिन घर पर नहीं थे, इसीलिए पूछ नहीं पाई थी। प्रश्न क्यों घुमड़ते रहते हैं उसके मन में। उत्तरों की तलाश-परोक्ष या प्रत्यक्ष, क्या करे कोई?

आश्रम लौटने पर सभी औरतें काम करने लग गई थीं। सुबह की डंडे वाली महिला दफ़्तर में कुछ लोगों से बात कर रही थी। खाना बनाने वाली स्त्रियाँ सब्ज़ी काट रही थीं आलू, प्याज़। तापसी को झाड़ू पकड़ा दी गई। सचमुच बहुत गंदगी थी। समेटते-समेटते वह आश्रम के कोने की एक छोटी-सी कोठरी में कराहती हुई औरत तक पहुँच गई थी। ज़मीन पर दर्द से तड़पती वह औरत

अपनी तीन-चार साल की रोती हुई बच्ची को भी बीच-बीच में थपथपा रही थी। फटा-मैला चीकट कम्बल ढँकने से अधिक उघाड़ने का काम कर रहा था। वह औरत की गीली आँखों को देखकर भी चुपचाप झाड़ू लगाने में जुट गई थी। जब वह उसके बिस्तरे के पास से बुहारने लगी तो वह दर्द से काँपती आवाज़ में कहने लगी—"ऐ, थोड़ा पानी ला दे।"

"हाँ।" उसने मुड़कर उसका प्लास्टिक का गंदा-सा जग उठाकर नल पर जाकर पहले उसे साफ़ किया, फिर पानी भर कर उसे पकड़ाया। उसकी कराह बढ़ गई थी। उसकी आँखों से लगातार आँसू बह रहे थे।

"बहुत दर्द है? माथा दबा दूँ?" तापसी उसके निकट बैठ गई थी।

"नहीं।" वह पेट पकड़े थी। दर्द की एक लहर आकर खुली थी। तापसी उसकी पीठ सहलाने लगी।

"कोई दवाई ली क्या?"

"दवाई?" दर्द की लहर फिर उस औरत की नाड़ियों को झनझना रही थी।

"ऐ, सारा कूड़ा छोड़कर यहाँ क्यों बैठी है? उठ, सफ़ाई करके दफ़्तर में जा? बड़ी बहनजी बुला रही हैं।" एक औरत उसे धमकाती हुई कह रही थी।

तापसी उठ गई थी। कूड़ा समेट कर मुड़े-तुड़े एक गैले में डाल कर बाहर दरवाज़े के पास रखे बड़े ड्रम में फेंका और आसपास के परिवेश से पहचान बनाने का प्रयास करने लगी। पीछे की कच्ची जगह ऊबड़-खाबड़ फ़ेंके हुए कचरे से अटी हुई सड़ाधँ मार रही थी। दो-चार पेड़ थे सूखे कंकाल-से जिन पर जीवंतता का एक भी पत्ता नहीं था। पत्ते-विहीन टहनियाँ अपने नंगे हाथ फैलाये उस सूने वातावरण में चुपचाप पड़ी थीं।

दफ़्तर में बड़ी बहनजी के पास वह आकर खड़ी हो गई, कमरे में नये कंबलों का अम्बार लगा था, संतरे बाँटनेवाली सेठानी कुर्सी पर पसर कर बैठी थी।

"अम्बिका देवी जी, ये कम्बल अपनी विधवा औरतों में बाँट दें। पूरे साठ हैं। आज सेठजी की साठवीं वर्षगाँठ है ना। देखिये, दे दीजियेगा। मैं जल्दी में हूँ, नहीं तो अपने हाथ से पकड़ाती।" सेठानी उठ खड़ी हुई थी।

"बेफिकर रहिए सेठानी जी, आप लोगों की दया से तो चलता है आश्रम, जब ये विधवायें आती हैं तो इनके पास कुछ नहीं होता। आप जैसों के दान से इतना मिलता है इन्हें कि ये बक्से भर-भर कर अपने घर ले जाती हैं।"

"आपने भी तो जीवन लगा दिया है। सेवा-भाव तो कोई आप से सीखे।"

"बस, सेठजी को कहियेगा, इस बार का सोशल वर्क का पुरस्कार मुझे ही दिलवायें।"

"ठीक है, आपसे ज़्यादा डिज़र्विंग और कौन होगा!" वे दोनों एक साथ हँसी थीं।

सेठानी को विदा देकर अम्बिका देवी जी भद्दी तरह से दफ़्तर में बिछे तख़्त पर आसन लगा चुकी थीं। तापसी को देखकर कहने लगी, "ओह तू है। यह चाभी ले, वह भंडार खोल और उसमें ये सारे कम्बल रखकर ताला बन्द कर दे।"

तापसी ताला खोलकर चुपचाप कम्बल उठाने लगती है। कमरे में और भी सामान था, बर्तन, कपड़े, खाने-पीने के पैकेट और जाने क्या-क्या।

"आप आज्ञा दें तो एक कम्बल उसे दे दूँ। वह औरत बहुत बीमार है। उसका कम्बल फट गया है।"

"ओह, कल की आई छोकरी, बहुत बोल फूट रहा है तेरा। क्यों देगी कम्बल? मुफ्त का है क्या? जाने कहाँ से आ जाती हैं मेरा खून पीने। सुन छोकरी, क्या नाम है तेरा? हाँ, जो भी हो, यहाँ आश्रम के नियम हैं कुछ। यहाँ सिर्फ़ मन्दिर में सेवा करने वाली महिलाएँ ही रहती हैं। छह घंटे जाप के लिए जाना होता है—दो रोटी, दो धोती, बस और कुछ भी नहीं। समझी? और सुन, आते-जाते इधर-उधर नहीं देखना है। ना किसी से बात करनी है। बस, सीधे आना, सीधे जाना। आश्रम के अन्दर ड्यूटी का टाइम भी बदलता है। एक हफ़्ता आश्रम की सफ़ाई, एक हफ़्ता बर्तन माँजना, एक हफ़्ता रोटी बनाना। समझी? और हाँ, खिसकने की कोशिश मत करना। वह तेरा सगा वाला, जो छोड़ गया है तुझे, खत-किताबत करेगा तेरे बारे में। फिर जवाब तो मुझे ही देना है।"

कमरे से निकल आई तापसी। रोटी बनने की सोंधी सुगंध बरांडे में फैली थी, पर इस वक्त की रोटी शाम के समय जाप करनेवालों के लिए थी। इन्हें तो, बस, दो ही रोटी मिलनी थी। वह तो सुबह ही खा ली उसने। बीमार औरत की कराह बाहर तक फैल चुकी थी। तापसी चुपचाप नल पर से पानी पीकर कमरे में लौट कर दीवार से सटकर फटी हुई दरी पर लेट गई थी। कमज़ोर मद्धम रोशनीवाले उस कमरे में और कुछ हो भी तो नहीं सकता था। कमज़ोर शरीर की थकान नींद में बदल गई थी। परन्तु पता नहीं कब, रात के कौन

से पहर में 'कोई' उसके शरीर पर हावी हो रहा था। उसका शरीर शरीर ना होकर मिट्टी जैसा हो गया था, जिसे वह भयानक काली औरत, रौंद रही थी, घसीट रही थी। तापसी चीख कर उठ बैठी। वैसा बलात्कार तो उसके बीमार पति ने भी नहीं किया था या शायद? बीमारी और दुर्बलता अपनी आने, न आने वाली साँसों से जूझता, तापसी को, पत्नी के शरीर को कभी चूमता-चाटता, कभी खचोटता, फिर आधे रास्ते पहुँचाकर पलटकर सो जाता और वह अकेली दर्द और कटे-फटे शरीर के किसी बियाबान में भटकती रहती, जिसमें एक अजनबी प्यास जागती और किसी कँटीली झाड़ी पर उसके शरीर को फ़ेंककर चली जाती। दो-चार साल खरोंच, लड़ाई, पिटाई, दर्द से गुज़र कर वह जीती रही। मजूमदार मोशाय स्वर्ग के रास्ते चले गये। रंगबिरंगे विमान की अर्थी पर चढ़ाकर उनके रिश्तेदार रामदास और पता नहीं कौन-कौन वे सारी-की-सारी दीवारें-दहलीज़ भी सँभाल कर बैठ गये, जिसके कँटीले परिवेश को तापसी अपना घर समझ कर अब तक रह रही थी। तो क्या इतना सह जाने पर भी वह किसी चीज़ की अधिकारिणी नहीं बनी थी? उसकी समझ में जब तक कुछ आता, परिवार का एक कारिंदा उसे यहाँ पहुँचा गया था। 'विधवा-आश्रम' वृन्दावन, लोक-परलोक सुधारने का पूज्य स्थल। और यहाँ वाली भयानक बरौता का ऐसा भद्दा अमानुषिक व्यवहार? जैसे उसके भीतर एक द्वार खुल रहा था। उसे लग रहा था उसके शरीर के बाहरी खोल के साथ जो कुछ भी घटित हुआ हो अन्दर का कुछ था जो उसी जगह जा रुका था, जहाँ स्कूल की अंतिम परीक्षा के अंतिम दिन वह खड़ी थी। उसने अपने शरीर पर से बरौता को धक्का मार कर गिरा दिया, खड़े होकर चिल्लाकर कहा—"अगर मुझे हाथ भी लगाया तो हाथ तोड़ दूँगी। समझी?" उसकी आँखों में अंगारे बरस रहे थे। बरौता ने भी उतना ही चिल्लाकर कहा—"मेरे हाथ काटेगी, मेरे? मैं, जो अपने घरवाले के दोनों हाथ दराँत से चीरकर भाग आई हूँ। हिम्मत है तुझमें? मुझसे तो इनमें से कोई नहीं बची। तू है किस खेत की मूली?"

बरौता के बढ़े हुए हाथों को झटककर तापसी एक बार फिर चिल्लाई। उसकी चीख अजीब-सी थी। बरौता क्या, बाकी सभी ने सोचा, उसकी जैसी चीख को जानने के लिए उसे विशेष रूप से देखना होगा। बरौता जैसी कठोर हृदया स्त्री उस चीख के माध्यम से उस स्तर तक आ रुकी थी, जहाँ उसे कुछ सूझ नहीं रहा था। पता नहीं क्यों, उसे लग रहा था, पास में सो रही और

सब स्त्रियों की साँसें भी जैसे वैसी ही दर्द पगी चीख में बदल रही थीं। वह घबरा गई। उसके निडर और बेधड़क व्यक्तित्व को शायद पहली बार भय जैसी किसी अनुभूति ने खटखटाया था। वह एकाएक सहम गई और चुपचाप तापसी के काँपते हाथ को छोड़कर उस कमरे के अपने कोने तक चली गई, जहाँ उसका बिस्तर बिछा था। तापसी को लगा, सोया हुआ उसका शरीर मरे हुए अजगर जैसा था, लपेटवाँ काला और बलखाता हुआ, भगवान जाने कब किसे मरोड़ कर अधमरा कर दे? अजगर कभी मरते नहीं हैं क्या?

सभी ने देखा, तापसी ने भी, उसका कम्बल नया था और बिस्तरा बेहद साफ़। तापसी ने घर से लाई साड़ी को अपने चारों तरफ़ लपेटा। सर्दी ही नहीं, अँधेरा भी उसके लिए अनन्त था। और उसके अस्वीकार का प्रतीक था। अँधेरा उसके और वास्तविकता के बीच फैला हुआ सच था लिसलिसा, बदस्तूर काला पड़ता जाता सच, जिसे ओढ़ना उसकी अपनी मजबूरी थी।

तुलसी अहीर की विधवा नूराबाई। वे लोग बरपानी पाड़ा उड़ीसा के रहने वाले थे। बोलगीर गाँव में उस वर्ष अकाल पड़ा था। ज़मीन-जायदाद जैसा तो कुछ था नहीं उन लोगों के पास, दिहाड़ी कमाने वाले तुलसी अहीर को लकवा मार गया था, ऊपर से चार बच्चे। घर में खाने को एक दाना भी नहीं था। बच्चों को गिरवी रखने का रिवाज़ चल पड़ा था। पहले आठ साल की नंगी-धड़ंगी संजू का हाथ पकड़ कर वह मुंडापुर के साहूकार के पास चली गई थी। एक सौ-पचास रुपये और दो किलो कोदों (अनाज) के बदले संजू गिरवी रख ली गई थी। घर के सभी प्राणियों को जीवित रखने का इससे आसान और कोई तरीका नहीं था। धीरे-धीरे तीन साल का मिट्टू और डेढ़ साल की नन्दा को भी किसी को गोद दे देना पड़ा। नूरा को कुछ नहीं पता, बच्चे कहाँ गये? और जिनके लिए उन्हें गिरवी रखा गया था वे सब भूख और अकाल से थककर मृत्यु को प्राप्त हो गये थे। नूराबाई ही धक्के खाती, रोती, कलपती, जाने कैसे, इस आश्रम तक पहुँच गई थी। दो रोटी, दो धोती, मन्दिर का जाप, लोक-परलोक सुधारने का स्थल, परन्तु संतोष, धीरज कुछ भी तो नहीं मिला अभी तक। संतुष्टि का शून्य होता है कोई? हर रात कमरे के कोने में रोती थी नूराबाई। कमरे का वह कोना गवाह था, उसके अकेलेपन का, उसके फड़फड़ाते अस्तित्व का जो यहाँ जी रहा था, साँस ले रहा था। क्योंकि भूख उनकी ज़िन्दगी का बहुत बड़ा सच, बदस्तूर अँधेरे में फैलता सच, जो आँसुओं के गीलेपन से भी अधिक

लिसलिसा था। नूराबाई को यह भी नहीं पता था कि उसका धर्म क्या था? वह हिन्दू थी या मुसलमान? चौदह-पन्द्रह साल की उम्र में शादी, फिर तीन-चार बच्चे तिसपर घरवाले की बीमारी, अकाल, भूख, मौतें। उस समय समस्याओं से जूझते जन-जीवन को धर्म या भगवान कुछ भी तो याद नहीं रहता। मजबूर पकड़ी गई दुर्बल चिड़िया की तरह एक बिखरे हुए घोंसले से उठाकर यहाँ पहुँचा दी गई थी। भूख एक कटघरा है, उस कटघरे से भी बड़ा जहाँ बच्चों और परिवार वालों का प्रेम पनपता है। भूख के साथ उदासी का, अकेले छूट जाने का दुख। रोने का कारण पूछने पर तापसी को अपनी जीवनी बता रही थी नूराबाई—"बहुत दुःखी हूँ मैं। रोकर जी हल्का कर लेती हूँ और करूँ भी क्या?"

तापसी अपने-आपसे प्रश्न पूछ रही थी। उसे तो काका के घर से चले आने का, मजूमदार बाबू के परलोक सिधारने का, विधवा हो जाने का कोई दुःख नहीं था। उसकी आँखों में तो आँसू भी नहीं आते थे। हाँ, एक कुलबुलाती इच्छा, एक बेचैनी अवश्य थी, अपनी पढ़ाई छूट जाने की, सपना टूट जाने का, नाराज़गी जैसी थी परन्तु किससे? उसका अपना तो कोई भी नहीं था, काका, जितेन दा, कनिका दी—कोई भी नहीं। वह वृन्दा को हर रोज़ दर्द से कराहते देखती थी। उसे दुःख होता था। वृन्दा अपनी तड़पन के बीच लगातार अपनी चार-पाँच साल की लड़की की टेढ़ी-मेढ़ी टाँगों पर मालिश करती रहती थी तो उसके भीतर कुछ पसीजता था—"क्या यही होता है, दुःख?"

"हाँ, शायद!" उतनी ही अनजान नूराबाई सिर हिलाकर उसे समझा रही थी—"मुझे तो सिर्फ़ दुःख का पता है, ये सुख क्या होता है, मैं नहीं जानती।"

"शायद पेटभर खाना, अच्छे कपड़े पहनना, आराम से सोना?"

"पागल हो। सुख होता है देह का, खूब गदबदा शरीर, मौजमेला, जो मज़ा देता है, वह होता है सुख।" जाने कहाँ से बरौता आ टपकी थी। अब नूराबाई उसकी शिकार थी, "पंडित भी बता रहा था ना, रासलीला कृष्ण भगवान की अंतरंग लीला है। देखा नहीं, रासलीला के समय कैसा रस बरसता है, कैसी गुदगुदी होती है जब राधिका और कान्हाजी का मिलन होता है।" बरौता के हाथ नूराबाई की साड़ी के अन्दर सक्रिय थे।

"छिः! मुझसे तो यह नहीं होता। मुझे नहीं देता यह शरीर कुछ भी, न सुख, न दुःख।" तापसी ने सोचा, कैसी चिढ़-सी उठती थी उस समय जब मोशाय बाबू हर रात उसे निर्वस्त्र करके उसके शरीर पर हाथ फेरता था। पहले कौतूहल

हुआ था, फिर एक अजीब-सी सिहरन, गुदगुदी, कम्पन-सा जागा था, फिर विवश मोशाय बाबू का उसे थप्पड़-घूँसे मारना, सिगरेटों से जलाना, अपनी शारीरिक दुर्बलता को हर तरह से छुपा कर उसे ही दोषी ठहराना। बहुत दिनों तक वह कुछ समझ नहीं पाई थी। हाँ, रोना या आँसू उसे कभी नहीं आए थे। जितना अधिक मजूमदार बाबू उसे मारता था, वह उतना ही पत्थर हो जाती। वह तो बुहारी करने वाली जमादारनी ने उसे समझाया था, "बाबू बीमार है...तभी तो खरीदकर लाया है तुम्हें बोई दी।"

"तुम्हें कैसे पता?"

"कई सालों से हूँ यहाँ। जब मुझपर हाथ डाला था, तो जान गई थी। तभी तो इतने पैसे देता है, साड़ी देता है, मैं भेद न खोल दूँ, पर तुम तो चुपचाप सहती हो सब कुछ, क्यों बोई दी!" वह ही-ही करके निर्लज्ज हँसी थी—जो उसे कँपकँपा गई थी।

क्या होता है बीमार होना? उसे तो यह भी नहीं पता था। फिर किसी दिन जमादारनी से ही पूछ लेगी, उसने सोचा था। यह अवश्य था कि उसके अन्दर एक झल्लाहट, एक खीज बढ़ती जा रही थी। रात को मजूमदार बाबू के हाथ लगाते ही उसे लगता था—यह हाथ नहीं, मधुमक्खी का छत्ता है जो उसके शरीर को अनगिनत सुइयों से गोद कर बेचैन छोड़ जाता है। जब तक शरीरों का युद्धस्थल शांत होता और वह संयत होकर सोती, सुबह हो जाती थी। वह सुबह जल्दी उठने की आदी थी। यहाँ भी जल्दी उठ जाती थी। सूरज भी तो सुबह जल्दी उठता है। मरियम बता रही थी, "ईसा भी सूली चढ़ जाने के बाद बहुत सुबह अपनी कब्र से निकलता था। अगर सूरज के साथ यात्रा शुरू करनी है तो सुबह जल्दी उठना चाहिए। फिर यह आश्रम कब्र ही तो है। हम सब दुनिया के लिए मरे हुए लोग हैं तापसी, बाहर के संसार में हमारी कोई प्रतीक्षा नहीं कर रहा।"

मरियम स्कूल में पढ़ाती थी। यहाँ एक कमरा उसका था। कमरे में रहने के वह पैसे देती थी। उसके कमरे में ढेर सारी किताबें भरी थीं। वह सुबह इस कब्र से निकल कर स्कूल चली जाती थी। जब लौटती थी उसके पास बच्चों की कापियाँ होती थीं जाँचने के लिए। मरियम को भी कुछ बीमारी जैसी थी क्या? तापसी को नहीं पता, परन्तु जब भी वह बहुत बीमार होती थी, तापसी उसकी देखभाल कर देती थी। एक बार स्कूल की कापियाँ भी जाँच कर रख दी थीं। उससे तो उसे सुखद आश्चर्य हुआ कि उसे आता था सब कुछ। वह अपनी पढ़ाई-लिखाई भूली नहीं थी। मरियम भी उससे पुस्तकों के बारे में बातें करती रहती थी। हाँ, अपने अतीत के बारे में वह एक चुप्पी लगा जाती थी। धीरे-धीरे तापसी उसके कमरे में लालटेन की रोशनी तले किताबें पढ़ने लग गई थी। परन्तु समय कम मिलता था। अम्बिका देवी की तीखी नज़र आश्रम के हर कोने का, हर महिला की गतिविधियों का हिसाब-किताब रखती थी।

उस दिन बारिश होकर बन्द हो चुकी थी। सभी कुछ रोया-रोया-सा था, उदास। मन्दिर के रास्ते की गली कीचड़ में बदल गई थी और नालियों में मैला पानी बदबू मारता बहा जा रहा था। कुछ बच्चे कागज़ की नावें तैरा रहे थे, कूद रहे थे, खुश हो रहे थे। उनकी छोटी-छोटी नावें बही जा रही थीं, डूब रही थीं या किसी कचरे के ढेर के व्यवधान से ठहर गई थीं। तापसी देखती रही। शायद प्रसन्नता भी एक बहाव है जो कभी मैले पानी के साथ रहती है कभी साफ़ पानी के साथ, कभी साफ़ बादल के साफ़ पानी के पीठ पर गिरने के बाद। उसके लिए तो दोनों द्वार बन्द थे। न तो उसे नावें बहाने में कोई दिलचस्पी थी न पानी के अछूते स्पर्श को पीठ पर झेल कर नहाने में। कुछ भी नहीं। आश्रम के कामों की नियमितता में वैसे भी सब वर्जित था। गीली ज़मीन पर कहीं-कहीं साँप जैसे छोटे-छोटे केंचुए रेंग आये थे। पैर से छू जाने पर सिकुड़कर गोलाकार में अपने को समेट लेते थे। बचाव का उपाय हो सकता है क्या।

सिमटकर अपना अनुपात कम करने की यह कला क्या वह भी सीख पायेगी? काश! वह भी सिकुड़ सकती। तभी उसने देखा, कुछ उपद्रवी बच्चे एक कबूतर को पहले तो रस्सी से बाँध कर पतंग-सा उड़ा रहे थे, फिर धरती पर पटक कर मार रहे थे। वह खड़ी हो गई थी। दूर से देख रही थी। उन लड़कों ने फड़फड़ाते अधमरे कबूतर के लिए एक छोटी-सी कब्र खोदी और उसे दबा कर शोर मचाते हुए भाग गये। तापसी ने भागकर वह कच्ची कब्र खोदी और कबूतर को बाहर निकाल लिया। उसका शरीर श्वास चलने से हिल रहा था। कबूतर को अपनी साड़ी के पल्ले से पोंछा। पानी पिलाया। कबूतर की ज़िन्दगी खुल गई थी। उसकी उम्र का अंतिम बनता वह एक दिन समय की निरन्तरता में बहने लगा था। तापसी को लगा, कबूतर का जीवित रह जाना, किसी भी जीव का 'होना' था। उसे तो अब तक अपनी जीवन्तता के 'न होने' में चलने का अभ्यास करना पड़ रहा था। वह भी एक तयशुदा सड़क पर। उस सड़क पर, जिसके एक ओर मन्दिर था, दूसरी ओर विधवा-आश्रम। विधवाओं का संसार और भगवान का घर "इन्साफ़ का मन्दिर है। यह भगवान का घर है, आना है तो आ तुझे किस बात का डर है?" वह सड़क जैसे एक नदी की तरह थी दोनों संसारों को विभाजित करती हुई। सड़क के किनारों से उठती मलमूत्र की बदबू का भभका भीतर के विश्वास को यदाकदा जैसे विभाजित-सा करता रहता था। मन्दिर में घंटे थे, ध्वनियाँ थीं, धूप-अगरबत्तियाँ थीं, गिरजों में मोमबत्तियाँ, फूल थे, मालायें थीं, उनकी सुगंध थी—सब कुछ नियोजित व्यवस्था में बँधा हुआ। मन्दिर में पूजा के समय भावमय भक्ति में लीन केवल कुछ वृद्ध हमेशा बैठे मिलते थे—चुपचाप या ध्यान में लीन, जबकि स्त्रियाँ और पुरुष या तो फुसफुसा कर बातें करते थे या घूरते थे एक-दूसरे को, शायद इसलिए कि उनके भीतर उस क्षण भगवान का कोई भय नहीं होता था ना ही विश्वास। संध्या की आरती समाप्त हो रही थी, दूसरी चलेगी बस। एक क्रम टूटता तो दूसरा चलता था। भजन कभी भक्ति-भरे हृदय गाते थे, कभी मजबूर-दुःखी, तंगी भुगतते होंठ, जैसे तापसी के थे या नूराबाई के थे या वृन्दा के थे। आश्चर्य जैसा लगता था तापसी को। इतने वर्षों में भी भगवान तृप्त नहीं हुए थे? बरौता बता रही थी, वह यहाँ सात साल से रह रही थी। कितना सुनना चाहते थे अपना गुणगान यह पत्थर के भगवान? और क्यों? तापसी फिर प्रश्ना में बदल रही थी। रूपान्तरण के पल इतने सहज नहीं होते। उनमें दर्द तो नहीं होता। हाँ, फिर सारी रात

आँखों की नींद उड़ जाती थी। उसे लगता था उसका व्यक्तित्व जिस पदार्थ से निर्मित था वह नियमितताओं की ताल पर तरंगित और प्रवाहित होने की जगह धीरे-धीरे जाग रहा था। क्या थी वह? उसे सोचना होगा। मरियम से बात की तो उसने बताया, उसके भीतर का वह विचार या सोच ही थी जो उसे जीने नहीं देती थी। उसके भीतर का 'कुछ', वह उसकी चेतना थी और वह चेतना शरीर नहीं होती, अलग होती है और भिन्न दिशाओं में चलती हुई आगे चली जाती है। तभी तो मनुष्य उसकी प्रेरणा से प्रेरित शरीर के बाहर की सोचता है; अपने से हटता है। परन्तु यह अपना क्या होता है? वैसा कुछ, जैसे वृन्दा की अपनी बेटी या नूराबाई की अपनी नन्दा? तापसी का अपना तो कुछ भी नहीं था। कभी नहीं था, न रखाल काका, न कनिका दी। पुरानी यादों के साथ बोलपुर की ताज़ी हवा उसके भीतर घुमड़ने लगी थी। अपनी नीली कापी को उसने निकाल कर घुटनों पर फैला लिया था। उसने लिखा था, "कैसा होता है यह अपनापन...कैसा? वह, जिसको मैं नहीं जानती—पता नहीं, कभी जान भी पाऊँगी या नहीं?"

तापसी ने सोचा, उसे आश्रम की व्यवस्था को बदलने या तोड़ने का कोई अधिकार नहीं है। व्यवस्था को क्षति पहुँचाने का अर्थ है विश्वासघात और वह तो सदा ही अपनी नियति के आगे चुपचाप सिर झुकाती आई है। उसके चाहे या न चाहे कोई अनजान उसे अनदेखे मार्ग पर हाथ पकड़ कर घसीट रहा था। और रास्ते भी तो सुगम नहीं होते। अतीत की घटनाएँ-दुर्घटनाएँ गवाह थीं कि उसका रास्ता विशेष रूप से बहुत कष्टदायक था। एक सीमा थी बोलपुर, कनिका दी, जितेन दा। उन पर अटूट विश्वास किया, उनके सहारे संसार देखने का, जानने का प्रयास किया। कितना विश्वास जमाया था उन पर! और उन्हीं के कहने पर मजूमदार बाबू के साथ शादी कर ली थी। उसे याद है, कनिका दी ने कहा था—"मजूमदार बाबू बहुत भले आदमी हैं। पैसे वाले हैं, तुझे आगे पढ़ाने को भी मान गये हैं। तापसी, तेरे लिये यह एक द्वार है या एक सीढ़ी जैसी। तू चढ़ जा, नहीं तो तेरा शराबी काका तुझे छोड़ेगा नहीं।"

कनिका दी का वचन उसके लिए पत्थर की लकीर जैसा था। कनिका दी को या अपने बड़ों की आज्ञा को सिर झुकाकर मना लिया था उसने। गुरु जैसे सभी लोगों का बोलपुर की धरती पर कितना बड़ा स्थान था। उसे याद है, स्कूल की टीचर दीदी कहती थीं—"अगर सद्गुरु कुछ है तो शाश्वत कवि

है। शायद छंद में या लय में, 'वह' मात्राओं के बोध को न जानता हो, कविता न लिखता हो, फिर भी कवि है।'' सद्गुरु को या महाकवि श्री रवीन्द्रनाथ ठाकुर को, वहाँ ऋषि कहा जाता था। ऋषि का अर्थ होता था कवि। ऐसे विचार वाली धरती पर कनिका दी ने उसे इतने गहरे अंधकार में क्यों धकेल दिया? अपने अँधेरे में घुटती हुई वह जान पाई कि धन संसार की अन्य सभी मान्यताओं से बड़ी वस्तु है, उनके लिए भी और रखाल काका के लिए भी। तो क्या उनमें और रखाल काका में कोई अंतर नहीं था? या धन इतनी बड़ी शै थी? रातों में वह सोचती रहती, क्रियाहीन उन बेकार रातों में अपने अधकचरे मुकाम के बारे में सोचती रहती, जो न जाने कहाँ खो गया था। तापसी को लगता, बाहर का, बादलों का या आश्रम के धुएँदार कमरों का यह अंधकार, उसके भीतर गहरा उतर रहा था, उस गहराई में, जहाँ उसके अतीत की सभी आकृतियाँ गुम हो जाती थीं। अनन्त अंधकार किसी साक्षात्कार का माध्यम नहीं होता। सुबह सूरज के साथ उठकर छत पर से अगर वह ऊपर की तरफ़ देखती, किसी अन्तरिक्ष को खोजती तो कहीं न पहुँचने वाली उसकी बीमार-सी फीकी दृष्टि उस तक लौट आती। यही नहीं, सिर में एक चक्कर घुमड़ता था। शरीर का वह अंग, जिसे मस्तिष्क कहते हैं, तापसी को किसी परिभ्रामी घूमघुमइया में घुमड़ने के लिए ले जाता, जहाँ खड़ी होकर वह और उदास हो जाती थी। तापसी सूरज को देखकर भी कहाँ देख पाती? मन्दिर के धूप से तपते कंगूरे को देखती तो कहाँ देख पाती थी? कुएँ के भीतर झाँककर देखती तो कहाँ देख पाती थी? सिर में उठते चक्कर उसे बेहाल कर देते थे। पता नहीं क्या था वह, अपने गिर जाने का डर, अपने खालीपन, खाली हो आने की पदचापों की अनुगूँज? पता नहीं क्या? हाँ, यह अवश्य था कि भीतर का खालीपन ही उसके भीतर कुएँ तक जाने को, उसके अन्दर गिर जाने की इच्छा से उसे अनुप्रेरित करता रहता था, या कभी वही डर उसे आश्रम के किसी कोने में छुपा देता था। चक्करों की यह बीमारी उसे दुविधा में भी डाल रही थी। वह अक्सर गश खाकर गिर जाती, कभी झाड़ू लगाते, कभी नल पर, कभी मन्दिर की सीढ़ियों पर। चक्करों की यह बीमारी अवश्य ही उसके जैसे दुर्बल-दीन-पराधीन प्राणियों के लिए मादक द्रव्य का-सा कार्य करती थी, तभी तो उसे बहुत से झमेलों से बचा देती थी। उसे अपनी बीमारी के मध्य लेटे-लेटे बोलपुर में काका की कोठरी के पासवाले बड़े से उस वृक्ष के नीचे पड़ी अपनी टूटी बैलगाड़ी याद आती थी। उसने नारियल

के पत्तों, सिरकियों और मूँज से बुनबुनाकर उसे ठीक कर लिया था और अपने खाली समय में उसमें बैठ कर वह कैसे-कैसे सपने देखती थी। मन ही मन उसे लगता था, वह जैसे उस बैलगाड़ी जैसी हो गई है—खंडित और उघड़ी हुई। वह अपनी नीली कॉपी निकाल कर बैठ गई थी। उस दिन की रात को मरियम के कमरे में उसने टिमटिमाती लालटेन के नीचे कोरे कागज़ पर बहुत दिनों बाद लिखा था, "मेरी टूटी बैलगाड़ी शायद ठीक हो जाये। शायद चल भी पड़े। मुझे प्रयास करना है।" या फिर—"मैं क्या करूँ? मजबूरी में लादी भगवान की तरफ़दारी छोड़ दूँ या भगवान का पक्ष लूँ? पता नहीं, समझ में नहीं आ रहा ये पत्थर की बेज़ुबान मूर्तियाँ बचपन से लेकर अब तक मेरे पीछे क्यों पड़ी हैं। मेरा अस्तित्व इनसे अलग होकर जी क्यों नहीं पाता?"

प्रश्न पर उसके वाक्य ठहर जाते, दम तोड़ देते। अब कौन देगा प्रश्नों के उत्तर? पता नहीं?

तापसी को लगता उसके प्रश्न तो बहुत छोटे थे और बाहर का संसार इतना बड़ा, इतना विराट, आकाश है, अथाह जल-समुद्र है और उसका ध्येय, उसकी मंज़िल छोटी ही नहीं, दूर है, बहुत दूर। वह तो केवल पगडंडी पर खड़ी है। संकीर्ण मार्ग की बदबूदार गली में जहाँ कुछ भी सही या व्यवस्थित नहीं था और कुछ भी उसे स्वीकार नहीं था तो क्या करे, उड़कर चली जाये—उड़ने की अभीप्सा, आकाश के पार जाने की अभीप्सा उसके भीतर बलवती हो उठी थी। पर अभी तो प्रभातफेरी के उस पल में वह नूराबाई, बरौता और वृन्दा के साथ मन्दिर जा रही थी—एक नये मन्दिर, एक नयी गली जो वृन्दावन के भीतर तक जाती थी, ऐसे भगवान के मन्दिर तक, जहाँ सभी मार्ग समाविष्ट हो जाते हैं।

वह चारों चल पड़ी थीं, एक नये रास्ते पर। यह नयापन, नया रास्ता तापसी को अच्छा लग रहा था। उनके आगे-आगे भगवे वस्त्र पहने संन्यासियों की एक टोली चल रही थी। उनमें से कुछ के हाथ में एकतारे थे, कुछ के हाथ में मंजीरे थे। उनके कपड़ों पर धूल जमी थी और कुछ नंगे पैर चले जा रहे थे। सब मिलकर एक भजन गा रहे थे—

मम प्रियतम के पद पंकज की सुरभित रज से
प्रतिक्षण पावन-जय वृन्दावन।
मम प्रियतम के मधुरानन से है प्रतिबिम्बित तेरा आनन
जय वृन्दावन।

मम प्रियतम की मधु मुरली से, गुंजित तेरा वन वन उपवन।
जय वृन्दावन।
मम प्रियतम की मधु चितवन से विकसित तेरे तरुपात सुमन।
जय वृन्दावन।
मम प्रियतम की प्रिय रवितनया करतीं शोभित तेरा आँगन।
जय वृन्दावन।

वे सब भावविभोर थे। अपने स्वर में डूबे हुए या शायद अपने भक्तिभाव में मदमत्त। तापसी ने इधर-उधर देखा—मैली, सँकरी गली, जिस पर ढेरों कूड़ा पड़ा था, खुली हुई नालियाँ, जिनमें से सड़ाँध आ रही थी। गली के हर कोने पर ढेरों कचरा, उसे खाते सूअर, खुजली से मिमियाते कमज़ोर, अधमरे कुत्ते, जूठन से सने पत्ते या टूटे हुए कुल्हड़ चाटते हुए सारे वातावरण को कोई भी मधुरता या भक्ति भावना जैसा कुछ भी देने में असमर्थ थे। फिर ऐसा क्या था, जो उन्हें आलोड़ित कर रहा था? वह सोचती ही रहती कि गली के बाईं ओर भव्य-सा एक मन्दिर उसे आकर्षित करने लगा—"चल-चल तापसी, ऊपर चल; यही है श्री बाँकेबिहारी जी का मन्दिर।"

"ओह!" तापसी बेध्यानी में ऊपर जाने लगी।

"अरे छोकरी, कहाँ जाती है? पट बन्द हैं अभी। अभी भगवान निद्रामग्न हैं। प्रतीक्षा करो। समय लगेगा द्वार खुलने में।" एक भव्य-सा वृद्ध उन्हें रोक रहा था।

"अच्छा महाराज," कह कर बरौता, वृन्दा, नूराबाई और वह सीढ़ी पर बैठ गईं।

"भगवान को तो सुबह ही उठना चाहिए। बरौता, वह भगवान होकर इतनी देर तक सोते हैं? क्यों?" तापसी से रहा नहीं गया। भजन गाने वाला जत्था अब तक सीढ़ियों पर बैठ चुका था। सफ़ेद वस्त्र और सफ़ेद दाढ़ी वाले उस व्यक्ति ने, जो उन्हें टोक रहा था, तापसी की बात सुन ली—

"मैं बताता हूँ तुझे! भगवान बाँकेबिहारी जी रसिक भगवान हैं। रात को, राधिका जी के साथ वह रास क्रीड़ा में निमग्न रहते हैं। प्रिया-प्रियतम का क्रीड़ास्थल है यह। नित्य रास के बाद भगवान शयन करते हैं तो बहुधा देर हो जाती है। ऐसी अवस्था में भगवान को कच्ची नींद से जगाना ठीक नहीं होता।"

"रास क्या होता है, बाबा?" तापसी के पूछने पर सब ज़ोर-ज़ोर से हँसने

लगे। बाबा ने मुँह फेर लिया और बरौता ने चिकोटी काटी—"रास क्या होता है, इत्ता भी नहीं जानती? अरी वही जो मैं करती हूँ सारी रात।"

"छिः! तुझे तो हर वक्त।" तापसी उठकर बाबा के निकट चली गई—"बाबा, आप बुरा ना माने तो बतायें—इस स्थान को वृन्दावन क्यों कहते हैं? इतना गंदा होने पर भी इतना पूज्य क्यों है, यह शहर?"

बाबा ने उसकी आँखों में कुछ देखा होगा, तभी उसके सिर पर हाथ रखकर बोले, "आ बैठ, मैं बताता हूँ। जनश्रुतियों के अनुसार श्रीराधाजी के सोलह नाम हैं। उनमें से एक 'वृन्दा' है। उन्हीं वृन्दा नामधारिणी श्रीराधा का यह क्रीड़ा-स्थल है; अतिरमणीय है। इस भूमि पर चारों तरफ़ तुलसी के पौधे अपने आप उग आते थे। शायद इसी से इस स्थल का नाम वृन्दावन पड़ गया था। सर्वप्रथम श्रीराधा की प्रीति में पड़कर श्रीकृष्ण ने गोलोक में श्री वृन्दावन का निर्माण किया था और इस धरती पर उनकी क्रीड़ा हेतु यह वन प्रकट हुआ और तभी से यह वृन्दावन कहलाया।"

"अस्ति वृन्दावनं यस्यास्तेन वृन्दावनी स्मृता।
वृन्दावनस्याधि देवी तेनेनायं प्रकीर्तिता।।"

भक्तों की मंडली में कोई गुनगुना रहा था।

"वृन्दावन में मनुष्य तो क्या श्रीकृष्ण की वंशी का मधुर निनाद सुन कर विस्फारित नेत्रों से टकटकी लगा कर पशु-पक्षी भी एकटक खड़े होकर, भगवान की मधुर लीलाएँ देखते हैं। सारी प्रकृति भी यहाँ सरस उन्माद में भर कर चैतन्य होती हुई मुखरित हो जाती है। सभी कुछ उन्हीं प्रिया-प्रियतम को रिझाने के लिए है। उन्हीं युगल की रस लहरियों से सिक्त है यह शहर, उन्हीं के प्रेम से संपृष्ट है, सिंचित है तथा आह्लादित है। हाँ-हाँ वही-वही, वही वृन्दावन है!" बाबा अपने ही वर्णन में किसी काल्पनिक वृन्दावन में खो गये थे। तापसी अपने चारों ओर टूटी-फूटी गली, बाज़ार हो आये निकुंज, भीख माँगती औरतों, अन्धों, विकलांग जीवों को देख कर परेशान हो रही थी। बाबा की परिभाषा और यह वृन्दावन? कैसा विरोधाभास जी रहा था यह संसार?

"चलो, द्वार खुल गया है।" किसी ने कहा।

धक्का मारती भीड़ में रेलमपेल होती तापसी वृन्दा का हाथ पकड़े जाने कैसे अन्दर पहुँच गयी थी। भीड़ के बीच वह देख रही थी—पीले वस्त्रों वाले पुजारी ने प्रतिमा के सामने पड़ा हुआ रेशम का परदा खिसका दिया—एक क्षण

को दिखी थी, एक भुवन-मोहिनी छवि, कँटीले नयन तथा मनोहर मुस्कान, तापसी को एकाएक लगा, उस प्रतिमा के नेत्र जैसे सजीव हो उठे थे और तापसी को देख रहे थे भीतर तक। उसका कुछ भी तो छुपा नहीं था भगवान की उस गहरी उतरती दृष्टि से। उसका भी जी चाह रहा था, बस अपलक देखती रहे, अवश्य ही एक अद्भुत-सा आकर्षण था, जो उसे बाँध रहा था तथा जीवन्तता लिए उकसा रहा था। परन्तु इतने व्यवधान थे बीच में, एक तरफ़ पंडित लोग भक्तजनों के प्रसाद-फूल लेकर भगवान पर चढ़ा रहे थे, दूसरी तरफ़ भोग लग रहे थे; उन पर फूलों की वर्षा कर रहे थे। पंडित जी भक्तजनों को प्लास्टिक के नीले-हरे थैलों में भोग दे रहे थे और चरणामृत भी। परन्तु वे सब खाली हाथ खड़ी थीं, खाली हाथों का प्रणाम और समूचे व्यवधानों के बीच वह मधुर छवि। जल्दी ही भगवान और भक्तों के बीच परदा फिर से डाल दिया गया। ''अरे बाबा, फिर से परदा डाल दिया। भगवान के दर्शन करने ही नहीं देते ये पंडित लोग।'' किसी ने चिल्ला कर कहा।

''पंडितों का कसूर नहीं है, भाई!'' किसी दूसरे स्वर ने कहा—''श्री बिहारी जी की रसिकता तो बड़ी विख्यात है। एक बार इनके दर्शन के लिए एक भक्त महानुभाव आये। वे टकटकी लगाकर भगवान को देखते रहे। जब वह प्रस्थान करने लगे तो, बस, फिर क्या था रसिक रिझावर बिहारी जी मन्दिर से निकलकर उनके पीछे-पीछे चल दिये। कहते हैं, गुसाँईजी बड़ी अनुनय-विनय करके बिहारीजी महाराज को लौटा कर लाये और मन्दिर में स्थापित किया। तभी से आशंकावश बिहारीजी के दर्शन करते समय बीच-बीच में परदा डालने की प्रथा आरम्भ हुई।''

फिर से धक्का खाती भीड़ में तापसी बाहर आ गई। नाली के कीचड़ में भरभरा कर वह, वृन्दा और बरौता गिर पड़ीं। अपने को उठाती-सँभालती वह सँकरी गली में चलती चली जा रही थीं; बरौता गाली बक रही थी और वृन्दा अपने पैसों से अपनी चुनिया के लिए कुछ खरीद लाई थी। तापसी के हाथ खाली थे। उसके पास कुछ नहीं था। इतना कुछ घट जाने के बाद एकाएक उसे पैसों की आवश्यकता समझ में आने लगी। क्यों पकड़ते हैं धन को लोग, किसलिए? शायद इसलिए कि उसके सहारे वे अपने अस्तित्व को एक परिभाषा दे सकते हैं। धन के सहारे अपने स्वयं के 'होने' को सहायता मिलती है। पैसों से जेब भरी हो तो जैसे अपने अन्दर एक विश्वास, एक बल संचित हो जाता

है। धर्म भी तो कहाँ चलता है बिना पैसे के। यह बात अलग है कि सड़क के किनारे बैठ अंधा भिखारी गा रहा था—"माया महा ठगिनी हम जानी।" वह कैसी कंगालन-सी खड़ी हो गई थी, न फूल, न चढ़ावा, न धूप, न अक्षत, कुछ भी नहीं था उसके पास। सच, बिना धन के कैसे हो पायेगी आत्मरक्षा या पूजा भी? अवश्य उसे कुछ करना होगा, पर क्या? "माया ऐसी मोहिनी भाई, जेते जीउ तेते भटकाई।।" अन्धे फ़कीर का गीत उसके आसपास ज़हर भरे ततइये-सा मँडराता रहा।

"ले, प्रसाद खा ले।" बरौता ने एक पेड़ा उसके हाथों पर रख दिया। उसे खाने का जी तो चाहा, पर कुछ न खरीद पाने की विवशता इतनी घनीभूत थी मन में कि उसने कहा—"नहीं।" और पेड़ा सामने बैठी भिखारिन के हाथ पर रख दिया, "मुझे नहीं खाना है कुछ भी।" बहुत से आँसू थे, जो आँखों में बरबस छलक आये थे, जिन्हें वह रोक रही थी। नहीं, रोना नहीं है मुझे; अपनी स्थिति की दयनीयता पर रोना नहीं है मुझे। वह तेज़ी से चलती हुई आश्रम के द्वार तक आ गई थी। देखा मन्दिर के द्वार पर मिले वृद्ध बाबा अम्बिका देवी जी से कुछ बातें कर रहे थे। उसने सुनना चाहा, पर अम्बिका देवी के डर से भीतर चली गई। वृद्ध बाबा ने उसके प्रश्नों का उत्तर दिया था—कोई तो था। जिसने उसके प्रश्नों को उत्तर के योग्य समझा था। विचारधाराएँ उसके परिवेश पर पड़े हुए एक परदे जैसी थीं। बाँकेबिहारी और उसके बीच पड़े रेशम के परदे जैसी, यथार्थ। हो सकता है, वृद्ध बाबा के सान्निध्य से उसके अन्दर घुमड़ता विचारधाराओं का संसार समाप्त हो जाये।

अब तक तापसी ने जान लिया था कि वृन्दावन का अपना एक संगीत था। वह कल्पना करना चाहती थी कि, हवाओं में तैरती कदम्ब-कानन तले खड़े भगवान कृष्ण की मधुर मुरलिका की तान, या फिर प्रकृति के खुले प्रांगण में पक्षियों का कलरव, जलविहीन सूखी होने पर भी कल-कल निनादित कालिन्दी का मधुर मृदुल रव, घाटों पर, पनघट पर हँसती खिलखिलाती ब्रज-किशोरियों के मुखर नूपुरों का रसीला रव या फिर बाँसुरी की मधुर तान पर खिंची आती गोप-किशोरियों के कंकण-किंकिणियों एवम् चरण-मंजीरों का रुनझुनाता स्वर। ब्रजभूमि में इन सब स्वरों की एक रसीली भूमिका थी। यहाँ रस-विलास-जनित मदाम्बुधि में उठती रस-बीचियों का मधुर रव विषय रव नहीं था या इसलिए कि इसमें विश्व-कोलाहल सुनाई नहीं पड़ता था। परन्तु अब आज के वृन्दावन

में वह मनोहारी स्वर, पता नहीं कहाँ अलोप हो गये थे? यह विश्व-कोलाहल इतना क्रूर, इतना विकट क्यों था, जो तीर्थों के संगीत को लील गया था, क्यों?''

तीर्थों का संगीत, मन्दिरों का नृत्य और तीर्थों की सुगंध, वह भिन्न थी। जलते हुए दियों, अगरबत्तियों, सुगंधित पुष्प इत्यादि, हवन-कुण्डों में जलती सामग्री, लोबान आदि सुगंधित पदार्थ खोजकर तीर्थों में लाये गये थे। सुगंध तीर्थों की, मन्दिर की पूजा की एक अभिन्न अंग बन गयी थी। जो सुगंध भगवान तक जा पहुँचने का साधन हो सकती थी, वही गलत प्रयुक्त हो जाने पर मनुष्य की मानसिकता को कामुकता की देहरी पर लाने में समर्थ हो गई थी। साधन तो साधन थे। उन्हें प्रयोग करना मनुष्य के अपने मनोभाव पर निर्भर होता था। विपरीतताओं के प्रयोग जितने भी हुए निष्कर्ष यही था कि विपरीतता ही मनुष्य को सबसे अधिक मुग्ध करती थी, करती है। और आज मन्दिर-मन्दिर न रहकर प्रयोग-स्थल बन गये थे। मन्त्रों का सस्वर जाप, जिसे ब्रह्मांड में समाकर कालजयी जीवन्तता में थमे रह जाने का आशीर्वाद प्राप्त था। वह जाप बेबस और दुःखी होठों की मजबूर बुदबुदाहट में बदल गया था। या फिर फ़िल्मी धुनों की अश्लीलता में प्रवाहित हो गया था, नृत्य सिनेमाई हो गये थे और भजन भावविहीन तुकबन्दी, जैसे प्राणविहीन खण्डहरी शरीर, जो ध्यानावस्था से अध्यानावस्था या विक्षिप्तता तक ले जाने का माध्यम भर थे, और कुछ नहीं। गंगाजल या चरणामृत भी प्रयोग की देहरी पर अछूते कहाँ छूटे थे। वहाँ भी बदलाव आया था। अफ़ीम, ताड़ी, गाँजा...क्या नहीं था जो मन्दिरों में प्रयुक्त नहीं हो रहा था? क्या था, जो पहले जैसा था, पूज्य, भावभीना, सुन्दर—अध्यात्म तक ले जाने वाला, ध्यान-पूजा, पूजा की विधियाँ? और ये बेचारी विधवाएँ जिनका शरीर-शरीर नहीं, छेदों-भरी छलनी-जैसा था, कुछ भी डालो छन जाता था। प्रयोगभर ही तो था—मन्दिर में छह घंटे बिठाकर जाप, दो रोटी, दो धोती और पंडित—केवल प्रयोगरत घंटे-घड़ियाल बजाते। उनकी अपनी एक ध्वनि, उनका अपना एक स्वर था, जो उनके मठाधीशत्व का स्वर था, आधिपत्य का स्वर था, डर का स्वर था, जो तीर्थों का स्वर बन गया था। डर ही तो है जो मनुष्य को तीर्थों तक लाता है। तभी तो पूजा-अर्चनाएँ, चढ़ावे, आरतियाँ बढ़ गई थीं; तरह-तरह के चालीसे, भजन बढ़ गये थे। क्या-क्या नहीं बढ़ा था—भक्तों की संख्या के साथ दीपक, कपूर, अगरबत्तियाँ, मोमबत्तियाँ, लपट-लपट जलती जोत! गिनतियाँ बढ़ती चली गई थीं, साथ-साथ दिखावे बढ़ गये थे, प्रसाद-फूल

मालाएँ पैरों में बिखरता लिसता चरणामृत, उसकी मात्रायें सब बढ़ती चली गई थीं। रेलमपेल, भीड़, बाँकेबिहारी के नियमित दर्शन, धक्के खाते भक्तों के जिस्म। गुप्तांगों को उभारते, छूते स्पर्श, तीर्थों में भक्ति के स्थान पर व्यवस्था, नियमितता पैर पसारने लगी थी। रस्सियाँ भक्तों को विभाजित करने लगी थीं। पंडितों के पीले-नारंगी कपड़े, गालियों से भरे चिंघाड़ते स्वर, पुलिस के डंडे, भावनाविहीन व्यवस्था का एक अंग बनते चले गये थे। क्रमबद्ध सुबह की आरती, दोपहर की आरती, शाम की आरती, मन्त्रों का जाप–कौन करता है मन्त्रों का जाप, कौन? कहते हैं, मन्दिर की भीतरी कोठरी में जिसे गर्भगृह कहते हैं, हर क्षण में एक मन्त्र चलता रहता है। गुंजायमान रहता है, वहाँ की हवाओं में थमा हुआ है वह मन्त्र। क्या है वह मन्त्र? वहाँ भी प्रयोग, कुछ मन्त्र कार्य-सिद्धि के लिए, कुछ मन्त्र तांत्रिक, कुछ...मन्त्र? तो क्या सभी कुछ केवल शाब्दिक प्रयोजन-भर हैं? अपनी स्वार्थ-सिद्धि के लिए या जहाँ तक तापसी को समझाया गया था, मन्त्र भक्त के प्रेम का अवबोधन है, स्वयं का स्वयं के द्वारा। मन्त्र कर्णप्रिय, सुमधुर ध्वनि हैं। मन की अवगुंठित दबी-दबी भावनाओं की सारगर्भित मधुर अभिव्यक्ति जो वायुमंडल में सदा-सदा प्रवाहमान रहती है। तापसी या नूराबाई या वृन्दा के वे भजन, उन्हें जिन्हें भक्ति की कोई परिभाषा नहीं आती थी, उन्हें तीर्थों की रहस्यात्मकता से कुछ लेना-देना नहीं था। उनके लिए ये मन्त्र या अस्फुट स्वरों के अशुद्ध स्वरों में फूटते भजन, पेट भरने का साधन भर थे–दो रोटी, दो साड़ी। तो क्या सभी आराधना-तत्व, पूजायें-प्रार्थनाएँ किसी भी तीर्थ का केवल एक रिवाज़ भर थे, नियम या परम्परा, जिसके कुएँ में डूब जाने के अतिरिक्त और कोई रास्ता नहीं था? तैरना तो किसी को भी नहीं आता था, मजबूर विधवाओं के भिखारी हुए शरीर को तो नितान्त ही नहीं।

तीर्थों के साथ संगीत, नृत्य, सुगंध, फूल, चढ़ावे तथा मन्त्रों के अतिरिक्त एक और रहस्यात्मकता भी गुम्फित होती है। प्रायः सभी तीर्थ कठिन यात्राओं द्वारा गम्य होते हैं, जोखिम भरी यात्राएँ यही तो जताती हैं कि अपने आराध्य तक पहुँचने की राहें सरल नहीं हैं। फिर, आराध्य और अपने बीच पड़े रेशमी सरसराते परदे, अजीब-अजीब घटनाएँ...तभी तो मन्दिर के बाहर पक्के चबूतरे पर वह मर्दानी-सी औरत अपनी अजीब-सी भावभंगिमा में अक्सर नाचती दिखाई देती थी। वह उस दिन भी नाच रही थी भद्दे अश्लील शब्द उछालती। भीड़ उस पर हँस रही थी; तालियाँ बजा रही थी–"पग घुंघरू बाँध मीरा नाची

रे... ।" परन्तु उसकी ताली, उसका स्वर भिन्न-सा, क्या था? "हाय...मीरा नाची रे... ।" उसकी हाथों की ताल भद्दी थी और स्वर भी। मन्दिर के भीतर भगवान के नृत्य की वह भव्य मुद्रा और उसके सामने यह सस्ता नृत्य? तापसी विचारमग्न खड़ी थी। अगर यह देख पाती तो,...परन्तु इसकी तो शरीर-संरचना भी भिन्न-सी थी। नूराबाई–वृन्दा जैसी नहीं। परन्तु वह मग्न थी अपनी मुद्रा में, अपने नृत्य में, जैसे वह नृत्य उसकी तरंगिता थी जो उसे भक्तिरस में बहाये ले जा रही थी।

तापसी सोच रही थी, मन्दिर में भगवान की नृत्य-मुद्रा क्यों अंकित की गई थी। क्या इस कारण कि सारा संसार उसकी तरंगिता पर नृत्य कर रहा था या उसकी किसी-न-किसी ताल पर। उसे याद है कि वह केवल एक बार नाची थी कनिका दी के घर। उस नृत्य में जैसे वह लिप्त हो गई थी, गहरे कहीं समा गई थी। पता नहीं, वह नृत्य था या कनिका दी का बेटा मलय? जिसकी बाँहों में घिरी गत्यात्मक हो गई थी। संगीत की लहरी में तरंगित होती हुई, विस्मृति की किसी सिहरन में खो गई थी। कैसा अपूर्व-सा था वह क्षण! आज भी याद आते ही जैसे हज़ारों नन्हीं-नन्हीं घंटियाँ देह में झनझनाने लगती थीं। शायद मीराबाई की लगन, मीराबाई की लिप्तता, भक्ति में वैसा ही गहराव था या शायद और अधिक मात्रा में; तभी तो "वृन्दावन की कुंज गलिन में..." अपने कृष्ण को खोजती, अपने अस्तित्व से बेखबर मीरा नाचती रही होगी।

परन्तु यह बेसुरा स्वर, बेसुरा चेहरा, भद्दा मर्दाना जिस्म, कैसा उपहास था उस अनुपम प्रेम का–

"जानती है, ये हिजड़ा क्यों बनी?" पंडित जी ने प्रसाद का ठोंगा नाचती हुई देवदासी को देते हुए पूछा। "नहीं।" तापसी ने हाथ के मंजीरे रखते हुए कहा।

बहुत पहले यहाँ पर एक बहुत पहुँचे हुए 'श्री महाराज' थे। वह भिक्षा के लिए मधुकरी को जाया करते थे। एक भरा पूरा सम्पन्न परिवार था, जो उन्हें रोज़ प्रतिदिन की भिक्षा में रोटी आदि देता था। घर में उन दिनों एक नवविवाहित पुत्रवधू भी थी। एक दिन महाराज जी को रोटी देते समय बहू के पैर का अंगूठा महाराज जी के अंगूठे को स्पर्श कर गया। पहली बार महाराज जी ने ध्यान नहीं दिया। जब उस नववधू ने दूसरे, तीसरे दिन भी वही शरारत की तो महाराज ने घर के प्रवेश द्वार पर खड़े होकर ज़ोर से कहा–"अब हम न आब यहाँ। तू हमार छोरान को बिगाड़बे कौ आयी है?" सेठ-सेठानी ने बहुत

क्षमा माँगी, परन्तु नववधू का उसी दिन देहान्त हो गया। वह अब हर जन्म में हिजड़ा बन कर पैदा होती है।

"राधे! राधे!" तापसी डर से काँपने लगी, "इसको उस शाप से कभी मुक्ति मिलेगी भी, स्वामी जी?"

"मिलेगी, जब समय आयेगा..."

"कब?"

"अब मुझे क्या पता। तू हमेशा बहुत सवाल पूछती है। क्या नाम है तेरा तापसी। कऊऐ खाकर पैदा हुई थी क्या?"

पंडित जी नाराज़ होकर चले गये थे। नाचती हुई देवदासी को गली के छोटे-बड़े लड़के पत्थर मार रहे थे। उसके माथे से खून बहने लगा—गहरे लाल रंग का खून। उसका भद्‌दे स्वरों का भजन, नृत्य धीरे-धीरे लुप्त होता चला गया। 'श्रीकृष्णः शरणं मम' वह मार खाती हुई जपने लगी। तापसी को लगा, जैसे वह स्वर उसके मुख से नहीं कहीं और से ध्वनित हो रहा था, देवदासी के माथे का खून उसकी साड़ी भिगो रहा था। वह अर्ध विक्षिप्त अवस्था में किसी एक दिशा में भागने लगी। तापसी के भीतर की घबराहट, जो बेमौसम के काले-काले बादल-सी उसमें घुमड़ रही थी। वह भी भागना चाह रही थी, शायद आश्रम के अपने उस कोने में, जहाँ कमज़ोर-सा एक सन्नाटा था और कुछ नहीं। उसके काँपते कदम अपने लिए किसी एक अकेलेपन को ऐसे खोज रहे थे जैसे भिखारी अपने हाथ से गिरे हुए सिक्कों को टटोलता है। देवदासी की खून से लथपथ आकृति उसे विक्षिप्तता से भर रही थी। चलते-चलते उसने देखा था देवदासी की बाँह पर काले गोदने से एक नाम खुदा था—'देवदासी'। खून पर भिनभिनाती मक्खियाँ उसे अचानक सोमालिया के भूखे कमज़ोर बच्चे—सूखती सिकुड़ती नंगी स्त्रियाँ...पत्थर फ़ेंकते फ़कीर बच्चे—सब कुछ एक पागलपन तक घसीट रहा था—क्या है यह? क्या हो रहा है इस धरती पर? जीवन से क्या जुड़ा है इस गंदगी का, गंदगी पर भिनकती मक्खियों का? उसे अचानक याद आने लगा वह दिन भी, जब बोलपुर में अपनी टाँगों के बीच बहते रक्त और उससे सनती साड़ी हाथ में मोड़ती वह कनिका दी के पास चली गई थी। कनिका दी ने आँखें तरेर कर कहा था, "कैसी पागल है तू, पूरी लोथ की लोथ। इतना भी नहीं जानती, तू बड़ी हो गई है, तापसी! हर लड़की इसी तरह बड़ी होती है।" और भी बहुत-कुछ समझाया था कनिका दी ने।

बचपन एक स्थिति होती है और तापसी को लगा था, वह उसे पीछे छोड़ कर आगे आ गई थी, बड़ी हो गई थी।

हाँ, उसे याद है, दीदी ने कहा था, "काका को पता मत लगने देना," नहीं तो तेरी माँ की तरह तुझे भी सोनागाच्छी... ।"

"यह सोनागाच्छी...क्या होता है कनिका दी...?"

"अब तू चल, भाग यहाँ से। फिर कभी बताऊँगी।" उसे याद है वह भागना नहीं चाहती थी, पर भाग रही थी, परन्तु उसके भागने की गति में अंतर था। बड़े हो जाने का एक डर जो उसके भीतर प्रवेश कर रहा था। स्थितियों के बदल जाने से पैरों की अपनी चाल में भी तो कितना परिवर्तन आ गया था।

तापसी का मन तो भटकता ही रहता था। कभी किसी भाव को पकड़ कर बैठ जाता था और उस भाव में डुबकी लगा जाता था, फिर बाहर आ जाता था। वृन्दावन में भी इन दिनों जन्माष्टमी का पर्व अपनी तैयारियों में लगा था। सजावट के नाम पर गलियाँ सामानों से भर रही थीं और व्यवस्था के नाम पर वर्दीधारी पुलिस वाले, मन्दिर के कर्मचारी योजनाएँ बना रहे थे। भगवान के नये-नकोर वस्त्रों और फूलों के श्रृंगार का बन्दोबस्त हो रहा था। समूचे वृन्दावन का स्वर इन दिनों उत्सवी हो गया था। एक विशेष तिथि, एक विशेष दिन, एक विशेष पूजा, एक विशेष मन्दिर इस क्षण सब-कुछ विशेष हो गया था। भगवान का जन्म, अवतार का जन्म। यात्री बदल कर भक्त हो रहे थे। मीलों की यात्रा करके आये परिवार, साधु, संत-महात्मा, चोर-उचक्के—एक भीड़ गढ़ रहे थे। पता नहीं, कितनी भक्ति भावना, कितनी धुन। अनेकानेक चेहरे थे, जो एक-दूसरे में गड्ड-मड्ड हो रहे थे। रस्सियाँ, पुलिस के डंडे, डाँट लगाती चिल्लाहट, गलियों में बढ़ती गंदगी, कीचड़, मरियल कुत्ते—"उत्सव इसी को कहते हैं?" तापसी सोचने को विवश हो गई थी।

"भीड़ हटाओ, भीड़ हटाओ!" का शोर फैलता था और बँटती भीड़ को फलाँगता कोई एक जत्था आगे चला जाता था। "ये बहुत बड़े साहूकार हैं," कोई स्वर उनकी विशेषता परिभाषित करता।

"होगा बड़ा अमीर आदमी। भगवान के मन्दिर में तो सबको बराबर जानना चाहिए, पुजारी जी! यह तो भगवान का घर है, इन्साफ़ का घर है... ।"

"फिर क्यों आये हैं?" तापसी से सवाल किये बिना रहा नहीं गया। वह मंजीरे बजा रही थी।

“अरे कोई दिखावे को आया है, कोई चढ़ावे को आया है, कोई तमाशा देखने आया है, कोई मौज मेला करने, भीड़ में औरतों के उभरे जिस्मों से रगड़ खाने का, उन्हें छूने का। हल्के से सहलाने की सिहरन अपने आप में एक अनुभव होती है। भक्त कहाँ हैं आज के ज़माने में? कलयुग है साला...” कामुकता से हाथ दबा कर एक छोटे कारिन्दे ने कहा। तापसी हैरानी से देख रही थी, तभी एक आदमी धक्का देकर कह रहा था, “मैं पहले आया था, मुझे जाने दें।”

“तू जानता नहीं, मैं कौन हूँ। पीछे हट।”

“नहीं, मैं पहले जाऊँगा; मैं पहले दर्शन करूँगा।”

“मैं” और “मैं” एक तकरार में बदल रहे थे। और कितने ही “मैं” थे, जो उछलकर शरीर से बाहर आ गये थे और हवाओं में एक-दूसरे से टकराने लग गये थे। तापसी हतप्रभ खड़ी सोच रही थी “मैं” का भी कोई मापदंड होता है क्या?

“पंडित जी, प्रसाद दीजिये, तिलक कीजिये, कलावा बाँधिये, इतना चढ़ावा चढ़ाया है मैंने।” कुछ मुड़े-तुड़े नोट मुट्ठी में ठूँसकर वह आदमी पंडित को अपने हक में जैसे खरीद चुका था।

पंडित ने जल्दी-जल्दी हाथ चला कर मन्दिर की मूर्ति पर से एक हार उतार कर उस आदमी के गले में डाला। प्लास्टिक के नारंगी झोले में फल, नारियल उसे पकड़ाकर रोली का तिलक उसके माथे पर लगाया, एक लाल रंग का कलावा उसकी कलाई में बाँधा। तापसी भाग-भाग कर उन्हें सहायता कर रही थी।

“बाबा, तिलक क्यों लगाये जाते हैं? आपके या सभी पंडितों के माथे पर का यह लाल तिलक किस बात का द्योतक है?” तापसी का प्रश्न उछलकर बाहर आ गया।

“यह तिलक माथे पर इसलिए लगाया जाता है कि माथा सबसे संवेदनशील स्थान है और माथे के बीचोंबीच यह स्थान तीसरी आँख का स्थान है। तिलक उस अनुभूति को जगाता है, याद दिलाता है कि तुम्हें यह तीसरी आँख खोलनी है, तीसरी आँख से दुनिया को देखना है, और वह तभी सम्भव होगा जब तुम्हारे जन्म-जन्मों के पुण्य, तुम्हें उस बिन्दु तक ले आयेंगे जहाँ खड़े होकर तुम्हें चेत आयेगा। यह लाल केसरिया बिन्दु एक द्वार है, एक संकल्प बिन्दु, जो हमें अपने जीवन से करना है।”

"ठीक कह रहे हैं, बाबा आप!" कुछ स्वर भक्तिभाव में पगे थे, परन्तु अधिकतर लोग धक्के-मुक्के और अपने बल-प्रयोग से आगे आने के प्रयास में थे। मन्दिर में दिये जल रहे थे, आरतियाँ चल रही थीं, भगवान की प्रतिमाओं के हार, फूल-मालाएँ मनुष्यों के कंठ में जा पड़े थे, भक्ति का स्थानान्तरण—इस समय माथे का तिलक, मिठाइयाँ निगलते पेट पकड़ते, छूटते, सहलाते हाथ, स्पर्श की भाषा में सम्प्रेषित होते हाथ, आँखें देखतीं, खोजतीं, तरेरतीं, आँसुओं से भीगतीं, सिकुड़तीं, बन्द होती आँखें, शब्द, गालियाँ देते, फुफकारते, पुकारते या फिर भजन की तरंगिता में बदलते शब्द, सब कुछ शरीर से उठता, शरीर में समोता है तो फिर यह "मैं" क्या है? इस "मैं" को साथ रखा जा सकता था या इसे घर पर छोड़ा जा सकता था अपने से अलग, पता नहीं? मूर्तियाँ भी तो शरीर नहीं हैं। केवल प्रतीक हैं, पत्थर नहीं हैं तो फिर, उनका "मैं" नहीं है क्या? उनका "मैं" पंडितों के हाथ में था, जिसका वे उपयोग करते थे। ये पूजायें, प्रार्थनाएँ एक भेंट जैसी थीं, जैसे भगवान के निकट आ पहुँचने की एक घटना, जिससे हमारा नाता जुड़ता था परन्तु जुड़ता कहाँ था कुछ, कहाँ जुड़ने देते थे ये बाज़ारू लोग कुछ भी। कितनी वर्जनाएँ थीं; व्यवधान और परदे थे। मन्दिर के पट बन्द होने को थे। भगवान भी शायद अब तक थक गये थे। वृन्दा चोरी किये फल, मिठाई थैले में छुपाये चुपचाप आ रही थी। उसके भीतर उसकी बीमार बेटी का अस्तित्व खुदा हुआ था जैसे, जिसे वह कभी अपने से अलग नहीं कर पाती थी। उसके लिए सब भाव एक ही स्थान से आरम्भ होकर एक ही स्थान पर समाप्त होते थे। उसका ध्येय केवल उसकी बेटी चुनिया, बीमार, टेढ़ी हो आई टाँगों से घिसटती। भगवान, उनकी पूजा-अर्चनाओं से उसका लगाव नहीं था, जैसे किसी प्रतिमा पर बैठे पक्षी के लिए वह मात्र विश्रामस्थल होती है और कुछ नहीं, पूजा का प्रतीक भी नहीं वैसे ही वृन्दा के लिए था। यह सारी भीड़ का, भिखारी का, हाथ फैलाये... विधवाओं...बीमारों...अधमरी औरतों ही का था इनका प्रतीक?

शहर में भीड़ जहाँ भी जमा होती थी, किसी घटना या दुर्घटना को उकेरती थी। सँकरी गली के कोने में इस चौराहे पर तो कोई मन्दिर नहीं था, फिर भी भीड़ थी। यहाँ कोई प्रतिमा, फूल, अगरबत्ती, आरती जैसा कुछ नहीं था, फिर भी भीड़ थी। तापसी, वृन्दा, नूराबाई, बरौता भीड़ में जगह बनाने लगीं। कौतूहल भीड़ को बुनता था और आश्चर्य उसे जोड़ता था। एक आदमी उस टूटे हुए

घर के बुर्जीदार टूटे चबूतरे पर खड़ा था—मैला-सा पाजामा-कुर्ता, चेहरा-मोहरा साधारण परन्तु आवाज़ जैसे विस्फोटक-सी चिंगारियों से भरी थी। वह अख़बार को एक गोलाकार लपेटते डंडे की तरह हवा में हिला रहा था। धूप से चमचमाते उसके चेहरे पर एक अजीब-सी चमक थी, शायद विश्वास की। उसके शब्द साफ़ सुनाई दे रहे थे—

"आप सब महिलाओं के लिए यह जन्माष्टमी एक बड़े जश्न का दिन है। आप सब के लिए हमारी सरकार ने 'महिला आरक्षण बिल' पास किया है। आपको आपकी सरकार ने तीस प्रतिशत अधिकार देने का वायदा किया है। इस खबर की मोटी-मोटी सुर्खियों को तो आप पढ़ चुके होंगे, कितने शानदार शब्दों में लिखा है सब कुछ, परन्तु क्या इसी अखबार के अन्दर के सफ़ों पर पतले अक्षरों में लिखी छोटी-छोटी खबरों पढ़ीं आपने? नन्हीं-सी खबरें हैं। चार साल की नगमा का लक्ष्मण टीले के पीछे बलात्कार हुआ और उसकी लाश मर्दाने संडास में पाई गई। महिलाओं के हितों के लिए लड़ने वालों को शायद यह खबर बहुत प्रभावित नहीं कर पाई, न ही दिल्ली के हत्याकांड; जैसे निज़ामुद्दीन की बरसाती में रह रही उस अधेड़ बीमार साठ साल की महिला की निर्मम हत्या की खबर, जो वहाँ अकेली रहती थी? और जिसे मारने से पहले, कातिलों ने बलात्कार भी किया था।"

"इस प्रकार के बिल पास हो जाने पर क्या यह मौजूदा हालात बदल जायेंगे? कूड़े के ढेर पर फ़ेंकी नवजात कन्या की लाश या सौरगृह में ही गला घोंट कर मार दी जाती बच्चियाँ, आप से अपने जन्म का हिसाब माँग रही हैं? हर दिन दहेज के लिए जलाई जाती नवयुवतियाँ, उनके दम तोड़ते बयान आप से अपनी बर्बादी का हिसाब माँग रहे हैं। आपको नहीं लगता कि स्त्री ही स्त्री की सबसे बड़ी दुश्मन है? उसकी हत्या करने वाली जल्लाद है।" वृन्दा सिसक कर रोने लगी थी। नूरा तापसी का हाथ कसकर पकड़े थी और तापसी हतप्रभ...जैसे कुछ खुल रहा था उसके भीतर कुछ...क्या?

"कौन मार रहा है औरत को? कौन गला घोंट रहा है जन्म लेती नन्हीं कलियों का? कौन कर रहा है बलात्कार छोटी बच्चियों के साथ? कौन?"

पास खड़े लोग पाजामा खुजा रहे थे। औरतें अपनी साड़ी के आँचल से सिर ढक रही थीं। कुछ हाथ इधर-उधर बढ़ रहे थे, कुछ होंठ गाली बक रहे थे, परन्तु वह था कि बोले जा रहा था अपनी ही बेसुधी में गुम—"कितनी

समस्याएँ हैं आपकी? शादी के साथ दहेज की, दहेज के बाद तलाक की, विधवा हो जाने की? कौन दे रहा है जवाब आपकी समस्याओं का? कोई नहीं। यह बिल इन समस्याओं पर पड़ा एक परदा है; ऊपरी रंगीन चादर, जिसे ओढ़कर कानून के दावेदार आपको यह सब दिखा रहे हैं—सरकार, मन्दिर, पंडित, आपके घर वाले, इसलिए कि आप ऊपरी सतह की चकाचौंध से प्रभावित होकर भीतरी सच को न देख सकें—वह सच, जिसे आप जानती तक नहीं, आपके अस्तित्व का, आपकी ज़िन्दगी का, आपके स्त्री होकर जन्मने का सच, आपके होने का सच।''

भीड़ में सन्नाटा-सा छा गया था। एक भयज़दा सन्नाटा उस वातावरण में रेंगने लगा था।

''आपका, हर औरत का सच यह है कि वह अपनी चौखट के पीछे कैद है और उसकी मजबूरी यह है कि वह जब चौखट के अन्दर है, मार खाती है और जब बाहर आकर अपना हक माँगती है, तब भी मार खाती है। देवरौला की रूपकुँवर को भी तो चौखट के पीछे ही मार डाला गया और ऊपर से समाज ने परंपराओं का ढोंग रचकर उसे 'सती' करार देते हुए समारोहपूर्वक उसकी मौत को एक त्योहार भारी-भरकम जश्न में बदल डाला था। यह जन्माष्टमी, यह उत्सव-त्यौहार आपको बहलाने के लिए हैं, इसलिए कि आप अपने सच से दूर इन्हीं फूलों, इनकी खुशबुओं, मन्दिरों और बाद में पंडितों के निर्मित झूठ के आसपास भटकती रहें और वह सब न समझ पायें जो आपको समझना है, जानना है। याद है आपको, कुछ ही महीने पहले यहाँ पास ही किसी गाँव में एक औरत को निर्वस्त्र करके पूरे शहर में घुमाया गया था, क्योंकि वह गाँव के गुण्डों के विरोध में घर की चौखट छोड़ कर पुलिस से मदद माँग रही थी। पुलिस ने उसकी टाँगें तोड़ दीं, इसलिए कि उसका यह साहस नाकाबिले बरदाश्त था तमाम आदमी ज़ात के लिए कि, भारत की धरती पर मर्दों के आमने-सामने होकर एक अदना-सी औरत अपने अधिकार की बात करे, सिर उठाये, यही नहीं, कानूनी लड़ाई लड़ने का दुस्साहस कर बैठे।''

''मारो साले को।'' भीड़ में अब तक़ पुलिस आ मिली थी—''कैसा भड़का रहा है हमारी सीधी-सादी औरतों को। साला, पत्रकार बनता है।'' भीड़ अब मर्दों में बदल रही थी—''बहुत चल रही है ज़ुबान, उल्लू का पट्ठा, साला! हरामी, कामरेड है कामरेड। मारो साले को।'' एक पुलिस वाले ने उसे बाँह पकड़ कर

घसीटा। "झूठ सुनने के आदी हैं आप लोग। सच बरदाश्त नहीं हो रहा न। छोड़िये मुझे। मैं अख़बार के दफ़्तर में काम करता हूँ। कामरेड-आमरेड कुछ नहीं हूँ।" कुछ मोटी-तगड़ी औरतों ने बीच-बचाव भी किया, फिर भी घसीट, डंडे, अपशब्द उसे सहने पड़े, वह चलता गया, सहता गया, फिर भी चिल्ला-चिल्ला कर कहता गया–

"आपका कोई नहीं है बहनो। ये व्यवस्था के ठेकेदार बिकाऊ हैं। पुलिस वाले या कानून के दलाल, अदालतें, आपका कोई नहीं है। आपका कोई साथ नहीं देगा। इनसे हमदर्दी की उम्मीद भी मत कीजिये। आपको अपनी लड़ाई खुद लड़नी है। आपको अपनी जगह खुद बनानी है। छोड़िये यह चक्करबाज़ी, यह जन्माष्टमी, पूजाएँ। इस ज़माने में भगवान भी तो पत्थर के हैं, पत्थरों से क्यों फोड़ रही हैं अपना माथा? उठिये, जागिये, यह जागने का समय है, सोने का नहीं... ।"

भीड़ एकाएक भीड़ हो उठी–डंडे-मार चिल्लाहटें, भागमभाग, दौड़धूप, परन्तु तापसी, वृन्दा, नूराबाई और बरौता चुपचाप चलती चली गईं अस्तित्वहीन, जैसे कुछ हो गया था उन्हें...'श्री राधाकृष्ण आश्रम' के द्वार तक। विधवा आश्रम का द्वार, प्रवेश, अर्थ, बदल से रहे थे। आश्रम के कमरों में गहरा काला अँधेरा था। केवल बरांडे का ज़ीरो पावर का कमज़ोर बल्ब जल रहा था, जो आश्रम के अँधेरे को दूर नहीं कर सकता था। इतना सघन क्यों था अँधेरा थक्केदार और फिर अँधेरे की परतें, परतें होती हैं क्या अँधेरे की? अँधेरे को पोटलियों में बाँधकर फ़ेंका नहीं जा सकता क्या? सूरज कहाँ चला गया था? हर शाम को सिकुड़ कर गायब हो जाना, क्यों आवश्यक था सूरज के लिए? परन्तु वृन्दा कमरे से कूद कर धम्म से बाहर चली गई। अँधेरी किसी गली के, किसी अँधेरे कोने में, आश्रम के गलियारे का मरियल प्रकाश वृन्दा की बेटी के रोने की मरगिल्ली आवाज़ में सम्मोहित था। तापसी सोच रही थी उसे कैसे चुप कराये। कुछ भी तो नहीं था उसके पास उसे बहलाने को, न दूध, न खाना, न खिलौना, कुछ भी नहीं। रोने दूँ क्या? और हो भी क्या सकता था? मैले गिलास का पानी सिर्फ़ पानी होता है और कुछ नहीं, तभी तो सोमालिया के बच्चे इतने कमज़ोर हैं। यह बेचारी कम-से-कम रो तो लेती है। वे बेचारे तो रो भी नहीं पाते। शरीर की उस दुर्बलता ने जैसे उनकी आँखों का पानी भी सोख लिया था।

उसने मरियम के कमरे में पड़ी पत्रिका में पढ़ा था कि इथोपिया, सोमालिया, जिबूती या कीनिया के कुछ हिस्सों में सूखा और भूख के शिकार बच्चे बेमौत मर रहे थे। यह भी लिखा था कि ये देश अपनी धनराशि भी भोजन के स्थान पर देश की सुरक्षा के लिए ख़र्च करने के लिए मजबूर थे। उनका जो भी पैसा था वह बन्दूकों, जहाज़ों और टैंकों पर ख़र्च हो रहा था, पर क्यों?

अम्बिका देवी का वास्तविक नाम क्या था, वह यहाँ आश्रम में कोई नहीं जानता था। सभी उन्हें अम्बिका देवी कह कर पुकारते थे। उनका परिचय उनकी समाज सेवा थी या उनका समूचा व्यक्तित्व। दीन-हीन की सेवा। सेवा इन विधवाओं की, जो अपने घरों से दुत्कारे जाने पर यहाँ उनकी शरण में आ गई थीं। उन्हें अपने 'सोशल वर्क' के लिए कई पुरस्कार, ताम्र-पत्र आदि भी प्राप्त हो चुके थे, जो शीशे में जड़े ऑफ़िस के कमरे की एक खास दीवार पर टँगे उनकी महिमा का गान कर रहे थे। यही नहीं, उनकी बड़ी-सी महिमामंडित फ़ोटो भी वहाँ सुशोभित थी मुस्कुराती हुई, जो उनके कद को और बड़ा करने में समर्थ थी। बरौता को तो सारे संसार की खबर रहती थी। ऐसा कौन था, जिसका इतिहास, कच्चा-चिट्ठा, अतीत बरौता नहीं जानती थी? वह बता रही थी कि बहनजी किसी छोटे-से कस्बे हरदोई या एटा की रहने वाली हैं। अपनी उम्र में उन्हें फ़िल्मी हीरोइनों-जैसे कपड़े पहनने का बड़ा शौक था। छोटी अवस्था में ही उनकी शादी हो गई थी। उनके घरवाले की एक अदद अंग्रेज़ी दवाइयों की अच्छी खासी दुकान थी। जिस पर बाहर अंग्रेज़ी में 'केमिस्ट' लिखा था। अम्बिका देवी दुकान पर बैठने लगीं—अंग्रेज़ी दवाइयों के नाम पर्चियाँ पढ़कर उनका ज्ञान बढ़ने लगा। जब उनका घरवाला दवाइयों की फ़रोख्त के लिए दिल्ली या आगरा जाता, वे पूरी दुकान बड़ी व्यवहार-कुशलता से अकेली सँभालती थीं। कपड़े, बाल, अदायें...आने जाने वालों की भीड़ बढ़ती रही, दुकान चलती रही। उनकी दुकान पर कभी-कभी डॉक्टर यादव पुरानी फोर्ड गाड़ी में आते थे। वे वहाँ के एकमात्र अस्पताल के इंचार्ज थे, जो अपने समय में 'बैकवर्ड-कास्ट' की सीट के कोटा में पढ़कर डॉक्टर बन गये थे। छोटा शहर था। अस्पताल एक ही था, अतः उनकी भूमिका वहाँ महत्त्वपूर्ण ही नहीं, निर्णायक भी थी। डॉ. यादव छोटे-से किसी गुमनाम गाँव में अपनी ब्याहता को ऐसे छोड़ आये थे जैसे साँप अपनी केंचुल उतार आता है। पता नहीं वह किसी घर में

झाड़ू-बुहारी करती थी या खेती-बारी? कौन जानता था? उम्र के उस मोड़ पर अम्बिका देवी की अलग-थलग स्वायत्तता उन्हें आकर्षित कर रही थी और अम्बिका देवी को उनकी लम्बी-सी सैकिण्ड हैण्ड गाड़ी। अम्बिका को वह फ़िल्मी हीरो जैसे लगते थे। दवाइयों का एक रोमांस-भरा आदान-प्रदान दुकान के अतिरिक्त अस्पताल के अहाते के भीतर भी होने लगा। अस्पताल की सामग्रियों की खरीद-फ़रोख्त काफ़ी बढ़ चली थी और अम्बिका देवी का काम भी। सूत्रपात कहीं से भी हो, क्रांति का अंत एक ही होता है। जीवन और उसके उत्पात तो साथ-साथ चलते ही हैं। डॉक्टर यादव तबादला करवा कर अम्बिका देवी को अपनी फोर्ड गाड़ी में बड़ी फ़िल्मी अदा से बैठाकर वृन्दावन के एक अस्पताल में इंचार्ज बनकर चले आये थे। अम्बिका के पहले पति ने बहुत शोर मचाया, भागा-दौड़ी की, परन्तु डॉक्टर यादव का पलड़ा अधिक वज़नदार था और तब तक अम्बिका देवी के एक-के-बाद-एक दो बेटे, उनके वैवाहिक या जैसे भी सम्बन्धों पर मोहर लगाने इस संसार में आ पहुँचे थे। और अब तक तो बहुत समय बीत गया था। समय का बदलाव से पुराना याराना भी था। बेटे बड़े हो गये थे। वृन्दावन जैसे शहर में उनको कोई दिलचस्पी नहीं थी। एक बेटा माँ की फ़िल्मी इच्छाओं से प्रेरित होकर बम्बई चला गया था हीरो बनने। दूसरा, ग्वालियर के किसी कॉलेज में अभी पढ़ रहा था।

अम्बिका देवी का कुछ साल तक जीवन ठीक-ठाक चला। फिर लम्बी बीमारी के साथ-साथ डॉ. यादव को लकवा मार गया। उनके शरीर का दायाँ भाग बेकार होकर लटक-सा गया। आर्थिक कठिनाइयाँ बढ़ने पर अम्बिका देवी को आश्रम का काम प्राप्त हो गया था। 'श्री राधाकृष्ण आश्रम' बम्बई के किसी सेठ ने बनाया था, जो सारा काम अम्बिका देवी के कंधों पर डाल कर निश्चिंत हो गये थे। अम्बिका देवी की बँधी-बँधाई तनख्वाह के साथ, ऊपरी कमाई भी काफ़ी थी। अतः उनका एक मंजिला घर कुछ ही सालों में दो मंजिल हो गया, किरायेदार आ गये। एक विधवा नौकरानी आश्रम से निकाल कर घर पर रख ली गई, जो डॉक्टर साहब की देखभाल के साथ-साथ उनका घर भी चला लेती थी। डॉक्टर यादव 'व्हील-चेअर' पर लटके रहते। अपने टेढ़े हो आये चेहरे और मुड़े-तुड़े हाथ-पाँव के कारण—अपने अधूरेपन की कुण्ठा से त्रस्त, अधिकतर एक कमरे में बन्द रहते। अम्बिका देवी भी तो उनसे जानवरों-जैसा व्यवहार करती थीं। फिर वहाँ के माहौल और परिवेश में रहते-रहते बक-झक, गाली-गलौज

यूँ भी उनके व्यवहार का हिस्सा हो गये थे, तभी तो वह आश्रम पहुँचते ही हाथ में डण्डा उठा लेतीं। बिना कारण हर किसी को बेतहाशा डाँटतीं। बस चलता तो डंडे भी बरसा देती थीं। वे जब भी बोलतीं, उनकी आवाज़ में कम्पन होता था, एक गहरा भीतर तक धँसा भय से त्रस्त कम्पन। कौन-सा भय? उन औरतों के आगे बेपरदा होने का भय, जो उनके डंडे के नीचे थरथराता था या फिर नौकरी से निकाले जाने का डर? तापसी सोचती थी, इस संसार में ऐसा कोई था क्या, जो किसी भी प्रकार के भय से त्रस्त नहीं था? इस संसार में थी क्या कोई ऐसी स्थिति, जहाँ हम भयहीन होकर जी सकते थे, ऐसी कोई अवस्था? हर कोई डरा हुआ था। तापसी बरौता के व्यवहार से, वृन्दा अपनी बेटी के लंगड़ेपन से, नूराबाई भूख से, भगवती मार से और सब भी तो किसी-न-किसी भय में लिपटी बस जिये जा रही थीं। कोई भी तो अपने आप में इतनी बहादुर नहीं थीं। तभी तो उस दिन जब अम्बिका देवी ने तापसी और मरियम को दफ़्तर में बुलाया, तो उनका चेहरा पीला पड़ा हुआ था और उनके हाथ काँप रहे थे। तापसी के लिए वह जैसे एक नितान्त नया अनुभव था। खैर, उस दिन के संदर्भ का केन्द्रबिन्दु था एक पत्र जो वह हाथ में पकड़े बैठी थीं। मरियम के बाद तापसी ने पत्र पढ़ा। अजीबोगरीब था वह पत्र। तापसी ज़ोर-ज़ोर से हँसना चाह रही थी, परन्तु अम्बिका देवी के चेहरे को देखकर चुप हो गई। पत्र इस प्रकार था—

"सिंगपुर (सम्भल) के मन्दिर में एक पुजारी पूजा कर रहा था तो अचानक एक सर्प निकला। उसको देखकर पुजारी डरने लगा। सर्प देवता ब्राह्मण के रूप में प्रकट हुए और कहा—डरो मत; डरने की कोई बात नहीं है। जो मैं कहता हूँ उसे ध्यान से सुनो। मैं कुछ दिनों बाद पृथ्वी पर अवतार लूँगा। और जो धर्म का नाश करते हैं, मैं उनका संहार करूँगा। और जो व्यक्ति मेरे नाम पर एक हज़ार पर्चे छपवाकर बाँटेगा, उसकी 24 दिनों के अन्दर मनोकामना पूरी होगी। और जो 24 दिनों में नही बाँटेगा, उसको काफ़ी नुकसान होगा। इतना कहकर सर्प रूपी ब्राह्मण देवता 3 कदम पीछे हट गया और अन्तर्धान हो गया।

इस ख़बर को सुनकर बम्बई के एक आदमी ने एक हज़ार पर्चे बँटवाये तो उसको 62 लाख रुपयों की लॉटरी निकली। धनबाद के एक रिक्शाचालक ने 650 पर्चे बाँटे तो उसको अपने घर में अशर्फ़ियों से भरा घड़ा मिला। इस प्रकार एक आदमी छपवाने की सोच रहा था तो उसे एक अच्छी नौकरी

मिली, तब उसने भी एक हज़ार पर्चे छपवा कर बाँटे। एक आदमी ने झूठ समझकर उसे फाड़ दिया तो उसका लड़का मर गया। बाबूलाल गुप्ता आगरे वाले को पर्चा मिला, परन्तु उन्होंने एक माह तक पर्चे नहीं बाँटे तो उन्हें व्यापार में बहुत हानि हुई और उनकी पत्नी चल बसीं। इस बात को सही मानकर शंकर जी का प्रचार करना। जिस किसी सज्जन को यह पर्ची मिले, उनसे यह निवेदन है कि वे इस पर्चे को छपवा कर बाँट दें। इसे झूठ समझ कर आपत्ति मोल न लें। इस होने वाले चमत्कार का लाभ उठायें।''

पत्र भेजनेवाले का नाम-पता कुछ नहीं था। बस, अम्बिका देवी थीं कि डरे जा रही थीं। दबे शब्दों में मरियम ने समझाना चाहा तो डाँटने लगीं—''तुम ईसाई हो न। तुम शंकर बाबा की कृपा या कोप क्या जानो। खैर, तुम दोनों पढ़ी-लिखी हो। यह 650 पत्र लिख डालो, जब तक ये भेजे नहीं जायेंगे मेरा दिल हौल खाता रहेगा।''

वैसे भी बहस बेकार थी और डंडों के नीचे बहस की भी नहीं जाती। तापसी और मरियम दोनों ने मिलकर रात-दिन लगा दिये। 650 पत्र लिखने में तीन-चार दिन लग गये। फिर आश्रम के रजिस्टर में से नाम-पते लिखकर या अम्बिका देवी ने जो भी दिये उन पतों पर वे पत्र भेज दिये गये। उस दिन पहली बार अम्बिका देवी ने खुश होकर, दफ़्तर के एक कोने में छुपा कर उन दोनों को दस-दस रुपये दिये, परन्तु उनके भीतर का भय अभी भी पूरी तरह गया नहीं था। जैसे, एक पत्र हाथ में लेकर कहने लगीं—''चल तापसी, तू मेरे साथ चल, गोवर्धन, वहाँ बड़े पहुँचे हुए बाबा रहते हैं। पता करें, इस चिट्ठी का असली भेद क्या है?''

तापसी को उस पत्र के बेमानी होने का पूरा विश्वास था, परन्तु उसकी बात अम्बिका देवी कब मानतीं? और फिर वह समझाने वाली होती भी कौन थी? खैर, आश्रम से बाहर जाने का अवसर भी क्यों खोया जाये? वह जल्दी से हाथ-मुँह धोकर अपने लम्बे बालों को जूड़े में समेटती बाहर आ गई। अम्बिका देवी ने रिक्शा बुलवा लिया था। उस पर सवार होकर वे दोनों चल पड़ीं। इस बार रास्ता शहर से विपरीत दिशा में मुड़ रहा था। तापसी कुछ रास्तों को पहचान गई थी, कुछ रास्ते उसके अन्दर बन रहे थे। अब तक वह अपने आस-पास के माहौल से थोड़ा-बहुत समझौता कर चुकी थी, मरियम का साथ, पुस्तकें उसकी सृजनात्मकता को आगे ले जा रहे थे। आश्रम के जीवन-निषेधक तत्व उसके

लिए प्रयोग जैसे थे, जिनके अनुसंधान में गाँठें खोलती वह किसी रहस्य की तह तक पहुँच जाती थी। तभी वह अम्बिका देवी से पूछने लगी–

"डरिये मत, दीदी, आपका तो कुछ भी अनर्थ नहीं होगा, और फिर अब इतने पत्र चले गये हैं। सब ठीक हो जायेगा।"

"हाँ रे, भगवान करें ऐसा ही हो। मैं तो डर ही गई थी। एक तो डॉक्टर साहब की बीमारी, दूसरे लड़के बेकार, अकेली कमाने वाली मैं। राधे! राधे! मैं तो बहुत डर गई थी। अब तुझे क्या बताऊँ, तापसी, तू बहुत सीधी है। यहाँ मठों में महन्त, साधू बाबा लोग, बड़े काइयाँ हैं। उनके नीचे उनके गुंडे हैं। शिष्यों के नाम पर पूरा नैटवर्क है यहाँ। वे क्या नहीं करते–गाँजा, चरस की सप्लाई या अफ़ीम...हथियार कुछ भी। जिसकी चाहें, दिन दहाड़े हत्या कर देते हैं। कैसे-कैसे कुकर्म करते हैं अपने भगवा कपड़ों के नीचे? बलात्कार तो च्यूँटी मसल देने जैसा है उनके लिए। अब क्या पता, इस चिट्ठी की आड़ में मुझसे ही पंगे लेना चाहते हों। उनके पास तो गुंडों की पूरी सेना है। मेरे पास क्या है? तुम लोग...अभी तक मैंने तुम सबको बचाये रखा है। कोई लड़की सप्लाई नहीं की। अब भगवान जाने क्या हो?"

"बाप रे! वैसा भी होता है बहनजी।" तापसी भी भय से थर्रा उठी।

"हाँ, अभी चार-छह महीने की तो बात है। महन्त चारूदत्त ने यही के एक मठ के ओमकारनाथ की औरत पर बुरी नज़र डाली। खुलेआम वह कहता रहा, अपनी औरत मेरे हवाले कर दे। जब ओमकारनाथ ने महन्त की उस आज्ञा का पालन नहीं किया तो महन्त चारुदत्त गुंडे लेकर गया और ओमकारनाथ की दिन-दहाड़े हत्या कर दी और उसे मारने से पहले उसकी आँखों के सामने उसकी औरत के साथ बलात्कार किया। गुंडे पहरा देते रहे। मजाल है कि कोई आवाज़ उठी हो। मठ तो तहस-नहस किया ही, सारा माल-मत्ता भी लूट कर ले गये। अब महन्त चारुदत्त उस औरत के साथ गायब है। उसके गुंडे मठ चला रहे हैं। पुलिस-केस बना तो, पर पुलिस वाले उसके गुंडों के साथ बैठ कर तहकीकात तो क्या करते हैं, मौज-मेले में लगे रहते हैं। केस करने की अहमियत भी क्या है इन महन्तों, पंडों और बाबाओं के लिए। इन्हें तो कोई पकड़ ही नहीं सकता।"

तापसी साँस रोके सुन रही थी। भगवान की पूज्य भूमि पर, जिसकी पावन रज पर भगवान के स्पर्श की अनुभूति व्याप्त थी और जिस हवा में उनकी मुरली की मधुरतान का कम्पन समोया हुआ होना चाहिए था, वहाँ ऐसा होता है? कहाँ है वह पावन भूमि?

"अरे बहनजी, क्या बतायें, शहरों से भागे हुए बदमाश, खूनी, अपराधी, इन्हीं मठों में तो छुपते हैं आकर। मैं ही कितनी बार बैठा कर लाया उन्हें अपनी इसी रिक्शा में।" रिक्शावाला भी वार्तालाप में शामिल हो गया था।

"हाँ, याद है मुझे। 'फतुहा-मठ' में एक अपराधी के छुपे होने का सुराग पाकर पुलिस ने छापा मारा था तो मठ के महन्त जी ने ही उलटकर पुलिस पर गोली चला दी थी, जिससे पुलिस का एक कांस्टेबल मारा गया था। दो-चार दिन जेल की हवा खाकर महन्त जी जेल से छूट आये, किसी बड़े सेठ ने ज़मानत जो दे दी थी उनकी।"

"अरे बहनजी, वह तो अभी भी गद्दी सँभाले बैठे हैं मठ की। खूब राज-पाट है उनका। और अब आपको क्या बतायें, पिछले साल की बात है। स्टेशन से एक बाबू को हमने इसी रिक्शा में बैठाया। उसके पास बड़े-बड़े दो बक्स थे। खेंचते-खेंचते हमारी तो पीठ रह गई। उसे हमने कालीकमली वाले बाबा के मठ पर उतारा था। वहाँ का चौकीदार बताता रहा, उनमें गाँजा, चरस, अफ़ीम सब रहा। अब हमें क्या मालूम, पर बहनजी वा दिन से हम इसटेशन की कोई सवारी नहीं बैठाते। राधे मईया की कसम, कम खालेंगे, पर पाप के भागी नहीं बनेंगे।"

"तेरी बात से मुझे याद आया, पीछे अखबार में खबर भी छपी थी कि किसी शहर में एक आदमी ने अफ़ीम-गाँजा बेचने के लिए साधू का वेष धरा हुआ था। उसने अपने घर के सामने एक त्रिशूल गाड़ा हुआ था। घर के अन्दर एक अजीब-सी सिंदूर पुती मूर्ति थी। लोग दर्शन को आते तो वह पाखंडी कहता, मूर्ति से सिंदूर झरता है। सिंदूर की पुड़ियाँ प्रसाद में बँटती थीं। वह अपने मन्दिर को भगवान शिव का तेरहवाँ लिंग बताता था और उन्हीं पुड़ियों के सहारे अफ़ीम, गाँजे की सप्लाई चलती थी। जब भी त्यौहारों पर मेला लगता, शिवरात्रि के दिन तो मूर्ति से खूब सारा सिंदूर झरता और खूब सारी पुड़ियाँ बँटतीं। भगवान जाने, वह पुलिस की हिरासत में है या और किसी चक्करबाज़ी में जुटा है...। पता नहीं?"

तापसी सभी कुछ सुनकर जैसे सजग हो रही थी—तो यही हैं हमारे पूज्यस्थल, तीर्थ, महान आत्माओं, पुजारियों, संन्यासियों, महन्तों का साधना-स्थल? यही है भगवान कृष्ण की जन्मभूमि? कच्चे रास्ते की मिट्टी परत-दर-परत उसके शरीर पर चढ़ती चली जा रही थी। पसीने से बहनजी के माथे का सिंदूर बहकर नाक तक चला आया था। हर तरफ़ गरमी और मिट्टी, रास्ते

का ऊबड़-खाबड़ परिवेश। बस। हरियाली का कोई नामोनिशान नहीं था। कहाँ गये वे सारे के सारे कदम्ब के पेड़ जिसके नीचे कृष्ण भगवान मुरली बजाते थे। वे सारे हरियाले उपवन, जहाँ ब्रज की गायें घास चरने जाती थीं? कहीं कुछ नहीं था। अधकचरा शहर—कूड़ों के ढेर या फिर रेतीली मिट्टी के वर्तुल या कहीं-कहीं छोटे-बड़े जलकुण्ड, काई से जमा हुआ सड़ता पानी। न शरीर अधिकार में था न चेतना। पता नहीं क्या था जो उकसा रहा था सोच को? तभी तो कुछ लोग इतनी गरमी में नंगे पैर चले जा रहे थे। कुछ भजन गा रहे थे, कुछ होठों में बुदबुदा रहे थे; कुछ बेहद मैले चिथड़ों में लिपटे ज़मीन पर लेट कर चल रहे थे। उनके पास पत्थर थे। एक जगह लेट कर वे अपना पत्थर उठाकर उस स्थान पर रखते थे जहाँ तक उनके हाथ धरती छू पाते थे। फिर खड़े होकर उस स्थान से उँगलियों के निशान बना कर पुनः लेट जाते थे। जब तापसी से रहा नहीं गया तो उसने पूछा—''दीदी जी, ये लोग ऐसे लेट-लेट कर क्या कर रहे हैं?''

''ये लोग गोवर्धन पर्वत की परिक्रमा कर रहे हैं। तुझे नहीं पता तापसी?''

''परिक्रमा क्या होता है दीदी जी?'' तापसी ने डरते-डरते अपना दूसरा सवाल पूछ लिया।

अम्बिका देवी अच्छे मूड में थीं। अतः डाँटे बगैर कहने लगीं—''तू बड़ी मूरख है तापसी, इतना भी नहीं जानती। यह श्री गिरिराज पर्वत है, जिन्हें भगवान कृष्ण ने सात दिन तक अपनी छोटी (कनिष्ठ) उँगली पर धारण करके ब्रजवासियों की भीषण वर्षा से रक्षा की थी। ब्रजवासी इस पर्वत को देवता मानते हैं। यह सभी की मनोकामनाएँ पूरी करते हैं। मनोकामना पूरी हो जाने पर धन्यवादस्वरूप यह परिक्रमा पुनः की जाती है। ज़्यादातर अमावस्या और पूर्णिमा की रात को ही की जाती हैं ये परिक्रमाएँ। यह परम सौभाग्यशाली पर्वत है। इसके कण-कण में भगवान का स्पर्श आज भी जीवंत है।''

तापसी तो मूरख थी ही। दूर तक नज़रें दौड़ाने पर भी उसे कहीं कोई पर्वत जैसा दिखाई नहीं पड़ा। ''अरे मुझे तो कोई पर्वत जैसा दिखाई नहीं दे रहा। कहाँ हैं...गिरिराज?'' तापसी...तापसी है या प्रश्ना?

रिक्शावाले ने उत्तर दिया—''अब तो घोर कलयुग है, बहनजी, श्री गिरिराज तो हर साल धरती में धँसता जा रहा है। पृथ्वी पर बहुत बोझ बढ़ गया है ना, पाप का, कुकरमों का। मेरे बाप-दादा बताते थे कि उनके समय में यहाँ की

शोभा देखते बनती थी। इन पत्थरों का रंग नीलापन लिए हुए था। जगह-जगह भगवान श्रीकृष्ण के चरण-चिह्न खुदे हुए थे। यहाँ बहुत-सी छोटी-बड़ी गुफ़ाएँ भी थीं बहनजी, जिनमें तपस्या करते महात्मा, साधू-संन्यासी रहते थे। तपोभूमि थी यह, मन्त्रों की गुंजार से भरी हुई, पर अब तो बस, पाप की नगरी है। यहाँ के कुकरम लीलते जा रहे हैं श्री गिरिराज महाराज को...।''

''पुराणों में लिखा है भाई कि श्री गिरिराज को श्राप है तभी तो वे तिल-तिल कर धँसते जा रहे हैं। जो भी हो महिमा तो आज भी है इनकी।...इनके स्पर्श-भर से पाप नष्ट हो जाते हैं मनुष्य के, जीवन-भर के!'' अम्बिका देवी हाथ जोड़े भक्तिभाव से भरी बैठी थीं।

''चलिये बहनजी, आ गया आपका स्वामी जी का स्थान।'' रिक्शावाला ठहर गया। वे दोनों उतर गईं। अम्बिका देवी ने उसे पैसे दिये और कहा—''ये स्वामी जी, तू देखना तापसी कितने महान हैं, पहुँचे हुए, न असत्य बोलते हैं, न मदिरा पीते हैं, न कोई दूसरा नशा। हिंसा नहीं करते। कुछ भी नहीं...।''

''क्षमा करें दीदी जी,...वे करते क्या हैं, यही बता दें...?'' तापसी से रहा नहीं गया।

''मौनी-बाबा, मौन रहते हैं।'' अम्बिका देवी ने कहा—''और अब तू भी अपनी बकबक बन्द कर।''

वह एक बड़ा-सा अहाता था, एक बड़े आँगन जैसा, जिसके बीचोंबीच एक मन्दिर था—श्री ऊधवजी का मन्दिर। चप्पल उतार कर अम्बिका देवी के साथ तापसी ने भी माथा टेका है—''पूरे मथुरा, वृन्दावन में ऊधव का यह एकमात्र मन्दिर है। जानती भी है, ऊधव कौन थे? वे भगवान कृष्ण के मित्र थे...।''

''हाँ, मैं जानती हूँ। कृष्ण के मथुरा चले जाने पर सारी गोपियाँ, बस, ऊधव के पीछे पड़ी रहती थीं। उसी से शिकवे-शिकायत-दुःख...सब कुछ, उनके विरह का एकमात्र भागीदार एक वही तो था।'' तापसी ने ऊधव की प्रतिमा की बड़ी-बड़ी पथरीली आँखों में देखते हुए कहा—

''निरगुन कौन देस को बासी।
मधुकर कहि समुझाइ सोंह दै, बूझति साँच न हाँसी।।
को है जनक, कौन है जननी, कौन नारि को दासी।
कैसे बरन, भेष है कैसौ, किहि रस में अभिलाषी।।

पावैगो पुनि कियौ आपनौ, जो रे करैगो गाँसी।
सुनत मौन ह्वौ रह्यो बावरो, सूर सबै मति नासी।।''

फिर तापसी हँसकर बोली—''बस ऐसे ही तंग करती थीं गोपियाँ, ऊधव को और ऊधव चकरा जाते थे...।''

''अरे तू तो काफ़ी पढ़ी-लिखी है...।'' अम्बिका देवी ने आश्चर्य से कहा। तापसी की हँसी गायब हो गई। उसका सपना, उसका 'विश्वभारती' में पढ़ कर स्नातक हो जाने का सपना, आँखों में आँसू-सा टपाटप बह निकला। अम्बिका देवी हमेशा कीत तरह आँसुओं को अनदेखा करके उसे मौनी-बाबा की कुटिया तक आने का आदेश देकर आगे चली गईं। परन्तु, तापसी ऊधव की बड़ी-बड़ी आँखों की ठहरी हुई पुतलियों के कालेपन में डूब रही थी। उसे लग रहा था, उसके भीतर का दुःख—काली पथराई पुतलियों-सा ठहरा हुआ दुःख। एक उत्तेजना-भर है और वह गहरा दुःख जो हृदय में हर समय काँपता रहता था परन्तु उसे सुनाई कुछ भी नहीं देता था, न आभास, न भनक, न कोई ऐसी ध्वनि, जो उसे उबार ले और यह मौनी-बाबा...?

छोटी-सी कोठरी के द्वार पर अंग्रेज़ी में 'डू नॉट डिस्टर्ब' लिखा था। और मिलने का समय चार और पाँच के बीच। तापसी ने देखा, अम्बिका देवी ने थैले में से निकाल कर वह पत्र बाबा को दिया और एक कागज़ पर कुछ और लिख कर बाबा को पकड़ाया। क्या लिखा होगा, तापसी सोचने लग गई। बाबा ने एक लकड़ी की काली तख़्ती पर कुछ लिखा और अम्बिका देवी के सामने कर दिया। वह सारा आदान-प्रदान कुछ देर चला। फिर तापसी सामने आ गई। उसने देखा, बाबा के चेहरे पर की मुस्कान, एक ऐसे आदमी की मुस्कान थी जो बहुत कुछ जानता है। उनकी आँखें भी तो वैसी ही गम्भीर थीं, वे आँखें जो दूर तक देखती हैं। गहरा। तो यह बोलते क्यों नहीं, उसने सोचा अच्छा है, बुरा नहीं बोलते, आस-पास के सभी लोगों को कड़वा ही तो बोलते हैं, हर पल लड़ने को मरने-मारने को तैयार खड़े होते हैं। शायद यही कारण था, मौनी-बाबा चुप थे। वाणी का दुरुपयोग नहीं कर रहे थे। मात्र अपने शब्दों के मनन में मग्न थे। भीतर की प्रक्रिया सक्रिय हो, तो बाहर का चुप आवश्यक हो जाता है। उसने तख़्ती पर लिखा—''बाबा, आप मौन क्यों हैं?''

''मौन सबसे सुन्दर और सशक्त संप्रेषण है। मौन मस्तिष्क में प्रवेश नहीं करता, सीधे हृदय में चला जाता है।''

"तो फिर शब्द की रचना का कोई अर्थ ही नहीं है इस धरती पर, बेकार है। ध्वनि यदि बेअर्थ है तो वाक्य?"

"नहीं, ऐसा तो नहीं है, परन्तु शब्द बहुधा बड़े कठोर होते हैं। प्रयोग किये जाने पर एक भारी पत्थर की तरह सिर से टकरा जाते हैं। मौन और उसकी शान्ति में बहती जीवन धारा सौम्य है। अबाध रूप से बहती हुई हृदय में प्रवेश कर जाती है। उसका प्रभाव शब्द से कहीं अधिक गहरा होता है।"

"संसार चलेगा क्या? मौन रहकर संसार में जिया जा सकता है क्या बाबा?"

"निःशब्द चल तो रहा है संसार, तुम भी तो चुप हो। हम संसारी लोगों ने उसे, तुम देखती हो अपने आसपास के क्रूर परिवेश को, कैसे कोलाहल से भर दिया है हमने, सारे वातावरण को। अपनी ऊर्जा तू भी समेट ले। जीवन में तुझे बहुत-कुछ उपलब्ध होगा, लड़की। नेत्रों के माध्यम से सच को देख, मन से सोच। मनन की प्रक्रिया तुझमें उग चुकी है, उसमें ही लीन हो जा अच्छा।" बाबा ने यह सब एक कागज़ पर लिखा था। यह कागज़ उन्होंने तापसी को दे दिया। तापसी को लगा उसे अमूल्य-सा एक खज़ाना हाथ लगा है, जो केवल उसके लिए है। फिर बाबा ने हाथ हिला कर अम्बिका देवी को बुलाया और तख़्ती पर लिखा। पढ़ने को दिया—"यह लड़की बड़ी मेधावी है। इसे आगे जाने देना। इसकी रुकावट मत बनना।"

अम्बिका देवी ने हाथ जोड़े। कभी तापसी को देखा, कभी बाबा को—"जो आज्ञा, बाबा! जो आज्ञा।" कहती हुई आगे चलती गईं। बहुत देर तक अपने-अपने मौन में डूबी हुई थीं कि अचानक चलते-चलते एक छोटे-से जलताल के निकट पहुँच गई। बहुत पुराना बना हुआ वह जल कुण्ड पक्का था और उसकी पुलिया पर लिखा था—'आरिट-ग्राम' और सफ़ेद संगमरमर पर काले रंग से खुदा था एक श्लोक—

गोवर्धनगिरौ रम्यै राधाकुण्ड प्रियं हरेः।
कर्तिके बहुलाष्टम्यां तत्र स्नात्वा हरेः प्रियः।।
नरो भक्तो भवोद्वेप्रतस्थितस्य प्रतोषणम्।।

तापसी ने वह श्लोक बाबा के दिये कागज़ के एक कोने पर लिख लिया। उसके खजाने में वृद्धि हो रही थी। उसे संस्कृत का इतना ज्ञान नहीं था, वह सीखना चाहती थी। उसको तो केवल बंगला और अंग्रेज़ी का ही ज्ञान था, जिसे अब मरियम के साथ वह फिर से धीरे-धीरे उकेर रही थी।

"चल इस 'राधा कुंड' में नहा लेते हैं, तापसी! यहाँ नहाने से सारे पाप धुल जाते है।" अम्बिका देवी अपने साथ लाये थैले से पुरानी धोती निकाल कर कपड़े बदल कर उसे लपेटा और पानी में चली गईं—तापसी के पास कुछ नहीं था। वह चुपचाप दो-एक सीढ़ियाँ उतर कर काई जमे पानी को अपनी उंगलियों से छूने का प्रयास कर रही। वैसे भी हरे काले पानी में नहाने की श्रद्धा उसमें अभी नहीं जागी थी। वह तो अभिभूत थी, मौनी-बाबा के शब्द, वह परिचय, मौनी-बाबा का लिखा वह कागज़, 'मनन' उसके मौन में अटका हुआ था। दो-चार पंडित जैसे लोग पास जमा होने लगे थे। एक लाल रंग का बहीखाता जैसा खोलकर तापसी से पूछ रहे थे—"कहाँ से आई है? "कौन-सा गोत्र? कौन-सा शहर? कौन-से माता-पिता? गाँव का पता?"...तापसी उनसे पीछे छुटाती हुई एक कोने में खिसक आई—"आपको क्या?" उसने साहस भीर कर कहा"अरे हम पुश्तों का हिसाब रखते है। आप बतायें, हमारे पास होगा आपकी पीढ़ी-दर-पीढ़ी का लेखा-जोखा। हिन्दू हैं या ब्राह्मण?" तापसी घबरा गई। वे सारे के सारे प्रश्न उसके अस्तित्व से चिपक गये। उसे लगा जैसे ये सारे प्रश्न उसके व्यक्तित्व का मुख्य अंग थे या शायद संसार के हर प्राणी के होते हैं। प्रत्येक शरीर की एक पहचान, एक अतीत होता है, पीढ़ियों का इतिहास होता है। परन्तु उसके पास वैसा कुछ भी नहीं था। उसके हाथ तो उसका खाली वजूद था। उसके पास जो भी था, व्यर्थ था। कुछ था भीतर-बाहर तो बस एक रिक्तता, जो उसे इस सारे-के-सारे संसार के एकमेल नहीं होने देती थी। वह किसी भी सम्भावना के वर्णन से परे की वस्तु थी। क्या थी वह? बस, एक नाम, एक स्त्री, एक विधवा, जिसका न कोई वर्तमान था, न भविष्य। तो वह क्या करे?

"कहाँ चली जाती है, वृन्दा? कब से रो रही है तेरी बेटी?" "क्या करूँ, तापसी, कोई शौक थोड़े ही है मुझे जाने का। इसी की खातिर तो जाती हूँ। वह पैसे दे देता है। साथ में चुनिया के लिए दूध भी, नहीं तो कैसे पालूँ इसे। अम्बिका बहनजी तो एक रोटी फालतू भी नहीं देतीं। कोई भी मदद नहीं है। सब कहते हैं यह मर जाये पर मैं तो माँ हूँ, तापसी! ऐसे कैसे मर जाने दूँ इसे।"

वृन्दा रोती हुई फिर से दोहरा रही थी—"अगर मेरी सास इसके पैर पर चिमटा न मारती तो यह लंगड़ी थोड़े ही हो जाती। तापसी यह बिलकुल ठीक-ठाक पैदा हुई थी। दो महीने की बच्ची पर ज़ोर से चिमटा मारो तो हड्डी तो टूटेगी ही। उसी बीच इसका बाप कच्ची शराब पीकर मर गया। कौन कराता इलाज? हड्डी जुड़ी नहीं। लड़की लंगड़ी तो होनी ही थी। डॉक्टर कहता था, बड़ा आप्रेशन करें तो ठीक हो सकती है चुनिया, पर कहाँ से हो पायेगा वह महंगा इलाज? कौन करेगा इसका इलाज?" वह फिर रोने लगी थी। फिर कुछ देर वैसे ही खिलाती रही चुनिया को—"पीर बाबा कहते हैं, तू ठीक हो जायेगी, चुनिया! ज्योतिषी जी कहते हैं, तू बिलकुल ठीक हो जायेगी। आ तेरे पैरों पर तेल मल दूँ।"

"मालूम है," वृन्दा ने कहा—"आज पीपल वाले बाबा ने यह चमत्कारी तेल दिया है। कहा है, बस, महीने-भर में मेरी चुन्नी पैरों-पैरों चलने लगेगी।"

"मुफ्त में दिया तेल? कितने पैसे लगे?" बरौता ने पूछा "या फिर रात सो ली उसके साथ? तेरी खिड़की खुली थी।"

"रोज़ ही तो कूदती है, साली।" नूराबाई ही-ही करके हँसी, "क्या और भी कुछ बताता है बाबा? क्या बतायेगा मुझे भी? मेरी नन्दा कहाँ है, कहाँ है मेरा मिटू?" नूराबाई की आँखें डबडबा आई थीं।

"पागल है। ऐसे कैसे बतायेगा? तेरे पास जन्मपत्री है क्या उनकी? वह

है बड़ा ज्ञानी। जन्मपत्रियाँ देखता है। बड़े-बड़े लोग आते हैं उसके पास।'' वृन्दा ने कहा और अपनी हथेली पर तेल डालकर अपनी अनावृत्त कमज़ोर लटक आई छातियों पर मलने लगी।

''मेरे हाथ की लकीरें कुछ नहीं बता सकतीं, कुछ भी नहीं? गरीब दुखियारी की जन्मपत्री, उसके बच्चों की जन्मपत्री कौन बनवाता है, बहना?''

''क्या होती है जन्मपत्री?'' अबकी बार तापसी ने पूछा था।

''लो, यह इतना भी नहीं जानती?'' वह सब उस पर हँसी थीं। मरियम अब तक स्कूल से लौट आई थी। उसी से कहा—''जन्मपत्री वह कागज़ है तापसी, जिस पर जन्म की तारीख, ग्रह-नक्षत्र लिखे होते हैं और समय की जानकारी भी। उसे पढ़कर, पण्डित गणनाएं करके यह बताते हैं कि उसका भविष्य कैसा होगा। सितारों और ग्रहों की दशा के अनुसार उसके जीवन में क्या उतार-चढ़ाव आयेंगे।''

''ओह!'' तापसी सोच में डूब गई। जिसके माँ-बाप का भी पता न हो जन्म का दिन-तारीख उसके लिए कोरी बातें ही थीं। वह क्या करे? कौन से पंडित के पास जाये? और फिर जनम...? किस जन्म की पत्री होती है वह?'' तापसी प्रश्ना हो रही थी।

''कितने जन्म होते हैं, भाई?'' वे सब हँसी थीं, ''एक ही तो होता है हर इंसान का जन्म।'' मरियम ने कहा।

''यह आश्रम की ज़िन्दगी, यह दूसरों के हाथ में मजबूर होकर जीना। यह दूसरा जन्म नहीं है क्या तुम लोगों का?'' तापसी से रहा नहीं गया। बात समाप्त करके सब सोने चली गईं। थोड़ी देर बाद वृन्दा के कमरे से चीखों की दर्दीली आवाज़ आने लगी—''साँप है, साँप है! काट डाला मुझे, चुनिया को, अब नहीं बचेंगे हम।''

धीरे-धीरे लालटेनें जली। भागती हुई वे सब अँधेरा फलाँगती वृन्दा की कोठरी में चली गईं—''कहाँ है साँय? यहाँ कैसे आया?''

''रोज, आता है।'' वृन्दा काँप रही थी। बरौता सोटी पकड़े कोठरी के कोनों में साँप खोज रही थी।

''रोज़ आता है—कभी साँप बनकर, कभी आग का गोला बनकर, जलाता है मुझे। उसकी फुंफकार में विष है विष।''

तापसी पानी का जग भरकर ले आई थी, उसे पानी पिलाया। मुँह पर

छींटे मारे—"होश में आ, वृन्दा! जाने क्या बके जा रही है। कोई नहीं आया यहाँ। सब दरवाज़े-खिड़कियाँ बन्द हैं।"

अपनी कसकर भिंची आँखों को खोलकर वृन्दा ने चारों तरफ़ देखा—दरवाज़ा तो खुला ही था। हाँ, खिड़ी भी उसी समय अचानक भड़भड़ा कर खुल गई थी। बाहर तेज़ हवा चल रही थी। आधी रात के उस गहरे सन्नाटे में खिड़की के पल्ले की ज़ोर-ज़ोर से टकराने की ध्वनि, अपनी चरमराहट के साथ भय का एक रोमांचक तिलिस्म बुन रही थी। वृन्दा तो क्या, बाकी सब भी अपने-अपने डर में सिमटने लगी थीं। उन्हें भी लगा, जैसे कोई था कमरे में, जो कुछ दर पहले कूद कर खिड़की से कूदकर अपने देह-व्यापार को जाती थी। सुबह होने से पहले चली आती थी। आखिर चुनिया की टेढ़ी टाँगों के इलाज के लिए पैसा कहाँ से आता?

"यहीं से आया था। यह खिड़की तो खुली रहती है। बन्द खिड़की में तो मैं सो ही नहीं सकती। जरूर उसी ने बन्द की होगी। जलाना तो था मुझे, हाय यह तो मुझे मार कर छोड़ेगा...।" वह फिर ज़ोर-ज़ोर से रोने लगी थी।

"क्या बकबक लगा रखी है?" बरौता ने धमकाना चाहा।

"वह आता है। परछाँई के रूप में आता है, फिर गिलहरी में बबदल जाता है। रेंग कर मेरे शरीर तक पहुँचते-पहुँचते साँप में बदल जाता है। फुंफककारता है। आग के गोले निकलते हैं मुँह से। मुझे पूरा जला डाला, कमबख्त ने। हाय, मेरी चुनिया का क्या होगा?" वह फिर रोने लगी थी।

बरौता के हाथ का एक झन्नाता थप्पड़ उसके गाल पर पड़ा था। वृन्दा पथरा कर चुप हो गई थी। एक गहरा सन्नाटा चुपचाप आकर उनके दुःख के बीच पसर गया था।

"आधी रात को हाय-तौबा मचा रखी है मर साली! तेरे मर जाने से धरती खाली नहीं होनी। मरती है तो मर! इस जून से छुटकारा तो मिलेगा। स्याली, यह भी कोई जिन्दगानी है? चुनिया, चुनिया लगा रखी है। लंगड़ी छोकरी! जी भी गई तो क्या जन होगा उसका? अपने साँप को बोल—इस जनमजली को भी डस ले।"

"भूत है मेरे घरवाले का। मुझे खायेगा, सतायेगा, अपनी बेटी को थोड़ेई।"

"चल, बकवास बन्द कर! भूत-भूत लगा रखा है। सारी नींद खराब करके रख दी। अब भी चुप नहीं हुई तो मैं जला डालूँगी तुझे, समझी?"

एक कराह के साथ वृन्दा चुनिया की टांगें सहलाती एक पथराई चुप्पी में लिपट कर सोने का प्रयास करने लगी। बरौता के पीछे सब अपने बिस्तरों पर लौटने लगीं। तापसी ने मुड़ कर देखा—निर्वसना बरौता, नूराबाई और साड़ी उठाकर अपने गुप्तांग दिखाती, तेल मलती वृन्दा। सब एक नग्नता का दरिद्र चित्र जैसे थे। सुबह नल पर नहाते समय कोई परदा नहीं था। उसे लगा, यह दरिद्र नग्नता भय की एक कुण्ठित तस्वीर है। समूचे आश्रमी परिवेश से जैसे यही संप्रेषित होता था कि तुम सब, तुम्हारे शरीर, एक जैसे हैं। ऐसा विशेष किसके पास है जिसे ढंका जा सके? तुम्हें लज्जित होने का कोई अधिकार नहीं, तुम्हें अपनी नग्नता छुपाने का भी कोई अधिकार नहीं। पता नहीं, यह सामूहिक गग्नता किसी वरदीधारी जत्थे की एकरूपता जैसी थी या ग्लानिपूर्ण बेइज़्ज़ती का एक परिदृश्य? या, तापसी को लगा, उसका अपना एक कनिष्कपट आदर्शवाद, जो उसके विरोधों को खंडित ही नहीं करता था, ऐसी सभी स्थितियों के मध्य उसे सोचने को बाध्य करता था। यहाँ आश्रम में रहकर, पता नहीं क्यों, उसे लगने लगा था कि वह अपने शरीर के साथ नहीं है। वह पता नहीं क्या है? वृन्दा के ज्योतिषी महाराज या पीर बाबा, तापसी सोच रही थी, क्या सब जानने वालों ने एक रास्ता विशेष बनाया था—चलने के लिए यात्रा की थी उन सब ने? अब क्या करे तापसी, अनुकरण या पक्षी की तरह उड़ जाये? पक्षी जब उड़ते हैं तब अपने चरण-चिह्न नहीं छोड़ते, परन्तु उड़ान तो होती है कहीं से आरम्भ होकर कहीं तक जाने के लिए। वह यात्रा भूगोल की पुस्तक में बने नक्शे से रहित यात्रा है। तापसी को उसी पर जाना है...उसी पर।

आश्रम के निकट लम्बी-संकरी गली के कोने में मदनमोहन बाबा का मठ था। अक्सर वहाँ भीड़ लगी रहती थी। बड़ी मान्यता थी उनकी। बहुत-सी कहानियाँ बाबा की महिमा के साथ जुड़ी हुई थीं। भगवती बता रही थी कि एक महात्मा ने उनसे पूछा, "आपका क्या नाम है...?" बाबा ने उत्तर दिया था, " सन्तन की पनही को चाकर" अर्थात् 'सन्तों के जूतों की देखरेख करने वाला सेवक'। एक बार एक दूसरे महात्मा ने अपने लकड़ी के खड़ाऊँ वहाँ उतारे ओर जाते हुए बोले—"मैं अभी आता हूँ, इन्हें संभाल कर रखना।" वह महात्मा जहाँ कहीं भी गये थे दो दिन बाद लौटे। मदनमोहन बाबा दो दिन तक भूखे-प्यासे उन खड़ाऊँ की देखभाल करते वहीं बैठे रहे। महात्मा को उनकी तपस्या ने प्रसन्न कर दिया। उन्हें बहुत से आशीर्वाद देते हुए वे चले गये। श्री चैतन्य महाप्रभु

हर जाप, हर प्रार्थना के समय बाबा के निकट बैठता था। मुँह उठाकर सभी कुछ सुनता था। बाबा के अन्य शिष्य भी उसे प्यार करते थे। समय पर पंगत में बैठ सबके साथ पत्तल पर सलीके से भोजन करता था। वही रामदास अचानक छत पर मृत पड़ा मिला। बाबा की कृपा से उसको मुक्ति प्राप्त हुई।''

रामदास की अर्थी फॅलों से सजाई गई। बड़ी धूमधाम से उसकी शव-यात्रा निकल रही थी। उसके साथ चलने वाले मठ के अन्य संन्यासी ऊँचे स्वर में कह रहे थे—''आत्मा अमर है, शरीर नश्वर है।'' अजीब बात थी—''राम नाम सत्य है'' के स्थान पर यह भिन्न जीवन-सिद्धान्त! वह भी बन्दर के शरीर के लिए। रामदास को यमुना में विसर्जित कर देने के बाद बाबा के मठ में गरीब भिखारियों के लिए भंडारा भी हुआ। शवयात्रा के बाद भीड़ पंगत में बदल चुककी थी। वृन्दा जाकर अपनी बेटी के लिए खाना ले आई थी। तापसी सोचती रही, शरीर बन्दर का या मनुष्य का, जो भी रहा हो, इतना महत्त्वपूर्ण नहीं होता जितना उसका कर्म या संस्कार। तो क्या उसका अपना यह शरीर, मजूमदार बाबू के अत्याचारों का पिटा-पिटाया, वासनाओं के लिए प्रयुक्त, क्या गिर चुका था? उसके सारे के सारे शारीरिक अनुभव, सारी कटु स्मृतियाँ एकाएक उसमें भट्ठी-सी दहकने लगी थीं। उसके अन्दर के कुछ सोये हुए केन्द्र, जो विस्मृत हो चुके थे, फिर सिर उठाने लगे थे।

बन्दर का शरीर, रामदास होकर जमुना में विसर्जित हो रहा था। मूसलाधार बारिश, इतने दिनों की न थमने वाली बारिश थम गई थी, बाहर भी और तापसी के भीतर भी।

आश्रम की वह सुबह और दिनों जैसी नहीं थी। नियम अपनी नियम रेखाओं पर चलते रहें तो कुछ गड़बड़ नहीं होता। हाँ, अगर रेखाएं उलट जायें तो नियम भी लड़खड़ा जाते हैं। श्री राधाकृष्ण आश्रम का सुबह के समय का कार्यक्रम आज किसी नये अभियान में परिवर्तित हो चुका था। सभी महिलाएँ भजन गाने के स्थान पर दफ़्तर के पास वाले गोदाम से सामान निकाल रही थीं। अम्बिका देवी अपना डंडा हाथ में पकड़े सिर पर खड़ी थीं। वे जितनी कम पढ़ी-लिखी थीं, उनकी आवाज़ में उतनी ही कड़वाहट थी, अपशब्द थे और डंडे की मार थी। तापसी और मरियम दफ़्तर के रजिस्टर, हिसाब-किताब देखती थीं, और उनके पढ़े-लिखे होने का अहसास अम्बिका देवी को हमेशा चिन्तित करता था। फिर भी उनके अनुशासन में कोई भी ढील नहीं आने पाती थी।

भगवती और वृन्दा ओर में से सामान निकाल-निकाल कर ला रही थीं। नूराबाई गिनवा रही थी—पाँच सौ कम्बल, दो सौ साड़ियाँ, गरम शाल, स्टील के गिलास, थालियाँ। तापसी रजिस्टर में लिखती जा रही थी। कुर्सी पर एक धोती-कुर्ता धारी, दलाल टाईप आदमी आराम से बैठा पर्ची बना रहा था। बरौता उसके और अम्बिका देवी के लिए ओरेंज की ठंडी बोतल ले आई थी। वृन्दा बार-बार याचना कर रही थी—"बहनजी, एक कम्बल मुझे दे दो न! बहुत फट गया है मेरा कम्बल। रात को ताप चढ़ता है तो काँपती रह जाती हूँ।"

"बहुत ज़ुबान चलती है तेरी वृन्दा। लंगड़ी छोकरी के साथ यहाँ रहने दे रही हूँ, यही क्या कम है? रोटी देती हूँ। सर पर छत है और तिस पर तेरे कुकरम। कुछ छिपा थोड़े ही है मुझसे। चल, भाग यहाँ से। नहीं तो पीटूँगी तुझे।" और वास्तव में अम्बिका देवी का डंडा उसकी पीठ पर सनसनाता हुआ इतनी ज़ोर से पड़ा कि वृन्दा दीवार न थामती तो मुँह के बल जा गिरती। सब चुप रह गये। सन्नाटा गहरा हो गया था। खरीद-फरोख़्त समाप्त हो चुकी थी। अम्बिका देवी दफ़्तर में दरवाज़ा भेड़ कर नोट गिन रही थीं। कुर्सी पर बैठे आदमी का ठेला बाहर आ चुका था। सामान लादा जा रहा था। वृन्दा चुपचाप लड़खड़ाती हुई काम में लगी थी। जैसे ही वह बाहर आई, अम्बिका देवी से छुपाकर एक कम्बल उस धोतीधारी ने वृन्दा को पकड़ा दिया था। साथ ही अपना पता लिखा पर्चा..."ही-ही-ही...ले-ले...कल रात आ जाना...ही-ही-ही।" और वह लदे हुए ठेले के पीछे अपनी साईकिल पर बड़ी अदा से बैठा और एक मोहिनी-सी मुस्कान अपने भद्दे काले चेहरे पर उकेरता हुआ चला गया। तब तक वृन्दा भाग कर अपना कम्बल छुपा आई थी।

थोड़ी देर बाद मरियम और तापसी को फिर से दफ़्तर में बुलाया गया। अब तक अम्बिका देवी अपनी नई साड़ी और बड़ी-सी लाल बिन्दी के साथ सिने तारिका रेखा की मुद्रा में तैयार बैठी थीं। उनके हाथ में एक भारी-भरकम-सा थैला था। आँखों पर बड़े सुनहरे फ्रेम के चश्मे को उतार कर बेहद सांवले चेहरे का मेकअप ठीक करती हुई कहने लगीं, "सुनो, तुम दोनों, इस सामान के बारे में या सौदे के पैसे के हिसाब-किताब के बारे में किसी को कानोंकान खबर ना हो। समझीं? मरियम, अब चलो रे साथ बैंक में यह पैसा जमा कर दूँ। अरे भई, तुम्हीं लोगों की हारी बीमारी में काम आयेगा। मुझे क्या है? मैं तो सारा जीवन तपस्या ही कर रही हूँ। तुम लोगों की सेवा में मैंने अपना जीवन लुटा

दिया। मैं...मैं, मेरा जीवन...मेरा सर्वस्व, सब कुछ जन-सेवा को अर्पित है...जानती तो हो...?'' उन्होंने अपनी 'मैं' के साथ अहसान का एक-एक कम्बल और पचास-पचास रुपये उन दोनों को देते हुए कहा—''लो, यह रख लो। तुम्हारे लिए है। मैं तुम्हें खुश रखना चाहती हूँ। समझीं?'' उनकी आँखों में एक चालाक मुस्कान तैर रही थी।

''बहनजी, मुझे तो स्कूल पहुँचना है। आजकल इम्तहान चल रहे हैं मैं पहले ही लेट हो गई हूँ। आप तापसी को ले जायें। यह मुझसे भी ज्यादा पढ़ी हुई है। संभाल लेगी सब कुछ।''

''वैसे तो मैं अकेले ही कर सकती थी, पर चलो, तापसी! तुम लोगों की ही तो अमानत है। मेरा क्या है? तापसी, ज़रा धुली साड़ी पहन कर निकलो। मेरे आश्रम का अपमान होता है।''

''जी, अभी आती हूँ।'' तापसी और मरियम अन्दर चली गईं। नहाते तैयार होते तापसी कहने लगी, ''अम्बिका देवी का 'मैं', मैं यह हूँ, मैं मेरा... कितना खोखला लगता है, मरियम! झूठ को, बेईमानी को, सेवा कहकर...?''

''तू ठीक कह रही है? मुझे भी याद आ रहा था, कहीं पढ़ा था मैंने, एक बार एक लेखक और कुशल नाटककार अचानक किसी दुर्घटना में मर गया। जिस कम्पनी के लिए वह लिखता था, अभिनय करता था, उस कम्पनी का मालिक अपने इस नाटककार की मृत्यु से बड़ा दुःखी था। उसका बहुत बड़ा नुकसान जो हो गया था। अंतिम संस्कार के दिन, नाटककार की देह को कब्र में उतारने से पहले श्रद्धांजलि देते हुए वह कम्पनी का मालिक कहने लगा—''मैं ही हूँ जिसने उसे गाढ़े समय में अपनी कम्पनी में जगह दी। उसके लिखे नाटक खेले। उसके अभिनय को तराशकर उसे महान कलाकार बनाया। मैं ही हूँ, जिसने उसकी पुस्तकें प्रकाशित करवाईं। मैं ही हूँ, जिसके कारण उसका इतना नाम हुआ। मैंने ही उसे इतने सारे पुरस्कार दिलवाये।''

वह अभी कह ही रहा था कि मुर्दा अपने कफन का पल्ला उठाकर कब्र में उठ खड़ा हुआ और कहने लगा—''एक्सक्यूज़ मी सर, हू इज़ टू बी बरीड हिअर 'यू' ऑर 'आई'? क्षमा कीजिये यह अंतिम संस्कार किसका है 'मेरा' या आपके 'मैं' का...?''

तापसी खिखिला कर हँस पड़ी—''मुर्दा भी तो उस 'मैं' 'मेरे' के शोरगुल को बरदाश्त नहीं कर सका। उठ खड़ा हुआ मौत में भी।''

''आदमी के अन्दर दो ही तो स्वर होते हैं, तापसी! एक 'मैं' का दूसरा विश्व-प्रेम या यूनिवर्सल लव का। जिसके भीतर सबके लिए प्रेम आलोड़ित होता है, उसका 'मैं' मद्धम पड़ जाता है।''

''अम्बिका देवी...प्यार कहाँ करती है! प्यार करता भी कौन है। एक ढोंग है, प्यार क`नाम पर जिसे जी रहे हैं हम सब।''

''अब चल। नहीं तो एक डंडा सारे प्रेम का ढेर कर देगा।'' तापसी बाल लपेट चुकी थी। अम्बिका देवी के दिये रुपये मोड़ कर नीली किताब में छुपा कर रख रही थी। वृन्दा आ गई ''जा रही हो, तापसी, मैं भी निकल रही हूँ। मैं तावीज़ बनवाने जा रही हूँ। पहनने से ठीक हो जायेगी मेरी चुनिया। सुनो, अगर मुझे देर हो गई तो चुनिया को पानी-वानी दे देना।''

''ठीक है!'' तापसी और मरियम बाहर आ गईं।

अम्बिका देवी के साथ रिक्शा में बैठर जाने का उसका यह दूसरा अवसर था। रिक्शा में बैठना एक अनुभव था, जो अच्छा-सा था। किसी दूसरे की मजबूरी पर सवार होकर किया गया सफ़र तापसी के लिए भिन्न सफ़र था, वह अनुभव और वह रास्ता भी; क्योंकि वह रास्ता नहीं था जिस पर होकर वह हर रोज़ मन्दिर जाती थी। अम्बिका देवी रिक्शेवाले को निर्देश दे रही थीं, ''वेणू कूप के आगे से मुड़कर वह जो टीला है...हाँ, वही द्वादशादित्य टीला, वहाँ ले चल। दायें मुड़ न, उसी के बिलकुल सामने तो है बैंक की बड़ी-सी बिल्डिंग।''

रिक्शावाला दायें मुड़कर टीले के सामने तो पहुँच गया, परन्तु उस सड़क पर बड़ी भीड़ जमा थी। सड़क के बीचोंबीच उस टीले पर एक आदमी खड़ा था। उसको चारो तरफ़ से घेर कर लोग उसकी बातें सुन रहे थे। उसने धोती कुर्त्ता पहना हुआ था। मिट्टी के रंग की जैकेट भी। उसका रंग गोरा चिट्टा था और जोश से भर कर उसकी आँखें जैसे चिंगारियाँ-सी उगल रही थीं। तापसी को लगा उसने देखा है उसे। और जब वह हवा में अपने हाथ घुमाता हुआ कहने लगा तो वह उसे उसकी आवाज़ के जादू को पहचान गई।

''आज़ादी के पचास वर्ष बाद भी हम सब गुलाम के गुलाम हैं। हम सब वोटों के खरीदे हुए गुलाम हैं। हम पर कोई-न-कोई राज्य करता ही रहता है। पहले अंग्रेज़ करते थे। अब यह महास्वार्थी अनपढ़ डाकू टाइप नेता करते हैं। हमारी अपनी स्वायत्तता और ईमान को लकवा मार गया है। जब भी चुनाव होते हैं, हमारे ये मक्कार नेता हमें इन्द्रधनुषी सपने दिखा कर, हमारे भूखे पेट

के निजी परिवारी श्री अद्वैताचार्यजी महाराज की भी बहुत सेवा की मदनमोहन बाबा ने। आज वहीं आश्रम के सामने बड़ी भीड़ जमा हो गई थी। भीड़ जहाँ भी गुट बनाती थी, किसी दुर्घटना को उकेरती थी। बाबा की उम्र लोग बता रहे थे, एक सौ दस वर्ष की थी, परन्तु बाबा को देखकर कोई भी उनकी उम्र का अनुमान नहीं लगा पाता था। अपनी सोटी पकड़े मठ के सामने खड़े थे—पता चला कोई मर गया।

कौन मर गया, भक्त? कई दिन की लगातार बारिश के बावजूद अरथी की साज-संवार हो रही थी। कौतूहलवश वृन्दा, तापसी, बरौता भी अम्बिका देवी के साथ वहागँ चली आई थीं। मौत पर कोई रो नहीं रहा था। रोना आवश्यक भी कहाँ था। वह भी तो मजूमदार बाबू की मौत के दिन कहाँ रोई थी? केवल वृन्दा अपने मैले आँचल में सुबक रही थी। एक छोटा छोकरा कहीं से आकर गली में ताली बज़ा-बज़ा कर कूद रहा था—"पागल है। कोई मामूली से बन्दर के मरने की इतनी तैयारी करता है क्या?"

बाबा का शिष्य सुनकर बताने लगा—"आप लोगों को शायद याद न हो। कुछ साल पहले यहाँ एक विलायती बाबू आकर रहते थे मठ में—वही गोरे से थे नीली आँखों वाले। दो-चार साल रहे। जब मन नहीं जमा तो बोरिया-बिस्तरा बाँध कर जाने लगे तो बाबा ने मज़ाक-मज़ाक में कहा—"गुरु की आज्ञा की अवहेलना कर रहे हो। टिक कर एक जगह रहने के स्थान पर बन्दर की तरह इधर-उधर डोलने से कुछ ज्ञान प्राप्त नहीं होगा, बेटे!"

परन्तु विलायती बाबू का संस्कार ही ऐसा था। धृष्टता से बोला, "इतने दिन तो पालन किया मैंने इस मठ का नियम और आपकी आज्ञा। अब क्या ताउम्र यही करता रहूँगा? काफ़ी ज्ञान आ गया है मुझे। नियमों के बंधनों से अब मैं थक चुका हूँ। जा रहा हूँ।" और वह बाबू चला गया। बहुत दिनों तक उनका कुछ पता नहीं चला। यहीं रहा या अपने देश लौट गया? बाबा को उनकी अक्सर याद आती थी। एक दिन बाबा आँगन में बैठे जाप कर रहे थे, बन्दर का छोटा सा बच्चा आकर उनके चरणों में लिपट गया—बाबा अपने मन में जान गये कि वह बन्दर और कोई नहीं उनका पुराना शिष्य है। मृत्यु को प्राप्त होकर बन्दर की योनि में जन्मा है। बाबा ने उसे बड़े स्नेह-आग्रह से अपनी शरण में ले लिया—"अच्छा हुआ तुम आ गये। अब कहीं मत जाना।" तब से वह बन्दर यहीं रहता था। बाबा उसे रामदास कहकर पुकारते थे। वह

में थोड़ा-सा भोजन डालकर, हमारे नंगे बदन पर चादर ओढ़ा कर हमारे ज़मीर को हमसे चुरा लेते हैं। हमें सब्ज़-बाग दिखा कर बताते हैं कि फुटपाथ नहीं, अब तुम अपने घर में रहोगे। हम उनके किये वायदों पर विश्वास कर लेते हैं और उनके दिखाये सपनों में चलने लग जाते हैं। परन्तु जैसे ही वे अपनी गद्दी पर बैठते हैं, हमारी वोटों की अहमियत, हमारे वजूद को भूल जाते हैं। हमें क्या मिलता है? फिर से वही दलित ज़िन्दगी, वही भूखा पेट, वही फटे हुए चिथड़े, वही पेट के लिए भीख माँगते हाथ।''

अम्बिका देवी ने रिक्शे से उतरकर उसे गाली दी। कहने लगीं—''कम्बख्त बुरा-भला कह रहा है नेताओं को, देश के शासकों को। हिम्मत तो देखो इसकी, भड़का रहा है इस भिखमंगी जनता को। क्या मिलेगा ऐसी बातें करके? पुलिस पकड़ कर जब डंडे बरसायेगी तो पता चलेगा। आये दिन पिटता है पर अपनी बकवास बन्द नहीं करता। चल, तापसी, जल्दी से निकल चल। बैंक का काम खतम कर लेते हैं। मारकुटाई शुरू हुई तो भीड़ में फंस जायेंगे।'' वह तापसी को घसीटती हुई बैंक की तरफ़ बढ़ गई।

तापसी पहली बार बैंक आई थी। वैसा कोई स्थान होता है उसे पता भी नहीं था। उसने पहले सारी नाम पट्टियाँ पढ़ डालीं। फिर अम्बिका देवी से बात समझकर होशियारी से पैसा जा करने वाले काउन्टर तक पहुँच गई। फार्म भरकर अम्बिका देवी से हस्ताक्षर करवाये—''कितना पैसा जमा करवाना है? रकम भर देती हूँ।'' उसने अम्बिका देवी से पूछा। अपने ब्लाउज़ में से मरियम की लिखी मुड़ी-तुड़ी पर्ची निकाल कर देते हुए कहा—''पचास हज़ार आठ सौ तीस।'' काउण्टर वाला आदमी—पर्ची और फार्म पर कुछ लिख कर अम्बिका देवी की कमाई नोटों की गड्डियाँ पकड़ कर गिनता गया। इतना पैसा तापसी ने पहली बार देखा था। उसे लगा, यह धन चढ़ावे का था या फिर दान की वस्तुओं को बेचकर जमा किया गया था। इस धन पर तो आश्रम की उस जैसी सभी निवासिनियों का अधिकार था और वह धन उसके ही सामने अम्बिका देवी के निजी खाते में जमा हो रहा था। हँसते हुए एकाउण्टेण्ट ने उनकी 'पासबुक' लौटाते हुए कहा—''काफ़ी बढ़ गया है आपका बैंक बैलेंस, बहनजी! अच्छी कमाई हो रही है आजकल।''

''हाँ...हाँ...घर किराये पर चढ़ा रखा है न! कई महीनों से इधर आना नहीं हुआ न।'' 'पासबुक' संभाल कर पर्स में रखती हुई अम्बिका देवी तापसी

से बिना नज़र मिलाये ही कहने लगीं—"चल, तापसी, वापिस चलें। काम हो गया न।" ...तापसी उनके पीछे-पीछे बाहर आ गई थी। उसने देखा टीले पर खड़ा आदमी अभी भी अपना भाषण दिये जा रहा था—बेधड़क उसी प्रभावपूर्ण स्वर में जो उसका था।

"आप लोग जानते हैं, क्या जगह है यह? द्वादशटीला, वह ऐतिहासिक टीला, जिस पर सदा लीला करने वाले भगवान कृष्ण ने अपनी ऐश्वर्य शक्ति का प्रसार करके बड़े-बड़े दैत्यों का वध किया था। यहीं खड़े होकर देश के बड़े-बड़े नेताओं ने भाषण दिये थे। हमें बड़े-बड़े सब्ज़ बाग दिखाये थे। हमसे वायदे किये थे। परन्तु अब यह टीला हमारे टूटे हुए सपनों का खण्डहर है। और खण्डहर पर तो कोई दिया नहीं जलाता। खण्डहर तो बारिश और धूप झेलते हैं जैसे हम और आप। आपको नहीं लगता, हम और आप भी धीरे-धीरे खण्डहर में बदल रहे हैं।"

दो-चार लोग भीड़ चीरते हुए तेज़ी से उसकी तरफ़ भागे। उसे कन्धे से पकड़ लिया और मारना शुरू कर दिया। वह बेचारा मारपीट के बीच भी चिल्लाता रहा—'ये हैं किराये के टट्टू, भड़ुए, साले नामर्द, पैसे के लिए बिके हुए। सच्चाई सुनना ही नहीं चाहते। कौन सुनता है सच को? झूठे और बेईमान शासक हों तो सच को पिटना ही पड़ता है। मेरे भाई, और मारो। मैं तो सच फिर भी बोलूँगा, क्योंकि सच डरता नहीं है। तुम मारो, क्योंकि इसी के तो पैसे खाते हो तुम लोग। और आता भी क्या है तुम्हें?"

वह मार खाता रहा, लात-घूँसे, एक-आध आदमी बचाने भी आये, परन्तु भीड़ इस समय मारपीट के मूड में थी। धीरे-धीरे चलते हुए तापसी और अम्बिका देवी को समय लग गया। रिक्शा भीड़ के कारण बहुत आगे जाकर मिला। तब तक तापसी ने देखा, लैक्चर देने वाले आदमी के कपड़े फट गये थे। उसके नंगे कंधों से खून बह रहा था। वह बेदम हो गया था। इसी से चुप था परन्तु उसकी फटी हुई आँखों से बहुत-कुछ सम्प्रेषित हो रहा था। कुछ लोग उठाकर उसे फुटपाथ के एक कोने में ऐसे फ़ेंक गये थे जैसे वह मनुष्य का शरीर न होकर बदबूदार कूड़े की बोरी हो। जहाँ उसे फ़ेंका गया था वहाँ एक बूढ़ी भिखारिन हतप्रभ होती पोपले होंठों से कुछ बुदबुदाती उसके घाव पोंछने में व्यस्त हो गई थी। उसी ने अपनी मिट्टी की छोटी-सी मटकी से पानी निकाल कर उसके होंठों में डाला। पता नहीं, वह बेहोश था या...पता नहीं। रिक्शा

आगे बढ़ चला और वह आदमी दृष्टि की सीमा से दूर होता चला गया। आगे जाकर चौराहे की लालबत्ती पर फिर से रिक्शा रुका तो एक मर्दानी-सी चेहरे मोहरे वाली औरत पास आ खड़ी हुई। उसके बाल लम्बे थे और वह गहरे लाल रंग की साड़ी पहने थी। माथे पर रोली-तिलक, आँखों में गहरा काजल नाक में सोने की तीली और गले में फूलों का हार, वह बेसुरे स्वर में भजन गा रही थी। वह मुँह खोलती तो आगे के टूटे हुए चार दाँत उसकी कुरूपता को और बढ़ा देते। तापसी को चक्कर-सा आया। वह घबरा कर रिक्शा से उतर गई और फुटपाथ के निारे नाली में ज़ोर-ज़ोर से मतली करने लग गई।

''अरे क्या हुआ तुझे! ठीक तो है न?'' रिक्शा में बैठाते समय अम्बिका देवी को तापसी पर गुस्सा तो बहुत आया पर भीड़ के सामने बुरा भला नहीं कह पाईं। गली भी तो ऐसी थी। आदमी के ऊपर आदमी सवार था। ''बड़ी नाजुक निकली तू। घबरा गई इत्ते से। यहाँ तो रोज़ ही होता है। तमाशा! साले सब नाम के सोशल वर्कर हैं—काम-धाम कुछ नहीं, बस भोली जनता को भड़काते हैं। अखबार में उल्टा-सीधा छपवाते हैं। यह तो बड़ा ही बेशरम है। मार खाता है, फिर उठ खड़ा होता है। इसी चौराहे पर आ कर बोलता है—पगला गया है।''

रिक्शे की रफ्तार धीमी पड़ गई थी। अजीब चेहरे वाली औरत इस बार उनके सामने आकर खड़ी हो गई थी। भीख माँगने को फैलाये हाथ पर चंदन के स्वास्तिक बने हुए थे और लिखा था 'देवदासी'। अम्बिका देवी गुस्से से बोली—''अरे, रे, कहाँ से आ मरी रे! कमबख्त हिजड़ा! भीख मांगने के अलावा और कोई काम नहीं है क्या?''

''हिजड़ा कहा तूने...'' वह भयानक स्वर में बोला, ''मैं भिखरिन नहीं हूँ, देवदासी हूँ। पूजा करती हूँ। शराप जी रही हूँ और तुझे क्या जानती नहीं हूँ। इतना घमण्ड अपने औरत होने का। एक खसम छोड़ दूसरा करके बैठी है। सूरत तो देखो इसकी! कैसी सती सावित्री बनी फिरती है...स्याली! ...बहन जी...सौ चूहे खा के बिल्ली हज्ज को चली। गरीब विधवाओं का पैसा खाकर कैसी मुटा रही है, स्याली!'' उसके मुँह में से झाग बहने लगा था। तापसी को फिर से मतली आने लगी थी। रिक्शा तेज़ी से चल पड़ा था। अम्बिका देवी के चेहरे की रंगत बदल रही थी। ऊँचे-ऊँचे स्वर की गंदी-गंदी गालियों के बीच थोड़े से वाक्य उनके कानों में पिघले शीशे से बहने लगे थे—''धंधे करवाती

है तू। कौन नहीं जानता? आशरम नहीं, तेरा तो वह रंडीखाना है। स्याली, मुझे हिजड़ा कहती है, मुझे, जिसे भगवान की भक्ति करनी है बस...''

''पागल है वो, उसकी बातों को ध्यान में नहीं लेना तू, समझी, और किसी को बताना भी नहीं। ...सुना...?''

''नहीं तो! नहीं तो।'' तापसी अपने भीतर उबलते लावे को रोकने के प्रयास में थी। आश्रम पहुँचने पर भागती हुई नल पर गई। फिर से उलटी की। पानी पिया। माथे पर साड़ी का गीला पल्ला लपेट कर अपने काम में जुट गई। नहीं तो दो रोटी...वे भी न मिलतीं...।

रात को अपने नये कम्बल में चुपचाप आकर लेटी तो उसे नींद नहीं आई। बार-बार उस पिटते हुए आदमी के चेहरे पर जड़ी वे दो आँखें उसके सामने विशाल विस्तार-सी फैल जातीं। क्या था उनमें, जो उसे बेचैन कर रहा था? क्या थी वह तटस्थता, जो मार खाने के बावजूद उसकी आँखों में स्थायी थी, जमे हुए गहरे काले बादल की तरह, जिसे वह बेधड़क कहे भी जा रहा था? क्या था वह?

'उसका सच' तापसी के मन ने हल ढूंढ निकाला था। तो क्या सच इतना प्रभावशाली था कि मनुष्य को इतने शारीरिक-मानसिक कष्टों के बीच भी तटस्थ रखे हुए था। उसे याद आया, मरियम ने भी एक बार कहा था—''सच तो हरेक के पास है तापसी। सच के बारे में सब जानते भी हैं, परन्तु सच के साथ आस्थावान होकर जीना बहुत कठिन है।''

सच के नाम पर मार खाते आदमी की फटी-फटी वे दो आँखें उसके सामने फैल कर उसे सिहन से भर रही थीं, और फिर वह हिजड़ा देवदासी? उसके अक्खड़ स्वर के जलते हुए अंगारे? पता नहीं क्यों, उसे लगा, उस देवदासी की मुखाकृति, उसका बेहूदा शरीर, मजूमदार बाबू से कुछ-कुछ मिलता जुलता था। वह घबराकर बाहर भागी और एक बार फिर जाकर नल के पास भीतर का मवाद निकाल आई थी। उसका जी मिचला रहा था और शरीर ताप से जलने लगा था।

वृन्दावन से गोबरधन पहुँचने में ही बहुत-सा समय लग गया था। हाँ, यह अवश्य था कि मुंह-अँधेरे चलने के कारण अभी तक सूर्योदय नहीं हुआ था और हवा में सुखद-सी नमी के साथ-साथ शीतलता भी समाविष्ट थी। अम्बिका देवी साथ नहीं थीं, इस कारण उनकी उन्मुक्तता में एक फक्कड़पन था। वे सब अपनी बहुत सिमटी हुई दुनिया से निकल कर चल पड़ी थीं, एक अनजान यात्रा पर, जिसके कुछ बिम्ब-चित्र मन में थे, परन्तु ज्ञात कुछ भी नहीं था। उनके सामने फैली हुई थी एक कच्ची पक्की सड़क और मन में था अंतहीन कौतूहल। कैसा होगा 'गोबरधन'? भगवान कृष्ण, उनके गोप-गोपिकाओं को केलिस्थल, जहाँ गोचारण-हेतु आये प्रणय-प्रवीण कान्हा ब्रज-बालाओं के साथ रस-रंग की धूम मचा देते थे। सुना है, यहाँ छहों ऋतुएँ बिराजती हैं। यही नहीं, यहाँ के पर्वतों की शिलाएँ विशेष हैं, उनका रंग रूप अलग-सा है, यहाँ की गुफ़ाएँ, जल-प्रात और निकुंज, अपने कान्हा के एकान्तिक रस-विहार तथा सामूहिक रस-विलास के साक्षी हैं। सुना है कि शृंगार रसराज श्रीकृष्ण तथा राधिका और उन्हीं की सखीवृन्द की अंग-कांति से यह स्थली आज भी सुशोभित है। मन्दिर के पुजारी ने बताया था कि इस महान गिरिराज का स्पर्श मात्र जन्म-जन्मान्तरों के पापों का क्षय कर देता है।

तापसी ने देखा, पूर्व के आकाश में सूर्यरथ की ध्वजा फहराने लगी थी, काँपती हवाओं में जैसे गुलमोहर खिलने लगे थे। जैसे कोई अदृश्य संकेत कर रहा था, कुछ कह रहा था। हो सकता है, तापसी ने सोचा, यह परिक्रमा और उसके अर्जित पुण्य से उसके जीवन में कोई नया अध्याय खुल जाये। शायद पहली बार उसने अपने भीतर की समूची श्रद्धा से नमन किया—सूर्य के उगते स्वरूप को, अदृश्य गिरिराज को या पता नहीं किसी नवीन सम्भावना को। पता नहीं? साथ चल रही थी नूराबाई, जिसे अपने धर्म तक का पता नहीं था। कोई देवी-देवता, वह कुछ भी तो नहीं जानती थी। पेट की भूख ही उसकी समस्या

थी और उपलब्ध भोजन ही उसकी उपासना। बरौता, कठोर, निर्मम...शरीर को शरीर जानकर जीने वाली। भगवान और धर्म उसके लिए नाटक थे, जिन्हें वह कुशलता से निभा रही थी। मरियम, धर्म से ईसाई होने पर भी कृष्णभूमि को अपना जान कर रह रही थी। वृन्दा का धर्म-ईमान लंगड़ी चुनिया से आरम्भ होता, वहीं समाप्त हो जाता। उसे ठीक करने के प्रयास में वह अपने तन-मन से जुटी थी। उसका धैर्य भी तो कितना गहरा था! बस, एक ही दिशा में बहा जा रहा था। वे सभी उदास आत्माएँ, थके-हारे मन, दुःख, पीड़ा-झेलती एक छत के नीचे आ गई थीं, जहाँ यातनाओं के अँधेरे में वे एक-दूसरे का हाथ थाम लेती थीं। धर्म के नाम पर थोपी गई बोझिल गम्भीरता, भविष्य की चिन्ता, संताप भर ही तो उनकी उपलब्धि थी। मैत्री की यह अजीबोगरीब स्थिति, जैसे वर्षा की तरह उन पर अचानक बरस गई थी और जिसके गीलेपन में वह एक-दूसरे की सहायता कर लेती थीं; क्योंकि मैत्री के पास एक प्रकार की आँखें होती हैं—अजीब-सी आँखें, जो बिना देखे देख लेती हैं वह जो शायद दृश्य भी नहीं था।

सड़क के दायें भाग में एक नयनाभिराम जलसरोवर था। लाल पत्थर की एक नक्काशीदार इमारत ने जैसे उसे बाँहों में घेर रखा था। इमारत के चारों कोनों पर चार बुर्जियां थीं। गर्व से तने खड़े चबूतरे थे और सीढ़ियों से मंडित झरोखे-द्वार। उस जलहरी का पानी हरी काई के साथ किसी अनन्त केलि में मग्न प्रवाहमान था। बाहर सफ़ेद पत्थर पर नाम खुदा था 'कुसुम सरोवर'। फूलों का सरोवर, सौन्दर्य का सरोवर। तापसी प्रसन्न हो गई। खूब सारे फूल होंगे यहाँ। अभी तक तंग गलियाँ, कूड़े के ढेर से अटे बाज़ार ही देखने को मिले थे। फलों का बग़ीचा...वह भागती आगे निकल गई। जलसरोवर की सीढ़ियों पर उतर रही थी तो भगवती ने पूछा—"पानी कहाँ से आता है, कहाँ जाता है, यहाँ तो काई नदी भी नहीं है।"

"पता नहीं," बरौता ने कहा—"तुझे क्या लेना है, पानी कहीं से भी आये। आगे चल। ऐसे रुकते रहे तो परिक्रमा कैसे होगी?" बरौता सबको आगे की तरफ़ खदेड़ने लगी। वे सब बरौता के पीछे ऐसे चलने लगीं, जैसे समुद्र की ओर नदियाँ बढ़ती हैं। परन्तु तापसी का मन उस समय केवल प्रश्न हो रहा था। वह जानना चाहती थी, कौन है, किसने बनवाया है यह 'कुसुम सरावर', किस लिए...? धीरे से तापसी ने कहा—"मन्दिर तो देखते चलें। उधर ऊपर हो आते हैं बरौता।" और उत्तर की प्रतीक्षा किये बिना तापसी मरियम का हाथ थाम

कर आगे चली गई। सीढ़ियाँ चढ़ कर वह एक बड़ी-सी खुली छत पर पहुँच गई, जिसके बीचोंबीच एक गुम्बदाकार मन्दिर-जैसा था। उसके द्वार खुले थे और दरवाज़े पर बैठा एक बुज़ुर्ग किसी पुस्तक पर झुका, बुदबुदाता हुआ कुछ पढ़ रहा था। तापसी को सहसा लगा, उसने पहली बार किसी को पुस्तक पढ़ते देखा था। अन्यथा यहाँ के लोग केवल पूजा करते हैं या पूजा के नाम पर तिज़ारत करते हैं। तापसी को देखकर वह ऊँचे स्वर में बोला—"क्या काम है? वहाँ कहाँ जा रही हो?"

"दर्शन करते हैं।" नूराबाई आगे आ गई थी और बरौता बेधड़क भीतर जा चुकी थी। छोटा-सा साफ़-सुथरा मन्दिर था, जिसके बीचोंबीच एक छोटी-सी सफ़ेद संगमरमर की चौकी पर दो चरण खुदे हुए थे।

"बाबा, ये किसके चरण हैं?" तापसी ने पूछ ही लिया।

"भगवान के, और किसके?" उसने अपनी टूटी हुई ऐनक, जो धागे से कान पर बँधी हुई थी, आँखों पर टिकाते हुए कहा और उन सब महिलाओं को ध्यान से देखा—"यह जलहरी, बाबा...?" वृन्दा ने शायद पहली बार प्रश्न पूछा, "इसे 'कुसुम-सरोवर' कहते हैं बेटी! पहले यहाँ केवल वन था, सफ़ेद फूलों का वन। एक बार राधा-रानी पूजा के फूल लेने आईं तो देखा आसपास कहीं जल का स्रोत नहीं है जिसमें वे अपने फूल धो सकें। भगवान ने पल भर में उनकी दुविधा जान ली और अपनी बाँसुरी से खोद कर इस तालाब की रचना कर डाली। तब से आज तक यह पानी से लबालब भरा है। कभी नहीं सूखता। और यहीं जल के किनारे बैठ भगवान ने राधा-रानी के बाल अपनी अँगुलियों से सँवारे थे। वह देखो दीवार पर चित्र भी बना है।" तापसी ने देखा, दीवार पर, समय के अन्तराल में फीका पड़ता-सा एक हलके रंगों का चित्र वास्तव में था, जिसमें ध्यान से देखने पर राधिका के लम्बे बाल और भगवान कृष्ण का मोर-मुकुट अपनी पहचान बनाने लगा। कैसी भावपूर्ण भंगिमा थी उन दो प्रेमियों की! तापसी के हृदय में कुछ आलोड़ित-सा हुआ, एक नया-सा भाव, एक अपरिचित-सा भाव, जिसे वह नहीं जानती थी, पता नहीं क्या? तापसी घूम-फिर कर फिर बाबा के पास आ बैठी—"और कुछ बतायें न बाबा, इस जगह के बारे में...।"

"मैं बताता हूँ। बड़ी बेसब्री है तू। इस मन्दिर को भरतपुर के राजा सूरजमल ने बनवाया था। यह मन्दिर चार-सौ साल पुराना है और मैं सन् छत्तीस से यहाँ

का पंडित हूँ। तब से लेकर आज तक कहीं नहीं गया। यहीं रहता हूँ भगवान के चरणों में —मेरी रोटी लायक दे देते हैं भगवान जी। मेरे ऊपर कृपा है ब्रजबिहारी जी की। इसी धरती पर जन्मा था, बेटी! यहीं विसर्जित होने की इच्छा है...।''

बाबा लाठी टेकता उठ खड़ा हुआ। तापसी उसी के पीछे-पीछे चलने लगी, जैसे कोई अभिप्रेरणा, कोई अदृश्य-सा आकर्षण उसे खींच रहा था। बहुत आगे जाकर जहाँ पंडित बाबा रुके, वहाँ नीला जस्तीदार दरवाज़ा था। उसके पीछे पट खोलते ही एक नीलवर्णी पुरुष प्रतिमा, जिसके मुखमंडल पर काली-काली मूँछें विराजमान थीं। नूराबाई खिलखिलाकर हँस पड़ी, परन्तु तापसी को याद आ गया कि वह पहले भी यहाँ अम्बिका देवी के साथ आई थी। चरणामृत देते पंडित बाबा ने बताया, ''यह उद्धव जी का मन्दिर है बेटा! इस मन्दिर को स्वयं कृष्ण भगवान के पोते बृजनाथ ने पाँच हज़ार साल पहले बनवाया था। उद्धव तीन ही स्थानों पर निवास करते हैं—द्वारका, बद्रीकाश्रम और यहाँ। कृष्ण के परम मित्र इस निकटवर्ती वन में गुल्म-लता के रूप में फैले हुए भी मिल जायेंगे, कि शायद कभी भगवान के या राधा-रानी के चरण उनके माथे से छू जायें और उनका उद्धार हो जाये।''

''तो क्या अभी तक उनका उद्धार नहीं हुआ, बाबा...? इतना प्रेम, इतने सेवाभाव के बाद भी?''

बरौता ने उसका हाथ पकड़ लिया—''तापसी, तू जहाँ जाती है बातों में लग जाती है। जाने कैसे-कैसे सवाल पूछती है। चल, उठ। ऐसे ही रुकते रहे तो परिक्रमा कब करेंगे?''

''हाँ, ठीक है!'' वह उठने को हुई, परन्तु उसने तभी देखा, एक स्त्री पीली साड़ी में लिपटी कहीं से आकर उद्धव जी के मन्दिर में पीले रंग के फूल चढ़ाने लगी। पंडित ने उसे चरणामृत देते हुए कहा, ''कैसी हो गउर-दासी? दुनिया पलट जाये परन्तु तुम्हारा नियम नहीं टूटता। जा रही हो परिक्रमा पर।''

''हाँ, बाबा, आज कुछ देर हो गई। मेरी गाय बीमार पड़ गई है न! रात भर उसकी देखभाल में बैठी रही। अब निकल पाई हूँ। गिरिराज के दर्शन किये बिना चैन नहीं पड़ता, बाबा!''

''हाँ!'' पंडित बाबा ने सस्वर गाया—

आदिलोक बैकुण्ठ में ब्रज परिपूरन सोय।
ब्रजवासी हितकारने आयौ हरि गिरि होय।।

पहली बार तापसी का जी चाहा कि वह भी मन्दिर में कुछ चढ़ाए। फूल वह लाई नहीं थी। आँचल में कुछ रुपये बँधे थे। उसी में से एक रुपये का नोट निकाल कर पंडित बाबा के फैले हुए हाथ पर रख दिया। उसे अचानक बोलपुर में किसी पत्रिका में पढ़ी कविता का एक अंश याद आने लगा—

"भूख से रिरियाती हुई फैली हथेली का नाम दया है
और भूख से
तनी हुई मुट्ठी का नाम
नक्सलबाड़ी है।"

इससे पहले कि तापसी अपने भूले-बिसरे बोलपुर और बंगाल में फैले नक्सल-मूवमेंट के बारे में सोचती, नूराबाई उसे पकड़ कर ले चली—"अरे बाबा, अब तू चल न! बरौता को बहुत गुस्सा आ रहा है, और फिर वह जो साधुनी है न, वह परिक्रमा करने निकली है। उसी के साथ हो लेते हैं। रास्ता मिलता जायेगा, नहीं तो भटक जायेंगे...चल।"

"हाँ, ठीक है।" तापसी चल पड़ी। उसे देखकर बरौता ने कहा—"तू अब कहाँ-कहाँ रुकेगी, तापसी! यहाँ कोई एक सरोवर थोड़े ही है, कोई 'राधा-कुंड' है तो कोई 'ललिता कुंड', कोई 'नारद कुंड'?"

"अच्छा!" बड़े आश्चर्य से नेत्र फैलाती तापसी इधर-उधर देखने लगी। गउर-दासी और बरौता के बीच वार्तालाप चलने लगा। गउर-दासी बता रही थी कि वह खुलना की रहने वाली है। वहाँ की, जहाँ अब बांग्लादेश है। उनका नेता मुजीबुररहमान वहीं का रहने वाला था। गरीब घर की है वह। उस घर में तीन औरतों के बीच एक ही साड़ी थी, जिसे वे बारी-बारी पहनती थीं। भूख और गरीबी में, आदमियों के हाथों प्रयुक्त होती, बिकती, छूटती जाने कैसे यहाँ आ पहुँची। गोवर्धन के एक आश्रम में रही बहुत दिन। वहाँ की माँ चन्द्रिका बड़ी पहुँची हुई औरत थी। उनके अपने कमरे में छोटे-से बालकृष्ण की चाँदी की प्रतिमा थी, जिसे रोज़ सुबह-सवेरे चार बजे भोग लगाना होता था। उनके आश्रम में अधिकतर विदेशी महिलायें रहती थीं या आती-जाती रहती थीं। माँ चन्द्रिका अंग्रेज़ी बोल लेती थीं? एक बार एक विदेशी महिला अपने साथ आलू के चिप्स का विदेशी पैकेट लाई थी, जो माँ चंद्रिका के कमरे की मेज़ पर रखा था। आश्रम में विदेशी वस्तुओं का प्रयोग वर्जित था, परन्तु हम सब ने देखा, सुबह-सवेरे बाल गोपाल के मुखमण्डल पर चिप्स के छोट-छोटे कण विराजमान

थे और चिप्स के खाली पैकेट के साथ-साथ थोड़ा बहुत चूरा उनके निकट इधर-उधर बिखरा हुआ था। हम सबके लिए अद्‌भुत अनुभव था... ।''

''आप अब किस आश्रम में रहती हैं?'' मरियम ने पूछा।

''किसी में भी नहीं। आश्रमों में बहुत मट्टी खराब हुई मेरी। कभी कहीं रही, कभी कहीं। मथुरा के एक आश्रम में तो खुलेआम वेश्यावृत्ति चलती थी। मैं भी मजबूर कर दी गई थी। वहाँ की प्रबंधक कमेटी के लोग ठीक नहीं थे—कुत्तों जैसा व्यवहार, लूट-खसोट। हममें से कुछ औरतों ने पुलिस में भी रिपोर्ट करने का साहस किया था, परन्तु पुलिस। वे क्या इंसान होते हैं? उनकी हवस का सामना करना तो और भी दूभर हो गया था। शिकायत कौन सुनता है? औरत होना ही तो, जवान होना ही तो हमारा सबसे बड़ा कसूर था। रातोंरात हम लोग निकल भागे। बहुत कष्ट उठाये, भूखों मर भी गई एक तो। गैं एक घर में चौका-बासन करती हूँ। उन्हीं ने घर के पिछवाड़े एक कमरा दे दिया है। पेट भरने लायक दे देते हैं। एक दिन, एक सड़क चलती बीमार-सी गाय मेरी कोठरी के पास रुक गई थी। उस दिन से उसकी सेवा करती हूँ... ।''

''तभी तुझे 'गउर-दासी' कहते हैं।''

''हाँ! और तो कोई आधार है नहीं। गइया-भइया ही मेरी सब कुछ हैं। माँ, बहन, सब कुछ।'' उसकी आँखों में एक शान्त, तृप्त-सी चमक विद्यमान थी।

वे सब चलती चली जा रही थीं—कभी बाज़ार, कभी कच्चा, कभी पक्का रास्ता, कभी कीचड़, गउर-दासी की तन्मयता उन्हें खींचे ले जा रही थी। पर्वत जैसा गिरिराज तो कहीं नहीं था, हाँ, बूढ़ी, बीमार, टूटे हाथ-पैर वाली विकलांग औरतें, बच्चे, पुरुष—भीख को फैले हाथ यहाँ-वहाँ ज़रूर थे। धरती में धँसते हुए गिरिराज की तरह व्यवस्था का यह खंडित-सा रूप तापसी को दर्द से भर रहा था। निःशुल्क बँटते शर्बत, प्रसाद, लूटती-खसोटती भीड़, ज़मीन पर लेट कर परिक्रमा करते मैले-चीकट भक्त या फिर भगवे कपड़ों में भजन गाती मंडलियाँ—सब चले जा रहे थे। परिक्रमा हेतु चलना जैसे उस पल का सुख हो गया था, संतुष्टि जैसी अन्तर्वस्तु, कहीं कोई कष्ट नहीं था, नंगे पैरों का या टूटे-फूटे कंकरों का। कितने ही कुंड थे, जो रास्ते में आये, उनकी अन्तर्कथाएँ, रास्ते में पुरानी ढहती हवेलियों की दीवारें, मन्दिरों के खंडित कंगूरे—उनके साथ एक पूरा-का-पूरा इतिहास, कृष्ण भगवान की प्रेम लीलाओं के प्रेमोन्माद में लिपटा

उनकी उस पल की वास्तविकता में सशरीर उतर आया था। तापसी अपने स्वप्न में निमग्न थी जैसे, उसे लगता, कोई पास ही आ खड़ा हुआ था, फुसफुसाकर उसके कानों में कुछ कह रहा था। क्या? पता नहीं! एक छोटा-सा पोखरा, पक्का रहा होगा कभी, अब अपनी टूटती-ढहती दीवारों में सिमटा चुपचाप खड़ा था। गउर-दासी ने बताया—"यहाँ बैठकर भगवान गोप-गोपिकाओं के साथ दोपहर का भोजन करते थे। यह 'गोबर-पोखरा' कहलाता है। वे अब तक गिरिराज के निकट आ पहुँची थीं। बाज़ार और शहर पीछे रह गये थे। उपवन जैसा तो वहाँ कुछ भी नहीं था, न ही मनोहारी फूलों के वितान। हाँ, कुछ पथरीली शिलाएँ और कुछ ऊँचे टीलेनुमा पर्वत याद दिला रहे थे कि यहाँ कभी ऊँचे शिखर रहे होंगे। वे सब शिलाओं को छू रही थीं, मानो वह स्पर्श, तलाश रही हों, वह स्पर्श जो उन्हें मुक्त कर दे। तापसी को यकायक लगा कि एक सिहरन-जैसी अवश्य थी जो शिलाओं के स्पर्श करते ही भीतर एक थरथराहट भर देती थी। धीरे-धीरे पथरीले टीले और बड़े हो गये थे और छोटे-से एक पर्वत के ऊपर चढ़ने का अवसर भी हाथ लग गया था। वहाँ बैठकर सुस्ताने का मन होने लगा। तभी उन्होंने देखा कि एक धँसी हुई सँकरी-सी गुफ़ा थी। वे सब एक-एक करके वहाँ प्रवेश कर गईं। ऐसा अनुभव हुआ जैसे वहाँ कोई रह रहा था। गुफ़ा बहुत संकरी ही नहीं, चारों तरफ़ से बन्द भी थी। स्वच्छ हवा आने का कोई द्वार, कोई स्थान कहीं नहीं था। तापसी ने देखा, गुफ़ा के भूगर्भ में कोई बैठा था, जिसके सामने एक नन्हा-सा दीप जल रहा था। साँस लेने की द्विविधा के कारण बाकी सब तो बाहर की तरफ़ भाग गईं, केवल तापसी अपने कौतूहल के हाथ थामे आगे बढ़ती चली गई। गउर-दासी का स्वर जैसे उसे छू रहा था, "एक बाबा हैं यहाँ, इस गुफ़ा में। वे कभी बाहर नहीं आते। पता नहीं जीवित कैसे हैं, साँस लेने का कोई स्थान नहीं है यहाँ...।"

तभी बाबा का भारी-सा स्वर पूरी गुफ़ा को गुंजाता घुटीले वातावरण में झनझनाने लगा—'ओउम्!' 'ओउम्!'...और उस स्वर से जैसे गुफ़ा का ऊपर तक का कोना स्वच्छता से भर गया। 'ओउम्' स्वर का गुंजन गुफ़ा की भित्तियों से टकराकर जितनी बार लौटता था, उतनी बार गुफ़ा को स्वच्छता से भर देता था। बाबा का वह स्वर, जैसे स्वर न रह कर ताज़ा हवा के झोंके में परिवर्तित हो जाता था। अद्भुत अनुभव था तापसी के लिए। वह सोच रही थी कि क्या वह जो घुटन के प्रभाव से बाबा को मुक्त रखता था, भगवान का नाम या स्वर है या कौन है?

“यह ‘जुगल कुंड’ है, यह ‘किल्लोल कुंड’ और यह है ‘पंच-तीर्थ कुंड।” गउर-दासी मार्गदर्शक बनी उन्हें रास्ते में आये बड़े-छोटे कुंडों के नाम बता रही थी। “चलो अब वह सामने ‘मानसी-गंगा’ हैं, वहाँ स्नान करके फिर आगे जायेंगे।”

“नहीं-नहीं, हमें स्नान नहीं करना है। देर हो जायेगी।” भगवती ने बरौता की तरफ़ देखते हुए कहा।

“अरे, आज आश्रम से बाहर आई हो, पूरा फ़ायदा उठाओ। ‘मानसी-गंगा’ में नहाना भगीरथी गंगा जी में नहाने जैसा पुनीत है। यहाँ स्नान करने से न केवल पाप धुलते हैं अपितु मन में ‘प्रेम-भक्ति’ भी जागती है। और फिर यह भी तो गिरिराज की तरह सिकुड़ती जा रही है। एक दिन अलोप हो जायेगी।”

“आप इसे गंगा कह रही हैं। यहाँ गंगा कैसे आई?”

“मैं जानती थी, तू ज़रूर सवाल पूछेगी। बताती हूँ, पर पहले चलो तो, अपनी आँखों से देख तो लो। यह वही स्थान है जहाँ भगवान कृष्ण नाविक बने नौका खेते थे और श्रीराधाजी के साथ अठखेलियाँ करते थे।”

“सच बड़ी सुंदर जगह है। चलो, नहा लेते हैं।” तालाब के जल में और भी लोग स्नान कर रहे थे, कोई जल में आँखें मूँदे खड़ा था, कोई श्लोक पढ़ रहा था, कोई डुबकियाँ लगा रहा था। वृन्दा और भगवती, साड़ी उतार कर पानी में जा चुकी थीं। मरियम सीढ़ी पर बैठी थी। तापसी गउर-दासी के निकट सरक आई। शरीर पर पानी के छींटे मारती हुई कहने लगी, “आपने बताया नहीं, मानसी-गंगा के बारे में?”

“लगता है, तुम पढ़ी-लिखी हो। क्या नाम है तुम्हारा?”

“तापसी।”

“तुम आम विधवाओं जैसी नहीं लग रही हो। तो फिर यहाँ कैसे?”

“बस, भाग्य! बारह क्लास तक पढ़ी हूँ। सोचती हूँ, अगर संयोगवश यहाँ आ ही गई हूँ तो इस शहर को, इस तीर्थ को पूरा-का-पूरा जान लूँ। इसका रहस्य, इसके तीर्थ बन जाने का मर्म।”

“तुम क्या, स्कूल में पढ़ाती हो?” गउर-दासी ने पूछा।

“नहीं। मुझे हिन्दी बहुत कम आती है। बांग्ला और अंग्रेज़ी का ही ज्ञान है।” सकुचाते हुए तापसी ने कहा।

“अंग्रेज़ी पढ़ाने वालों को तो ज़्यादा पैसे मिलते हैं, तापसी! यहाँ अंग्रेज़ी

स्कूल भी है। तू काम ढूँढ़ न। अभी तो बहुत ज़िन्दगी पड़ी है तेरी। ऐसे मत गँवा। खैर, मुझे पता चला तो बताऊँगी। जहाँ चौका-बासन करती हूँ उनसे कहूँगी।'' कुछ देर वे दोनों चुप रहीं। गउर-दासी ने कहा—''हाँ, तुझे बताती हूँ मानसी-गंगा के बारे में। सुन, एक बार कृष्ण, बलराम और ग्वाले गाय चरा रहे थे। गायों के झुंड में एक दैत्य गाय का रूप धरकर आ मिला, वृषभासुर नाम था उसका! कृष्ण भगवान तो अन्तर्यामी हैं। वे उसे पहचान गये। बस, फिर क्या था, भगवान उसके निकट गये। उसके पिछले दोनों पैर पकड़े और हवा में गोल घुमाने लगे। फिर उसे आकाश की तरफ़ उछाल दिया। वह जब धरती पर गिरा तो प्राण छोड़ते समय उसका शरीर परिवर्तित होकर गाय से दैत्य हो गया। परन्तु हत्या तो हत्या थी। ग्वालों ने भगवान पर गौहत्या का आरोप लगाया और कहा, गंगा स्नान करो नहीं तो पाप से छुटकारा नहीं मिलेगा। गंगा को ब्रजभूमि पर उतारने के लिए भगवान ने तप किया और तब उनके हृदय से गंगा छलछलाती हुई प्रवाहित होने लगी और इस कुंड में समा गईं। 'मानस' मन को कहते हैं न, इसी से इसका नाम 'मानस-गंगा' पड़ा।''

''आपको कितना ज्ञान है गउर-दासी। क्या आप भी पढ़ी-लिखी हैं?''

''नहीं, बाबा रे! मैं कहाँ पढ़ी-लिखी हूँ। बस, वृन्दावन के कण-कण में समा गई हूँ। तेरह वर्ष की थी तब यहाँ आई थी। तुझसे क्या छिपाना। कैसी बुरी ज़िन्दगी जी थी मैंने। कौन-सा ऐसा जुल्म था जो नहीं सहा। कौन-सी ऐसी तकलीफ़ थी जो मुझे छुए बिना चली गई। तिस पर अकेलापन। अब तो भगवान के चरणों में हूँ। मेरी गाय ही मेरा तीर्थ है। उसी की सेवा में हूँ। बस।''

''चलो, 'मानसी देवी' के मन्दिर में पूजा भी कर लेते हैं।'' वृन्दा नहाकर बाहर आ गई थी। वे सब मन्दिर के भीतर चली गईं। गउर-दासी ने पंडित से कहा, ''ऐ बाबा, हमारे लिए 'गुल-गुल' पूजा कर दो, महाराज!''

''तुम बंगालिनें, अपना देश छोड़ आईं पर 'गुल-गुल' पूजा नहीं भूलीं। चलो, भेंट रखो। फल-फूल लाई हो या खाली हाथ?''

''गरीब विधवाओं के हाथ तो खाली होते हैं बाबा! हमारे लिए पूजा करा सको तो अच्छा, नहीं तो कोई बात नहीं।''

ब्लाउज़ में बनी जेब से पाँच रुपये का नोट निकाल कर गउर-दासी ने बाबा को पनीली आँखों से देखा।

पंडित बाबा, मन्त्रों के स्थान पर बुरा-भला कहते लाल रंग की मौली के

कच्चे धागे से तीनों मूर्तियों को गोल-गोल लपेटने लगे। तापसी को लगा, हर मन्दिर में हर भगवान की प्रतिमा के निकट बैठे ये बाबा लोग, पंडित, पुजारी केवल अपने हाथ फैलाते थे। माँगने से कितनी बढ़ जाती थी उनकी दीनता। देने-लेने के इस बहीखाते में वह क्या हम गरीब विधवाओं के साथ नहीं खड़े थे। उनके वेष और वस्त्र अलग थे तो क्या, वे भी तो माँग रहे थे। परन्तु अवश्य ही देने से दीनता मिटती है, इस समय 'गउर-दासी' की पनीली नीली आँखों में विजेता का-सा भाव था। देने वाला फ़कीर भी मालिक जैसा हो जाता है जैसे इस पल गउर-दासी। तापसी और मरियम के अतिरिक्त मन्त्र बोलने के बाद वे सभी औरतें आँखें बन्द करके कभी उलूक-ध्वनि करती थीं, कभी ऊँचे स्वर में 'गुल-गुल' कहकर श्रद्धा से झुक जाती थीं। तापसी को सारी प्रक्रिया तमाशे से कम नहीं लग रही थी, परन्तु वह हँसना चाह कर भी हँसी नहीं। शायद इस कारण भी कि वह हँसना भूल चुकी थी। चुपचाप हाथ जोड़े बैठी रही। किसी का अपमान करने की उसकी कोई इच्छा नहीं थी। यदि इस प्रदेश में गंगा आई है तो बंगाल भी तो प्रवेश कर चुका था। दबे पाँव बंगाल की दरिद्र-दुखियारी औरतें कितनी अधिक संख्या में ऐसे फैल गई थीं जैसे शरीर की नसों में विषाक्त रक्त। पावन तीर्थ वृन्दावन और भीख माँगती उन विधवाओं के आँसू पुँछे आँचल में बँधा बंगाल, गउर-दासी और बरौता के साथ, उसके साथ उनका परिवेश जुड़ा हुआ था, क्योंकि विवश स्त्री का कोई तीर्थ नहीं होता, न ही उसे किसी पूजा या प्रार्थना पर विश्वास होता है।

पदयात्रा का अब तक अंत आ गया था। वे सब गोवर्धन की अंतिम शिला, 'मुखारविंद शिला' तक पहुँच गई थीं जहाँ अब तक बहुत-से भक्तों की भीड़ जमा हो चुकी थी। तापसी और उसके जत्थे ने कौतूहल से भरकर देखा एक गोल काली शिला पर पंडित पहले रोली मलते, फिर उस पर लाल मौली बाँध कर मन्त्र पढ़ते हुए बाल्टी-भर दूध ऐसे बहा देते जैसे वह दूध—दूध न हो, पानी हो। वह सब हतप्रभ देखती रहीं। अचानक नूरा बुक्का फाड़ कर रोने लगी, "हाय, मेरे बच्चे इस दूध के बिना बिक गये। मेरा आदमी दूध के बिना भूखा मर गया और तू साला, उसी दूध को पानी में बहाये दे रहा है।" सबने चौंककर नूराबाई को देखा। नूराबाई पर तो जैसे चण्डी सवार थी। अपने हाथ नचा-नचा कर गुस्से से गालियाँ बकती चिल्ला-चिल्ला कर कह रही थी—"हमें देखने को भी नहीं मिलता दूध। कितनी गरीब हैं हम। हममें से कितनी हैं, जिन्होंने

कभी दूध चखा भी हो और तुम ढपोरशंखी भगवान के नाम पर नाली में बहा रहे हो दूध को। हाय! पत्थर भी कभी पीते हैं दूध को? तुमको दर्द नहीं आता, शर्म-लिहाज़ कुछ नहीं है क्या...?" उसका बस चलता तो पंडित को दो-चार थप्पड़ मार देती। बरौता सामने आ गई। उसे पकड़ने लगी। वे सब बहुत घबरा भी गई थीं। पंडित के साथ आस-पास के पुजारीनुमा लोगों को उसके बहाने गालियाँ देने का अवसर प्राप्त हो गया था—"कौन है यह साली कुतिया, पूजा भंग कर दी चुड़ैल ने। श्रीनाथ जी का कोप भोगना पड़ेगा तुझे। निकालो कम्बख़्त को यहाँ से। रंडियाँ साली पता नहीं कहाँ से आ मरती हैं।" किसी ने ज़ोर से एक पत्थर नूराबाई के सिर पर दे मारा। थकी-हारी, भूखी-प्यासी नूराबाई चक्कर खाकर गिर पड़ी। उसके माथे का खून बहकर नाली में बहते दूध में मिलने लगा। पूजा के मन्त्रों में बहता दूध और एक अशुद्ध शरीर का बोझ ढोती विधवा का खून मिलकर नाली में बहने लगा। मन्त्रों में आ मिला गाली-गलौज का सस्ता स्वर! हर तीर्थ का अपना एक दृश्य होता है...मिला-जुला। शुद्धता में ही तो होती है अशुद्धता। "किसने बनाया रंडी हमें? तूने साले-तूने! टीका लगा कर पंडित बनता है। पीले कपड़ों के नीचे तू भी नंगा है। ही-ही..." वृन्दा हँस रही थी।

मदनमोहन बाबा के मठ के आगे हमेशा ही भीड़ लगी रहती थी। उस दिन भी थी, सारा वृन्दावन उमड़ पड़ा था, क्योंकि बाबा ने अपनी देह त्याग दी थी। ढोलक मंजीरे बज रहे थे—सस्वर मन्त्र भजन गली में गूँज रहे थे। तापसी ने आश्चर्य से देखा, बाबा की देह को समाधि की मुद्रा में बैठा कर सारे शहर में झाँकी निकालने की तैयारी हो गई थी। जुलूस चल पड़ा था। चार आदमी बाबा का तख़्त अपने कंधों पर उठाये आगे-आगे जा रहे थे। बाबा के मृत शरीर को लोहे की सलाख के सहारे बाँध कर बैठाया हुआ था। दूर से नहीं लगता था कि वह कोई मृत शरीर है। लगता था जैसे एक भव्य समाधिस्थ संन्यासी आँखें मूँदे बैठा है। बाबा के नाम के जयजयकार से सारे शहर की हवाएँ बोझिल हो गई थीं। शाम तक वह शोभायात्रा शहर घूम कर लौट आई थी। बाबा का तख्त उनके कमरे में रख दिया गया था। एक दिन बीता, दूसरा भी बीता, बाबा की देह का संस्कार किसी ने नहीं किया। बाबा के मठ के शिष्य 'हरिनाम-सम्प्रदाय' के थे और भगवान कृष्ण पर अपनी निष्ठा रखते थे। सम्प्रदाय के सबसे बड़े संस्थापक ने निर्णय लिया कि बाबा की पार्थिव देह को नष्ट नहीं किया जायेगा। बाबा फिर से लौटेंगे और इसी शरीर में फिर से जीवित होकर नया-नकोर जीवन जीने लग जायेंगे। शहर के अन्य साधुओं, पंडितों ने समझाने का बहुत प्रयास किया, परन्तु उन चार दिनों में रातोंरात आश्रम के नीचे एक तहखाना जैसा तैयार किया गया, जिसे बाबा के शयनकक्ष जैसा सजाया गया, तख्त पर बिछौना लगा कर उसी समाधिस्थ मुद्रा में बिठाया। मृत देह, या पार्थिव देह को सुरक्षित रखने के लिए उस पर उबटन, सुगंधित तेल तथा रासायनिक पदार्थों का लेप मला गया और उस स्थान की हवा को पूरी तरह से बन्द करके पक्की चुनाई की दी गई। पुलिस आई, पुलिस के बड़े-बड़े कारिन्दे आये, राजनीतिक दबाव भी डाले गये परन्तु मठ के अधिकारी उनकी बात नहीं माने। तीर्थों में, मठों में पुलिस और कानून कहाँ चलता था। तीर्थों में धर्म बड़ा था

बाकी सब तुच्छ था। बाबा के अंतिम संस्कार को लेकर झगड़ा कुछ दिन चलता रहा। अखबारों में लेख भी छपे परन्तु मठाधीश अपनी ज़िद पर डटे रहे। यह भी सच है कि सख्त पहरे के बावजूद कुछ मनचले लोगों ने तहखाने की ईंट खिसका कर बाबा को देखने की कोशिश की तो तहखाने से उठती बदबू का तेज़ भभका इतना तीव्र था कि फिर किसी को कुछ करने या कहने का साहस नहीं हुआ। बाबा के शिष्य अवश्य ही यह बात फैलाते थे कि हर रात तहखाने से बाबा के जप का स्वर भी आता सुनाई पड़ता था और उनकी पदचाप भी।

पता नहीं सच क्या था, बाबा की समाधि या उससे जुड़ी परिकल्पनाएँ? परन्तु, तापसी के लिए अवश्य ही यह आश्चर्य भरी घटना थी। वह बहुत दिनों तक बाबा की मृत देह, उनकी वह ध्यानावस्थित मुखमुद्रा, वह झाँकी, कुछ भी नहीं भूल पाई थी। रातों को उसे डर लगता। वह सोते-सोते उठ जाती। उसे लगता, कोई था आसपास जो अपनी लकड़ी की खड़ाऊँ की ठक-ठक के साथ चलता हुआ उसके पास आकर ठहर जाता था। कहीं से आकर उसके रन्ध्र-रन्ध्र में बदबू का एक भभका उसे बेचैन कर जाता। वह सोचती, क्या बाबा वास्तव में ध्यानमग्न थे, समाधिस्थ थे, कहीं नहीं गये थे या कभी भी लौट आयेंगे। उनका एक-सौ-दस वर्ष जीना भी अपने आप में एक पुख्ता-सा सबूत था। मठ के संस्थापक बता रहे थे, जब भी बाबा के ध्यान की ऊर्जा उनकी नाड़ी की ओर प्रवाहित होगी, नाड़ी चल पड़ेगी और साँस लेकर अवश्य बाबा लौट आयेंगे...वैसे ही रूप में जैसे रूप में वे हमेशा थे वहाँ।

बाबा के श्राद्ध के दिन मठ में बहुत बड़ा भंडारा हुआ। आश्रम की सभी महिलाएँ पंगत में बैठ कर खा आई थीं। केवल वृन्दा ही थी जो आश्रम के कर्मचारियों से माँग कर अपनी बेटी के लिए टोकरी भर भोजन ले आई थी। बरसात के दिन थे। खीरे, फूँट, तरबूज और लेस छोड़ती बासी मिठाई चुनिया ने ठूँस-ठूँस कर खा ली थी। भूखों को भूख की आदत होती है। शायद इसी कारण अधिक खाना अपच कर गया था और चुनिया पूरा दिन, पूरी रात दनादन उल्टियाँ करती रही। वृन्दा का कमरा बास से भन्नाने लगा। जो भोजन सही सलामत जीने के लिए खाया जाता है वह शरीर की अंतड़ियों और नसों में विषाक्त होकर सुलगने लगा। कमज़ोर वृन्दा किसी तरह बेटी के बेहोश शरीर को उठाकर कमरे से बाहर घिसट आई—"डॉक्टर बुला दो, बहनजी! देखो तो चुनिया बेहाश हो गई है। आँखें ही नहीं खोलती, ना ही रोती है।" बरौता ने

हाथ में पकड़ी पानी की बाल्टी उस पर उल्टा दी।

"कौन छुएगा इसे? उल्टी से सनी पड़ी है।"

उस दुर्बल शरीर मे चुनिया के प्राण...एक नन्हीं सी चिड़िया की तरह फुर्र से आकाश में उड़ गये थे।

भगवती ने कहा, "आश्रम में कौन बुलाता है डाक्टर को? पागल हो गई है वृन्दा।"

नूराबाई ने चुनिया को छूकर कहा, "वृन्दा, यह तो ज़िन्दा नहीं है। मर गई...।" फिर नूराबाई ही हँसी के ठहाके लगाती बोली, "तेरी बेटी मर गई, वृन्दा! मेरे बच्चे गिरवी चले गये। मेरी नन्दा...हाय, पता नहीं कहाँ होगी?" फिर नूरा फूटफूटकर रोने लगी। भीतर के ज्वालामुखी से बहकर आता लावे जैसा रुदन, सुलगती आग-सा रुदन आश्रम की सख़्त पुख़्ता दीवारों से टकराने लगा।

"हाय मेरी चुनिया, दुनिया में क्या देखा बेचारी ने, क्या सुख पाया? चली गई मुझे छोड़कर। मेरा एक ही तो सहारा थी। अब मैं क्या करूँगी, किसका इलाज कराऊँगी? हाय मेरी चुनिया।"

"क्या देखती चुनिया लंगड़े पैरों से, बोल, कौन-सा संसार, तेरा या हमारा? क्या धरा है यहाँ?" भगवती ने कहा। तापसी को लगा, कुछ था उसके भीतर, जो हिंस्र पशु-सा घनघना रहा था। पता नहीं क्या?

"शुकर कर राधे मइया का। मर गई लंगड़ी, जीकर क्या करती, साली? भीख माँगती या भिखारियों के साथ सो लेती। और क्या ज़िन्दगानी मिलती उसको, बोल? अच्छा हुआ जो वह छुटकारा पा गई।" बरौता ने मृत चुनिया के शरीर पर थूक दिया।

आग्नेय नेत्रों से वृन्दा ने उसे देखा—"अपना जनती तो जानती, कमीनी! मेरी बेटी की मिट्टी पर थूक रही है। जैसे कुकरम तू करती है, एक दिन तुझ पर कोढ़ फूटेगा। भगवान किसी को नहीं बख़्शता। देख लीजियो।"

"मैं" बरौता ने इस बार वृन्दा को गर्दन से पकड़ लिया था। "बताती हूँ तुझे, कुकरम कौन करती है, बीमारी किसे है? कोढ़ तुझ पर फूट रहा है।"

वृन्दा गला घुटने से बेदम हो चली थी। तापसी ने बहुत कहा, परन्तु जब बरौता नहीं मानी तो एक ज़ोर से करारा थप्पड़ उसके गाल पर जमा दिया। बरौता झन्ना गई। वृन्दा को छोड़ दिया। वही नहीं, बाकी सब भी सकते में आ गई थीं।

"मुझे मारा तूने, मुझे तापसी, तेरी ये हिम्मत!" बरौता गुर्राई। परन्तु उसी समय खबर पाकर अम्बिका बहनजी आश्रम के आँगन में चली आई थीं। उनकी नाक पर कपड़ा बँधा था। सारा दृश्य वह देख चुकी थीं–"तुम में और जानवरों में फ़र्क है क्या कोई? कैसी मारपीट, कैसा गंद मचा रखा है। चलो, पानी डालो, धो डालो सारा कुछ। तुम लोग हर समय लड़ाइयाँ क्यों लड़ते हो? चलो वृन्दा, बाहर निकालो इसे। अभी खबर भेजती हूँ। डोम ले जायेंगे इसे आकर।"

"नहीं, बहनजी! डोम मत बुलाओ। मैं गोदी में ले जाऊँगी इसे। ब्राह्मण की बेटी थी। गंगाजी में डालूँगी इसकी मिट्टी को। बेचारी को जीते जी कुछ नहीं मिला।" वृन्दा के आँसू, एक माँ के आँसू थम नहीं रहे थे।

तापसी को याद आया, कोई बता रहा था, गंगाजल की शुद्धता और पवित्रता में इतनी शक्ति होती है कि वह कभी खराब नहीं होता। और आश्चर्य की बात यह थी कि उस जल में मृत शरीर की हड्डी गलती चली जाती है। गंगा मृत को पूरा पचा जाती है। शरीर का कुछ भी नहीं बचता, एक अणु भी नहीं। सभी कुछ लीन हो जाता है। शरीर के पंच-तत्व लीन हो जाते हैं अपने सृजन के पाँचों तत्वों में।

"पागल है।" अम्बिका बहनजी ने गरजते हुए कहा, "इसकी लंगड़ी को गंगाजल चाहिए। भला हिम्मत तो देखो इसकी। ब्राह्मण की बेटी का हवाला दे रही है। तो बुला ना उस साले हरामज़ादे बाप को, अपने पाप की निशानी का विधिवत करे आकर क्रिया-कर्म।"

"हिम्मत तो यहाँ और भी बहुत लोगों की बढ़ गई है।" बरौता ने जलते स्वरों में कहा।

अम्बिका देवी हँसी। बरौता हँसी। और कोई नहीं हँसा। मौत के सन्नाटे में उनकी कटखनी-सी हँसी आश्रम की धुआँ-धुआँ होती, मटमैली दीवारों से टकरा रही थी। थोड़ी देर बाद दो बेहद काले, बदसूरत-से आदमी आश्रम में दाखिल हुए। उन्होंने केवल धोती पहनी हुई थी। घने बालों से आवृत काली छाती पर केवल पतला-सा एक जनेऊ। तापसी डर गई। नूरा भय से काँपने लगी। उनका चेहरा इतना क्रूर था कि आतंक अपने आप हवाओं में सरसराने लगा। उन्होंने चीखती-चिल्लाती वृन्दा की गोदी से उसकी सात-आठ साल की चुनिया की मृत देह को घसीटा। मैले कपड़े की पोटली में बाँधा और चले गये।

"बहनजी, क्या करेंगे ये लोग? चुनिया को जला देंगे।"

तापसी को मजूमदार बाबू की मृत्यु और कनिका दी के साथ देखी श्मशान के दाहगृह की चिता याद आ गई।

''पागल है। छोटे बच्चे जलाये नहीं जाते, पत्थर के नीचे दबा दिये जाते हैं। जिनावर-उनावर खा लेते हैं उन्हें। चल, अब तापसी, बातें मत बना। बहुत जुबान चलने लग गई है तेरी। चलो, उठो, तुम सब पानी ले आओ। धो डालो कमरा और आँगन। कैसी बास फैली है!'' अम्बिका बहनजी का हुक्म, सख्त चेहरा। वे सब उठकर पानी लाने चली गईं। आश्रम का नियम चलता रहा, जैसे कुछ हुआ ही नहीं था। चुनिया का रिरियाना, सूख-सड़ कर मर जाना। वृन्दा का रोना, मौत। एक शरीर का इस कोठरी से हमेशा के लिए चले जाना। मौत क्या न विचलित कर देने वाली घटना थी? बाबा के मठ में हुई रामदास बन्दर की मौत, मदनमोहन बाबा की मौत? मौत क्या न विचलित कर देने वाली घटना है? थोड़े-से प्यार से, थोड़ी-सी देखभाल से तापसी का घायल कबूतर जी उठा था। फिर चुनिया तो इंसान थी...वृन्दा तो इंसान है...फिर?

''मृत्यु को,'' तापसी ने सोचा, ''बचपन में नहीं जानती थी, परन्तु अब ठीक से पहचानती हूँ। भय से बचपन में कभी त्रस्त नहीं हुई थी, आज भी नहीं हूँ, क्योंकि मृत्यु और भय के जैसे-जैसे विकृत रूप मेरे सामने घटित हुए हैं, वे पर्याप्त थे मेरा संतुलन गड़बड़ाने के लिए। परन्तु मैं तटस्थ हूँ या अब तक हो गई हूँ। शायद इस कारण कि जीवन में मैंने सभी कुछ तो जी लिया है, घटनाएँ भी और दुर्घटनाएँ भी। तापसी को हर समय अपनी दुर्बलता, स्थितिजन्य कमज़ोरियों का अहसास बढ़ रहा था। उसे लगने लगा था कि उसकी समूची परेशानी, उलझन यही थी कि ''मुझे क्या होना था'' और ''मैं क्या हो गई हूँ।'' उसकी उत्सुकता सोच से उठकर भविष्य तक जाती थी—''कब तक ऐसे जी सकता है कोई, कब तक?'' वह अपनी स्थितियों से उठकर या टकराकर, अवरोधों से उबर जाना चाहती थी। जब भी भजन गाने वह मन्दिर की प्रतिमाओं के सामने बैठती उसे लगता, भगवान की वे पथरीली मुस्कुराहटें उसमें उबलती-सी एक बेचैनी भर रही थीं, वह मुस्कान जैसे उसकी स्थिति का उपहास जैसी हो चली थी। मन्दिर के घंटे उसके भीतर एक झंझावात पैदा कर रहे थे, या जैसे उसके अस्तित्व को झिंझोड़ रहे थे। ''वह क्यों है यहाँ?'' ''क्यों बैठी है?'' मन्दिर के गर्भगृह में ठहरी हुई हवाएँ उसके कानों में फुसफुसातीं। उसे लगता, वह अब अधिक सह नहीं पायेगी। उसके भीतर का विरोध उसे खंड-खंड विभाजित करने

लग गया था। तापसी रात को जब चुपचाप अपने कमरे में लेटती, उसे लगता, हर दीवार पर अँधेरा उसके लिए, केवल उसके लिए कुछ लिख रहा था। क्या? पता नहीं। परन्तु जो भी है, वह जानती थी वह घुप्प अँधेरा, वह वरांडे के जलते बल्ब की कमज़ोर रोशनी से दूर नहीं होगा। दुर्बल हाथों से तो कुछ भी रूपान्तरित नहीं होता। रूपान्तरण के लिए हाथों को शक्तिशाली बनाना आवश्यक था—पत्थर जैसा। और वह...उसकी नीली कॉपी के पृष्ठों पर अब तक काफ़ी लिखा जा चुका था। उसे लगा, जल्दी ही एक नई कॉपी खरीद लेगी। उसके तकिये के पास अख़बारों के कागज़ों की संख्या भी बढ़ गई थी। वह उन्हें पढ़ लेती थी। धीरे-धीरे जानने भी लग गई थी। आश्रम से बाहर का संसार अख़बारों के रद्दी कागज़ों से उठकर उस तक आ पहुँचा था और उसके सहारे जैसे उसकी दृष्टि का अनुपात बढ़ रहा था।

उस दिन जब वह मन्दिर के लिए जा रही थी, गली के उस कोने में, जहाँ बाबा की समाधि बनाई गई थी, दर्शकों के साथ-साथ भिखारियों की संख्या भी बढ़ चली थी। उनमें से कुछ तो थे ही बूढ़े, अपाहिज या बीमार। कुछ बनावटी थे। रास्ता चलते लोगों में करुणा जगाने के लिए अनेकानेक प्रयास करते हुए—किसी ने हाथ-पैरों पर पट्टी बाँध ली थी और कोई अंधे होने का ढोंग रचाये बैठा था। किस पर विश्वास करे कोई, किस पर अविश्वास? तापसी को याद आया, उसने कहीं पढ़ा था कि सउदी अरब का एक जहाज़ बम्बई के बन्दरगाह पर छिहत्तर लड़कियों को अपाहिज बनाकर उतार गया था। वे सभी सोलह साल से कम उम्र की थीं। उन्हें जानबूझ कर बीमार और अपंग बनाकर बैठाया गया था, ताकि हज करने आये हुए लोग दयार्द्र होकर, मज़हब के नाम पर उन्हें भिक्षा दें और वह भिक्षा एक खास आदमी उनसे वसूल लेता था। और आश्चर्य यह था कि उन छोटी लड़कियों को स्वयं उनके माता-पिता और रिश्तेदार ईश्वर की शरण में छोड़ गये थे। मज़हब के नाम पर आमदनी हो जाती थी। तराश कर बनाया हुआ नरक, अखंडित को खंडित करता नरक और उससे होती कमाई, कैसा अजीब प्रयोग था? तापसी की आँखों में आँसू छलछला आये...तभी उसने देखा, भिखारियों की कतार में बैठा एक आदमी सिर की फटी हुई चादर से अपने चेहरे को ढकने का असफल-सा प्रयास कर रहा था। परन्तु चादर उसके चेहरे से बार-बार सरक जाती थी। अवश्य ही उसके सिर पर घाव था। उसकी समूची मुद्रा में एक कराहट भरी हुई थी। भंडारे

की पत्तल पाते ही वह खाने लगा। पता नहीं, कब का भूखा था, परन्तु जैसे उससे खाया नहीं जा रहा था। अवश्य ही कुछ था जो तापसी को उत्सुकता से भर रहा था। हाँ, वे दो आँख, उन आँखों में कुछ था। प्रभावित करनेवाली एक शक्ति थी उनमें। वह तब जब वह चौराहे पर खड़ा था...हाँ यह तो वही था। जब लोग ऊँचे पैडस्टल पर खड़े होते हैं उनकी मुद्रा, और उनकी आँखों में एक अप्रत्याशित शक्ति-सी आ समाती है जो सुननेवाले को अपने आकर्षण में बाँध लेती है...तो यह? वह उसके निकट चली गई।

"आप यहाँ, आप तो इतनी बड़ी-बड़ी बातें करते थे। आपके भाषण में तो कितनी सच्चाई थी। आप...?"

उसने बड़े कष्ट से मुँह खोला। तापसी ने थर्राते हुए देखा, उसकी ज़ुबान कटी हुई थी। वह उठकर खड़ा हो गया। वह दर्द और लज्जा से काँप रहा था। इससे पहले तापसी कुछ कहती, वह काँपता, लड़खड़ाता हुआ भागा जा रहा था। और तापसी? वह ज़ोर-ज़ोर से रोने लग गई थी। नूराबाई उसे घसीट कर ले आई। रोना उसे भी आ रहा था—एक टूटे चबूतरे पर वह चुपचाप बैठ गई। नूराबाई ने कहा—"क्यों काट दी उसकी ज़ुबान...?"

"चल, आरती का समय हो गया है।" नूरा उसे घसीट कर मन्दिर की ओर ले चली।

"हाँ!" तापसी आँसू पोंछती उठ खड़ी हुई। उस आदमी की सोच, उसकी सच कह पाने की सामर्थ्य, उसके शब्दों का सच, उसके सच की ऊर्जा क्या व्यर्थ थी? किसी के काम न आने वाली अनर्गल बकवास? तो क्या चुप रह जाना चाहिए, शब्दहीन? तो क्या यही कारण है मौनी-बाबा मौन हैं? कैसा अद्भुत था वह मौन—मौनी-बाबा का या, जिह्वाविहीन उस शरीर का जो शब्दों को आकार देने की सज़ा भुगत रहा था। भयंकर सज़ा।

तापसी को लगता उसके भीतर एक काँटा जैसा गड़ा हुआ है—एक ज़हर से बुझा काँटा, जो हरदम टीसता रहता था। वह जितना सोचती थी अपने और अपने परिवेश के बीच घटित होते हुए समय के बारे में, वह काँटा उतना ही नुकीला होकर उसे चुभता था। उसकी समूची चेतना घनीभूत होकर उसके अपने भीतर चुभे हुए काँटे के आसपास सिमट आई थी और वहाँ सक्रिय-सा एक केन्द्र पनप गया था। उसे लगता था, आश्रम के सारे काम वह केवल यन्त्रवत करती है, उनमें उसका मन बिलकुल उचाट रहता है। मन्दिर प्रतिमाओं के सन्मुख

बैठना अब जैसे उसके साहस के बाहर होता जा रहा था। उसे लगने लगा था, प्रतिमाओं की पथरीली मुस्कुराहटें, उसे असहज ही नहीं कर रही हैं, उसमें एक उबलती-सी बेचैनी भी भर रही हैं। मन्दिर के घंटे कानों में बजते तो उसे लगता, भीतर एक बवंडर फूत्कारने लगा है। परन्तु, तापसी यह भी जान गई थी कि अपनी उलझनों से आगे जाने का अगर कोई रास्ता है तो वह निश्चय ही इन मन्दिरों के परकोटों और प्रतिमाओं को लाँघ कर आगे है। जब मन में श्रद्धा जैसी कोई भावना अब तक नहीं उपजी, तीर्थ, मन्त्र, जाप और पंडितों की टोलियों के बावजूद कुछ नहीं हिला भीतर का, तो क्यों करूँ? यह निरर्थक ढोंग? सारी दिनचर्या उसे उबाऊ और नाटकीय लगती, उसे लगता झूठ के इस कच्चे परिवेश को ओढ़-ओढ़ कर वह थक गई थी। भावना के बिना किये हुए उसके जाप, प्रार्थनाएँ बेकार थीं, बेअर्थ थीं, अब अंत होना चाहिए इस नाटक का, मजबूरी की इस ज़िन्दगी को ढोना अब उसके बस में नहीं रहा था जैसे...वह कुढ़ने लगी थी, बात-बात पर चिल्लाने लगी थी। उसका जी चाहता था, लोहे का एक भारी हथौड़ा लाकर इन सभी जीवित-अजीवित प्रतिमाओं के सिर पर दे मारे, तोड़ दे यह झूठा तिलिस्म—पुजारी के बनावटीपन का भी अंत कर दे—परदाफाश कर दे पंडित के शरीर टटोलते हाथों का या गुप्तांगों का स्पर्श करते खुजलाते मठाधीशों की अँगुलियों को तोड़ डाले, क्या करे? बरौता का सिर फोड़ डाले—जो अम्बिका देवी से भी ज़्यादा कानून बघारती है—डंडे का कानून, ज़ुल्म का कानून।

उन दिनों तापसी को हर रात एक ही सपना दिखाई देता था, बोलपुर गाँव में काका का कच्चा-पक्का घर और उसकी बैलगाड़ी जो उसने बाँस और खजूर के पत्तों से बुनकर बैठने लायक बना ली थी। उसे दिखाई देता उसकी वह पुरानी गाड़ी ठीक प्रकार से जुड़ गई थी और उसे एक श्वेत धवल बैल खींच रहा था, गाड़ी चल पड़ी थी और बैल के गले में बँधी छोटी-छोटी घंटियाँ टुनटुना रही थीं...मीठी-मीठी-सी एक तान—परन्तु वह गाड़ी जा कहाँ रही थी, यह वह नहीं जान पाती, सपने के बीच हड़बड़ा कर तापसी उठ जाती थी और अपने फटे-पुराने बिछौने पर बैठ कर सोचती रहती थी, कितना श्वेत धवल-रंग था बैल का, कैसी शान्ति से भरी थीं उसकी आँखें, स्मृतियों की एक मीठी-सी सिहरन उसे छू जाती...परन्तु आश्रम की सुबह—नल का सूखता पानी—दो रोटी, अम्बिका देवी की चीख पुकार, नयी लड़कियों का रुदन उसकी यादों पर हावी

हो जाता था। सपने होते ही हैं टूटने के लिए शायद, तभी तो टूट जाते थे और उनकी आवाज़ भी नहीं होती थी। हर सपने, हर दिन, हर श्रम के साथ तापसी का शरीर, हर सुबह जैसे बदल जाता था, परिवर्तन के उस पल में एक अजीब-सी सोच उसके समूंचे अस्तित्व पर कोहरे सी छाई रहती। उसे लगता था, वह सारे परिवेश को आग लगा दे, मिटा दे सभी कुछ, ये आडम्बर झूठ...अगर नहीं लगायेगी आग, तो पागल हो जायेगी...।

उस दिन मन्दिर में पहुँचते ही तापसी को लगा—भगवान कुछ अतिरिक्त ही मुस्कुरा रहे हैं। पता नहीं किस बात पर? बरौता की बगल में दुबकी नयी लड़की पर या नूराबाई की आँखों में फैली हुई बीमारी के लाल रंग पर, दुखन पर, पता नहीं? भगवान क्या परपीड़ा पर मुस्कुराते हुए पत्थर हैं और कुछ नहीं? केवल एक जड़ पदार्थ—जड़, जिसके पास हृदय नहीं होता। भगवान कोई भाषा नहीं समझते या समझना नहीं चाहते; किसी की नहीं, परन्तु क्यों? इतने भजन, जाप क्या हैं फिर? बेकार की चिल्लपों या खोखले शब्द, जिनका कोई अर्थ नहीं होता, क्योंकि अर्थवान शब्द बोलने वाले की ज़ुबान तो यह संसार काट डालता है बेरहमी से। उस दिन भी गिलगिला-सा वह पुजारी मशीनी हाथों से भगवान की पथरीली प्रतिमा के पट्टाभिषेक में व्यस्त था। यही नहीं वह, घी, शहद, गंगाजल, दूध के मिलेजुले जल से पत्थर की प्रतिमाओं को स्नान करा रहा था। उन्हें रेशमी वस्त्रों और सोने चाँदी के आभूषणों से लाद रहा था। फूलों से शृंगार कर रहा था। इत्र लगा रहा था। फल और तरह-तरह की मिठाइयों के भोग तैयार थे। तापसी देखे जा रही थी कि उन सबके पेट में एक रोटी भी नहीं थी, उनके पेट की कुलबुलाती भूख जैसे उनकी स्थायी स्थिति थी। उनके शरीर पर की साड़ी जगह-जगह से फटी हुई थी। दान में प्राप्त नयी साड़ियों को अम्बिका देवी दो ही दिन पहले बेच कर अपना बैंक एकाउंट बढ़ा चुकी थीं। भगवान प्रसन्न थे तभी तो अपनी सजी-सजाई झाँकी में मुस्कुरा रहे थे। पता नहीं, क्यों तैयार हो रहे थे भगवान, किस लिए? अपनी किसी नयी-नकोर कटुता के लिए या और कुछ...? पीड़ा या उत्पात? आश्रम की नयी लड़की बरौता की अँगुलियों में गुँथी ज़ोर-ज़ोर से रो रही थी। कीर्तन चल पड़ा था। मंजीरे ढोलक...'राधे-श्याम' धुन...और उसमें पुरता नयी उदास आँखों का रुदन भी। भक्ति-रस बह रहा था, साथ ही पुजारी के हाथों में मिठाइयों से चुचाता घी भी। सब-कुछ पिघल रहा था, परन्तु अपने बिन्दु से दूर होती जा रही थी

तापसी। फासला बढ़ रहा था लगातार। कितने सारे चेहरे थे वहाँ, जिनके बहे-अनबहे आँसू ध्वनियों के शोर में डूब रहे थे। कोई सुने या न सुने, तापसी के कान उस क्रंदन से बहरे हो रहे थे। एक घनघनाता कोलाहल उसके हृदय में आलोड़ित था, वही जो कभी मतली-सा उभरता, कभी माथे में घुमड़ते चक्करों-सा। उसे लगा, स्थिति को और अधिक सह पाना अब उसके बस में नहीं था। वह उठ खड़ी हुई। वह मन्दिर के नियम भंग करती हुई उठ खड़ी हुई। खन्न से मंजीरे, उसके पलायन को सूचित करते मन्दिर के संगमरमरी फ़र्श पर गिर पड़े। वह एकाएक ज़ोर-ज़ोर से चीखने लगी। भजन थम गया। नयी लड़की बरौता के बंधन से छूट कर तापसी के साथ-साथ चीखने लगी—"छोड़ दो मुझे।" पुजारी, भक्तों की कतार, भजन करती विधवाएँ हैरानी से तापसी को देखने लगीं। विचार, भक्ति, मनन के स्थान पर यह असमय की चीख! तापसी दरवाज़े से भागने लगी। अस्तित्व-अनस्तित्व दोनों से रहित जैसे वह कुछ नहीं थी। हवा जैसी पारदर्शी, आकार रहित, जैसे तटहीन नदी और पुरानी स्मृतियों का फैलता हुआ अंतहीन विस्तार वाला गहरा काला धुएँ का आकाश उसे घेरता हुआ। वह मन्दिर के बाहर वाले खुले चबूतरे पर खड़ी होकर ज़ोर-ज़ोर से चीखने लगी—"मुझसे नहीं होगा! मुझसे नहीं होगा!" उसके पीछे-पीछे नयी लड़की भी भाग आई परन्तु वह रोने के स्थान पर स्तब्ध खड़ी थी, उस स्थिति में जहाँ शरीर पथरा जाता है और आँसू चुक जाते हैं—वैसा ही कुछ।

तभी कहीं से आकर तापसी का अधमरा कबूतर मन्दिर के कंगूरे पर बैठ गया। गुटर गूँ से सम्बोधित करने लगा। तापसी रोती हुई उसे देखने लगी। अचानक उसे लगा, कबूतर के पंखों में सफ़ेद रोशनी का एक पुल बँधा है जो सपनों के लोक तक ले जायेगा उसे। हल्के से विश्वास में एक आनन्द था। आनन्द और भय की परिणति तो एक जैसी होती है। तापसी जानती थी, आनन्द तो है ही नहीं कहीं, परन्तु भय तो है, भय उसे जल्दी ही दबोच लेगा, फिर भी वह प्रयास करेगी, अपने अन्दर उगे साहस के वृक्ष को उखड़ने नहीं देगी, चाहे जो भी हो। वह उचक कर कबूतर के फैलाये उजाले की रहगुज़र पर चल पड़ेगी, परन्तु कहाँ थी वह रहगुज़र?

दो दिन, पता नहीं, कैसे बीत गये। बरौता के चेहरे की काली रंगत और उसकी बेमेल गहरी भूरी आँखें—अत्याचारी हाथों में डंडे का नियन्त्रण। मार से उसका शरीर नीला पड़ गया था। साड़ी पर खून के चकत्ते सूख कर काले

पड़ गये थे। दो दिन से भूखे पेट की अंतड़ियाँ अब जवाब दे रही थीं, कि पता नहीं किस चोर रास्ते से आकर मरियम उसे प्लास्टिक के टूटे डिब्बे में लाया दूध पिला गई—"पी ले, नहीं तो मर जायेगी।"

दूसरा द्वार खुला था। कोई कह रहा था—"मर जाने दो साली को, हमारा क्या जाता है?", "हाँ!" तापसी सोच रही थी, "मर ही जाना चाहिए। इस बेकार की ज़िन्दगी से, बेमतलब बेमानी साँसों से, टूटे-पिटते शरीर से जान को निकल ही जाना चाहिए। खंडहर हुए शरीर में अब बचा भी क्या था?" टूटी बैलगाड़ी को देख पाने का मोह, बोलपुर...विश्व-भारती का 'छातिम टोला' या कैसी अजीब भावना थी! वह देख रही थी, चूल्हे में आग जल रही है, ईंट का लोढ़ा गरम करके नूराबाई उसका बदन सेंक रही है—"दर्द कम हुआ क्या?"

"दर्द कभी कम होते हैं क्या?" वृन्दा ने अपने दर्द से कराहते हुए कहा था। तापसी सोच रही थी, आग भी अजीब है। वही आग खाना पका देती है, वही आग चाहे तो शरीर को जला कर राख कर देती है; वही आग दर्द दूर करने में सहायक हो रही थी; वही आग उसके भीतर भी धधक रही थी धू-धू! अब तो शान्त हो पाना कठिन था। अब तापसी और नहीं बरदाश्त करेगी। अम्बिका देवी के अनगिनत डंडे, भूख और दर्द सहकर बिना 'उफ़' किये वह चुपचाप बैठी रही थी। बरौता कमरा बन्द करके जितने अत्याचार कर सकती थी, कट चुकी थी। मरियम, नूराबाई, उसे जितना समझा सकती थीं, समझा चुकी थीं, परन्तु तापसी में था कुछ, अड़ियल था, जो उसमें तटस्थ था, जो छीना नहीं जा सकता था। तापसी को लगता था बाहरी सारे उपद्रव, बाहर की दौड़-धूप उसकी तटस्थता को छू नहीं पा रही थी...उसके भीतर एक शून्य जैसा उग आया था जिसमें न विष बुझे काँटे के दर्द का स्थान था न आँसुओं का—बस एक गहरा मौन था—जिसे उसने झीने दुपट्टे-सा अपने शरीर के चारों तरफ़ लपेट लिया था।

वह एक छोटी-सी बस्ती जैसी थी, किसी नदी के चौड़े पाट, पहाड़ की ऊँची चोटी या किसी ऐतिहासिक भग्नावशेष ने उसे वहाँ बने रहने, आबाद होने की कोई ठोस या चर्चित वजह तो नहीं पकड़ाई थी, फिर भी बोलपुर शहर के हृदय के बीचोंबीच वह मुहल्ला बसा हुआ था। थोड़े-से कच्चे पक्के मकानों की बस्ती थी वह जो गाँव जैसी परिभाषित भी नहीं थी और न ही उसे शहर जैसा माना जा सकता था। 'काँचरपाड़ा', 'बेलघरिया', 'नैहाटी',...जैसा कोई नाम तो रखा जा सकता था, परन्तु म्यूनिसपैलिटी के निकटवर्ती पार्क पर उस बस्ती का जो नाम लिखा था उसे पढ़ पाना नितान्त कठिन था। अतः वह बस्ती अनाम रह गई थी, और शहर की उपेक्षा झेलता वह बेचारा पार्क जंगली घास और आठ-दस छोटे-बड़े पेड़ों का मिला-जुला संस्करण भर था। अगर उस पार्क में कभी गुलाब नहीं खिले थे, तो कुकुरमुत्ते भी वहाँ, अभी तक अपना अस्तित्व नहीं जमा पाये थे।

पार्क के दूसरी तरफ़ छहेल के छायादार वृक्षों से घिरी सड़क, जहाँ तक जाती थी, शहर की मंझधार से ऊपर तक, वहाँ एक पुराना मुहल्ला, अच्छा खासा कालोनी में परिवर्तित होकर, एक शासकीय अकड़ से साँस ले रहा था। जिसकी वहाँ होने की खास वजह थी, वह विश्वविद्यालय के बुद्धिजीवी अध्यापकों की कालोनी जो भी...। बेनाम उस बस्ती के एक घर में तापसी रहती थी और बस फकत वहाँ पहुँच जाने से...रहने से...जीवन, पता नहीं बह रहा था या रास्ता चुन रहा था? तापसी तब छोटी थी और उस कच्चे-पक्के दालान, बरगद की छाँव वाले आँगन के उस घर में रखाल काका और उसके अतिरिक्त वहाँ कोई नहीं था। अपने निजी अवबोध्य में तापसी हर समय कुछ-न-कुछ सोचती रहती थी, उसका बालमन, निरन्तर प्रश्नों की अगाध वैतरणी में बहता रहता था। कौतूहल, आश्चर्य, जिज्ञासा उसके जीवन का अंग बन गये थे। उसे हर वस्तु, आकर्षित करती थी और बस वह उसे जानने को आतुर हो उठती थी। प्रश्न उछल कर उसके अस्तित्व से बाहर आ जाते थे। काका, जो उसका एकमात्र

सहायक...रक्षक...जो भी था, कौन था, पता नहीं। परन्तु वही उसके सबसे अधिक आश्चर्य का स्रोत था, वह जब भी उसकी तरफ़ देखती, सोचती उतना बदसूरत, छोटे कद का क्रूर से चेहरे वाला रखाल काका, उतनी सुंदर मूर्तियाँ कैसे तराश लेता था? उसके हाथ हथौड़ा उठाते, पत्थर के लोढ़े पर चोट करते, तो न जाने कैसे, कौन-सी दैवी शक्ति थी जो उनमें आ समाती। काका की छेनी से कट-कटकर उस बेढंगे पत्थर में एक अद्भुत-सा आकार उभरकर जैसे साँस-सँस जी उठता था। साधारण से उभरकर एक वैशिष्ट्य में पदार्पण करती थी एक प्रतिमूर्ति। वह अनुभव तापसी के चिन्तन में विचार-स्फुलिंग, अनुभूतियों के कोश में संग्रहीत होते जाते थे। वास्तविक भी और कल्पित भी। छोटी-सी उस कोठरी में न तो कुछ नियमबद्ध था न ही नियमविहीन। तरतीबवार बस दीवार पर लालटेन और आले में धरा दीया ही नियम से दिन-रात जलते थे। दीवारों पर कालिख परत-दर-परत गाढ़ी होती जाती थी और काका, अपने ही उन्मेश में मग्न सारे परिवेश से बेख़बर अपने औज़ारों, पत्थरों या हथौड़ी की ठक-ठक से जूझता कहीं खो जाता था, अवश्य ही प्रतिमाओं के किसी अदृश्य संसार में जो उसकी अँगुलियों के कम्पन में उस क्षण थरथराता था। तापसी कोठरी के अपने कोने में चुपचाप बैठी रहती, काका के माँगने पर पानी ला देती, दीये में बत्ती बढ़ा देती या फिर उसे ही ध्यान से देखती रहती, काम में डूबा हुआ वह जैसे किसी गहरी तन्द्रा में लिप्त कहीं खो सा जाता था। जितनी देर रखाल काका काम करता उसके मोटे-मोटे होंठों से थूक की एक लार-सी बहती, और उसे देखते ही तापसी घबरा कर मुँह फेर लेती। सृजित सौन्दर्य और शारीरिक कुरूपता के मध्य झूलता हुआ काका, दो चरम बिन्दु और बीच में खड़ी वह। फिर काका की नितान्त चुप्पी, जैसे उस घर में तापसी का अस्तित्व उन प्रस्तर प्रतिमाओं जैसा या सारी की सारी प्रक्रिया में निर्वैयक्तिक-सा बहता अदृश्य सम्बन्ध, जो दोनों को किसी अजनबी से सूत्र में बाँधे रखता था—रखाल काका से घर था और तापसी उस घर में शामिल थी—बस।

रखाल काका के पास वार्तालाप, शब्द...जैसा कुछ नहीं था। उस सन्नाटे से भरे घर में जब भी वह कुछ कहता उसके होंठों से शब्द बेढंगे लोढ़े से लुढ़कते हुए तापसी तक आ पहुँचते। बोल कड़वे भी होते हैं? तापसी को सोचना पड़ता था। भूख लगने पर, काका घर के रसोई वाले कोने में एक खास लकड़ी की चौकी पर आलथी-पालथी मार कर बैठता था, जो भी बना पाती थी तापसी भात, मच्छी,

झोल, 'धोकार डालना' या कुछ भी थाली में परस कर ले आती थी। खा-पीकर वह कोठरी के एक कोने में चटाई बिछाकर सो जाता था, मक्खियों के प्रहार से बचाने के लिए तापसी ही उसे चादर ओढ़ा देती थी, नहीं तो अपनी दिनभर की थकान और ताड़ी के नशे में डूबा रखाल पूरी रात, बिना हिले डुले एक पत्थर की तरह पड़ा रह जाता था। रात होती तो तापसी भी सो जाती थी, नहीं तो बाहर आकर आँगन के बीचोंबीच उगे विशालकाय बरगद की घनी छाया के नीचे आ बैठती थी। वह बरगद उस घर का एक केन्द्रबिन्दु था। वह वितान की तरह पूरे घर पर फैला था, जैसे बाँहों में उठाये हो उस नन्हें परिवार को। बरगद की तमाम पुरानी शाखाएँ उलझी हुई लटों जैसी, धरती तक लटकी हुई थीं। वह लटें कभी तापसी के लिए झूला बन जातीं और कभी हिल-डुलकर परछाइयों का एक संसार रचतीं जिनके साथ आँख-मिचौली खेलती तापसी अपनी एकान्तिक स्थिति को भूल जाती थी। घर की गहरी संवाद-शून्यता के बीच पेड़ पर फुदकती चिड़ियों की चहचहाहट उसकी मानसिकता का नन्हा-सा पलायन बन जाते, उन स्वरों में बहकर तापसी कभी टीचर-दीदी या स्कूल की मित्रों सहेलियों से की बातें दोहराती थी, कभी अपनी किताबी पढ़ाई को याद कर लेती थी। चिड़ियों का आँगन में फुदकना उसका मनोरंजन था। उनके पंखों की रंगीन फड़फड़ाहट उसके शरीर में एक नृत्य उकसाती थी, वह जाने-अनजाने थिरकने लग जाती थी। परिंदों के रंगीन पंख उसे स्कूल के रंगमंच पर किए अभिनीत नाटकों की पृष्ठभूमि तक ले आते...बाप रे...! वह सोचती, कैसे-कैसे रंग थे—पीले, लाल, नीले, हरे...। अनेकानेक रंग, चमकीले। परन्तु आश्चर्य, अपने जीवन में तापसी का इन रंगों से कोई परिचय नहीं था। उसके पास तो बस स्कूल में पहनने की नीली छींटदार साड़ी—सादा-सा मटमैला ब्लाउज़ था। इनके अतिरिक्त और कुछ नहीं था, कनिका दी जैसी कोई साड़ी भी नहीं थी उसके पास। गरीब है ना, वह सोचती, रखाल काका के पास भी चार छह जोड़ी बदरंग से कपड़े थे। उन्हें ही धो-खंगाल कर पहनने लायक बना लेती थी तापसी। काका, उससे उसकी किसी भी इच्छा से अलग-थलग चल रहा था, माँ, बाबा...जैसा कोई नहीं था, उसके जीवन में...कोई नहीं था, था तो बस नितान्त अकेलापन। पानी में बहती अकेली मछली जैसा अकेलापन, कोई क्यों होता है इतना अकेला? वह कुछ सोचना चाहती थी।

रखाल काका नींद से जागकर बाहर आता, पेड़ के नीचे खड़ा होकर बीड़ी फूँकता, आँगन की उस दीवार तक जाता जहाँ तापसी पानी के पात्र में पहले

से पानी भरकर रख देती थी, वहाँ बने थड़े पर बैठता, धोती और बंडी पहने-पहने नहा लेता। फिर कोठरी में जाकर कपड़े बदलता, अपने बाहर जाने के जूते पहनता और कहीं चला जाता—पता नहीं कहाँ, एक दिन, दो दिन या समय की अनियमितता में गुम दिन के किसी भी प्रहर तक बाहर रहता—वह कहाँ जाता था कब लौटेगा उसकी कोई जानकारी तापसी को नहीं होती थी। सूरज का उगना नियम था, सूरज का पश्चिम में डूबना भी। अँधेरी रातों में चाँद का आकाश में बेआवाज़ तैर आना या फिर बादलों में विलुप्त हो जाना नियमबद्ध था परन्तु रखाल की दिनचर्या में उनकी नियमितता का कोई महत्त्व नहीं था। उसके लिए कोई रुकावट नहीं थी। वह जो करता, वही उसका अपना नियम था। वह कभी काम कर सकता था, कभी भी खा सकता था, कभी भी दिया जलाकर अपनी छेनी से पत्थरों में उभरते आकारों मे एकाकार हो सकता था। ऐसा भी होता था कि किसी नई प्रतिमा को आरम्भ करने से पहले रखाल एक-दो दिन के लिए गायब हो जाता था। तापसी को कोठरी के नितान्त अकेलेपन में, अपने कम्बल में गुड़ीमुड़ी होकर सो जाने की आदत पड़ चुकी थी...काका जब लौटता, उसके साथ बैलगाड़ी पर लदे कुछ बेशक्ल पत्थर होते थे, जिन्हें वह घर के एक कोने में उतरवा देता था। कभी-कभी उसके साथ एक भरपूर शरीर वाली आकर्षक-सी, नवयुवती भी होती थी—जिसकी रंगीन वेशभूषा चाँदी के गहने...उसका हावभाव तापसी को अजीब-सा लगता था। काका उसे कमरे में ले जाता और वह स्त्री खनखनाती हुई हँसी हँसती, मुस्कुराती, अपनी साड़ी आदि सहजता से उतार कर निर्वसन होकर काका के सामने खड़ी हो जाती थी। यों तो बहुधा सभी कुछ बन्द दरवाज़े के भीतर होता था, परन्तु ऐसा भी होता था कभी-कभी कि काका तापसी की उस घर में उपस्थिति को भूल जाता था और तापसी हैरानी से देखती थी कि रखाल के हाथ उस अनावृत शरीर पर अपने स्पर्श से पता नहीं क्या टटोलते थे। काका के हाथ उस शरीर को अभ्यस्त उँगलियों से छूते हुए रेखाओं की गणनाएँ करते किसी अजनबी नाप-तौल का समीकरण जोड़ने में व्यस्त होते थे। शायद इस कारण कि वह एक मूर्तिकार की ध्यानावस्था थी—जिसके मध्य उस स्त्री को बोलने-हँसने की आज्ञा नहीं थी। तापसी भी दम साधे उस समूची प्रक्रिया के बीच एक अजीब-से अनुभव से गुज़रती थी। कभी गलती से उनमें से कोई बोलता, हँसता या ज़ोर से खाँस भी लेता तो रखाल उन्हें बेदर्दी से मारता था या फिर अचानक अपने आप

में लौटता उस स्त्री को दूरी विशेष पर खड़ा करके पत्थर पर छेनी चलाने लगता और तापसी देखती कि धीरे-धीरे उस स्त्री का आकार सशरीर उस पत्थर में अवतरित हो रहा है...यह प्रक्रिया कुछ दिन चलती और एक नई-नकोर प्रतिमा उस कोठरी में जैसे साँस-साँस जी उठती थी। तापसी अपने आप, अपनी ही नियमबद्धता में, समय पर स्कूल चली जाती, स्कूल के बाद घर आती—घर के काम निबटाती या फिर फूस वाले बरांडे में बैठकर पुस्तक पढ़ती या फिर साग-सब्ज़ी काटती—चूल्हा जलाती, भात उबालती और बीच-बीच में रखाल और उस स्त्री को भी भोजन परस आती। हाँ, कभी-कभी रखाल कोठरी का दरवाज़ा बन्द कर लेता और जब दरवाज़े के पट खुलते वह स्त्री ही नहीं काका भी जल्दी-जल्दी अपने कपड़े ठीक से पहनते बाहर आते और वह स्त्री खूब सारे रुपये-पैसे अपने पल्लू में बाँधती पायलों की रुनझुन के साथ एक रहस्यात्मक-सी गहरी हँसी बिखेरती हुई तापसी की ओर देखती और चली जाती। उसके जाने के बाद काका काम नहीं करता था। बिना तापसी की ओर देखे या कुछ कहे कुछ रुपये चटाई पर रख देता था और कुछ अपनी जेब में ठूँसता हुआ कहीं चला जाता था या फिर चुपचाप अपनी चटाई पर सो जाता था। यह कैसा समझौता था? यह कैसा था पैसों का लेन-देन? तापसी का नन्हा मन नहीं समझ पाता था...वह कमरे में तैयार खड़ी प्रतिमा के नग्न शरीर को ध्यान से देखती...कैसी सजीव हो उठती थी वह प्रतिमा, वैसे ही मुस्कुराती हुई जैसी मुस्कान वो अभी-अभी जो पास से सरसरा कर कहीं चली गई थी। "पर कहाँ चली गई? इन्हीं पत्थरों में तो समाकर खड़ी रह गई है।" तापसी सोचती।

बस दूसरे ही दिन जितेन दा आते और उस मूर्ति को उठवा कर ले जाते, कभी-कभी उनके साथ और लोग भी आते थे। वे प्रतिमाएँ कहाँ जाती थीं? कौन लेता था उन्हें, खरीद-फ़रोख़्त करता? क्या होता था उनका? पता नहीं?

तापसी उस कोठरी में कब आई थी—कौन उसे यहाँ लाया था, यह कोई नहीं जानता था। वह जब से याद कर पाती थी तब से वह रखाल को 'काका' कह रही थी और वह उसे 'तापसी'। पता नहीं उन दोनों में कोई रक्त का सम्बन्ध था भी या नहीं कोई नहीं जानता, तापसी को काका के साथ रहते-रहते कम बोलने या चुप रह जाने की आदत तो हो गई थी परन्तु मन में हर समय जो बहुत गुबार-सा उमड़ता रहता था वह था, अपने अस्तित्व के बारे में जानने की उसकी उत्सुकता? परन्तु हाँ, एक बार रखाल काका ने ही बताया था उसके

पिता को कोई अंग्रेज़ व्यापारी यहाँ लाये थे। रखाल के पिता और पूर्वज 'अंजता-एलोरा' की गुफ़ाओं में प्रतिमाएँ गढ़ने का कार्य करते। उनकी हस्तकला, शिल्प और कारीगरी की प्रसिद्धि उन्हें औरंगाबाद से उठाकर गोविंदपुर, जो अब कलकत्ता का ही एक भाग बन चुका था, ले आयी थी। उन्हीं दिनों टैगोर बाबा ने बोलपुर में 'विश्व-भारती' के निर्माण का कार्य आरम्भ किया था। यह इतिहास का वह समय था जब गोरी-सरकार का कलकत्ता में बदस्तूर आना-जाना बना हुआ था, शायद इसी कारण ठाकुर परिवार का नाम अंग्रेजियत के प्रभाव से बदलकर 'टैगोर' हो गया था। यह परिवार यहाँ का ही नहीं, पूरे भारतवर्ष का भी बहुत जाना-माना, सम्मानित परिवार था। परिवार के सभी सदस्य शिक्षित ही नहीं थे, उनके पास एक दूरदर्शितापूर्ण अन्तर्दृष्टि भी थी, जो परिवर्तित होते नये युग की क्रांतिवादी सार्थकता को देख सकती थी। उस परिवार की मान्यता थी कि आगे जाकर भारत की अपनी संस्कृति, उसकी सारगर्भिता उसे विश्व के फलक पर एक महत्त्वपूर्ण स्थान प्रदान करेगी। वह समय ऐसे ही विश्वास का समय था। रखाल के पूर्वजों को उन दिनों सामन्तों और अभिजात वर्ग का संरक्षण प्राप्त था और उन्हीं की छत्रछाया तथा विश्वास के तले वे अपनी कला को मार्जित करने में जुटे थे। रखाल को अपनी जन्म-राशि या पूर्वजों के महिमामय अतीत नाम-गोत्र आदि के बारे में कुछ भी ज्ञान नहीं था, पर एक बार जितेन दा ने ही कहा था, रखाल के बुजुर्गों ने बुद्ध प्रतिमाएँ तराशते समय अवश्य ही कोई भारी भूल कर दी होगी, नहीं तो इतना कुरूप, बद्दिमाग बेटा क्यों पैदा होता। रखाल मुस्कुराकर कहता, "शरीर में ना सही, अँगुलियों में तो है ना सामर्थ्य, सौन्दर्य गढ़ने की।" कला उसकी नसों में झनझनाती थी। उसकी वह विकृत हँसी और ताड़ी का घूँट जैसे उसके चरित्र का अभिन्न अंग बन गये थे, बिना ताड़ी के जी नहीं सकता था रखाल। जितेन दा किसी ग्राहक को मिलवाने लाते तो कोठरी में बसी ताड़ी की बास से भन्नाते बाहर निकल आते, और कहते—"बस यही तो है इसका औब्सेशन। बिना ताड़ी के यह आदमी न जी सकता है न कुछ काम कर सकता है।" रखाल की आँखों के लाल डोरे और गहरे लाल हो जाते, वह बुरी तरह 'ही' 'ही' करके हँसता। जितेन दा उसे डाँटते और पास खड़ी छोटी-सी तापसी के माथे पर हाथ फेरते कहते—"बस इस घर में कला के साथ कुछ और खूबसूरत है तो, तापसी...ऐसी मेधावी बच्ची जाने कहाँ से पा गया यह पगला, रखाल।" "मेरी दीदी की बेटी है...रातोंरात

ना उठा लाता तो यह भी पाठशाला में पढ़ने की जगह पैरों में घुँघरू बाँध कर नाच रही होती। जितेन दा...हम आदमी ना सही...दीदी का जनम तो चला गया, इसे तो पढ़ा लिखा कर इंसान बना देना है, बस।''

''कभी-कभी तू बहुत समझदारी की बात करता है रखाल। लड़की है भी बहुत समझदार। 'माँ' ने चाहा तो आगे जाकर कुछ बनेगी ज़रूर।''

अपने जन्म, अपनी माँ के अस्तित्व की इतनी-सी कहानी को, तापसी मन के भीतर अमूल्य निधि-सा सहेज कर रखती थी। अपनी रोज़ की दिनचर्या और टीचर-दीदी की बताई बातों के साथ, या पुस्तकों के साथ वह अपने नन्हें से कद से जैसे आगे बढ़ गई थी। कनिका दी और जितेन दा ही तो उसे स्कूल में पढ़ने बैठा आये थे...घर के जीवन के बाद...वही उसके सब कुछ थे। जितेन दा कॉलेज में पढ़ाते थे, कनिका दी घर चलाती थीं...और उनका बेटा मलय...तापसी को लगता, उड़ना सीखना पड़ेगा—परन्तु उड़ने के लिए पहले खड़ा होना सीखना होता है...वह खड़े होने के प्रयास में ही थी कि मलय उड़कर विदेश चला गया। जितेन दा, रखाल की प्रतिमाओं की खरीद-फरोख़्त में शामिल थे, उनकी शायद कुछ कमीशन तय होती थी...तभी उनका रखाल के घर में आना-जाना और कारोबारी संवाद बना हुआ था...तापसी को नाक पोंछने से लेकर कपड़े पहनने का सलीका कनिका दी ने ही सिखाया था। मलय...विदेश चला गया था। विदेश जाकर क्या कभी पीछे मुड़कर नहीं देखते? वह सोचती रहती। जो था उसे ही सेतु बनाती। अपनी अ-निर्भर स्थिति में कनिका दी पर निर्भर होती, विश्वास जीती तापसी। बड़ी होती चली गई। उम्र तो रुकती नहीं। अपनी अपरिसीम स्वतन्त्रता में। आदमी को कहाँ से कहाँ ले जाती है, एक अजनबी से वर्तमान में। उसका बीज फूट रहा था। उगना था उसे। तापसी के जीवन में बचपन तो था नहीं, हाँ बस एक ठहराव जैसा था, एक नियमितता जैसी थी, बड़े होने की अपनी प्रक्रिया में तापसी मन में घुमड़ते जीवन सम्बन्धी सभी प्रश्न जितेन दा या कनिका दी से करती थी। वही उसके उत्तर थे, वही उसकी मंज़िल। जहाँ तक वह अपने कदम बढ़ाकर चली जाना चाहती थी वह था उनसे आगे का संसार? जितेन दा उसे 'प्रश्ना' कहते थे, वह हर वस्तु को जानने को इतनी आतुर जो बनी रहती थी। कभी-कभी कनिका दी के साथ नदी के किनारे जाती तो सोचती रह जाती कि नदी का वह दूर दूरस्थ-सा छोर और धरती से ऊपर उठता आकाश एक-दूसरे में मिलते विलीन क्यों होते थे?

जल-धरती-आकाश जिस बिन्दु पर सिमटते थे वहाँ कुछ भी तो नहीं था, तो क्या वही शून्य था, पाठशाला में पढ़ा शून्य? जहाँ कुछ नहीं होता वहाँ शून्य होता है। वह सोच में पड़ जाती तो क्या वह अकेले कदमों से चलती उसी शून्य तक जा रही थी? कहाँ? पता नहीं। तो क्या वही था आगे का संसार...वही? पाठशाला के हर शिक्षक के शब्द पलक झपकते उसे याद हो जाते थे। हर पाठ को वह अपने भीतर कहीं गहरे में उतार-सा लेती थी, आत्मसात कर लेती थी। उसे लगता सब पढ़े हुए पाठ जैसे उसके भीतर के नितान्त गहरे शून्य को धीरे-धीरे भर रहे हैं। उसे विशेष रूप से राजा-रानी की कहानियाँ विस्मय से भर देती थी। उसे वह कहानी विशेष रूप से पसन्द आती थी जिसमें एक राजा अपने सभी राजदरबारियों को बुलाकर यह घोषणा करवाता है कि "मुझे संसार के सबसे सुंदर और अजीबोगरीब वस्त्र चाहिए। जो बुनकर उन्हें बनाकर लायेगा उसे बेशक़ीमती पुरस्कार दिए जायेंगे।"

समय और बुनकर निर्धारित किये जाते हैं, परन्तु बीच के बेईमान चालाक राजदरबारी पैसा खा जाते हैं और एक दिन राजा को बताया जाता है कि "आपके वस्त्र तैयार हैं।" एक बड़ा-सा खूबसूरत थाल राजा के सामने पेश किया जाता है। राजा थाल को देखकर कहता है—"थाल तो खाली है, कपड़े कहाँ हैं?" सारे के सारे राजदरबारी कहते हैं—"महाराज, आपके कपड़े इतने बारीक तार से बुने गये हैं कि उन पर आँख नहीं टिकती और महाराज, इन कपड़ों की विशेषता यह भी है कि जो मनुष्य झूठा और लम्पट होता है उसे ये कपड़े दिखाई ही नहीं देते।"

राजा दुविधा में पड़ा चुप हो जाता है, उसे अपनी भीतरी कुण्ठा में अनुभव हुआ कि वह स्वयं ही झूठा और मक्कार है तभी तो कपड़े उसे दिखाई नहीं दे रहे। नियत दिन राजा की सवारी निकलनी निश्चित थी। राजा नये वस्त्रों में सजधज कर जलूस में आने वाला था। पूरे शहर के निवासियों को हिदायत दे दी गई थी कि राजा की उस अद्भुत वेशभूषा को, सज्जा को, केवल सच्चरित्र लोग देख पायेंगे, झूठे और मक्कार लोगों को वह वस्त्र दिखाई नहीं पड़ेंगे। राजा का लाव-लश्कर पूरी तैयारी से राजपथ पर चलने लगता है। सारे नागरिक चुपचाप राजा को उस स्थिति में जाता हुआ देखते हैं, कोई कुछ नहीं बोलता, जैसे सारी सभा को साँप सूँघ गया था। राजा अपनी उस निर्वसन अवस्था में तना, नगर

के राजपथ से गुज़र रहा था। सारे नागरिक झुक-झुककर जुहार बजाते हुए और अपने-अपने ढंग से राजा के वस्त्रों का गुणगान करते रहे थे। आत्मविश्लेषण का भय हवाओं में थर्रा रहा था। जो नहीं बोल पा रहे थे वे सकते जैसी स्थिति में पथराये खड़े थे। तभी गहरे मौन और मद्धम भुनभुनाहट को चीरता एक छोटे बच्चे का स्वर सभी को एक गहरी तन्द्रा से झकझोरता है—''राजा तो नंगा है'' ''राजा तो नंगा है'' बच्चा ताली पीट-पीटकर हँस रहा था—सच बोलने का जो साहस बड़ों में नहीं था, उस छोटे बच्चे के दुस्साहस में घुल गया था। 'सच' जैसा शब्द तापसी के अपनत्व में एक नींव के पत्थर-सा जम गया था। उसने उसे भी अपनी अन्य पाठ्य-पुस्तकों के क्रम में जोड़कर आत्मसात कर लिया था।

एक बार कनिका दी के साथ उसे 'तारापीठ' की 'तारा-माँ' के दर्शन के लिए जाने का अवसर मिला था। तापसी को यात्रा करने का यह नया अनुभव आत्मविभोर किये था। वह पहली बार यात्रियों से खचाखच भरी बस में कनिका दी का हाथ पकड़कर सवार हो गई थी। आस-पास कोलाहल और तरह-तरह के लोग-स्त्रियाँ-बच्चे, बस का वह झटके खाकर चलना सभी कुछ तापसी को कौतूहल से भर रहा था। यह पहला अवसर था जब वह बोलपुर से बाहर जा रही थी, या किसी वाहन पर सवार हुई थी। बोलपुर की सड़क पर चलती गाड़ियाँ, ताँगे, साइकिलें, बैलगाड़ियाँ उसे अच्छी लगती थीं। पर उन्हें छूने का या निकट से देखने का अवसर पहले कभी नहीं आया था। पहली बार बस की गद्देदार सीट पर बैठ कर यों हवा में बहते जाना उसे आश्चर्य और सुख से गुदगुदा रहा था।

कनिका दी रास्ते में तापसी को बता रही थीं कि जहाँ वह जा रही है उस गाँव का नाम पहले 'रत्ना' था। एक समय भगवान श्रीकृष्ण का सुदर्शन चक्र का एक कण छिन्न होकर यहाँ निवास करने वाली 'सती-देवी-माँ' की आँख में गिर पड़ा था, तब से 'देवी माँ' इसी शहर में ठहरी रह गई थीं। उनका मन्दिर बन गया था और यहाँ के निवासियों ने गाँव से बदलते इस शहर को पहले 'तारापुर' कहा, फिर 'तारापीठ' कहना आरम्भ कर दिया था। बहुत अधिक लोग यहाँ माँ के दर्शन को आने लगे—माँ की आँख में पड़ा भगवान कृष्ण के सुदर्शन चक्र का एक अंश उनके भीतर दुगनी श्रद्धा जगाने का साधन हो गया था और फिर माँ की अतिरिक्त शक्ति की गाथाएँ भक्तों के माध्यम से पूरे बंगाल में फैलने लगीं। बस अड्डा आ जाने पर तापसी कौतूहल-मिश्रित आनन्द से अभिभूत कनिका दी का आँचल पकड़ कर बस से उतर गई। उसकी आँखें

भीड़ भरी गलियों, रंग-बिरंगे सामानों पर टिक ही नहीं पा रही थीं—''ओह माँ इतने सारे रंग...कैसी सुंदर चमचमाती साड़ियाँ...'' वह घबराई-सी कनिका दी के पीछे बुदबुदाती हुई चल रही थी। कनिका दी रास्ता पूछती—लोगों से कुछ-कुछ बतियाती मन्दिर के मुख्य द्वार तक पहुँच गई थीं। बड़ा-सा द्वार बहुत-सी प्रतिमाओं की विभिन्न भंगिमाओं से सजा भव्यता से सिर उठाये खड़ा था। वे प्रतिमाएँ जानी पहचानी-सी लगी थीं तापसी को। काका की बनाई और इन प्रतिमाओं में कुछ-न-कुछ साम्य दिखाई दे रहा था।

''चल तापसी...कहाँ रह गई...जल्दी कर, माँ का दर्शन कर ले...नहीं तो मन्दिर के पट बन्द हो जायेंगे, दोपहर होने को है।''

''जी, दीदी,'' कहकर भागती तापसी फिर उनके पीछे नन्हीं परछाईं-सी दुबक गई थी। कनिका दी माँ की भव्य प्रतिमा के सामने खड़ी थीं, गले में पल्ला डाल कर बार-बार प्रणाम करने की मुद्रा में झुक रही थीं। धरती पर लेट रही थीं। तापसी भी उनकी देखादेखी जो भी बन पड़ा करने लगी। फिर उसने देखा, मन्दिर के पुजारी ने लाल रंग के परदे को खिसका दिया था। महिमा मंडित माँ की भव्य प्रतिमा बहुत बड़ी थी। सोने जैसे रंग की चमचमाती हुई लम्बे काले बालों से सज्जित उनके बिलकुल सामने विराजमान थी। एक अजनबी से भय से भरकर तापसी उन्हें अपलक देखे जा रही थी। बोलपुर के मन्दिर की 'माँ' और इस प्रतिमा में अंतर अवश्य था परन्तु पता नहीं क्या? कनिका दी झोले में से निकाल कर घर से लाये फल-फूल एक टोकरी में सजा रही थीं। अपनी टोकरी पंडित की ओर बढ़ा कर वह कोई जाप बुदबुदाने लगी। पुजारी ने टोकरी भीतर खींची और परदा पुनः गिरा दिया। हाथ में पकड़ी घंटी बजा कर वह पंडित ज़ोर-ज़ोर से मन्त्र बोलने लगा और बाद में ऊँचे स्वर में ''माँ'', ''हे माँ तेरी जय हो'' कहकर परदा सरकाने की प्रक्रिया में व्यस्त हो गया था—तापसी हैरानी से देख रही थी, उसे पूरा विश्वास था कि आधे फल-मिठाई माँ ने अवश्य खा लिए होंगे, परन्तु पूरा नैवेद्य वैसे ही पड़ा था अनछुआ। केवल पंडित अपने हाथों से उसमें से आधा भाग निकाल कर भीतर के किसी पात्र में डाल आया था, बाकी का फल-फूल कनिका दी की तरफ़ सरका कर लाइन में खड़े अन्य भक्तों को पुकार रहा था। उसने वही प्रक्रिया फिर से दोहराई। कितने सारे लोग पंक्ति में खड़े थे। बाहर जाने वाले रास्ते से वे दोनों निकल कर मन्दिर के बाहरी प्रांगण में आ पहुँची थीं। वहाँ कुछ साधु संत बैठे थे—उनके निकट

पहुँच कर गले में साड़ी का पल्ला लपेट कर कनिका दी ने ज़मीन पर लेट कर साष्टांग प्रणाम किया, तापसी भी उनकी मुद्रा में नकल करती प्रणाम करने लगी। दर्शन हेतु खड़े एक साधु-पुरुष ने कहा, "माँ, तुझे पता है श्री रामकृष्ण परमहंस और श्री बामखेपा, दोनों महापुरुष, संसार सागर पार कराने वाली माँ भगवती के परमप्रिय उपासक थे। उन्होंने जीवन भर केवल भक्ति की और उसी पर विश्वास करके असीमित ज्ञान प्राप्त किया।"

उन्हीं में से एक साधु-पुरुष कहने लगा—"तारापीठ के श्मशान में साधक बामखेपा के विषय में आप कुछ जानती हैं, माँ...माँ।"

"नहीं महाराज", कनिका दी ने कहा।

"वह जब 'तारा माँ' को सस्वर पुकारते हैं...आकाश और पाताल दोनों काँप जाते हैं।" साधु-पुरुष जैसे उस स्वर के अनुभव में लीन था।

"कैसे?" भय और रोमांच से कनिका दी काँप रही थी...।

"रोज़ रात को, सुनी जा सकती है उनकी पुकार...वह श्मशान में जो रहते हैं...रात बारह बजे...वह स्वर...दहकती चिताओं से ऊपर उठता...सुना जा सकता है...माँ...।"

"हम जैसे साधारण प्राणी भी क्या सुन सकते हैं उस पुकार को?" कनिका दी के भीतर कोई उत्सुकता जाग रही थी।

"हाँ, क्यों नहीं...पर रात को रुकना पड़ेगा।"

"चल तापसी...यह अनुभव भी सही, रुक लेते हैं आज की रात।" उस समय दिन के तीन-चार बजे थे। उस संन्यासी ने एक अन्य गेरुआ वस्त्र धारण किए हुए पुरुष को उनके साथ मार्गदर्शन के लिए भेज दिया।

संगमरमर पत्थर का बड़ा दालान था जिसके चारों ओर कमरे बने हुए थे। तापसी ने जीवन में पहली बार इतना साफ़ फ़र्श देखा था। उसका जी चाह रहा था ज़मीन पर बैठ कर उसे छुए। कैसा सफ़ेद है चमकता हुआ। एक कोठरी का ताला खोल कर गेरुए वस्त्र वाला चला गया। वहाँ भीतर लकड़ी का एक तख़्त लगा था जिस पर एक रंगबिरंगी फूलों वाली चादर बिछी थी, एक कुर्सी थी। आश्चर्य! कोठरी में भी कोई ये सब रखता है? तापसी सोच रही थी। कनिका दी अपने कन्धे की चादर उतार कर तहाती हुई पैर ऊपर करके आराम से लेटने लगती है। एक कोना तापसी के लिए छोड़ते हुए कहा—"ले तू भी लेट जा। थक गई होगी...।"

"ये थकना क्या होता है दी...।"

"शरीर नहीं जुड़ाया तेरा? मैं तो बस के धक्के खा-खा कर हैरान हो रही हूँ..." दी ने कहा।

"मुझे...तो...कुछ नहीं हुआ दीदी...मेरे लिए तो ये सब इतना नया है।" तापसी को शब्द नहीं मिल रहे थे। वह नव अर्जित अनुभवों के बीच सवाल गढ़ रही थी। तख़्त पर लेटते ही उसे नरम गद्दे के गुदगुदेपन ने अजीब-सी सिहरन से भर दिया था। अपनी कोठरी की सख़्त ज़मीन और फटे टाट पर रात को चुपचाप गुड़ी-मुड़ी होकर सो जाने के अनुभव से यह कितना भिन्न है, उससे रहा नहीं गया—"दीदी कितनी अच्छी है ये सोने की जगह। 'माँ' के घर में ऐसी ही कोठरी होती है क्या...?"

कनिका, उसके अज्ञान, भोलेपन और अभाव से छू गई, अपने पास सटा कर बोली—"कितनी अनजान है तू। यह पलंग है और ये गद्दा है, जो रुई से भरा है। सोने के लिए सब घरों में इसे ही इस्तेमाल करते हैं...।"

"और वह बाहर का फ़र्श..." उसने झटपट अपना दूसरा सवाल उछाल दिया।

"संगमरमर का है। पत्थर है एक किस्म का। तेरा काका मूर्ति तराशता है सैंड-स्टोन की—यह भी मूर्ति बनाने का पत्थर है, ज़्यादातर प्रतिमाएँ इसी पत्थर की होती हैं—सफ़ेद वाली। संगमरमर काला भी होता है, हरा भी...।"

"ओह," वह चुप हो गई या शायद सो भी गई। दी ने जगाया तो शाम हो चली थी—गेरुए वस्त्र वाला संन्यासी सामने खड़ा था। दो पत्तलों में खाना लेकर आया था। कनिका ने अख़बार का कागज़ फैला कर उस पर पत्तलें रख दीं—"ले, खा ले, भूख लगी होगी। अजीब खाना था—पूरी, भाजी, अचार, मिठाई। वह देखती रही। जैसे-जैसे कनिका पूरी का टुकड़ा तोड़ती भाजी में लगाती, खाती, वैसे-वैसे वह भी खाती गई। नमकीन, मीठा, तीखा, स्वाद के कितने रूप। वह अनुभवों की तहें जमा रही थी। कितना नया था सब कुछ कितना अजीब, कुल मिलाकर सब अच्छा लग रहा था। उसके अन्तश्चेतनिक जीवन में कुछ घुल रहा था एक नया रंग, जिससे अभिभूत वह कनिका दी का हाथ पकड़ कर चल पड़ी थी। रात होते ही वे दोनों उस भगवा वस्त्रधारी संन्यासी के पीछे चल दीं। बारिश तो रुक गई थी। हल्की-सी बूँदा-बाँदी से उनके कपड़े थोड़े बहुत गीले हो रहे थे। बत्तियाँ बुझ गई थीं। सारा शहर सो रहा था, लालटेन की मध्यम रोशनी में वे

दोनों चुपचाप एक-दूसरे का हाथ पकड़े चली जा रही थीं। चौराहे पर रुक कर संन्यासी ने एकमात्र रास्ता चलते राही से कुछ पूछा और फिर चल पड़ा। पूरे रास्ते वह कुछ नहीं बोला, कनिका दी ने कुछ प्रश्न किये भी पर उसने कोई उत्तर नहीं दिया। कीचड़ भरे रास्ते में पैर काफ़ी धँस रहे थे। एक बार कनिका ने हाथ दबा कर तापसी से पूछा, "डर तो नहीं लग रहा।"

"नहीं," फिर से तापसी अपने भीतर टटोलने लगी—क्या होता है ये 'डर', "दी क्या होता है यह डर?"

पहली बार संन्यासी ने मुड़ कर तापसी के चेहरे को भरपूर देखा—"ओह माँ...कैसी असाधारण बात है..." उसकी सारगंभीर आवाज़ तापसी ही नहीं कनिका को भी डरा गई...।

क्या होता है ये असाधारण? फिर सवाल। तापसी को कुछ समझ क्यों नहीं आता। उसने साहस बाँध कर संन्यासी से ही पूछ लिया—"बाबा, जीवन का यदि कुछ भी पता ना हो तो क्या करे कोई? कैसे जाने?"

"दीदी माँ, बहुत भोली हो तुम, वह भी आज के ज़माने में। माँ तुम अच्छे ग्रंथ पढ़ो, अच्छी पुस्तकें, वही तुम्हें ज्ञान देंगी...अच्छी संगत करो, अच्छे लोगों से बातचीत करो। तुम्हारा साफ़ सच्चा मन तो संन्यासी जैसा है माँ।" ठीक कहता है संन्यासी, कनिका दी ने सोचा, फिर एक चुप्पी अँधेरे-सी गहराती उनके मध्य पसर गई। एक स्थान पर रुक कर संन्यासी बाबा ने कहा, "दीदी माँ. ..'आटला' आ गया। बायीं तरफ़ श्मशान है। आप ये लालटेन लो। सेमल के वृक्ष के नीचे जो चबूतरा है वहाँ बैठ जाओ, माँ! बामखेपा की पुकार अवश्य सुनाई देगी।"

कनिका दी ने चुपचाप लालटेन पकड़ ली और बड़े साहस से बाईं तरफ़ मुड़ गई—उनके होंठों में कोई जाप अनवरत चल पड़ा था..."तापसी तू भी माँ का जाप कर...बोल ना...ओह माँ, तारा माँ...।"

"हाँ" तापसी भी "माँ...तारा माँ" की गुहार लगाने लगी—पर सवाल घुमड़ रहे थे—क्या होता है ये श्मशान...'जाप' और फिर 'माँ...उसकी माँ क्यों नहीं है...पाठशाला में उसकी और लड़कियों की माँ है। वह बताती है, माँ है, बाबा है—पर उसके तो बस काका। बारिश अब तक थम चुकी थी—"चल बात करते हैं तापसी...वह दूर जो आग के कोयले से दिख रहे हैं, धुआँ-सा दिख रहा है, पता है, क्या है, तुझे तो कुछ पता नहीं होता, खैर, वह चिता है।"

"चिता क्या?" कनिका को काटती हुई बोली।

"मैं जानती थी, तू प्रश्न पूछने वाली है। तेरे दादा ठीक ही कहते हैं, तेरा नाम प्रश्ना होना चाहिए। खैर जब मनुष्य की मृत्यु हो जाती है तो उसके शरीर को इस जगह लाकर जलाया जाता है—लकड़ी की चिता पर रखकर। ठहर-ठहर, अब ये मत पूछना मृत्यु क्या होती है। जो लोग मरते हैं वे सदा-सदा के लिए दुनिया से चले जाते हैं जैसे तेरी माँ, तेरे बाबा...।"

"दीदी, आपने देखा था उन्हें..."

"नहीं...अरे यह संन्यासी बाबा तो वापिस जा रहा है हमें अकेला छोड़ कर?"

"दी, लालटेन तो एक ही थी। ये उसके हाथ में दूसरी लालटेन?"

"नमो, नमो, अम्बे, दुख हरणी...नमो, नमो, अम्बे, सुख करणी, निरंकार है ज्योति तुम्हारी, तिहूँ लोक फैली उजियारी।" कनिका जाप करने लगी। तभी कहीं दूर गूँजती हुई एक ध्वनि...एक पुरुष का गहरा-सा स्वर "हे माँ" "हे तारा माँ" सुनाई दिया। कनिका का शरीर काँप उठा, उसकी आँखों से अविरल अश्रुधार बहने लगी। तापसी ने उन्हें संभाला, "दी...दी।" वह शांत, अनुद्विग्न थी, अपनी अनियमितता में निराकुल। पता नहीं, कब सुबह हो गई—वह पता नहीं बैठी रही थी, सो गई थी या बेहोश हो गई थी। जब उठी तो—आस-पास कोई नहीं था। देखा श्मशान के इक्के-दुक्के पेड़ों पर पंछी फड़फड़ा रहे थे बस। वह फूस और बाँस के कच्चे-पक्के घेरे से बाहर निकल आईं। संन्यासी बाबा प्रतीक्षा में खड़ा था—कोई कुछ नहीं बोला। वह चुपचाप पीछे-पीछे चलती गई आश्चर्य! न बरसात थी न बरसाती कीचड़। सारा रास्ता सूखा हुआ था। तो क्या रात को वह किसी और रास्ते से आई थीं यहाँ? जिस मकान के बाहर वह रुकीं, वहाँ ट्यूबवैल लगा था—पानी की मोटी-सी धार बह रही थी। रात के कीचड़ सने हुए पैर-चप्पल धोये, हाथ-मुँह साफ़ करके घर के अन्दर चली गईं। संन्यासी बाबा ने जिस पुरुष से परिचय कराया, वह बामखेपा के वंशजों में से एक थे। तब से अब तक इसी घर में रहते आ रहे थे। पुश्त-दर-पुश्त—संन्यासी बाबा ने बताया, सब यहीं आते हैं—बामखेपा का स्वर, उन्हें इस घर से जोड़ता है। घर की एक महिला दो थालियों में भोजन ले आई—दोनों ने पेट भर खाया—कनिका को लगा, यह भोग है उन महान आत्माओं का, जिनके आशीर्वाद से इतना अलौकिक अनुभव हुआ। और तापसी सोच रही थी, इतना स्वादिष्ट कुछ भी तो उसने कभी नहीं खाया था। जब वह चलने लगी तो देखा कि पुरुषों का एक जत्था चण्डी-पाठ करता श्मशान के रास्ते बाहर आ रहा है—सड़क

पर रात भर की बरसात का कोई भी चिह्न शेष नहीं था। कनिका अभिभूत थी। उसके चेहरे पर लगातार अश्रु बहे जा रहे थे। तापसी को आश्चर्य हो रहा था कि इस सुन्दर अनुभव के बाद रोने को तो कुछ भी नहीं बचा था। कनिका को सँभालती, सहेजती तापसी उस घर को प्रणाम कर बाहर आ गई।

"चलो दी, बहुत दूर जाना है..." फिर संन्यासी बाबा से कहा—"आप हमें बस तक पहुँचा देंगे।"

"हाँ...क्यों नहीं?"

बाज़ार-गली से निकलते तापसी ललचाकर इधर-उधर लटकी वस्तुओं को देखती जाती है—सिंदूर के ढेर—रंगीन चुटीले, माँ की छोटी-मोटी प्रतिमाएँ, पुस्तकें, मिट्टी के खिलौने।

"दी, मैं एक लिखने वाली कॉपी लेना चाहती हूँ..." उसने आँचल की कोर से कुछ रुपये निकाले।

"ले...ले..., परन्तु क्या करेगी, स्कूल की लिखाई?"

"हाँ...कुछ भी..." खुश होकर एक मोटी कॉपी खरीद लायी तापसी। दस रुपये की सिर्फ़ एक कॉपी...पता नहीं क्यों तापसी को लग रहा था कि जो भी उसने देखा है, वह तो अद्भुत था ही और कितना नया भी। अपने अनुभव में उस सारे को सहेज कर रखने के लिए कॉपी की आवश्यकता पड़ेगी। वह लिख लेगी अपने सवाल...क्या होता है डर? मृत्यु...श्मशान और चिता...? क्यों पहनते हैं कुछ लोग ये गेरुए वस्त्र? कौन-सी यात्रा उत्तम थी, बस का सफ़र, 'तारा माँ' के दर्शन या उसके अपने भीतर चलता एक सफ़र। सड़क से उठता, पुजारी से होता—माँ की अलौकिकता से वशीभूत होकर उसके अपने भीतर समाता हुआ। उसे कुछ-का-कुछ बनाता हुआ वह बस का सफ़र।

बोलपुर बस अड्डे तक पहुँचते-पहुँचते दोपहर ढल चुकी थी, आकाश अपने ही नीलेपन में घुल रहा था। शाम चुपचाप धरती पर उतर रही थी। तापसी मन-ही-मन रखाल काका की चिंता कर रही थी। 'अगर वह घर आ गया होगा, तो भूख के मारे झल्लाया बैठा होगा, उसे देखते ही भभक कर जल उठेगा। और वह भी तो जल्दी कहाँ कर पाती है सब कुछ। चूल्हे में लकड़ियाँ कितनी कठिनाई से जलती हैं। फूस के छप्पर की रसोई, बारिश के दिनों में टपक-टपक कर हैरान कर देती थी। मच्छी झोल-भात पकाते कितना समय लगता है।

तापसी को बारिश नहीं, सूरज अच्छा लगता था। सारी की सारी लकड़ियों,

गीले कपड़ों को ही नहीं सुखाता था, उसे समय पर स्कूल भी ले जाता था। चाँद भी तो, अरे फ़ीका-सा चाँद, बामखेपा के बस अड्डे से यहाँ तक साथ निबाहता चाँद, बोलपुर की वह सड़क, जब भी तापसी वहाँ से निकलती, पलाश और सेमल के नितान्त पुराने पेड़ और उनके नीचे 'टैगोर-बाबा' की वह भव्य प्रतिमा, उसे हमेशा ही बहुत प्रभावित करती थी। जब भी समय होता वह वहाँ खड़ी होकर निःशब्द उसे निहारती हुई पता नहीं किस अनाम, श्रद्धामिश्रित सपने में खो जाती थी। जितेन दा ने ही उसे एक दिन बताया था कि शहर के इस बड़े हिस्से में फैला हुआ 'विश्व-भारती' नामक विद्यालय 'टैगोर बाबा' का ही एक प्रयोग था। लाल मिट्टी के इस शहर में यह विद्यालय उनका भव्य सपना है जैसे। जितेन दा बता रहे थे कि जिन दिनों विद्यालय की इमारत का निर्माण कार्य चल रहा था, टैगोर बाबा ने अपने जीवन की समूची पूँजी के साथ-साथ, अपना जीवन, अपनी आत्मा, अपनी विचारशक्ति को भी इस विश्वविद्यालय के निर्माण में ऐसे मिला दिया था जैसे कोई पात्र गढ़ने वाला कुम्हार अपने आकार लेते मिट्टी के गीले ढेले में अपना समूचापन पानी की बूँदों की तरह मिला देता है। एक बार टैगोर-बाबा अपने घर 'शांतिनिकेतन' की छत से 'विश्व भारती' के प्रांगण में सिर उठाये खड़े वृक्षों को देख रहे थे। चारों तरफ़ सघनता से अनेक प्रकार के पेड़ उग आये थे—साल, छातिम, महुआ, अमलतास, मौलसिरी, आम आदि, परन्तु अपने स्थान से उस समय ठाकुर दादा को केवल 'साल' वृक्ष की डालियाँ ही हाथ उठाती हुई प्रतीत हुई थीं। हवा में हिल-डुल कर अपनत्व का कोई गीत गुनगुना रही थीं जैसे। ठाकुर दादा के मन में घुमड़ते आर्थिक संकट, भवन निर्माण की तकनीकी समस्याएँ अचानक कहीं विलुप्त हो गईं और उन्होंने अपनी शारीरिक नहीं, आत्मिक दृष्टि से विश्वविद्यालय के सपने को उस धरती पर साकार होते देखा। बस ठाकुर दादा उस सपने में तैर गये, और सभी कुछ भूल गये। अपने अस्तित्व से दूर कदम रख कर सपनीले संसार से निकल उन्होंने देखा कि वे सारे के सारे वृक्ष, वृक्ष नहीं थे बल्कि जैसे धरती से आकार लेती, उठती धरती की आत्मा की एक मौन स्तुति थी जो धरती की छाती से उमड़कर आकाश की ओर हाथ उठाकर प्रार्थना के स्वरों में ध्वनित ही नहीं, सराबोर भी थी। यही नहीं, उन स्वरों के साथ घुल रहा था बच्चों का भोला हास-परिहास, किल्लोलता बचपन, जो वृक्षों की टहनियों-सा पूरे वातावरण पर आच्छादित हो रहा था। पता नहीं कैसे एक बन्धनमुक्त ज्ञान, जैसे मनुष्यत्व की गहराई से उठता अजीब-सा सम्मोहन शाम के धुंधलके में

धीरे-धीरे घुलने लगा था। प्रकृति से बड़ा तो कोई नहीं है? और प्रकृति ने ही जैसे फुसफुसाकर 'टैगोर बाबा' के कानो में प्रेरणा हेतु किसी पौराणिक ऋषि के शब्द उच्चरित कर दिये थे—'कोह्नेवान्यत् कः प्राष्यात् यदेष आकाष आनन्दो न स्यात्' (यदि समूचा आकाश प्रेम से तरंगित न होता तो कौन था इस संसार में जो संघर्ष करता या जी पाता, कौन?) इस वाक्य ने फूँक मार कर सारी बाधक दुविधाओं और कठिनाइयों को जैसे उड़ा दिया था। 'विश्व-भारती' के निर्माण में रोड़ा अटकाते कष्ट अपने-आप दूर होते चले गये थे। शायद इस कारण भी कि पर-हित के लिए किये गये कार्य, आत्मा में अनूठा बल संचार देते थे। और तब विश्वास तथा सत्यता से जिया अपना जीवन, संसार के सामूहिक सच का एक हिस्सा बन गया था। बस, टैगोर बाबा के भीतर एक आत्मविश्वास लहर मारने लगा था। लाल मिट्टी में आकार लेने लगी थी यह नैसर्गिक-निर्मित...इस रूप में...हमारे आज के 'विश्व-भारती' के रूप में।

जितेन दा ने ही बताया था कि इस विद्यालय की यह विशेषता है कि यहाँ कोई शिक्षा प्रणाली नियमबद्ध नहीं है और ना ही उसे किसी विद्यार्थी पर थोपा जाता है। इस विद्यालय का सबसे प्रभावशाली अंग है यहाँ का वातावरण, यहाँ का प्राकृतिक परिवेश। वातावरण ही तो सब कुछ सम्प्रेषित करता है। विशेष रूप से एक गहरा अपनत्व जो प्रकृति, विद्यालय उसकी शिक्षा और विद्यार्थी के मध्य सहजता से उपजता है। यह विद्यालय नहीं है, एक ऐसा 'आश्रम' है जहाँ रह कर ऐसा लगता है जैसे मनुष्य के नहीं बल्कि भगवान के राज्य की अलौकिक नागरिकता प्राप्त हो गई हो, और जहाँ प्रकृति के सान्निध्य की अभिन्नता में सूर्य और चन्द्रमा की मौन भव्यता को अस्वीकार नहीं किया जा सकता। यहाँ रहकर, प्रकृति की उत्फुल्लता में खिलते फूल-फल और उनके आनन्दित अस्तित्व में मनुष्यत्व की पहचान अपने-आप होती चली जाती है। ज्ञान के द्वार यहाँ अपने आप खुलते हैं। एक ही मेज़ पर छोटे-बड़े विद्यार्थी, शिक्षक सब एक साथ एक जैसा खाना खाते हैं। यहाँ भोजन मात्र शारीरिक या लौकिक कहाँ होता है, वह आंतरिक भी होता है और अलौकिक भी, आत्मा की आतुर क्षुधा को शान्त करने के लिए, या उसे अनूठा-सा शाश्वतत्व पकड़ाने के लिए। तभी तो विद्यालय के उद्यान में, दिन के हर प्रहर में विविध भाँति के वृक्षों के उस नन्हें द्वीप में पक्षियों के कलरव से सुख, एक अबूझ, अजाना सुख जैसे निर्झर-सा बहता रहता है।

अपने समूचे अनुभवों को अपने नन्हें हृदय में समेटती तापसी जैसे एक अलसाये सपने में चल रही थी। उसके साथ अनेकानेक परछाइयाँ थीं—तारापीठ की माँ की, श्मशान की बुझी चिताओं की, अद्‌भुत भोजन की और फिर उस मिट्टी की, जहाँ टैगोर बाबा कदम-कदम चले होंगे। वह आकाश, जो उनके सपनों की आधारभूमि रहा होगा या वे समूचे वृक्ष जो अनेक कंठों से उच्चरित प्रार्थनाओं से उस धरती पर अस्तित्ववान हो उठे थे। वह दूर तक फैली उजाड़ धरती जो अपनी फूल-पत्तोंविहीन एकान्तिकता में लिपटी पड़ी थी। वह दूर का लौह द्वार या लौह मन्दिर, छतों के कुछ हिस्से, ढेर सारे पेड़ों में छिपता-छिपाता शांति निकेतन आश्रम, जिसके चारों तरफ़ पुराने विशालकाय, बनई ताड़ और पंखिया खजूर के वे सारे के सारे वृक्ष ऐसे तने खड़े थे जैसे किसी खण्डहर के पुराने खम्भे। और भीतर 'छातिम वृक्ष' के नीचे वह विशेष शिला आज भी स्थापित थी, जहाँ महर्षि देवेन्द्रनाथ टैगोर ने अपनी यात्रा के मध्य ठहरकर इसी टीले पर अचानक ही प्रार्थना कर ली थी और सोचा था कि यहाँ एक ऐसा मन्दिर स्थापित करेंगे जो जाति-पाँति के भेदभाव से अलग एक महत्त्वपूर्ण पूजा का स्थल होगा—उस शिला पर खुदा था "He is the repose of my life, the joy of my mind and the peace of my soul."

तापसी सपने में चल रही थी या धरती पर, पता नहीं; परन्तु अतीत के किसी पल का वहाँ ठहर कर उसे इतना कुछ समझा जाना जैसे सपना नहीं था, तो फिर क्या था, पता नहीं क्या...जितन दा के शब्द, वार्तालाप या कोई अदृश्य स्वर?

तापसी चलती-चलती अपनी उसी दृश्य-मुग्धता में गुम...मिट्टी से लिपे-पुते छोटे से घर के सामने आ खड़ी हुई थी। द्वार पर लिखा था 'श्यामली'। किसी ने बताया था, जीवन के अंतिम दिनों में टैगोर बाबा यहीं रहे थे। इतने बड़े महापुरुष का इतना साधारण विश्रामस्थल! एक पट्टिका पर लिखा था—

"आई हैव बिल्ट विद् मड ए शैल्टर फॉर माई लास्ट आवर
एंड हैव नेम्ड् इट श्यामली
आई हैव बिल्ट इट ऑन दैट डस्ट
ह्विच बरीज इन इट ऑल सफरिंग्ज़
एण्ड क्लीन्स ऑल स्टेन्स..."

बाबा ने अपने अंतिम दिनों को उस मिट्टी को समर्पित कर दिया था जो

सारे कष्टों से उन्हें छुड़ा कर एक बेदाग, साफ़-सुथरे जीवन में उड़ा ले जा रही थी...'श्यामली'।

तापसी ने समूची पट्टिका की पंक्तियों को अपनी नीली पुस्तक में लिख लिया। एक अजीब आह्लाद जैसे उसमें समोये जा रहा था, एक स्मरणीय छाप उसके भीतर-बाहर अंकित हो रही थी। अचानक तेज़ हवा चलने लगी। धूल के थक्के उड़कर उसके शरीर पर जमने लगे, जैसे एक समृद्ध परम्परा से प्रतिध्वनित वह धरती उमड़ कर तापसी को अभिभूत कर रही थी। वह रेत और आँधी झेलती चलती चली जा रही थी। सड़क पर कोई 'संगीत भवन' और फिर 'कला भवन' जहाँ प्रसिद्ध चित्रकार नन्दलाल बोस के चित्र काले-सफ़ेद रंगों में देहायित आज भी जीवंत खड़े थे। सभी चित्रों में टैगोर बाबा की कविताएँ जैसे शब्द-शब्द उच्चरित थीं। फिर 'उद्यान' जहाँ टैगोर बाबा कभी रहते थे और जो उनकी हस्तलिखित पाण्डुलिपियों, उनकी अँगुलियों से लिखी कविताओं के साथ रेखाचित्रों से भी अंकित था। कितना भंडार था पुस्तकों का, चित्रों का, टैगोर बाबा के जीवन से जुड़ी वस्तुओं का। तापसी अपनी उस कौतूहल मिश्रित अवस्था में पथराई खड़ी रह गई थी। कौन ले आया था उसे यहाँ। पता नहीं, कैसे आ गई थी वहाँ अचानक, अनजाने और कैसी सारगर्भित अनुभूति थी उस भटकन की। वह अपनी उसी भौंचक्की स्थिति में चलती चली गई। साल-वृक्षों का वह निकुंज अपने मौन में पिघलकर जैसे बाबा की कविताएँ गुनगुना रहा था। वहाँ का हर पत्थर, हर दीवार सुबह की प्रार्थना 'वैतालिक' की ध्वनि से गुंजारित थी। सारा परिवेश तापसी के भीतर प्रवाहित हो रहा था—अपूर्वानुमेय, अचानक उसके मन के शून्य में डुबकी लगाकर अन्तर्ध्यान हो जाने के लिए।

रात के वीरान सन्नाटे में वह चुपचाप घर चली गई। द्वार खुला था। काका रात की उस निस्तब्धता में अपनी प्रतिमाओं की एकात्मकता में खोया हुआ था। तापसी का आना वह जान नहीं सका, और तापसी ने हैरान होकर देखा—अँधेरे में उसका कमज़ोर-सा दीपक, मद्धम-सा फ़ीका प्रकाश। कैसे देख रहा था वह अपनी प्रतिमा को, कैसे उकेर रहा था बारीक उन लकीरों को, जो उतनी ही बारीक भावनाओं को प्रदर्शित करती थीं...पता नहीं कैसे? तापसी फिर से प्रश्ना हो रही थी और काका अपनी तपश्चर्या में समाधिस्थ छेनी की ठकठक में खोया हुआ साधक।

छहेल के वृक्षों से लदी-फँदी सड़क के अंतिम कोने के छोटे से मकान में जितेन दा रहते थे। उस छोर का वह लाल छतवाला घर, शहरीली या बस्ती की छोटी-बड़ी व्यस्तता से अलग-सा खड़ा था। छोटे-से बगीचे की बेलें हमेशा फूलों से लदी रहती थीं। "खुशबू कैसी पीली-पीली जैसी है", तापसी कहती तो कनिका दी ज़ोर से हँस देती—"पगली है यह लड़की, खुशबू का कोई रंग होता है क्या...?"

"तो फिर महक अपने को कैसे प्रकटाती है?"

"बाबा रे यह लड़की! चल भाग तो..." कनिका दी झुँझलाती परन्तु जितेन दा उसे समझाते—"तापसी, महक सूँघी जाती है, अनुभव की जाती है। उसे आँख से देखा नहीं जाता, जैसे किसी स्त्री-पुरुष के अच्छे-बुरे गुण।"

तापसी की समझ में, पता नहीं कितना आता था, परन्तु उसे इस घर में आना, कनिका दी का सलीके से साड़ी पहनना, सिंदूर-भरी माँग और बड़ी-सी बिन्दी से सज्जित चेहरा बड़ा प्रभावशाली लगता था। वह उनके साथ जैसे एक व्यवस्थित दिनचर्या में प्रवेश कर जाती थी। सोफ़े-कुर्सी सज्जित, साफ़-सुथरी उनकी बैठक, बर्तनों की खटखट से भरपूर रसोई—जितेन दा जैसा भव्य व्यक्ति उनके साथ शाम को जमघट्टा लगाने वाले देशी-विदेशी, या कॉलिजी मित्र, जो अनेक प्रकार के वार्तालाप करते थे और उनके घर की सलीकेदार गोष्ठियाँ, जो अपनी चर्चा में ऐसा कौन-सा विषय था, जिस पर चर्चा नहीं होती थी। कैसी शालीनता थी उनके व्यवहार में। उस घर का एकमात्र सेवक था भोलानाथ, जो माली, दरबान सभी कुछ था। वही घर पर मेहमान आने पर सहायता के लिए तापसी को बुला लाता था। तापसी भागती हुई आती और आते ही तत्परता से कनिका दी के हाथ के सारे काम पकड़ लेती। भुजिया तलती, गुड़ के संदेश को इलायची दाने से सजाती, चाय उबालकर शीशे के प्यालों में डालती और बड़ी-सी थाली में सब-कुछ सजाकर अतिथियों के सामने ले जाती। उस घर

के सभी यन्त्र-उपकरण, पंखे, सुविधाएँ तापसी को सुखकर लगते थे। उसकी अन्तःप्रक्रिया में एक घर जी उठा था—भरापूरा घर और घर के साथ वह सब, बातचीत, एक दूसरे की तकरार, दो टूक जवाब, जिन्हें वह कमरे के एक कोने में दुबक कर खड़ी होकर ध्यान से सुनती थी। तापसी को आश्चर्य होता था कि जितेन दा का व्यक्तित्व उन चर्चाओं के समय उत्तेजनाओं में बहकर एक सत्रह वर्षीय लड़के के कौतुकी भाव में जैसे परिवर्तित हो जाता था। सब कुछ भूलकर वह अपने वक्तव्य को ऐसे जीवन्त भाव से पेश करते थे, जैसे उन्होंने उस घटना या दृश्य विशेष को अपनी उत्सुक और रागनिष्ठ आँखों से देखा या जिया था। गोष्ठी के अन्य सदस्य भी उस चर्चा में डूबकर अपनी समूची व्यक्तिगत परिपाटी से अलग बह कर एक अद्‌भुत उत्तेजना की लय में रूपान्तरित हो जाते थे। जितेन दा के तो नथुने फड़फड़ाते थे और हमेशा दर्द से दुखने वाली उनकी पीठ सीधी होकर तन जाती थी, मस्तक एक अदृश्य-से तेज़ से तमतमाता था, जैसे उनके भीतर कोई दीप्त लौ भभक कर सहसा जल उठी हो। कैसी शालीनता थी व्यवहार में, कैसी बातें करते थे वे सब, नितान्त अजनबी, मोटी-मोटी बीच में धरी पुस्तकों के बारे में। जिन्हें वह पढ़ते भी थे या चित्रों के बारे में या फिर और कुछ, जो तापसी के सिर के ऊपर से गुज़र जाता था। उस दिन तापसी को अजीबोगरीब अनुभव हुआ। जितेन दा के घर के उस छोटे लॉन में कुछ विचित्र से लोग जमा हुए थे। एक तरफ़ देशी-विदेशी मेहमान खड़े थे दूसरी तरफ़ भोलानाथ ने दरियाँ बिछाकर जिन लोगों को बिठाया था वे हाथों में बहुत से वाद्य लिए थे—एकतारा, डफ़ली—लम्बी-पतली ढोलक और एक पुरुष के तो पैरों में घुँघरू भी बँधे थे। विदेशी मेहमान कुछ कुर्सियों पर, कुछ नीचे दरी पर दर्शकों के स्थान पर बैठे थे। कनिका दी ने चिड़वे के लड्डू, नारियल के नाडू तथा अन्य पकवान थाली में सजा रखे थे। तापसी उत्साह से भरकर उन सबकी खातिर में लग गई थी। खाना-पीना हो जाने के बाद गाने वाली मंडली का परिचय कराते हुए जितेन दा ने बताया कि वे सब वैष्णव थे और 'बाउल-गीत' गाते थे। 'बाउल-गीत' वहाँ का आंचलिक पद्धति से गाया जाने वाला संगीत था। रस्मों-रीतियों का एक पृथक-सा उल्लसित नृत्य, जिसमें जीवन-दर्शन गुँथा था। गान आरम्भ हुआ। सभी मन्त्रमुग्ध बैठे थे। तापसी भी एक कोने में गुड़ी-मुड़ी हुई बैठी थी साँस रोके। ऐसा अनुभव—गायन उसे जैसे इस संसार से उठाकर कहीं उड़ाये लिये जा रहा था। कहाँ? पता नहीं कहाँ?

एक व्योम जैसा सृजित हो गया था शब्दों का, संगीत का, वाद्यों का और उसके मध्य स्त्रियों के-से हाव-भाव में उमगता वह घुँघरू बाँधे पुरुष नृत्य कर रहा था—हाथ उठा कर दृश्य गढ़ता हुआ, आँखें घुमाकर अपनी बात को हृदय तक उतारता हुआ। वह अद्भुत अनुभव...सभी शायद...मन्त्रमुग्ध बैठे थे चुपचाप—

'बाउल-गान' (मूल बांग्ला)

ओ काँचा हाँड़ी ते राखिते नारिली प्रेम जॅल।
काँचा हाँड़ी जॅले दिले तेंखोनी जाइबे गोले
तॅखोन तोर जीबोने लाग्बे गॅण्डोगोल!
ओरे मॅन हाबी जोदी पाका हाँड़ी
जाओ गुरु कुमारेर बाड़ी
तॅरवोन तोर रूपेते कोरबे टॅलोमॅल!
गुरु शॅदानन्दो भेबे आउल्
खैपा मॅनोहर की होबी बाउल्
दैख् दैख् दैख् धान कुटिले हॅबे चाउल्
तूँष कुटिले की बा फॅल!

'बाउल गान' (हिन्दी रूपांतर)

काँची हाँड़ी में तो तू रख सका नहीं रे प्रेम-नीर!
काँची हाँड़ी जल में डालने से गलकर हो जाए ढेला,
उसी समय से तेरे जीवन में लग जाये अरे, झमेला!
मन रे, यदि तू बनना चाहे पक्की हाँड़ी
तुझको जाना होगा गुरु कुम्हार की बाड़ी
झलमल झलमल रूप तेरा होगा उस बेला।
सदानन्द गुरु सोच-विचारों से हों पागल
भला मनोहर पगला भी क्या होगा बाउल्
देख, देख रे, धान कूटकर होवे चावल
भुस कूटे से कौन मिला फल, रे, किस बेला!

"भारत की अपनी रहस्यमयी दार्शनिक परम्परा में सत्य, सबसे मुख्य होता है जीवन सत्य। हमारे समूचे वैल्यू-सिस्टम या जीवन-मूल्य किसी-न-किसी रूप में

आंचलिक कथाओं या गीतों में भी वैसे ही गुंथे रहते हैं जैसे माला में फूल...'' जितेन दा के एक मित्र ने समझाते हुए कहा।

''साधारण भाषा में सांस्कृतिक अध्ययन उसी का सृजन करते हैं। ये गीत आदिकालिक हैं...'', जितेन दा ने समझाया।

''झलमल झलमल रूप होगा तेरा उस बेला में'', उसे भी 'पक्की-हाँड़ी' बनना है। तापसी ने सोचा।

तभी अजीब-से चेहरे वाली गोरी-चिट्टी वह औरत माकी काजूमी (Maki Kazumi), दादा उसे 'जापानी' कह रहे थे, जो यहाँ रहकर, बांग्ला पढ़ने और बोलने का प्रयास कर रही थी और टैगोर बाबा पर शोध कार्य कर रही थी, अपनी टूटी-फूटी भाषा में वह 'बाउल-गीत' दोहराने लगी। फिर 'खराप' 'खराप' कह कर खुद ही हँसने लगी। हँसते क्षण कैसी फैल जाती थी उसकी चौड़ी नाक और उसकी आँखें? वह भी सिमटकर उसके चेहरे की लकीरों में पता नहीं कहाँ विलीन हो जाती थीं। कैसा था उसका चेहरा? क्या होते हैं ये चेहरे? गंभीर, हँसते हुए, क्रोध में लाल होते हुए, मुँह चिढ़ाते हुए या हाट में बिकते रंगबिरंगे मुखौटे जैसे चेहरे, जो अपनी बड़ी-बड़ी पथराई आँखों से देखते हुए भी नहीं देखते। और यह जापानी, विदेशिनी मिचमिची आँखों से न देखते हुए भी देखती थी जैसे। इतनी दूर से आई थी टैगोर बाबा के ऊपर रिसर्च करने! तापसी को याद आया, टीचर-दीदी ने बताया था, 'विश्व-भारती' के लिए प्रसिद्ध था एक आदर्श-वाक्य—''यत्र विश्वं भवत्येकनीड़म्''—बस वह स्थल जहाँ सारा विश्व अपना घोंसला निर्मित कर सकता था। 'विश्व-भारती' का कलेवर जैसे विश्वभर के अतिथियों के लिए खुला आँगन था, मित्रता के हाथ बढ़ाता हुआ। माकी-काजूमी के बांगला बोलने के प्रयास पर सभी हँस रहे थे, यहाँ तक कि गाँव से आये बाउल गीतकार भी। उनको चाय-भोजन परसती तापसी भी अपनी हँसी रोक नहीं सकी। वह भी ज़मीन पर बैठ कर ज़ोर-ज़ोर से हँसने लगी—''ओह माँ!'' कनिका दी ने हाथ पकड़ कर उठाया और डाँट कर कहा—

''ऐ तापसी, कैसे हँस रही है जंगलियों की तरह। इतने सभ्य लोग बैठे हैं और तू? इतनी बेहूदगी से हँसता है कोई?''

तापसी के भीतर की समूची उत्फुल्लता, आनन्द, उस क्षण की कंपित ऊर्जा जैसे एकाएक पथराकर थम गई। एक स्वतन्त्र हिरनी जैसा आवेग, व्यक्तित्व का खुलापन, जो इस घर के प्रवेश द्वार से घुसते ही उसकी नसों में प्रवाहित

होने लगता था। वह जैसे एकाएक अजायबघर में बन्द, दड़बे में फँसे हुए पशु जैसा, बेबस पंछी जैसा कुंठित हो गया, तो क्या? काका की प्रतिमाओं के चेहरे की पथराई मुस्कुराहट जैसा होना चाहिए था, जमा हुआ। उसे क्यों अधिकार नहीं था हँसने का। वह नहीं जानती हँसी की भी परतें होती हैं। क्या होती है 'सभ्य' हँसी? वह सभ्य नहीं थी क्या? पता नहीं? वह क्यों नहीं हँस सकती औरों की तरह? वह चुप क्यों रह जाये? वह भोलानाथ तो नहीं है, फिर क्या है उसकी स्थिति? और उसकी समझ में तो सब कुछ आता है। सब कुछ, वे सभी बातें, जो यहाँ लोग करते हैं—बाउल-गीत भी। हो सकता है इसलिए कि वह स्कूल में पढ़ती तो थी। टीचर-दीदी उसे हमेशा बहुत मेधावी मानती थीं...उसके प्रश्नों का उत्तर भी तो देती थी। पता नहीं क्यों उमड़ते थे इतने प्रश्न उसके मन में? शायद इस कारण कि उसके मन में ज़िन्दगी से परिपूर्ण सभी कुछ कंपित था, परन्तु ऐसा क्यों नहीं था कि अपने ही भीतर कोई बात करता रहता, उत्तर देता रहता। अपने पैरों से भागती, वह घर चली जा रही थी, घर अगर वह था तो?

घर पहुँची तो काका कहाँ शांत था, मौसम का झंझावात उसे भी छू गया था। पता नहीं, कब से उबला बैठा था। उसके भीतर ताड़ी का प्रभाव, नशीले संसार की तमतमाहट और जल्लाद की तलवार-सी उसकी कड़ी आवाज़ तापसी के स्वप्निल संसार को विध्वंस करने के लिए पर्याप्त थी—वह संसार, जो वह अभी-अभी जी कर चली आ रही थी। वह मुखौटों की तरह उसके भीतर से उखड़ रहा था—जापानी औरत का चेहरा, उसकी मिचमिची आँखें एक नाटकीय चरित्र की तरह काका की आँखों में परिवर्तित हो रही थीं। तापसी भी उसके थप्पड़ खाकर अपने दूसरे लोक में लौट रही थी, जहाँ पढ़ाई से जुड़ता कुछ कविता जैसा मधुर या फूलों की गंध की पीलाई, कुछ भी नहीं था या शायद काका के स्वर से काँपकर उलटे पाँव लौट गया था और तापसी जल्दी-जल्दी हाथ चलाती खाना पकाने में रत हो गई थी। वह बोले जा रहा था—"कहाँ चली गई थी, कलमुँही। कब से भूखा बैठा हूँ? जानती है, जब तक पेट में खाना नहीं पहुँचता, मैं काम नहीं कर पाता और ताड़ी नहीं पीता तो मेरी श्वास नाभि के नीचे अटकी रह जाती है। काम कैसे करूँ? नया खरीददार है। जान के पीछे पड़ा है। काम जल्दी से जल्दी पहुँचाना है।" दनादन थप्पड़-घूँसे मारता हुआ बोले जा रहा था रखाल।

वह प्याज़ काटकर ले आई थी। पापड़ के भुने हुए टुकड़े भी तश्तरी में सजा दिये थे। रखाल उसे पेट में डालता, ताड़ी के घूँट भरता थोड़ा आश्वस्त हुआ था—"इसीलिए तो पाला था तुझे। दीदी जैसा नहीं बनाना था ना, वह तो...। खैर, तू अकेले आती-जाती है रात-बिरात। मैं घर पर नहीं होता—तू अकेली सो जाती है, तापसी! डर नहीं लगता... ।" तापसी उसे आश्चर्य से देखती रह गई थी। काका का उसके लिए सरोकार? पत्थर तराशते आदमी में हृदय कुलबुलाया, कैसे? प्रायः ऐसा होता है कि मनुष्य जब अपनी आत्मविस्मृति के कगार पर खड़ा होता है तो सच बोलता है। उस धरातल पर नशा कर लेने के बाद अपने होश-हवास में टिका रहकर परत-दर-परत छिपा सच बाहर उगल देता है। वह घूर रहा था मच्छी झोल पकाती, चावल उबालती तापसी को। और तापसी सोच रही थी, 'डर' जैसा कुछ रात-बिरात में या बाहर कहाँ होता है? किस अँधेरे कोने में खड़ा या छुपा हुआ, पता नहीं? 'डर' अगर कुछ था तो काका की गुहार सुन कर उसके सामने आ खड़े होने का। उसे देखती तो लगता, किसी जल्लाद की तलवार का सर्द लोहा छू लिया हो। बोतल का पेय खतम होने तक हाथ शांत थे। उसके बाद वह बोतल फ़ेंक कर एक-दो लात चूल्हे के पास बैठी तापसी को मार चुका था। फिर अचानक चटाई पर ढेर होकर उल्टियाँ करने लगा था। बदबू का भभका पूरे घर में तीव्रता से फैल गया था। चूल्हे पर उबलता भात छोड़ कर तापसी उसे सँभालती-पकड़ती नल के पास लाकर उसके शरीर को धुलाने, साफ़ करने और साथ-साथ भात को उतारने की प्रक्रिया में पगलाती खुद भी खपरैल की मोरी में अपने भीतर का समूवा कड़वापन उलट आई थी।

कच्चा-पक्का भात खाकर रखाल वहीं लुढ़क कर सो चुका था। थोड़ा-सा भोजन...गुड़...अपने पेट में उतारती तापसी अपनी लिखने की कॉपी लेकर दीये की जलती लौ के नीचे बैठ गई थी। रात के सन्नाटे में दीये की लौ के नन्हें प्रकाश में मन के भीतर जितेन दा के घर का वह सारा का सारा दृश्य सरसरा रहा था। वहाँ सब कायदे से पीते थे। सलीके से खाते थे। लात-घूँसे तो कोई नहीं मारता था। कनिका दी ने कहा था, वह 'सभ्य' नहीं है। हँसने का भी सलीका होता है—हँसी की हर लहर की परतें होती हैं। शालीनता की वे परतें उनके घर में थीं। तापसी के घर में उनका नितान्त अभाव था, ठीक ही कहा था कनिका दी ने। परन्तु कनिका दी ने तो उसे एक दासी या गुलाम, भोलानाथ

की तरह हर किसी के सामने, उन सभी जमा हुए आदिम दार्शनिकताओं के सामने, या फिर 'तारा माँ' जैसी मृत प्रतिमाओं के समक्ष घुटने टेकने के लिए विवश कर दिया था। उसका अपनापन क्या मात्र घर के कोने में रेंगते एक तिलचट्टे जैसा था, जिसे जो चाहे अपने जूते की एड़ी से रगड़कर समाप्त कर दे, पर क्यों? उसने तो कनिका दी पर अपने जीवन का समूचा विश्वास किया था, तो क्या विश्वास झूठे होते हैं? उसका अकेलापन एकाएक जैसे बहुआयामी हो उठा था। उसे लगा, उसे अपने होने, अपने जीवन की संभावनाओं को खोजना पड़ेगा। वह क्यों 'सभ्य' नहीं जानी जाती? क्यों बेकसूर को मारता था काका? क्या किया था उसने...क्या?

दूर आकाश में बहुत-से तारे थे। तापसी को लगा, उसने तारों की स्वच्छता को पहले कभी ध्यान से नहीं देखा था। हो सकता है, उनमें से एक तारा उसकी माँ का हो। कौन-सा था वह सुदूरवर्ती सितारा जो उसको, उसकी इस दयनीयता से उबार ले, उसके प्रश्नों से उसे बचा ले जाये। नहीं, तापसी रोती नहीं थी, क्या होता है रोना, क्या होता है हँसना और क्या होता है 'डर', जिसके बारे में काका पूछ रहा था और क्या होता है 'सभ्य होना?' बेचारी तापसी कुछ भी तो नहीं जानती। अपने प्रश्नों में, अपने भीतरी खालीपन में किताब के खाली पन्ने पर बिना कुछ लिखे अपनी अनमनी-सी दशा में मुड़ी-तुड़ी तापसी सोकर भी जैसे भीतर से कहीं जाग रही थी।

स्कूल से लौटते हुए तापसी हमेशा 'दीदी का टी-स्टॉल' से गुज़रती थी। यहाँ हमेशा ही सब पढ़ने-लिखने वाले विद्यार्थियों का जमघट्टा लगा होता था। वहाँ पहुँचते ही उसके पैर धीरे-धीरे जैसे थम जाते थे। हाथों में पुस्तकें-कापियाँ पकड़े ये सब तापसी को बहुत भाते थे। अधिकतर विद्यार्थी विदेशी ही होते थे...खूब गोरे चिट्टे...श्वेतवर्णीय। चाय पीते हुए वे सब हँसते थे, कहकहे लगाकर बातें करते थे। तकरार और लड़ाइयाँ भी करते थे। उस दिन भी वह उस भीड़ में खड़ी हो गई थी। एक सफ़ेद बगुले-सा सपना जैसे सामने बिखरा था। अधिकतर चेहरे हँस रहे थे, और वह थी कि हर चेहरे का गणित जानना चाह रही थी। कौन-सी हँसी 'सभ्य' थी और कौन-सी 'जंगली' उसकी अपनी हँसी की तरह, पता नहीं?

हँसी क्या वास्तव में पहचान की बात थी या स्थिति, जाने क्या? और टीचर-दीदी, वह तो कभी भी नहीं हँसती। हमेशा एक सधे चेहरे से, एक गम्भीर मुखौटे में बन्द बस पढ़ाई, उससे संबंधित चर्चाएँ और कुछ नहीं। कनिका दी ने ही बताया था, वह ईसाई थी, और टीचर-दीदी की शादी भी नहीं हुई थी। तापसी को लगा 'पौष मेला' में बिकते मुखौटे जैसे ही होंगे, यह ईसाई चेहरे या...जितेन दा का बताया शब्द 'स्पिन्सटर'। नाटक जैसे चरित्र या मिथकीय चरित्र, जो कहानियों से बाहर आ जाते थे, दुर्गा पूजा के समय खेले गये नाटकों की तरह।

जो भी हो, तापसी को 'दीदी का टी स्टॉल' बहुत अच्छा लगता था। एक प्रेरणा से भरता था। अज्ञात-सी ललक, या एक सफ़ेद बगुले जैसा श्वेत सपना! और वह सोचती, बड़े हाकर उसे भी यहीं बैठना है, खूब सारी मोटी-मोटी पुस्तकें हाथ में पकड़ कर बातें करनी हैं विदेशियों से, और हँसना भी है, एक बहुत 'सभ्य' हँसी, जो मुखौटों की नहीं, उसकी अपनी होगी, अपने भीतर से उमड़ कर बाहर आती हुई...।

तापसी की स्मृतियों में एक और दृश्य बार-बार उभरता था और उसके भीतर एक द्वार खोलता था। उसे याद है वह 'टीचर-दीदी' और उसकी एक मित्र के साथ 'विश्व-भारती' के प्रांगण में 'छातिम टीला' गई थी। छातिम वृक्ष के नीचे छोटा-सा चबूतरा, वह जहाँ निःसीम निर्बन्ध मुक्ताकाश के नीचे बैठकर ठाकुर दादा के पिता ने इस समूचे 'विश्व-भारती' के निर्माण और स्वरूप का सपना देखा था, वह भव्य या दैवी-सा सपना अब साकार हो चुका था। उस सपने के एक साक्ष्य-स्थल-सा यह टीला अपने आप में श्रद्धा का स्थान माना जाने लगा था।

'टीचर-दीदी' ने हँसकर बताया था, "बहुत से लोग, जो अपने को बुद्धिजीवी समझते हैं, यहाँ, सुबह चाय पीने के लिए जमा होते हैं। और जो वास्तव में बुद्धिजीवी हैं, उन्होंने ऐसे लोगों के लिए एक नाम गढ़ लिया है 'आँतेल', जो अंग्रेज़ी के 'इन्टेलेक्चुअल' के अपभ्रंश, 'इंटेल' से प्रेरित है। यहाँ आना अपने आप में एक तीर्थ जैसा था, जो प्रथा-सा पनप गया था। ऊँची सोसाइटी वाले लोग, या अपने को बुद्धिजीवी समझने वाले लोग यहाँ अवश्य आते थे—कुछ बस दिखावे भर के लिए, कुछ श्रद्धावश, नमन हेतु, कुछ 'सूडो-इंटेल' भी, जिनमें आध्यात्मिक या साहित्यिक तड़प जैसा कुछ नहीं था। वे सब परिहास के पात्र भर होते हैं...।"

"तुम कितनी बार आती हो?" टीचर-दीदी की मित्र ने पूछा था।

"कभी-कभी। जब भी समय मिलता है, यहाँ आकर चुपचाप बैठ जाती हूँ। पेड़ की डाल पर फुदकते पक्षी...उनका गायन सुनती हूँ, मुझे लगता है, हवा में उड़ते मुक्त ये सारे पंछी या तो भगवान के लिए गाते हैं या अपनी ख़ातिर, परन्तु जो पंछी पिंजरों में बन्द कर दिये जाते हैं, उनका मजबूर संगीत उनके रक्षक को समर्पित होता है—एक व्यावसायिक जैसा गायन। मुझे लगता है, बुद्धिजीवी होना मात्र एक भाव है। जैसे गायन में अंतर होता है, वैसे ही वास्तविक रूप में बुद्धिजीवी होने और दिखावे के बुद्धिजीवी होने में है। 'छातिम' वृक्ष गवाह है ऐसे सब लोगों का, जो बुद्धिजीवी होने का मुखौटा लगा कर आते है, बतियाते हैं, हँसते हैं और 'शो-ऑफ' या दिखावा करते हैं।"

वे दोनों खूब ज़ोर से हँसी थीं। टीचर-दीदी की सादी-सी मुखाकृति। 'बिन्दी' विहीन चेहरा—सीधी पहनी रंगीन साड़ी...वैसी ही उनकी मित्र। तापसी को लगा, उनका चेहरा और मुखौटों जैसा नहीं था। तो क्या उनकी यह मद्धम-सी हँसी

हवा में सरसराने के स्थान पर साड़ी के पल्ले में सिमटती हँसी, क्या 'सभ्य' हँसी थी?

कुछ दिन से एक टूटी बैलगाड़ी घर के बाड़े के बाहर किसी ने लाकर छोड़ दी थी। पाठशाला आते-जाते तापसी उसे वहाँ चुपचाप खड़ी देखती। पता नहीं, क्यों उसे लगता कि बैलगाड़ी उसे प्रेरित कर रही थी कि वह उसे अपना ले। एक दिन दोपहर को तापसी ने किसी तरह जितेन दा के भोलानाथ के साथ मिल-मिलाकर उसे घसीटा और अपने बरगद के पेड़ के नीचे लाकर खड़ा कर दिया। भोलानाथ ने ही उसे रस्सियाँ, सिरकियाँ, फूस आदि ला दिये। बस, उत्साहित होकर तापसी ने बैलगाड़ी के खण्डहरी अस्तित्व को सँवार दिया। अभी तक घर के दालान का वह पेड़ उसके अकेलेपन का साथी था, उसकी कल्पनाओं का रंगमंच, जहाँ बरगद के पेड़ की लम्बी लटकती जटाओं में उतरती-अटकती धूप जो भी परछाइयाँ बुनती, वे तापसी के किस्से-कहानियों के पात्र होते थे, जो हवा में झूलती जटाओं के साथ या उभरते खलनायकों के साथ लुकाछिपी खेलते या उन्हें पकड़ कर उसके सपनों के राजकुमार महलों की छतों पर चढ़ जाते थे। कभी-कभी बहादुर बादशाह चोर-बदमाशों को उन रस्सी जैसी शाखाओं में बाँध कर पिटवाते या फाँसी पर लटका देते। कभी वह शाखाएँ उसे झूला झुलातीं और वह झूलती-झूलती स्कूल की कविताएँ दोहराती या वह 'बाउल- गीत' जो जितेन दा के घर उसने सुना था। बरसात होने पर भी वहाँ बैठना बड़ा रोमांचक होता था, परन्तु कभी-कभी रात के अँधेरे में उसकी थकती आकृतियाँ भयंकर रूप धर लेतीं, तो वह घबरा जाती। डर, हाँ उसे कभी नहीं लगा था, वह 'डर' जिसे रखाल काका ने पूछ कर उसे जताया था, तापसी के प्रश्नाकुल मन में अटक गया था वह शब्द 'डर', क्या होता है वह 'डर'?

टूटी बैलगाड़ी और बुनी हुई फूस की और सिरकियों से गढ़ी चटाई एक अद्भुत आकार में जीवन्त हो उठी थी। तापसी उसके परिवेश के वैविध्य में उत्सुकता से कुछ नया ढूँढ़ती थी, कुछ अधबने अनगढ़े सपने उसकी नींद की सिलवटों से निकल कर बैलगाड़ी में आ बैठते और वह अपने भीतर की किसी अमूर्तित आकांक्षा से प्रेरित, अपनी नीली कॉपी में कुछ न कुछ लिख लेती थी। कभी बारिश के बारे में, कभी जापानी लड़की के बारे में या कभी 'छातिम टीले' के बारे में। वह टीला उतना प्रभावशाली है तो वह बार-बार जायेगी वहाँ। अवश्य! परन्तु कब? समय ही कहाँ मिलता था।

उसे सबसे अधिक आश्चर्य तब हुआ था, जब पाठशाला में एक नरकंकाल दिखा कर 'टीचर-दीदी' ने मानवीय शरीर की संरचना और उसके भीतर छिपे हड्डियों के ढाँचे के बारे में उन सबको बताया था। तापसी की कक्षा की कुछ लड़कियाँ उसे देखकर चीखने लगी थीं। कुछ कह रही थीं उन्हें 'डर' लग रहा है। तापसी को केवल आश्चर्य हुआ था, डर जैसा कुछ नहीं। वह केवल सोच रही थी कि कोई पहुँच जाता है क्या उतनी गहराई तक, कैसे देख पाता है शरीर के भीतर छुपे हुए को? कैसे? कितनी नसें, रक्त, पानी, माँस, हड्डियाँ और यह पूरा का पूरा हड्डियों का ढाँचे जैसा शरीर। काका की मूर्तियों के पास भी शरीर है, परन्तु उसके जैसा नहीं...तो? जितेन दा के यहाँ तो, उसे याद है, कोई कह रहा था, "शरीर मिट्टी का बना है। सारे शब्द सारे वाक्य...वह सब उसी मिट्टी के सूक्ष्म अणु-परमाणु जैसे हैं और हमें उनसे मुक्त होना है।" तापसी का मस्तिष्क जैसे एक खाली-सा कोषागार था, जो भी सुनती थी उसके भीतर संगृहीत हो जाता था और समय-बेसमय उसके भीतर टेप-रिकार्डर-सा बज उठता था।

नरकंकाल देखने के बाद उसी दिन शाम को, पता नहीं कैसे, उसके भीतर, उसके शरीर के भीतर कुछ जैसे टूट गया था। वह खून से लथपथ भागती कनिका दी के घर गई। उसे लगा, वह शायद मर रही थी। उसके शरीर का सारा रक्त निचुड़ कर बाहर आ रहा था। तो क्या, उसके प्राण भी उसी के सहारे बह जायेंगे? तो क्या यह मृत्यु का क्षण है? कनिका दी ने उसे कुछ भी समझाने से पहले उसके निरीह भोलेपन के लिए दो थप्पड़ मारे और फिर एक कमरे में ले जाकर द्वार बन्द कर लिया था। तापसी जब वह द्वार खोलकर बाहर आई तो उसकी आँखें कुछ ज़्यादा ही झुकी हुई थीं। वह कूदती-फलाँगती आई थी, अब धीरे कदमों से चलती चुपचाप अपने घर की ओर जा रही थी। अच्छा हुआ, काका घर पर नहीं था। प्रतिमाओं के पत्थर खरीदने गया हुआ था या पता नहीं कहाँ? तापसी ने अपनी कॉपी के नये नकोर पन्ने पर लिखा, "कनिका दी कहती हैं, अब मैं बच्ची नहीं रही, बड़ी हो गई हूँ..." और एक भीतरी अन्तःस्फूर्ति जैसे उसके भीतर लपट-लपट उठ रही थी—"क्या होता है यह बड़े हो जाना?"

स्कूल में कभी-कभी सिनेमा दिखाया जाता था। उस दिन भी बड़े हॉल कमरे में एक दीवार पर सफ़ेद भक्क परदा टाँग दिया गया था, दूसरी तरफ़ एक मशीन लगा दी गई थी जिसके दो छोटे गोल पहियों पर फ़िल्म चढ़ी हुई थी। तापसी, सहेली और कक्षा की सभी लड़कियाँ नीचे बिछी दरी पर आलथी-पालथी मार कर बैठ गई थीं। टीचर-दीदी ने बताया था कि पहले उन्हें देश-विदेश के समाचार और बाद में कोई कहानी बताई जायेगी। सारी लड़कियाँ उत्सुकता से संभल कर बैठ गई थीं। तापसी की तो आवाज़ गले में जैसे घुट गई थी। सन्नाटा अँधेरे में और अँधेरा सन्नाटे में घुल रहा था। पास बैठी सहेली ने कहा—"तापसी, मुझे तो बड़ा डर लग रहा है।" तापसी को लगा, कुछ बातें या घटनाएँ होती हैं जिनसे अन्दर का कंपन तो बढ़ता है, परंतु 'भय', पता नहीं क्या होता है यह 'डर'। खैर, खड़-खड़ की आवाज़ के साथ मशीन के पहिये घूमने लगे और दीवार पर के परदे पर पहले शब्द उभरे, 'समाचार' और धीमे-धीमे संगीत के साथ स्त्री-पुरुष के चेहरों की आकृतियाँ सामने आकर कुछ न कुछ बता रही थीं। मोटे भद्दे हाथ जोड़ते लोग, जिन्हें वह 'नेता' कह रही थीं, उद्घाटन कर रहे थे, नये कारखाने, नये अस्पताल, नया स्कूल कुछ भी। लोग उन्हें फूलमालाएँ पहना रहे थे, उनका स्वागत कर रहे थे। कहीं-कहीं नंगे बदन, कमज़ोर मज़दूर-स्त्रियाँ सिर पर गारे से भरी टोकरियाँ लादे इमारतें बनाने में लगे थे या अथाह बहते जल के बीचोबीच पुल बाँध रहे थे, ऊँची दीवारों से घिरे कलपुर्जों में कार्यरत सामान गढ़ रहे थे। मशीनें सामान उगल रही थीं, डिब्बों में डाल रही थीं, तापसी का रोआँ-रोआँ काँप रहा था। अजीब सा अनुभव, 'भय' शायद नहीं, कंपन, रोमांच का था, इतना कुछ देख पाने का, जानने का, नये अर्जित, संचित होते उसे 'जानने' के भंडार का था, जो वह पहले नहीं जानती थी...।

रोमांच अभी नसों में कुलबुला रहा था कि अचानक उस परदे पर नरकंकाल जैसे कुछ लोग दिखाई पड़े। चेहरे का रंग काला होना तो बुरा नहीं होता, परन्तु

उनके समूचे शरीर में अजीब-सी सिकुड़न जैसी थी जिससे उनकी मुखाकृति विकृत ही नहीं, भयानक हो उठी थी। अधिकतर चेहरों पर केवल सफ़ेद दाँत, आवश्यकता से अधिक बड़े दिखाई दे रहे थे। उनके चेहरों पर भिनभिनाती मक्खियाँ, जिन्हें उड़ा पाने को अशक्त थे हाथ। बेदम मरगिल्ली सूखी-सी काया, मन में एक फुरफुरी सी उकेर रहे थे। सहेली ने तापसी का हाथ कस कर पकड़ा।

"ओह माँ, भूत हैं क्या? तापसी भूत को भगाओ।" सहेली ने आँखें बन्द कर लीं, परन्तु तापसी की आँखें उनके भोजनविहीन खाली कटोरों और घोर गंदगी पर टिकी थीं, सहेली का हाथ झटक कर बोली—"भूत कहाँ हैं रे! ये तो नरकंकाल हैं, या फिर भिखारी। जैसे 'माँ' के मन्दिर के सामने बैठते हैं। देखती नहीं इनके हाथ में भीख माँगने का बर्तन है। बच्चे, मुझे लगता है भूख से रो रहे हैं...देख ना...।"

परदे पर की आवाज़ बता रही थी—

"यह सूडान है, दक्षिण सूडान का एक क्षेत्र 'रेमबेक' शहर, जहाँ भयंकर रूप से सूखा पड़ा है। यहाँ प्रतिदिन अनेकों लोग भूख-प्यास से मर रहे हैं। सूडान की 'पीपुल्स लिबरेशन आर्मी' के प्रतिरोध में शहर के बूढ़े लोग 'औक्सफैम' के भोजन संग्रहालय केन्द्र के बाहर धूप में बेबस पड़े हैं। वे इतने दुर्बल और शक्तिहीन हो चुके हैं कि सरक कर भी अपने शरीर को पेड़ की छाया में ले जाने में असमर्थ हैं। उनके भीतर की सारी शक्ति भूख-प्यास से निचुड़ चुकी है।"

परदे पर अंकित हो रहे थे ढेर सारे दुबले-पतले, मरगिल्ले बच्चे, जिनके हाथ-पैर सींख-सलाई से सूख गये थे और पेट फूल कर मटके जैसे हो गये थे। वे रो रहे थे, धरती पर कीड़ों से घिसट रहे थे। दर्द भरा दृश्य तापसी को भीतर तक कँपा रहा था। तभी उसने देखा एक गोरी नर्स अन्नपूर्णा बनी अपने हाथ से उन्हें खाना खिला रही थी, दूध पिला रही थी। उस चलचित्र में कुछ दृश्य उन निर्वसन औरतों के भी थे, जो अपने बच्चों को पीठ पर लादे या अपनी सूखी छातियों से चिपकाये, रात के अँधेरे में भोजन की तलाश में भटक रही थीं। उनके पास पहनने को पर्याप्त वस्त्र भी नहीं थे। कुछ निर्वसन पुरुष भी थे, जो अपनी जुबान में बता रहे थे कि, उनके पास न तो रहने को कोई जगह है और ना ही खाने के लिए एक भी दाना। पेड़ों के नीचे रात गुज़ारना उनकी मजबूरी बन गया था। परिवार के बाकी लोगों का पेट भर सके इस कारण

वे घर के बुज़ुर्ग या मृतप्राय सदस्यों को भूखा मर जाने के लिए खुले मैदान में पड़ा छोड़ देते थे।

"ओह!" तापसी रोने लगी। पहली बार उसकी आँखों में आँसू छलछलाये थे। मन में कुछ काँपा था, कुछ घबरायापन-सा उमड़ा था—क्या था? क्या सहेली इसी को 'डर' कह रही थी? एक उद्घाटनात्मक-सा भाव उसने मन के कोष में संगृहीत कर लिया था। फ़िल्म समाप्त हो जाने पर, अपने भीतर 'सूखा', 'भूख से मरते लोग', 'निर्वसन आदमी-औरतें', 'नरकंकाल', 'मौत'...फिर विदेश, कौन-सा शहर? उस चलचित्र के बहाने कहाँ से कहाँ पहुँच गई थी तापसी। अनुभवों की पोटली समेटती तापसी अकेली ही सड़क पर शहर से दूर भागती अपने घर की ओर जा रही थी, अपने बरगद, अपनी बैलगाड़ी, धान, भात की विपरीतता में घुलने के लिए। बरसात का शोर तो समाप्त हो चुका था। अब तक बादल बरस कर लौट चुके थे। परन्तु सड़क के दोनों किनारों पर पानी पड़ा था, या शायद पड़ा-पड़ा सड़ रहा था, बदसूरत-सी काई में बदल रहा था। कुछ वैसे ही जैसे सूडान के या सोमालिया के 'सूखा' में स्त्री-पुरुष। उनके शरीर सड़ कर, बदसूरत-सी काई में बदल कर सड़ाँध मार रहे थे। नये संदर्भों में फीकी पड़ती कोई अनुगूँज उसे अपने भीतर नाप आने की गहराई प्रदान कर रही थी। तापसी अपने मन में एक नयी अनुभूति, एक नया शब्द गढ़ रही थी, 'चिन्ता' मानवीय सुरक्षा, मानवीय अस्मिता की 'चिन्ता'। उसे सोचना था शायद कि 'चिन्ता' जैसी स्थिति में क्या करना होता था, क्या?

वह आदमी, टोपी वाला आदमी इन दिनों अक्सर आने लगा था। पहले वह कभी-कभी आता था। तापसी देख रही थी कि उसके आने से काका कुछ अतिरिक्त ही प्रसन्न हो उठता था। शायद इस कारण कि प्रतिमाओं की खरीद, आर्डर बुक करने की प्रक्रिया में वह काका के हाथ में एक मोटी रकम ही नहीं थमाता था, ताड़ी की बोतलों के थैले भी दरवाज़े के पीछे सरका जाता था। घर में आते-जाते, चाय के प्याले पकड़ाते तापसी को लगता, वह आदमी उसे एक अजीब-सी सारगर्भित दृष्टि से घूर रहा था। उसके देखने के ढंग में कुछ विचित्रता थी, क्या? पता नहीं? पता नहीं क्यों उसे लगता, टोपी वाले उस आदमी की इन अनाम भेंटों में किसी अनिष्ट की अनुगूँज समाई हुई है। वह घबरा कर अपनी बैलगाड़ी के परिवेश में दुबक जाती। वहाँ बैठकर भी उसे लगता जैसे उस आदमी की दृष्टि लगातार उसका पीछा कर रही थी। दृष्टियों की विविधता को उसने पहली बार जाना था। टोपी वाला, रखाल काका को देखकर भी नहीं देखता था। कनिका दी, उसने सोचा या जितेन दा, उनकी दृष्टि? उनकी दृष्टि शायद एक जिज्ञासु दृष्टि थी जो अनुभव के एक कगार से उठकर दूसरे तक जाती थी एक सेतु-सा गढ़ने के लिए और वह स्वयं आँखों की डबडबाती दृष्टि में प्रश्न समेटे खड़ी रह जाती थी, परन्तु इस 'टोपी वाले' की दृष्टि बैलगाड़ी की चिक-चटाई फलाँगकर उसकी पीठ पर आ चिपकती थी, जिससे उसके भीतर एक झुरझुरी उपजती थी, एक कंपित-सी सिहरन, पता नहीं कैसी थी वह दृष्टि—तीखी और कष्टकर कि पीठ पर साड़ी लपेट लेने के बाद भी काँटे-सी चुभती रहती थी। उसे बार-बार यही लगता था कि यह आदमी, जितेन दा के घर आने वाले अतिथियों जैसा नहीं था। पता नहीं क्यों, उसे अपने भविष्य के प्रति संशय बढ़ रहा था।

उस दिन जितेन दा के घर गई तो लगा जैसे घर में कुछ उत्सव जैसा आयोजन होने जा रहा है। कनिका दी का बेटा मलय लौट आया था। भोलानाथ के साथ वह कामकाज़ में लग गई थी। पता चला रात को बहुत से लोग भोजन

पर आने वाले थे। कनिका दी के उत्साह का पारावार नहीं था। वह बड़े जतन से द्वार पर अल्पना बना रही थीं। तापसी रोली, कुंकुम, चावल पकड़ाती उन्हें सहायता करने में लगी हुई थी कि अचानक द्वार से प्रवेश करते अत्यन्त सुदर्शन युवक से टकरा गई। हाथ की थाली झन्न-झन्न करके दूर जा पड़ी। ''तापसी, देख कर नहीं चलती?'' कनिका दी का स्वर बीच में आ खड़ा हुआ। मलय को अपलक देखती तापसी, पता नहीं, कहाँ खो गई थी और मलय भी उसे कौतूहल मिश्रित उत्सुकता से देख रहा था। ''मलय बेटा, यह तापसी है रखाल मूर्तिवाले की गोद ली बेटी।''

''ओह, इत्ती बड़ी हो गई?'' मलय रास्ते से हट गया। ''जो भी हो माँ, है बहुत सुंदर। कैसी हो तापोसी? पहचाना मुझे क्या?''

''चल-चल तापसी, साफ़ कर फ़र्श, मलय के कपड़ों पर सारी हल्दी फैला दी तूने। मलय, जा बेटा कपड़े बदल आ।'' कनिका दी दृष्टियों के मध्य एक अवहेलना उड़ेल रही थीं। तापसी को फ़र्श पोंछने के लिए मजबूर करती, उसे उस तक लौटाती, मलय के भीतर की सभी आनंदलिप्सु भावनाओं को कुचलती हुई।

तापसी सोच रही थी—उस युवक की वह दृष्टि थी या फूलों की घाटी से आती सुगंधित बयार, जो बाहर-भीतर सौन्दर्य का खेत बो देती है। वैसा चेहरा तो उसने कभी नहीं देखा। ऐसा सौम्य, ऐसा चगचमाता व्यक्तित्व। वह आकर्षक चेहरा जैसे उसके अपने भीतर की निष्ठता पर कोई दस्तक दे रहा था, कुछ उकेर रहा था, और वह अनपहचानी धुकधुकी काम करते उसके हाथों की नसों में भी फड़फड़ाने लगी थी। कनिका दी का अहंकार, दर्प और उसके साथ मलय की मेम पत्नी, जिसे देखकर तापसी की अँधी भविष्यदर्शिता उसके भीतर ही भीतर पिघल गई। पहली बार तापसी का जी चाहा, वह ज़ोर-ज़ोर से रोये, चिल्लाये और समूचे वातावरण को अपनी दयनीय दशा से पिघला दे। परन्तु उसकी इच्छा, कमज़ोर-सी चाहत की लहर उसकी अपनी थी। सागर बिना लहर के भी सागर रह सकता है। हाँ लहर बिना सागर के अस्तित्ववान नहीं हो सकती और फिर उसकी लहर में सागर की चाहत तो कहीं भी शामिल नहीं थी। लहरें तो सागर की छाती पर ही दम तोड़ देती हैं। लहरों का होना उनका खोना भर है। और तापसी को लगा वह भी कुछ खो चुकी थी। क्या था वह, वह कहाँ जान पाई थी। हाँ, उस आयोजन में भोजन परोसते बर्तन उठाते-धोते उसे लगा कि वह उस घर में केवल एक नौकरानी भर है। उसका स्कूल पढ़ता

अस्तित्व, उसका जितेन दा की महफ़िलों में सारे वार्तालाप समझता-बूझता व्यक्तित्व, केवल भोलानाथ जैसा था, और कुछ भी नहीं। कनिका दी की 'सभ्य' ठोस दीवार को वह शायद भेद नहीं पायेगी। मलय, उसके साथ हँसती अतिथियों से हाथ मिलाती उसकी मेम पत्नी–बहुत सुंदर जोड़ी थी। और वह दूर से देखती तापसी, बदरंग साड़ी में लिपटी, मैले हाथों में जूठे बर्तन उठाये, विकृत, कुरूपता में अटी बहुत दूर खड़ी थी। बहुत फ़ासले पर वहाँ जहाँ तक उन सबकी दृष्टि नहीं पहुँचती थी। एक अकेले-से अँधेरे कोने में जो उसके लिए, उस समाज ने नियत कर दिया था। पहली बार अपनी स्थिति का बोध हुआ था तापसी को अपने 'न-कुछ' होने का, अपने जन्म की अस्तित्वहीनता का, रखाल काका की बेकार होती सामाजिक स्थिति का। उसे लगा, वह अब तक केवल खंड-खंड जी रही थी। स्कूल में सीखती, घर में भोजन पकाती, काका की मार खाती और भाग कर कनिका दी के सान्निध्य में कुछ नया जानने, कुछ नया सीखने की ललक से बार-बार आती तापसी, जिसे समय घसीट कर घर के एकान्त अँधेरे कोने में खड़ा कर रहा था। बस, उतना भर था उसका वजूद। समय तापसी को समझा रहा था, एक यथार्थ, जो अब, नासमझ तापसी की समझ में आने लगा था। वह हाथ का काम छोड़ कर बिना खाये-पिये कनिका दी के घर से निकल कर अपने घर की ओर भाग गई थी। घर के खुले दरवाज़े में प्रवेश करते भीतर आते देख पा रही थी। कमरे में किसी स्त्री के अनावृत्त शरीर में मग्न उसका रखाल काका और अजीब-सी आवाज़ों में ध्वनित होता कुछ वार्तालाप। तापसी पीठ करके बरांडे के दूसरे छोर पर बैठ गई थी। उसने देखा आँधी को। तीव्र हवा में उसकी टूटी बैलगाड़ी की सिरकियाँ, चिक उड़ गई थीं, टूटी हुई बैलगाड़ी रात के उस छुटपुट अँधेरे और बरसात में खण्डहर-सी लग रही थी, वैसी ही अनावृत्त जैसी कमरे के भीतर की औरत। यथार्थ की परतें उघड़ रही थीं। यथार्थ के कुछ प्रतिबिम्ब, कुरूप से, सोमालिया में या बोस्निया में भूख से बिलखते बच्चों से विकृत संसार की कृत्रिम संरचना का अन्तहीन सिलसिला। क्या ऐसा होता है यथार्थ-बोध?

कुछ ही दिन बीते थे। भोलानाथ तापसी को बुला ले गया था। कनिका दी हाथ में सुंदर सी एक साड़ी लिए खड़ी थी–"अरे तू उस दिन बिना बताये चली गई तापसी! भोलानाथ ने बताया कुछ खाकर भी नहीं गई। तेरे जितेन दा पूछ रहे थे तुझे। और देख तो तेरे लिए साड़ी रक्खी थी मैंने, मलय की

शादी का तोहफ़ा तेरे लिए। ले, पहन ले। मलय की बहू तो साड़ी पहनती नहीं, मेरा अरमान रह गया, ले, तू पहन ले।'' उन्होंने पुरानेपन में लौटते स्नेह से कहा।

तापसी प्रतिवाद कहाँ करती थी। चुपचाप साड़ी हाथ में ले ली और वैसी ही उदास भंगिमा से आँखें उठाकर वह घर के भीतर-बाहर मलय को खोजती रही। जितेन दा हाथ में कागज़ पकड़े आ गये थे—''कनिका, मलय का 'फैक्स' है। ठीक-ठाक पहुँच गया।'' एक पारिभाषिक शब्दावली, मलय के चले जाने की सूचना तापसी को अपने रंगमंच पर लौटती उस घर की शान्ति में गूँज गई थी।

तापसी घर लौटने को मुड़ रही थी कि कनिका दी अपनी आँसुओं वाली स्थिति से उबरती पल्ले से आँखें पोंछती कह रही थीं—''तापसी, तू भी तो अब बड़ी हो गई है। अब तेरा विवाह भी कर देना चाहिए। तेरा रखाल काका बता रहा था—मजूमदार मोशाय ने तेरा हाथ माँगा है।'' तापसी सन्नाटे जैसी स्थिति में खड़ी रह गई थी। उसके यथार्थ का विवेचन—अब उसे ही करना था, तो फिर—''परन्तु मुझे तो अभी पढ़ना था, कनिका दी। मेरी पाठशाला की पढ़ाई? अभी परीक्षा देनी है मुझे और फिर मेरा सपना, मेरा 'विश्व-भारती' में पढ़ने का सपना। मुझे पढ़ लेने दो कनिका दी, आप ही मुझे समझ सकती हो। आप ही मेरा सहारा हो। मुझे बचा लो कनिका दी! काका आपकी बात कभी नहीं टालेगा, मैं जानती हूँ। मुझे कोई शादी-वादी नहीं करनी है, कनिका दी।''

कनिका दी ने समझाते हुए कहा—''देख तापसी, तेरे जैसे हालात हैं, उन्हें समझने-जानने का प्रयास कर। तेरे जन्म का इतिहास, सोनागाच्छी में बैठी तेरी माँ, उसका कलुष और रखाल का अपना चरित्र? यह संसार और कुछ नहीं, एक सौदेबाज़ी की धरती है, बाज़ार है—जहाँ सब कुछ बिक जाता है, इस हाथ नहीं तो उस हाथ सही। तू समझने का प्रयास कर। एक संभ्रांत आदमी, पैसेवाला आदमी तुझे नाम दे रहा है. तेरे बेसहारा जीवन को एक ठोस अस्तित्व में बदल रहा है, तू उसे सिर झुका कर स्वीकार कर ले। हम स्त्रियों का धर्म यही है तापसी! इसी रास्ते चली जा, नहीं तो किसी दिन तेरा काका तुझे भी पकड़ कर 'सोनागाच्छी' छोड़ आयेगा, वैसे ही जैसे बहन को छोड़ आया था।''

''क्या होता है सोनागाच्छी, कनिका दी!''

''मैं जानती थी, तू पूछेगी। तापसी, सोनागाच्छी कलकत्ता में एक मोहल्ला है जहाँ देह-व्यापार करने वाली औरतें बैठती हैं। वहाँ एक ऐसा अँधेरा है जहाँ जाकर कोई भी औरत वापिस अपनी दुनिया में नहीं लौट पाती, वहाँ का कुत्सित

अँधेरा उसे निगल लेता है। तेरे पास भी और कोई विकल्प नहीं है, तापोसी। तू चुपचाप लगन करा ले। वही ठीक होगा, तेरे लिए।''

यथार्थ का एक और पहलू...विवेचन स्थितियों का, विवाह जैसी घटना का, मलय का गोरी मेम से विवाह। मेम के आ जाने पर कनिका दी का गुपचुप रोना। फिर भी विवाह के दकियानूसी महत्त्व को जता कर उसे धकेला जा रहा था। क्यों? वह ऐसे ही क्यों नहीं रह सकती पढ़ कर अकेली उस माकी काज़ूमी जैसी।

''मेरी पढ़ाई कनिका दी! मेरे सपने का क्या होगा?''

''बड़ी भोली है तू, तापसी! इतना भी नहीं जानती, हमारे बंगाल में सपने देखने का अधिकार औरतों के पास नहीं है। तुझे भी सपने नहीं देखने चाहिए। इतना पढ़ लिया, इतना जान लिया पर्याप्त नहीं है क्या?''

''नहीं तो, नहीं तो,'' तापसी के शरीर का कण-कण विद्रोह से झंकारित था। परन्तु उसके निःशब्द आक्रोश आँसू। कौन था देखने वाला? कौन?

जितेन दा ने अपने तरीके से समझाया—''तापसी, तेरा यह विवाह तेरा रूपान्तरण है, देख तू कुछ बन रही है तापसी। समाज की आँखों में तेरी एक पहचान उभर रही है, 'श्रीमती तापसी मजूमदार...'।''

तापसी वहाँ से ऐसे चली आई जैसे तट पर से कोई छवि चुपचाप हिलकोरे खाती अनदेखे किसी बहाव में बह जाती है। घर के आँगन में अपने पेड़ की छाया के नीचे अपने ही मौन में बैठकर वह अपनी स्थिति के बारे में सोचना चाहती थी। परन्तु, पता नहीं क्यों, उसे लग रहा था, उसकी झोली में भविष्य के बादल का, अजन्मा कोई टुकड़ा ज़ार-ज़ार रो रहा था और रात की नींद में भी वह रुदन उसके मन का जैसे एक हिसा बन गया था, जो उसे अदृश्य-सी किसी ज़ंज़ीर से जकड़ रहा था।

सुबह-सवेरे के अपने रसोई के काम में काका को चायपानी पकड़ाती वह सोच रही थी, कि उस 'व्यक्ति' रखाल, मूर्तिकार रखाल के बीच कोई सम्बन्ध था क्या? और वह मनुष्य जो उसकी माँ को 'सोनागाच्छी' छोड़ आया था, वह 'काका' जो केवल मारना जानता था। उसके बीच उसका, तापसी का कौन-सा सम्बन्ध था, कौन-सा? जो वह कभी उससे 'डर' और अब उसे ब्याह देने की बात सोच रहा था? तापसी का मन गवाह था कि काका के व्यक्तिगत अनुरोध, सामाजिक अनुरोध, सब जाकर ताड़ी के फेनिल पेय में डूब जाते थे। काका तो किसी भी नैतिकता के बीच या सामाजिक नियम या नियमितताओं के बीच

जिया ही नहीं था। तो फिर 'विवाह' जैसी बात कहाँ से आई? जितेन दा या मजूमदार की गहरी दृष्टि, पैसों का लेन-देन? क्या था? सब कुछ कमरे के धुएँ में गोल-गोल घूमता हुआ धुएँ के खगोल विज्ञान में गड्ड-मड्ड होता गणित, जाने क्या था? काका ताड़ी की नयी बोतलें कोने के बड़े-से आले में सहेज रहा था। बस, ताड़ी ही उसका व्यसन था, जिसे उसने छुपाया कम, खोला अधिक था। तभी तो घर के भीतर-बाहर ताड़ी की तुर्श खट्टी महक हमेशा कच्चे कोहरे सी पसरी रहती थी। जब भी कमरे में अच्छा-बुरा घटता था, वह महक, काका की साक्षी बनकर अकड़ती हुई उठ खड़ी होती थी। तो क्या उसकी माँ की उस दयनीय स्थिति का कारण भी यही व्यसन था, यही दुर्गन्ध थी क्या, जो उसके माथे में चक्करों के साथ घुटन भर देती थी। 'माँ' नाम की वह स्त्री, पता नहीं कैसी थी? धुएँ की लकीर में अनपहचाना कोई धूमिल चेहरा जो केवल उसका था, उसके लिए था, पता नहीं कहाँ खो गया था? किसी गुमनामी के गुनहगार अँधेरे में विलुप्त हो गया था? अचानक तापसी को लगा, जैसे उसके भीतर की समूची श्रद्धा, जो उसने 'तारापीठ की तारा माँ' के चमचमाते चेहरे से प्राप्त की थी, धूमिल पड़ रही थी। माँ का चमत्कार क्या कभी नहीं होता? अगर एक बार देख पाती अपनी माँ को...तो? जान पाती, ऐसी क्या मजबूरी थी, ऐसा क्या था जो उसे उसकी दयनीय स्थिति तक पहुँचा कर हाथ छुड़ा गया था, क्या? दिनों का कौन-सा उलटफेर था या स्थितियों का, जो उसे समय के तंतुजाल में फँसा कर दुर्दशा के उस पिंजरे में कैद कर आया था? सोचती, उदास होती तापसी समय के उस पल में आ खड़ी हुई थी जहाँ उत्साह, आकांक्षा आदि कुंठित हो चुकी थीं और विवाह एक धर्म बन कर सामने आ खड़ा हुआ था। आपात्काल की केंचुल से छूट भागने का एकमात्र रास्ता, 'विवाह' जैसा कुछ, द्वार खोले उसके सामने आ खड़ा हुआ था और तापसी को लगा था, अगर प्रकृति के अनुकूल यही राह उसके लिए निहित थी तो उसे अवश्य ही सड़क के उस संसार में प्रवेश कर लेना चाहिए।

जैसे सुबह होने से पूर्व अंधकार, सारी रात का सुगबुगाता अंधकार और भी गहरा, घना हो जाता है ऐसे ही नये जीवन के बारे में सोचते-सोचते, कल्पनाएँ करते-करते तापसी के मन में एक गहरी विश्वास-शून्य चेतना गहरा गई थी। उसका जीवन पर किया विश्वास, कनिका दी पर किया विश्वास लड़खड़ा रहा था। अपनी बैलगाड़ी के टूटे परिवेश को सँवारने की कोई इच्छा उसके मन में नहीं जागी।

और फिर पाठशाला पहुँच कर टीचर-दीदी की मृत्यु का समाचार तो उसे और भी अधिक दुःख के गहरे गड्ढे में ढकेल गया था। सारी लड़कियाँ मिलकर टीचर-दीदी के घर जा रही थीं। तापसी भी सहेली का हाथ पकड़े उनके साथ हो ली थी। कब्रिस्तान से जुड़ी वह छोटी-सी बस्ती थी, जहाँ कुछ थोड़े से बूढ़े, बीमार अंग्रेज़, एंग्लो-इंडियन परिवार रह रहे थे। लगता था, अंग्रेज़ शासक उनको यहाँ भारतवर्ष में भूल गये थे, तभी ब्रिटिश राज्य के बाद उनके लौटने का इंतज़ाम नहीं हुआ था या वे अपनी इच्छा से यहीं रुके रह गए थे। कुछ परिवार मिले-जुले रक्त के थे, जिन्हें अब एंग्लो-इंडियन कहा जाता था और जो ब्रिटेन को 'अपना-वतन' कह कर स्मृतियों में ताज़ा रखते थे। उनके मन में वापिस 'अपने-वतन' लौट जाने की इच्छा कायम रहती थी। काम-काजी लोग, अध्यापक, नर्सें या वैसे ही मध्यवर्गीय परिवारों की यह एक छोटी-सी बस्ती थी जहाँ पैदा हुई 'टीचर-दीदी' बिन ब्याही, किसी अनाम बीमारी की शिकार होकर दम तोड़ गई थी। स्कूल की सभी लड़कियाँ कतार बाँधे खड़ी थीं। उपेक्षित-से उस कब्रिस्तान में एक तरफ़ टीचर-दीदी का शव एक साधारण-से लकड़ी के ताबूत में बन्द रखा था। कुछ लोग कब्र खोद रहे थे। जहाँ भी कब्र खुदती कीचड़ निकलता या किसी अन्य मृत शरीर का कंकाल। सहेली ने तापसी का हाथ पकड़ कर कहा, "यहाँ सब मरे हुए लोग रहते हैं तापसी, और भूत भी।"

"क्या होता है भूत?"

“अरे, इतना भी नहीं जानती। भूत डरावना होता है, ये बड़ी-बड़ी आँखें, ये बड़े-बड़े कान, दाँत...” उसने अपने चेहरे को भरपूर डरावना बनाते हुए कहा—“और ये भूत हर आने-जाने वाले के शरीर से चिपक जाते हैं। खून पी लेते हैं उसका।”

काला चोंगा पहने एक लंबा-सा व्यक्ति हाथ में ईसा-मसीह का छोटा-सा सलीब उठाये वहाँ आ पहुँचा। तापसी ने सहेली के कान में फुसफुसा कर कहा—“यह कौन है? क्या...?”

“अरे नहीं, ये पादरी बाबा हैं। पूजा कराते हैं उस बड़े गिरजे में...वह जो बस्ती के बीच में हैं।” सहेली ने समझाया।

“लेकिन माँ के मन्दिर में तो...?” सवाल पूछना जैसे तापसी का नियम था। उसकी वृत्ति ही ऐसी थी। हर बात पूरे मन से समझना चाहती थी।

“अरे, ये लोग ईसाई हैं। माँ को नहीं, ईसा मसीह को मानते हैं और ये सब उनकी कब्रें हैं। यह जगह कब्रिस्तान कहलाती है।” सहेली ने एक ही साँस में कह दिया और आगे सरक गई। तापसी ने देखा, कतारबद्ध अनेक कब्रें, अंग्रेज़ शासकों की और जुल्म सह कर मृत्यु के घाट उतर जाने वाली भारतीय सेना की। तापसी ने पढ़ा। एक कब्र पर लिखा भी था—“द सीनियर ऑफ़ीसर ऑफ बंगाल आर्मी।” किसी कब्र पर ईसा मसीह की छोटी-सी प्रतिमा थी, किसी पर क्रॉस। सभी कुछ उदासीनता की दीवारों में लिपटा एक सन्नाटे में खोया हुआ था जैसे।

काले चोगे वाले पादरी ने प्रार्थनाएँ कीं, कुछ मातमी शब्द बुदबुदाये, अपने गले में पड़े क्रॉस को माथे से लगाकर चूमा। लड़कियों ने अपने साथ लाई फूलमालायें टीचर-दीदी के ताबूत पर रखीं और फिर शव को धरती के नीचे उतार कर कुछ लोगों ने उस पर फावड़े से मिट्टी डाल दी। दलदली धरती सब कुछ निगल गई। ज़मीन देखते ही देखते समतल हो गई, जैसे टीचर-दीदी किसी पाताल में निःशब्द समा गई थीं। अपने ‘न होने’ के वजूद में निद्रामग्न वैसे ही जैसे अनेकानेक जर्जर गलते हुए नरकंकाल वर्षों की उपेक्षा झेलते यहाँ निद्रामग्न थे। तापसी अन्य लड़कियों के पीछे-पीछे चलती गई वैसे ही जैसे मिट्टी में रास्ता बनाती चींटियाँ सरकती हैं। पुरानी कब्रों के काई जमे पत्थरों की दरारों से छोटे-बड़े पेड़ों के अंकुर फूट रहे थे। कहीं-कहीं लम्बी घास सिर उठाये अपने अस्तित्व को स्थापित करने में लगी थी, कहीं-कहीं जंगली फूल भी खिल आये थे जो हवा के झोंके से हिल रहे थे, जैसे समय की बर्फ़

के नीचे दबे स्त्री-पुरुष सम्बन्धों का सौहार्द्र निभाने के लिए अपनी अँगुलियों से इशारे कर रहे हों। तापसी चली जा रही थी। उसे लग रहा था जैसे इस समूची कब्रगाह का सन्नाटा, मौन उससे कुछ कह रहा था। उस मृत्यु के बाहर खड़े होकर वह सोच रही थी–"टीचर-दीदी के बिना क्लास में क्या करेंगे हम सब, अब कौन पढ़ायेगा? और टीचर-दीदी भी मिट्टी की उस गहराई में गल कर क्या नरकंकाल हो जायेंगी, वैसी ही जैसा कंकाल–स्कूल की प्रयोगशाला में कीली पर टंगा है।"

टीचर-दीदी का इस तरह चले जाना उसके भीतर एक गहरे दुःख का संचार कर रहा था। अनुभवविहीन धरती पर चलती तापसी को रास्ता बताने वाले कुछ ही तो लोग थे–कनिका दी, जितेन दा या टीचर-दीदी। अब उसे लगा था जैसे वह नितान्त अकेले जंगल में भटक गई थी, जहाँ अपने शरीर के स्वर को वह किसी तक नहीं पहुँचा सकेगी। तो क्या करे तापसी?

तापसी जब घर पहुँची तो शाम को उसके घर के दालान में बनने वाली परछाइयों के कद लम्बे हो चुके थे और शाम के उस आसमान के रंग गहरी नीलाई में परिवर्तित हो रहे थे। काका घर में नहीं था। थकती हुई आकृतियों की तरह अपने को सहेजती तापसी अपने कम्बल में चुपचाप लेट गई स्कूल की पुस्तकें अपनी नीली कॉपी हाथ में लिए। एकाएक उठकर हाथ की किताब का पृष्ठ खोला तो टीचर-दीदी ने अपने पैन से लिखा था, श्री रवीन्द्रनाथ ठाकुर द्वारा किया गया कबीर के प्रसिद्ध पद का अनुवाद। सुंदर से अक्षर मोतियों-से उसकी किताब के उस पन्ने पर झलमल-झलमल हो उठे थे–

"लुक अपॉन लाइफ़ ऐण्ड डेथ, देयर इज़ नो सेपरेशन, बिटवीन दैम...दि राइट हैण्ड ऐण्ड दि लेफ्ट हैण्ड आर द सेम।"

तापसी की समझ में कुछ नहीं आया था। वह अपने दोनों हाथ उठाकर देखती रही। हाँ, एक जैसे तो हैं, दोनों हाथ। क्या वैसा ही है जीना या मर जाना? मैं जीवित हूँ और टीचर-दीदी मर चुकी हैं। क्या इस स्थिति में कोई अंतर नहीं है? कोई नहीं? अधबुने, अधगढ़े सपने जीवन और मृत्यु के तंतुजाल में लिपट कर नींद की चादर के नीचे दुबक कर जाने कब तक कुलबुलाते रहे, जाने कब तक, कितनी रातों तक।

उस दिन भी आकाश में लालिमा बरसाते सूर्यदेवता अपने लचीले आकार में आवेशित झमकती हुई धूप के रथ पर सवार तापसी के आँगन में वैसे ही उतर रहे थे जैसे हर सुबह उतरते थे। दूसरी ओर घर के खुले द्वार से कनिका दी उसके आँगन की कच्ची धरती पर कदम-कदम बढ़ी आ रही थीं। उनके पीछे था भोलानाथ, भोलानाथ की पत्नी और दो-चार पड़ोस की स्त्रियाँ, एक छोटा-सा जलूस, एक दृश्य जो उस घर के लिए नितान्त अजनबी था—उस घर को इतनी आवाज़ें, चहल-पहल या उत्सव जैसा कुछ। उसकी आदत भी कहाँ थी। तापसी घबरा-सी गई थी। संदेह मन में कुहासे सा पसर रहा था। सोच रही थी, कनिका दी, इतनी सुबह कौन से धागे की गाँठ बाँधने चली आई थी? उस कोरे आँगन में, जहाँ कभी कुछ घटित नहीं हुआ था। कभी भी! तो फिर?

स्त्रियों का सारा झुंड बरगद के बड़े पेड़ के नीचे जमा हो गया था। उसे लगा बरगद की झूलती शाखाओं में टँगे उसके सपनीले क्षणों में अधमुँदी आँखों से देखे गये नाटक, उनके सारे के सारे पात्र एकाएक धरती पर उतर आये थे, परन्तु इतने दुनियावी तो नहीं थे उसके पात्र? वृक्ष के पत्ते हिलने लगे। उनकी खड़खड़ में कनिका दी के स्वर भी मिश्रित हो रहे थे, जैसे 'बाउल-गीत' के साथ झंकृत होता कोई वाद्य मंजीरा, घुँघरू।

कुछ औरतों ने हाथ में लाया सामान एक तरफ़ रख दिया था। घर के कोने में से ढूँढ़कर एक चटाई बिछा दी थी। घर का आँगन तापसी की कर्मठता से साफ़-सुथरा चमका हुआ था। भोलानाथ साथ में आई हुई वस्तुएँ, पोटलियाँ आदि सँभलवा रहा था। पता नहीं, किस गाथा के खण्ड थे वे सब? कौन-सी भानुमती का कौन-सा पिटारा? तापसी अपनी सकपकाहट में विलुप्त अपने ही आँगन में चोरों की तरह इधर-उधर देख रही थी।

आगे बढ़कर कनिका दी ने उसका हाथ पकड़ा और चटाई पर बिठाते हुए कहा—"इधर बैठ तापोसी।" वह बैठ गई थी। जब हम स्नेह करते हैं तो

भय नहीं लगता और तापसी 'भय' को जानती भी कहाँ थी। फिर उस अजनबी भोर का वह सुरमई पल, उसके जीवन के 'भय' का कोई कँटीला पल था? यह भी उसे पता नहीं था।

"चल, तेरे लगन का समय आ गया है तापोसी। वह दिन, जिसकी प्रतीक्षा हर स्त्री को रहती है। तेरे जितेन दा, उन्होंने तो विशेष रूप से बोला है, तापोसी का विवाह खूब विधि-विधान से होना चाहिए। तेरे बहाने कन्यादान का पुण्य भी तो प्राप्त होगा हमें।" 'कन्यादान?' उनके अस्तित्व का दान, जहाँ वह बिलकुल भी शामिल नहीं है तो वह कहाँ थी? पता नहीं? भौंचक्की नज़रों से ताकते रखाल काका को भी उन स्त्रियों ने डाँट कर नहाने भेज दिया और तापसी को साथ लाये सामान में से निकाल कर एक लाल पाड़ की साड़ी पकड़ा दी—"ले, इसे पहन ले तापसी। मजूमदार मोशाय का कारिंदा भी आता ही होगा।"

तापसी का शरीर मशीन-सा हो गया था। वह कनिका दी के कहे अनुसार सभी कुछ करती गई। उनका कहा तो उसने कभी टाला नहीं था। साड़ी बदल कर चटाई पर बैठी तो एक औरत 'दधि-मंगल' ले आई; मच्छी की पूँछ, चिड़वा और मिठाई। वह उसे खिलाया गया। एक छोटा लड़का तभी भागता आया—"अरे रे, देखो तो 'गाय-होलूद' आया।" दो-एक नाइनों ने थालियों में सजा-ढँका कुछ सामान लाकर बड़े जतन से तापसी के पास बिछी चटाई पर रख दिया। सब अड़ोसनें-पड़ोसनें कौतूहल से पूछती हैं—"क्या है? क्या है?" सुनहरे कपड़े से ढँके एक थाल में बड़ी-सी रोहू मच्छी, दूसरे थाल में पान-सुपारी, मिठाई और एक पात्र में गीली हल्दी। प्लास्टिक के थैले में लाल साड़ी, जिस पर सुनहरी बेलबूटे बने थे। तापसी ने इतनी रंगीन साड़ी कभी नहीं देखी थी। वह अपनी काँपती अँगुलियों से उसे छूने लगी। साड़ी है या रेशम में गुँथे सपने, पता नहीं?

"है ना अच्छी! बढ़िया 'तत्व' भेजा है मजूमदार बाबू ने। राज करेगी हमारी तापसी। देख तो सोने का गहना भी है।" सभी औरतें उसके गहने, कपड़ों का हिसाब जोड़ने लगीं—"क्यों ना हो साज सामान, इतना बड़ा लकड़ी कोयले का कारोबार है, मजूमदार बाबू का।" और फिर थाल में पथराई आँखों से देखती 'रोहू' मछली, उसका सजा हुआ परिवेश मजूमदार बाबू की समृद्धि की गाथा खुसफुसा रहा था जैसे, परन्तु तापसी के भीतर उन आँखों की मृत-पथराई, मिश्रित वह सर्द दृष्टि जैसे एक शीत-सिहरन बन कर उतर गई थी। पता नहीं क्या हो रहा था? वह कोई सुनिश्चित रचाया गया विवाह था या कोई आरोपित घटना, पता नहीं?

रखाल काका चार केले के पेड़ ले आया था, जिन्हें ज़मीन के चार कोनों में स्थापित करके विवाह-वेदी तैयार कर ली गई थी। औरतों ने तापसी के शरीर पर हल्दी या 'गाय होलूद' लगाकर उसे स्नान करा दिया था। सारी प्रक्रिया में शाम हो गई थी, परन्तु सब औरतें और कनिका दी व्यस्त थीं। तापसी लाल पाड़ की साड़ी उतार कर, नयी रेशमी साड़ी में लिपट गई थी। सभी औरतें उसे सराह रही थीं—"ओह माँ, कैसा रूप! गुदड़ी में कमल खिला है जैसे।" किसी ने कहा—"कहाँ से पा गया सोने की कनी यह पगला रखाल?"

"सोने का दाम भी खरा पाया है। तभी तो...तभी तो आगे बढ़-बढ़ कर 'उस' मजूमदार के पल्ले बाँध रही हैं तापसी को आप कनिका दी।" धागे की कोर अब जाकर हाथ आई थी। कनिका दी सबको खाँसकर मना कर रही थीं। परन्तु तब भी तापसी ने वह अनकहा सुन लिया था, जो उनके 'उस' कहकर आँख दबाकर हँसने के पीछे किसी गोपनीयता में गुँथा था। उसे याद आ रहा था, एक बार कनिका दी ने अधमरे एक खग-शावक को पेड़ के नीचे से उठाकर पानी पिलाया था, स्वस्थ हो जाने पर उसे फिर से उड़ा दिया था। पता नहीं, वह उन्मुक्तता में बह गया था या किसी और के पिंजरे में कैद हो गया था। कनिका दी का तो बाद में उससे कोई सरोकार नहीं बचा था। तापसी का स्वायत्रय-विवाह का बंधन, कौन-सा भाव, कनिका दी को पहचानने न पहचानने का या कृतज्ञता में गुँथी अकृतज्ञता का? कौन सा? मन्दिर में तारापीठ की तारा माँ के दर्शन करती धरती पर लेट कर साष्टांग प्रणाम करती कनिका दी, कोई भी माँ के 'उलट-दर्शन' तो नहीं करता। क्यों करेगा कोई? और वह भी कनिका दी—जितेन दा जैसे विद्वान की पत्नी। संशय छँट गया था, तापसी फिर से आँखें खोल कर देख लेना चाहती थी। धोती-कुर्ता पहने माथे पर चंदन लगाये एक पंडित, जो किसी प्रक्रिया में जुटा था—मदारी जैसी उठा-पटक, कभी पत्ते उठाता, कभी पात्रों में पानी भरता, होंठों में अनसुने मन्त्र बुदबुदाता, तापसी को बुला रहा था। 'मूचि भग्न रस्म' सम्पन्न करने के लिए केले के वृक्षों के नीचे रखे पानी भरे चार पात्र, मिट्टी के उन कच्चे पात्रों को तापसी अपने दायें पैर के अँगूठे से तोड़ देती थी। आसपास सब हँस रहे थे, मिठाई खा रहे थे, अकेली वह सुबह से भूखी चुपचाप बैठी थी। एक औरत कान में फुसफुसा कर कह रही थी—"बस, अब तेरा कौमारत्व समाप्त हुआ तापसी!"...'क्या होता है कौमारत्व?' प्रश्न झनझनाया तो था तापसी के मन में, परन्तु, उस पल की

आवश्यकता यही थी कि वह मौन रह जाये। अचानक गर्द का एक बादल-सा उड़ा, हवाओं में रेत के गुच्छे गुँथे हुए थे और दूर से आता नफीरी का मरगिल्ला-सा स्वर—"बरात आ रही है! बरात आ रही है!" पड़ोस के बच्चे आनन्दित होकर ताली बजा रहे थे। कनिका दी और उनकी संग-साथिनें घर के द्वार तक चली गई थीं। सकुचाता-सा रखाल काका भी पीछे-पीछे लग लिया था, घर के खुले प्रवेश द्वार से दो-एक औरतें, साफ़ धोती-कुर्ता, टोपी पहने मजूमदार बाबू, जितेन दा और दो-चार लोग भीतर आ गये थे। तापसी आँखें फाड़-फाड़ कर उन्हें देख रही थी...'दूल्हा,' 'जमाई-बाबू' कनिका दी जिसकी आरती उतार रही थीं वह, उसका चेहरा, तापसी सोचने को विवश थी, जितेन दा जैसी उम्र का या थोड़ा-बहुत कम वह दूल्हा, उसका पति या किसी झूठ का चोगेदार आतंक, पता नहीं क्या? सब लोग मिठाइयाँ खाने, शर्बत आदि पीने में लगे थे। तापसी ने घबरा कर अपनी टूटी बैलगाड़ी की तरफ़ देखा। पता नहीं क्यों, उसे ऐसा लगा कि कोई था, जो उसे बैलगाड़ी के टूटे परिवेश में अपने को छुपाने के असफल प्रयास में जुटा था, शायद कोई स्त्री, क्योंकि फूस की टटहरी में फँसी छपी हुई साड़ी का एक कोना मटियाली उस हवा में पताका-सा फहरा रहा था। तापसी समूचे मन से उसे देखने की इच्छा संजोये अपने आसन से उठ कर भाग जाना चाहती थी, परन्तु विवाह के मन्त्र, रस्में, शालिग्राम को साक्षी मानकर फेरे लगाता उसका शरीर, साड़ी के पल्ले में बँधा दूसरा कोई वस्त्र—फिर, बन्दर की डुगडुगी-सी—पंडित का स्वर या 'उलूक-ध्वनि' करता कोई अजनबी चेहरा, विवाह की वेदी के मध्य प्रज्ज्वलित अग्नि होम का सुगंधित धुआँ। तापसी को एक छोटी पीढ़ी पर बिठा कर फेरे लगवाते, पता नहीं, कौन से हाथ, पूरी प्रक्रिया में पान के पत्ते से आँखें ढक कर बैठी तापसी, जैसे चुपचाप किसी नाटक की भूमिका निभाने में निमग्न थी। 'लज्जा-वस्त्र' उसके सिर पर ओढ़ा कर मजूमदार बाबू अपनी सोने की अँगूठी से तापसी की माँग में सिंदूर भर रहे थे—गाढ़ा लाल सिंदूर उसके चौड़े ललाट और लम्बी केशराशि के बीच दीप्त हो उठा था—जैसे गहरे अंधकार में अग्नि की एक लम्बी लपट जल उठी हो। तापसी की गौरवर्णीय पतली कलाई में सुहाग के लाल और सफ़ेद 'शाखाँ पौला' झूलने लगे थे। उसके अन-अस्तित्व को अपने किसी अस्तित्व में रूपान्तरित करते हुए। हवाओं में अस्फुट स्वर, जिनमें शायद प्रसन्नता का नितान्त अभाव था, फैल रहे थे—"हो गई शादी...।" तापसी को किसी ने उस पीढ़े से उठा

दिया था—"हाय, कैसा रूप चढ़ा है!" तापसी सारे स्वर फलाँगती, कोठरी के भीतर चली गई थी। उसे भी परसकर कोई खाना दे गया था, पत्तल में मिठाई भी थी, परन्तु तापसी का मन उस बैलगाड़ी में जुता था। कौन थी वह स्त्री, छपी साड़ी का वह अपरिचित कोना? धीरे-धीरे बाहर का शोर कम होता गया। सब चले गये थे। विदा, सुना था दूसरे दिन होगी। थकी हुई तापसी ने रेशमी साड़ी उतार कर अपनी पुरानी साड़ी पहनी और चटाई पर चुपचाप लेट गई। उसका एकपक्षीय अतिरेक, उस समूचे दिन के क्रियाकलापों से उपजा प्रश्नों का रेला, सब कुछ थककर चूर हो चुका था।

रात सपने में देखा था, एक स्त्री, चेहराविहीन स्त्री उसके पास बैठी थी। दो हाथ थे दुर्बल से, पीले हाथ जो उसके ललाट को छू रहे थे। कुछ स्वर भी, बुदबुदाहट में उपजे स्नेह के स्वर, वैसे जो उसने कभी नहीं सुने थे, परन्तु जो उसकी स्मृतियों में टिक भी नहीं रहे थे। कुछ बूँदे पानी की माथे पर ढुलकी थीं—आँखें तो थीं नहीं, तो फिर यह आँसू नहीं हो सकते...स्पर्श, शब्द... आँसू...चेहराविहीन...अस्तित्व...सदमा...नींद...विवाह की वह या उस कोठरी की अंतिम रात। तापसी घबरा कर उठी थी।

परन्तु वह कौन थी, जो सटकर सोई थी और मुँहअँधेरे बिना चेहरा दिखाये गायब हो गई थी? उसके सिरहाने रखी एक कपड़ों की गठरी, सोने का एक कंगन उसकी पतली कलाई में झूलता; बस 'उस' किसी के वहाँ आने का प्रतीक। अजीब-सी संवेदना घुमड़ आई थी मन में। ऐसा पिघलापन तो पहले कभी नहीं जाना था तापसी ने। विवाह क्या सूत्रपात था, उसकी उस मनःस्थिति का या उस औरत के चिपके शरीर की तपती ऊर्जा का या माथे पर रखी काँपती उँगलियों का रहस्यमयी स्पर्श, पता नहीं क्या? प्रेम, अलगाव, जुड़ाव...आँसुओं का गीलापन, कपड़ों का नयापन, कंगन में छुपा आत्मसंघर्ष, अपहचाना कोई एक स्मृति का धुँधलापन आत्मशून्यता में उतरा कर चली गयी थी वह। कौन थी वह?

सुबह की अलसाई हवा कमरे के वातावरण में बह आई थी। तापसी जल्दी से नहा कर रेशमी साड़ी में लिपट गई थी। सूर्य-प्रणाम और विदाई का क्षण आ पहुँचा था। विदा के लिए अकेले मजूमदार बाबू आये थे। कनिका दी, जितेन दा, पड़ोस की स्त्रियाँ, कोई भी नहीं। रखाल ने विदा दी थी, एक निःशब्द विदा, जिसमें सारगर्भित कुछ भी नहीं था। गठड़ी में नये कपड़े, हाथ में पुराना कंगन और मजूमदार बाबू की सवारी। तापसी के पीछे रखाल का कभी न बन्द

होने वाला दरवाज़ा खट्ट से बन्द हो गया था। पता नहीं क्यों, तापसी को लगा, सूरज का एक बेहद चमकीला वह अंश जो हमेशा स्कूल जाने पर उसके साथ-साथ चलता था, वहीं दूर ठिठुरा खड़ा रह गया था। मजूमदार बाबू के साथ वह एक पुरानी-सी मोटर गाड़ी में सवार हो गई थी। अजीब-सा अनुभव था। मजूमदार बाबू उससे सट कर बैठे थे परन्तु रास्ते भर कुछ नहीं बोले थे। घंटा-दो-घंटा समय शायद बीत गया था। तापसी गाड़ी के काँच से बाहर के सभी दृश्यों को पीछे छूटता देख रही थी। उसका मोहल्ला, फिर कच्चा रास्ता, बाद में 'विश्व-भारती' की इमारत, जहाँ कहीं बीच में 'छातिम टोला' सड़क के दूसरी ओर 'दीदी-टी-स्टाल', सपनों का एक रेला वाहन के झटकों के साथ मन में हिलर-मिलर होता, जैसे उसके भीतर टूट कर बारीक-बारीक काँच की किरचों में बदल रहा था।

"चलो, उतरो।" मजूमदार ने गाड़ी का दरवाज़ा खोल दिया था। उसकी हँसी, काले मसूड़ों में फँसे पीले दाँत—एक फुरफुरी-सी शरीर में उतर गई। तापसी को तो उतरना ही था और जहाँ उतरी थी वह छोटा-सा मकान था पक्का, जिसके बाहर लाल पत्थर का चबूतरा था, जिसके दोनों ओर थोड़े-से गमले थे। उन गमलों में छोटे-बड़े पौधे, और उनमें खिले फूल। अन्दर बरांडा शा, फिर देहरी। वह ठिठक गई। बूढ़ी-सी एक औरत पीतल की बड़ी परात में दूध मिला पानी भर रही थी और "ही ही" करके हँस रहा था मजूमदार।

"चल-चल। इसमें पैर रख, तब भीतर प्रवेश करना। मुझे तो 'बोई-बरन' आता नहीं।" वह अपने दंतविहीन पोपले मुँह से मुस्कुरा रही थीं...।

"ओह माँ, कैसी साक्षात देवी है...बोई।" उसका हँसना एकाएक किसी गहरे सन्नाटे में खोता चला गया जैसे कोई गोपनीय संशय मन में से उछल कर बाहर आ गया था। घर के भीतर का परिवेश मैला-सा था, इधर-उधर जल्दी में उतारे कपड़े, जूठे बर्तन, फटे हुए कागज़, पता नहीं क्या-क्या? उसे वहीं एक कुर्सी पर बिठा कर मजूमदार पता नहीं कहाँ चला गया था और बूढ़ी औरत भर कर पानी का गिलास ले आई—"अच्छा, तू आ गई बोई। अपनी गिरहस्थी सँभाल। मैं बूढ़ी हो गई हूँ। दिखाई भी ठीक से नहीं देता...।"

"आप माँ हैं उनकी?" तापसी ने स्वयं ही अपने प्रश्न को बह जाने दिया।

"नहीं रे" वह ज़ोर से हँसी—"उसकी दाई माँ हूँ। घर के लोगों ने छोड़ दिया था ना तो मैंने पाला है उसे। मैंने ही कामकाज से लगाया। मेरे बेटे जैसा है नरेन। बहुत दिन से पीछे पड़ी थी तो अब ब्याह किया उसने। लगा होगा,

दाई माँ मर गई तो पेट कैसे भरेगा!" हँसी और बेदम खाँसी, उखड़ती साँस। तापसी ने ही उठ कर उन्हें लिटाया। उसी कमरे की ठिठुरी हवाओं में खिड़की से उतर कर रात हो गई थी। दाई माँ ने उठकर फिर दाल-भात परस दिया और तापसी ने चुपचाप खा लिया। बरतन पत्तल उठाकर दाई माँ घर के दूसरे छोर पर बने रसोई घर के एक कोने में चटाई बिछा कर अपनी खाँसी से बेदम काया को सिकोड़ कर लेट गई। तापसी भी एक दीवार से सिर टिकाकर कुछ सोई कुछ जागी—अपनी विचारशून्य स्थिति में पथराई-सी बैठी रही। उसकी पतली कलाई में एक सोने का कड़ा, जिस पर जगह-जगह छोटे-छोटे गड्डे जैसे थे, जैसे हर गड्डे पर उसके प्रयुक्त किये जाने की कोई घटना, कोई इतिहास गुड़ी-मुड़ी होकर समोया हुआ था। तापसी उसे छूती हुई पता नहीं कल्पनाओं के किसी लोक में गुम होती चली गई। "सो गई क्या?" किसी ने ज़ोर से पुकारा।

हड़बड़ाती तन्द्रा से उबरती तापसी दरी की सिलवटों से उबर रही थी और वह भरभरा कर उस पर गिर रहा था। अँधेरे में पसरा बदबू का भभका, अँधेरे में उसके शरीर को कचोटते पत्थर जैसे हाथ, गालों को दबोचते बदबूदार दाँत, साड़ी, वह, अनावृत दूसरा शरीर। पता नहीं कब तक विद्रोह में उठते उसके हाथ, पराजित होता उसका शरीर, कटता-अटूटता बहाव और बीतने-अनबीतने की वह रात, तापसी का विवश आत्मपक्ष और मजूमदार का पति होने का दायित्व निबाहता शरीर।

तापसी कुछ दिन एक ऐसी मनःस्थिति में उठती, जागती, जहाँ उसका मन, शरीर थकान-अनिद्रा से एक अचेतन मूर्छा में गुँथा रहता था। वह चलती थी, खाती थी, परन्तु वैसे ही जैसे स्कूल के मंच पर की कोई कठपुतली। जाने-अनजाने दिन बीतते चले गये। ऐसे भी ढंग होते हैं जीने के, जिनमें कोई सोच नहीं होती, जिनमें सपने नहीं होते और भविष्य की भी कोई आवश्यकता खुली आँख से दिखाई नहीं पड़ती। घर के काम, रसोई, वैसे ही उसके हाथों में आते चले गये जैसे वह उसकी प्रतीक्षा कर रहे थे। अब तक दाई-माँ का अशक्त बीमार शरीर धीरे-धीरे बिस्तरे से लग गया था। थकान-भरा दिन व्यस्तताओं में बीत जाता-शब्दहीन। दाई-माँ खाँसती। अपनी बीमारी की बात कहती लुढ़क कर सो जाती। मजूमदार का इतिहास, उसका अतीत कुछ भी तो सामने नहीं आया था। बस इतना भर कि घर कुर्सी-मेज़, पलंग, कपड़े, कारिंदे

के साथ आये सामान—चावल, धान का भंडारघर, लोहे की अल्मारी, मिठाई के दोने—पेट अच्छे से भर जाता था। हर रात मजूमदार बाबू अपने साथ उसे भी दूध का गिलास लाकर देते, रेशमी साड़ी, गुदगुदा बिस्तर परन्तु रात, एक युद्धस्थल की उठा-पटक, बेहोशी की-सी तरंग में बह जाती।

सुबह घर के काम समेटने में लग जाती थी तापसी। उसके स्थिर चित्त में पता नहीं क्यों, भाव-दशा जैसे ठहर गई थी। उसका प्रश्न करता अस्तित्व जैसे अपने को ही भूल गया था। घर के कामकाज में हाथ बँटाती एक मात्र जमादारनी उसके वार्तालाप का माध्यम थी। वही कुछ न कुछ बताती या तापसी के चेहरे को देखकर कभी-कभी कहती—''जो लाया वह ब्रह्मा, जो सँभाले वो विष्णु, जो ले जायेगा वो शिव। तेरे हाथ में कुछ नहीं है—बोई दी'...जो उसको मंजूर।'' अजीब दार्शनिक मुद्रा होती थी उसकी और सब समझने वाली तापसी नासमझ-सी खड़ी, मूर्खता से मुस्कुराती घर के काम में जुट जाती थी। काम भी विचित्र से थे। खास तरह के खाने पकाने पड़ते थे। कढ़ाई में गोश्त के साथ अर्क और भस्म मिलानी होती थी। दवाइयों की शीशियों के डिब्बे लोहे की अलमारी में सहेजने होते थे, जिन पर वैद्य-हकीमों के कागज़ चिपके होते थे और वह गोश्त, वे दवाइयाँ केवल मजूमदार खाता था।

उस दिन किसी अजीब से पीले, बास मारते पदार्थ के साथ कड़ाही में गोश्त पकाया गया था। पूरे घर में एक सड़ाँध फैली थी। गोश्त को खाने के पात्र में सहेजकर नल पर बैठी तापसी घबरा-घबरा कर उल्टियाँ कर रही थी। दाई माँ अपने बिस्तरे से उठकर जाने कब चली आई, ''हाय, मुझे पता था, पोते का मुँह देखे बिना नहीं मरूँगी।''

जमादारनी, हाथ का काम रोक कर अपनी सारगर्भित आँखें मटकाकर कहने लगी—''ओह बुढ़िया, इतना जुलम कम है क्या? गरीब की लड़की उठा लाई। अब पोपले मुँह से झूठ उगल रही है। तू नहीं जानती क्या...? सच...कब तक छुपेगा...ओह शिव...शिव...।''

बेदम तापसी, अपनी बेबस सिहरने में सुन रही थी—''मालूम है बोई...दी, तूने क्या पकाया था, इस गोश्त के साथ—घड़ियाल का वीर्य जाने कहाँ-कहाँ से लाता है। ऐसा सब खाने से ठीक हुआ है कोई। साला भडुआ। नाटक करता है और तू, कैसी नासमझ है।''

''कौन?'' फटी-फटी आँखों से तापसी ताकती रह गई। ''बहुत भोली है

बोई-दी। नादान है, बच्ची है, गरीब की सन्तान—तेरे बाप-भाई कैसे हैं रे! बेच दिया तुझे...नरक भोगने की खातिर, भोग तू, 'बाद' में मारता है ना, मारेगा ही भड़ुआ, अपनी भड़ास और कैसे निकालेगा। मार के ही ना...।''

बात आगे बढ़ती इसके पहले ही दरवाज़ा खटकाकर राशन परचून बेचने वाला मोटा कारिंदा दाल, चावल, नमक, तेल के साथ कोई रंगीन जादुई टॉनिक की शीशी भी तापसी को पकड़ा कर कहने लगा—''मजूमदार मोशाय की दवाई है, सँभाल कर रखना।''

आँखों में लाल डोरे, गहराता तत्व, अर्थगर्भित ठहाका और फिर इशारों के साथ जमादारनी की ढीठ हँसी, उन दीवारों पर पत्थर के सख्त लोढ़ों की बरसात की तरह ठकाठक बजने लगी। कैसा भयानक कोलाहल! तापसी अपने ही भीतर परत-दर-परत खुलने लगी थी। उसकी उलझन में जैसे बहुत दिन बाद कोई आवाज़ दस्तक दे रही थी।

परन्तु उसी दिन रात को दाई माँ अपनी खाँसी, अपनी उखड़ती साँसों के साथ दम तोड़ गईं। मजूमदार की आँख में कोई आँसू नहीं, दया, करुणा—कुछ भी नहीं। तापसी ही सहमी-सहमी घूमती रही। कारिंदों का एक ओझा शव उठा ले गया। दरी-बिस्तरा, कपड़ों की पोटली, डोम के लिए भेज दी गई। बस, घर के उस कोने की सफ़ाई हो गई थी। जमादारनी और तापसी ने मिल कर धूप-अगरबत्ती जला दी थी। अजीब बात थी—घर का कूड़ा-मैल उठाने वाली जमादारनी, तापसी को भक्तिभाव सिखाती दुनियादार बनाने में लगी थी। फिर भी तापसी को लगता, घरनुमा ईंट-गारे की दीवारों के उस घेरे में वह बहुत-बहुत अकेली है। शायद एक बार फिर उसका प्रश्नाता व्यक्तित्व उभर रहा था। जितेन दा के घर के लोग, गोष्ठियाँ, वार्तालाप, स्कूल की पढ़ाई, टीचर-दीदी, मृत्यु—जाने क्या-क्या था जो हाथ से छूट गया था और अब जाने क्या था, किसकी प्रतीक्षा, किस महत्त्वपूर्ण की प्रतीक्षा, क्यों, जैसे शून्य में अशून्य की प्रतीक्षा...।

घर के उस लीलागृह में घटित होता जीवनक्रम। वही थी जो निरन्तर हार रही थी और मजूमदार का दवाइयाँ खाता व्यक्तित्व जीत रहा था। हर रात उसके दूध का गुलाबी रंग, पुड़ियों का सत्व, पिया हुआ पदार्थ और शरीरों की उठा-पटक, अँधेरे के गुच्छों में गहराती काँटेदार खाई और फिर झल्लाते मजूमदार का बेतहाशा मारना और समझना कि वह विजेता था, विजेता रहेगा—विजेता बने रहने का उसका जन्मजात अधिकार जो था। सुबह होने पर दूध में घुली

पुड़िया के प्रभाव से उभरती पथराये से मस्तिष्क में स्मृतियाँ उकेरती, टूटते मार खाये शरीर को समेटती घर के काम-काज निबटाने में लग जाती थी तापसी वैसे ही जैसे कुछ घटित ही नहीं हुआ था। उसके संदेह, उसके प्रश्न, पता नहीं क्यों अब उसके सहयोगी नहीं रहे थे।

मजूमदार ही उस घर में बोलता-बतियाता, गालियाँ देता, हुक्म देता, अपनी अनुपस्थिति में भी घर के भीतरी परिवेश में ऐसे छाया रहता जैसे घुटी हुई हवा। उसका कहा महा नियम था, उस घर का और तापसी के होंठों में बन्द समूचा संवाद एक महामौन, उस घर का निराकार शब्दविहीन दायित्व। भेद पता नहीं क्यों नहीं खुलते थे? हाँ मजूमदार ही बात-बात में उस सारी रकम का भारीपन गिना जाता था, जो उससे शादी के लिए जितेन दा ने उससे ली थी, और वह जो रखाल काका ने ताड़ी के फेनिल प्रवाह में बहा दी थी। बेजुबान का क्रय तो होना ही था...सौदेबाज़ी...बाज़ार का नियम जो था। शून्य के कैसे-कैसे माध्यम थे कँटीले, ले कर अलग हट जाने के और कमज़ोर पड़ती, अविश्वास में डूबती श्रद्धा के, नसों में घुलती कड़वाहट के। अपने अटूट विश्वास में उसने जितेन दा को ईश्वर जाना था। उन्हीं के सम्मोहन में या श्रद्धा के बादलो में एक संसार देखा था। सम्मोहन की धुंध छँटते ही, वह पहुँची भी तो किस मुकाम पर। संदेहों के उत्तर कानों में कड़वाहट घोलते थे। इस घर में जमादारनी ही थी बस, जो उसके दुखते, मार खाये शरीर पर मलहम लगाती, समझाती, बातें पूछती कि भरोसा बढ़े या बीच-बीच में मजूमदार के मित्र, रिश्तेदार, कारिन्दे भी आते। वह खाना बनाती, परसती और थकान से जूझती। बस, 'भाभीजी', 'भाभीजी', कहने वाले किसी चेहरे को ठीक से कहाँ देख पाती थी। हाँ, उसे कभी-कभी उनके माध्यम से जितेन दा का घर या मलय...वही चेहरे, 'दीदी-का-टी-स्टॉल', वहाँ बैठते विद्यार्थियों के चेहरे, बस वही याद रहते थे। मन की स्लेट पर छोटी-सी एक ही तो इच्छा लिखी थी उसने—किताबें पकड़ कर विश्वविद्यालय में पढ़ना...जानने हेतु कि आगे क्या है? परन्तु उसकी वह छोटी-सी इच्छा, 'टीचर-दीदी' के मृत शरीर की तरह लकड़ी के सख्त ताबूत में बन्द होकर मजूमदार की हिंसा के दलदल तले कभी की दफ़न हो चुकी थी। घर, उस घर की कब्रगाह में अब कोई जीवेषणा नहीं खदबदाती थी। उसे याद आ रहा था, सहेली ने एक बार बताया था कि मर जाने के बाद कोई नहीं तड़फ़ता, शायद वह भी नहीं तड़पती। हाँ, केवल एक स्थिति—शून्य अवस्था में अवश्य घिरी रहती थी,

जहाँ केवल खून रिसते ज़ख्म ही रातों को उठकर पहरा देते थे, और वह ज़ख्म ही जैसे दर्द के छाते से तनकर उसके समूचे शरीर को ढक लेते थे और वह उसे दाँतों में भींच लेती थी। कराह या सिसकी कुछ भी नहीं...कुछ नहीं...बस एक मौन...।

घर के बाहर गमलों में आरोपित पौधे उसे अच्छे लगते थे। उन्हें सहेजती, पानी देती, उनके फूलों को देख कर प्रसन्नता से भरती तापसी अपने हाथों पर उभरे नीले-नीले बेंत के निशान और सूजन भूल जाती। हाँ, आवाज़ में सहानुभूति की ओस, सुबह-सवेरे की मरहम लगाती जमादारनी कहती—''कब तक चलेगा यह सब? तेरी हिम्मत जवाब नहीं देती क्या? और फिर तू क्यों सह रही है यह सब बोई-दी! तेरे लिए इस पूरे संसार में और कोई ठिकाना नहीं है क्या?''

तापसी को लगता था कि उसके माथे में अनेकानेक रेखाएँ उभर रही थीं, खिंचती-फैलती रेखाएँ, जो बड़ी-बड़ी होकर उसे दूर घसीट रही थीं। उस दिन उसने कुछ नहीं खाया था। रात का दूध भी नहीं पिया था। अचानक उसे लगा रेखाओं का उलझता-फैलता जाल माथे में से विलुप्त हो गया था। उसके पपड़ी जमे होंठों में शब्द आ समाये थे और वह नरेन मजूमदार के शरीर से छूटकर एकाएक उठकर खड़ी हो गई थी। जमादारनी की तरह गोल-गोल आँखें घुमाकर ज़ोर से चिल्लाने लगी थी—''बस, अब मुझे हाथ मत लगाना। बहुत हो चुका। अब बरदाश्त नहीं होता। अगर मुझे छुआ भी तो...देखना मैं तेरी जान ले लूँगी। छोड़ूँगी नहीं तुझे। समझा क्या है तूने...।'' अपने खुले लम्बे बाल लपेटती वह जैसे अपने भीतर लौट रहीथी और मजूमदार, उसकी आँखें पत्थर जैसी हो चुकी थीं, शरीर दुर्बल पत्ते-सा काँप उठा था। मारने को उठे हाथ वैसे ही हवा में उठे रह गये थे। गालियाँ बकते होंठ, बदबूदार होंठ आश्चर्य से खुले के खुले रह गये थे—कमरे का धुआँ, रोशनी में बयार का धुआँ और अधिक कड़वा हो उठा था। रखाल काका की बनाई किसी अशुभ प्रतिमा-सा काला प्रेत वह पता नहीं कब तक वैसी ही संज्ञाशून्य अवस्था में पड़ा रह गया। तापसी को लगा, एक 'भय' जो उसने इस घर के प्रवेशद्वार में घुसते ही चादर-सा अपने शरीर पर लपेटा था, वह भय उसके अस्तित्व की अँगुलियों से फिसल कर मजूमदार के जिस्म पर फफूँद-सा चिपक गया था। अचानक वहा काँपने लगा और मुँह फेर कर पड़ा रह गया। और उस रात, इतनी रातों के बाद तापसी, यातना की गुदगुदी

सेज से उतर, कमरे की चटाई पर पहली बार अकेले सवस्त्र सोई थी।

घर के मरघट में बेचैन घूमता, मृत आत्माओं के प्रेत-सा मजूमदार झल्लाया-बौखलाया फिर रहा था। तापसी चाय-नाश्ता बनाकर छोटी तिपाई पर रख आई थी, वैसे ही जैसे रोज़ सुबह रखती थी और मजूमदार उस पर वैसे ही टूट पड़ा था जैसे हमेशा हर सुबह खाता था, परन्तु क्रोध का कंपन बिगड़ी हुई विद्युत्-सा फैल रहा था जैसे, कुछ था जो घुमड़ रहा था। अचानक कलेवे की खाली थाली लेकर वह तापसी पर टूट पड़ा...।

"मुझे जवाब दिया तूने, मुझे। मैं तेरा पति हूँ। हज़ारों रुपये खर्चे हैं तेरे ऊपर। क्या नहीं दिया तुझे—ज़ेवर, कपड़ा, घर, नाम—सब-कुछ और तू, साली रंडी की औलाद, नाज़ायज़ छोकरी मेरे ऊपर हाथ उठाती है तू? तेरी बिसात क्या है। कहती है मारेगी मुझे। मार तो, देखूँगा तुझे..." और हाथ की थाली, छड़ी, जूता...जो भी हाथ आया लेकर मजूमदार तापसी पर पिल पड़ा। मार खाती...बेहोश होती...होश में आती तापसी...शिकारी के चंगुल में फँसी चिड़िया-सी फड़फड़ाती तापसी। तापसी भी एक बार फिर चुपचाप माथे से बहते खून और घुमड़ते चक्कर के बीच किसी तरह हिम्मत बाँध कर कहती रही—"मार दूँगी तुझे! छोड़ूँगी नहीं...।"

"अच्छा, मुझे मारेगी, मुझे? तो पता है, मेरे मरने के बाद विधवा हो जायेगी तू? आमि मरले परे तोर काँचकला आर चाल जूटबे ना (मेरे मरने के बाद तुझे चावल और कच्चा केला भी नहीं मिलेगा) और अगर तेरी निगाह मेरे कारोबार पर है तो तापसी जान ले, मेरा चचेरा भाई तुझे कुछ नहीं देगा, एक फूटी कौड़ी भी नहीं।"

तापसी पता नहीं कब तक अपनी उसी रक्तिम स्थिति में अशक्त, बेहोश पड़ी रही। विपरीतता से लड़-लड़कर उसकी मानसिक, शारीरिक शक्तियों ने जैसे जवाब दे दिया था उस रात। सुबह होने पर जमादारनी ने ही आकर उसे उठाया, पानी पिलाया, बड़बड़ाते स्वरों में समझाया—"मर जायेगी एक दिन। वह तो ना सुधरेगा, ना मर्द बनेगा। तू पागल हो जायेगी, सिर पर कितनी चोट लगी है। चल डॉक्टर के ले चलूँ...।"

तापसी के जीवन से, उसकी आँखों की दृष्टि से बाहरी संसार के सारे दृश्य, सारे प्राकृतिक लैंडस्केप जैसे विलुप्त हो चुके थे। उसकी आत्मा पर उनकी छाप जैसे धुँधला गई थी और उसने जैसे अपनी उस जड़ अवस्था में

चलने की गति को ही भुला दिया था। घर के बाहर तो बहुत कुछ था—दिशाएँ, रास्ते, पगडंडियाँ, खुली हवा, प्रकृति का हरा रंगीन आँचल। पूरे दो बरस बाद जमादारनी का हाथ थामे रिक्शा में बैठ कर अपनी अचेतन अवस्था में वह जैसे किसी नये द्वीप की ओर सरकती जा रही थी।

डॉक्टर ने पट्टी बाँधी, बीच-बीच में बोलता रहा, उसका हाल पूछता रहा—कैसी मखमली आवाज़ थी उसकी। आवाज़ें भी सार्थक होती हैं और स्वर...मरहमी—तो वास्तव में उसकी चेतना को बढ़ाने या शायद वापिस लौटाने में सहायक सिद्ध हो रहे थे। वह पुनर्जीवित हो रही थी। निर्णय लेना और निर्णय में ठहर जाना था, परन्तु निर्णय मूर्छित व्यक्ति के साथ नहीं जुड़ते। उसे सीखना होगा परन्तु अपने आप से की गई कोई प्रतिज्ञा क्या कभी सहायक सिद्ध हुई थी? स्मृतियों में ज्वार जैसा कुछ नहीं उठा था। जमादारनी के शब्द भी कामचलाऊ थे। प्रतिक्रियाओं की उम्र भी तो छोटी होती है। तभी तो उस रात को नशे में धुत्त घर लौटता मजूमदार बिस्तरे पर जो पड़ा, उठा नहीं। डॉक्टर का आना-जाना; जाँच, दवाइयाँ, अलमारियों में बन्द पुड़ियाँ, कड़ाही में उबलते काढ़े, उनका असर, कराह की वेदना, तापसी की समझ में आने लग गया था कि वह कैसे आदमी के साथ जी रही थी? डॉक्टर की दृष्टि में उभरता आश्चर्य उसे एक रहस्यात्मक सच तक ले जा रहा था, जिसे जानकर वह जैसे धरती में कहीं गहरे गड़ती चली गई। इस सारे, इतने बड़े संसार में भगवान ने उसके लिए मात्र एक 'पुरुष', एक साधारण पुरुष भी नहीं गढ़ा था? कैसा परिहास था उसके जन्म का? उसका जी चाहा, कहीं भाग कर आत्महत्या कर ले। परन्तु बीमार मजूमदार, उसका दिन-रात गिरता स्वास्थ्य उसे विवश करने लगा था। वह वहीं बनी रही। चुपचाप दवाइयाँ पिलाती, उसके माथे का पसीना पोंछती, बेरहमी से मारने वाले हाथों की मालिश करती।

डॉक्टर का आना, दवाइयाँ देना, घड़ी दो घड़ी बैठना, तापसी को सुखकर लगता था। कैसा शालीन था डॉक्टर का व्यक्तित्व! कैसी अच्छी तरह समझाता था। मजूमदार की ही नहीं, उसकी दवाइयाँ भी लाकर देता—"आप भी खाइये तापसी जी, आपको जो इतना ड्रग्ड किया है, टार्चर किया है, उससे आपका रक्तचाप बहुत ऊपर चला गया है। ठीक से खाना खाइए...इतनी छोटी-सी उम्र है आपकी।"

डॉक्टर आता था, चला जाता था। वह दवाइयाँ भी खाती थी। तापसी

गहरी खाई से निकल कर जैसे अपने आप में लौट रही थी। उसके माथे के चक्कर, सोयापन, धुँधलाता सूनापन धीरे-धीरे उसकी चेतना से वाष्पीभूत होकर उड़ रहा था। परन्तु मजूमदार दिन पर दिन चेतना खोता जा रहा था। इलाज के बावजूद उसका शरीर सुधर नहीं पा रहा था। उसके कारोबारी कारिंदे बीच-बीच में आते थे। पैसे आदि तापसी के हाथ में दे जाते थे। तूफान थम-सा गया था, जीवन में थोड़ी-सी नियमितता आ रही थी, थोड़ा-सा अमन-चैन भी। परन्तु उस दिन कहीं से झल्लाता नरेन मजूमदार का चचेरा भाई रामदास कलकत्ते से आ पहुँचा। आते ही सारे घर की बागडोर रामदास ने अपने हाथों में सँभाल ली और तापसी के हाथ से घर की चाभियाँ, रुपया-पैसा, अलमारियों में पड़े कागज़ चिट्ठे, दस्तावेज़ उसी ने अपने कब्ज़े में कर लिये। तापसी खाना बनाती, बीमार का पथ्य पकड़ाती, पानी भरती, अपने को रामदास की दृष्टि से बचाती एक बार फिर रसोई घर में कैद-सी हो गई थी। डॉक्टर का आना-जाना, इंजेक्शन-दवाइयाँ भी रामदास ने आते ही बन्द कर दिया था। परिणामस्वरूप नरेन मजूमदार का थोड़ा-बहुत ठीक होता स्वास्थ्य फिर से गिरने लगा था। रामदास के साथ और लोग भी आते थे। रिश्तों का मकड़जाल बीमार नरेन मजूमदार के आसपास अपनत्व बुन रहा था, जिसमें तापसी दूर खड़ी रह गई थी। माँग में लाल सिंदूर डालने के बावजूद उसकी शुमार रिश्तों की उस फेहरिस्त में कहीं नहीं थी।

बहुत कष्ट से नरेन मजूमदार पूरी रात कराहता रहता। तापसी ही भाग-भाग कर कभी पानी, कभी दूध उसे पिलाती। दर्द से दुखते हाथ-पैरों पर घर में समाप्त होता तेल, मलहम मलती तो मजूमदार उसे भरी-भरी आँखों से चुपचाप देखता। उसके बोल, उसके स्वरों की कड़वाहट जैसे उसके होंठों के भीतर विलुप्त हो चुकी थी। परन्तु उस घर में बदलाव आ गया था। अब वहाँ रामदास बोलता था और सब सुनते थे। कुछ ही महीने चला यातनाओं का सफ़र। और एक सुबह-सवेरे, जब तापसी चाय-पानी लेकर आई तो फटी-फटी आँखों से छत को ताकती मजूमदार की वह दुर्बल देह, निष्प्राण, पलंग से नीचे पड़ी थी। तापसी घबरा कर जब तक उसे सँभालती, चरमराते जूतों से उसे ठोकता रामदास पता नहीं कमरे के किस कोने से उजागर होकर डाँटने लगा—"मत छू मेरे भाई को, उसकी मिट्टी को मत कर अपवित्र। जब से आई है साली, वह बीमारी ही भोगता रहा।" और पता नहीं क्या-क्या अलामतें, दोष थे जो तापसी पर थोपे जा

रहे थे। और तापसी की आँखों में जैसे आँसुओं के स्थान पर सूखे रेत का एक मरुस्थल गहरा उठा था।

लोगों की भीड़ जमा हो रही थी। रिश्तेदार, इतने सारे रिश्तेदार और उनकी अपनी-अपनी प्रेमकथाएँ—बचपन का गहरा सम्बन्ध कुछ न कुछ जताते-गिनाते सूखी आँखों से रोने के नाटक में अहम भूमिका निभा रहे थे। पता नहीं कौन, कब तापसी को नदी के घाट पर ले गया। सिल के लोढ़े से उसके हाथ में पहने हुए 'शांखा-पौला' को चूर-चूर कर दिया। घर के एक कोने में वह चुपचाप बैठी रही। रंगीन साड़ी के स्थान पर बिना किसी बार्डर की सफ़ेद साड़ी उसे किसी ने पहना दी। केवल एक समय शाम को मिट्टी के कच्चे बर्तन में उसे 'हबिष्यि' (कच्चा केला, सागू और कच्चा दूध) खाने को मिलता, मच्छी या मसूर की दाल-भात कुछ भी नहीं। एक-दो बार जमादारनी उसके लिए छुपाकर बेंत की टोकरी में 'धका' ले आई थी...मुरमुरा, जिसे वह घर में भरी स्त्रियों और पुरुषों की भीड़ से छुपछुपा कर खा लेती थी।

अजीब प्रक्रिया थी। इतने दिनों से जब वह अन्याय से अकेली जूझ रही थी तब कोई नहीं आया था। अब जब सब समाप्त हो गया था तो इतने सारे रिश्तेदार जुट आये थे। पर जैसे उससे किसी का कोई नाता नहीं था। उसके वहाँ होने, मजूमदार की ब्याहता या विधवा होने का दुःख भी किसी को नहीं था। सब अपनी ही किसी दिनचर्या में लगे थे। कोई आता था कोई जाता था। जमादारनी ही समझा रही थी उसे—"मजूमदार बाबू का सब कुछ बेच-बाच कर पैसे बटोर रहे हैं—ज़मीन-जायदाद, घर भी बिक जायेगा..." तो वह? तापसी, तापसी मजूमदार? उसका भविष्य...उसका विधवा के वेश में वहाँ कोने में बैठना, कागज़ों पर नाम लिखना...सत्रह-अठारह वर्षीय तापसी—कुछ नहीं है... अस्तित्वविहीन है...अपारदर्शी है...उसका वजूद किसी को दिखाई क्यों नहीं पड़ता? क्यों नहीं?

सूरज उगने की वह प्रतीक्षा करती रही। सूरज उगा ही नहीं। पता नहीं, वह कौन-सा कारण था कि किसी भी दिशा ने उसके साथ कोई रिश्ता नहीं जोड़ा...क्यों?

श्मशान में चिता पर मजूमदार का शव अग्निदाह के लिये रख दिया गया था। रिश्तेदारों की छुटपुट भीड़ थी। उस भीड़ में एक कोने में एक परिचित चेहरा था। तापसी ने स्मृतियों में से खोजा तो लगा यह मुखौटा तो 'रखाल

काका' का है। वह कहाँ से आ पहुँचा और साथ में सिर पर पल्ला डाले एक स्त्री, पता नहीं कौन? स्त्री थी या परछाँईं पता नहीं, जिसका चेहरा वह देख कर भी जैसे नहीं देख पा रही थी। कौन थी वह, स्मृतियों में कोई आकार नहीं उभरा, कनिका दी...नहीं...तो?

तापसी के बाल काटने के लिए घसीट कर उसे एक चबूतरे पर बिठा दिया। नाई के साथ और भी लोग घेर कर खड़े थे। तापसी पथरा रही थी। उसकी आँखें चेहराविहीन उस आकृति के निकट जड़ी रह गई थीं...चेहरे में से बहुत गहरे स्वर में चिल्लाहट उभरी थी, "छोड़ दो उसे, छोड़ दो। मत काटो उसके बाल... ।"

शक्तिशाली स्वर, जो रिश्तेदारों, तमाशबीनों को एक लकवे जैसी स्थिति में पहुँचा गया था। नाई के हाथ थम गये थे। अज्ञात को, अपरिचित को, अजनबी को प्रत्युत्तरित करने का साहस किसी का नहीं हुआ था। तापसी अपने स्थान से उठ खड़ी हुई। आँखों में विस्मयबोध भरा था—उसके लिए स्वर उठाने वाली कौन थी? जिसे रखाल काका घसीटता हुआ ले जा रहा था। जमादारनी ने उसे पकड़ लिया था। अपनी पकड़ाहट में वह जमादारनी को एक पोटली दे गई थी। चली गई थी, शायद इस कारण कि वह रखाल पर निर्भर थी। वह चली गई थी, आँखों से ओझल हो गई थी। सुदूरतम सितारों तक कोई उड़ सकता था क्या?

घर के एकान्त कोने में जमादारनी ने उसे वह पोटली पकड़ा दी थी। उसने खोल कर देखा था, दो पुरानी साड़ियाँ, चाँदी के दो गहने, कुछ रुपयों की पोटली, सोने का एक पतला-सा पहले जैसा कड़ा, जिस पर पड़े छोटे-बड़े गड्ढे, खरोंच के निशान, कुछ ना कहते हुए भी किसी जीवन का बयान करने को उत्सुक। तापसी ने उस अमूल्य खज़ाने को अपने पेट के साथ जुड़े पल्ले में कस कर लपेट लिया था। कौन थी वह? प्रश्न...प्रश्ना, तापसी, उड़ान के लिए तैयार। मजूमदार का शरीर धू-धू जल रहा था, जल कर राख हो गया था।

सूरज ने तो अपनी किरणों का मकड़जाल आश्रम के आँगन में फैलाकर धूप को उकेरा ही था कि वहाँ की अँधियारी गली के नुक्कड़ वाले आश्रम में उसकी ऊष्मा से सुशुप्त आलोक जागा और आलोड़ित हो एक नयी नकोर चेतना दी। परन्तु वहाँ की दीनहीन निवासिनें वृन्दा, नूराबाई, भगवती या फिर अम्बिका देवी, बस एक ही धुन के पीछे तन्मय होकर भागी जा रही थीं—'भूख' कुलबुलाते खाली पेट की असाध्य 'भूख', उनकी हर सुबह, उनकी हर शाम की समस्या बन गयी थी, जो आँखें खोलते ही माथे पर सवार होकर आँखें मूँदने तक उनकी दिनचर्या पर हावी हुई रहती थी। रेगिस्तान में भटकने वाले को केवल मरुद्यान ही नज़र आता है और कुछ नहीं। पेट की ज्वाला ही थी, प्यास ही थी, जो भटकाती थी और वही थी जो चाहे जो करवा लेती थी।

तापसी उस दौड़धूप से, भटकन से थक गई थी जैसे, प्यास के बीच भटकते मरुद्यान सिद्ध कब हुए थे? चिरंतन उसकी प्यास, मन्दिरों का जाप—आश्रम का वह असाध्य, बेमानी जीवन, उससे उठ आने की सज़ा, अम्बिका देवी दे रही थीं। उसे कमरे में बन्द करके जी भर कर मार चुकी थीं। तीन दिन हो चुके थे। एक दाना भी उसके पेट में नहीं गया था। मरियम आधी रात को उसे थोड़ा दूध, आँचल में छुपाया फल दे गयी थी। बस। कैसे थे उसके प्राण? इतनी मार अपमान सह कर भी अटके थे? और इतनी यातना सह लेने के बाद तापसी की आँख में एक भी बूँद आँसू नहीं था। उस दिन भी पता नहीं कितने घंटे अम्बिका देवी अपनी कुर्सी के पायों के नीचे उसके हाथों की हथेलियों को दबाकर जाने कब तक उस पर चढ़ी बैठी रहीं। तब तक जब तक तापसी के माथे में घूम-घुमइया करता दर्द, हतोत्साह करता नैराश्य उसकी नसों में सरसरा कर उसे बेहोशी तक नहीं ले गया। हाथों की शुष्क हथेलियों पर जमा खून, नीले दाग और शरीर पर बेंत की मार से उछले ढेर सारे दाग—सभी ने रात के अँधेरे में अपनी रोटी के बचे-बचाये टुकड़े उसे खिलाये, पानी पिलाया, नहलाया,

मरियम ने बाज़ार से लाकर कोई मरहम भी मली उसके हाथों पर, परन्तु दाग जल्दी से जाते हैं क्या?

"क्यों भागी मन्दिर से? चलने देती जैसा चल रहा था, तापसी! तू तो जानती है अम्बिका देवी को? बाबा रे! कितना मारा है! क्या ज़रूरत थी उनकी हेरा-फेरियाँ, हिसाब में खाये पैसे गिनवाने की?" बरौता भी शामिल थी। "तू तो पढ़ी-लिखी है। चुप रहती। इतना क्या कम एहसान है उनका कि हमें वेश्या नहीं होने दिया उन्होंने।"

"हाँ!" नूरा रो रही थी।

"तभी तो, तभी तो" मरियम ने कहा, "और फिर अम्बिका देवी का अपनी कमज़ोरियों को छुपाने के लिए किया गया अत्याचार कैसे बरदाश्त करे कोई?"

"तापसी तो उन्हें एक आँख नहीं भाती।" वृन्दा हँसी थी–"झूठ बोलने वाले को झूठ बोलने वाला ही भाता है ना! फिर तापसी?"

और तापसी अपनी स्मृति में कौंधती मजूमदार बाबू की आकृति, जमादारनी की निर्लज्ज हँसी में कँपकँपाता उनके शरीर का भयानक सच, एक टीसता हुआ अतीत, हतोत्साह करता हुआ नैराश्य नसों में सरसराने लगा था। सुख वह नहीं जानती। परन्तु अब तक इतना जान गई थी कि दुःख की परिभाषा एक ही थी, बोलपुर हो, वृन्दावन हो या धरती, कोई भी हो, सुख-दुःख एक जैसी भाषा बोलते हैं सब। लगता था, उनका आपसी कोई संवाद है। अगर नहीं होता तो इतनी विपरीतता, इतना अलगाव क्यों?

उस दिन भी जब अम्बिका देवी ने तापसी को अपने दफ़्तर में बुलाया तो वह थोड़ी आतंकित थी, वैसे ही जैसे आँखें ठीक हो जाने पर भी अंधा लकड़ी को ही टटोलकर चलता है। किसी पर भरोसा या विश्वास करने में तो एक उम्र बीत जाती है। तापसी ने अपने जीवन में जो भी किये थे विश्वास– जितेन दा, कनिका दी, वह, और अम्बिका देवी, उनकी सामाजिक प्रवृत्तियों पर भरोसा? फिर एक प्रश्न जैसा कौंधा था मन में दूर तक जाता हुआ। यंत्रणा के अस्तित्व में कदम रखती वह दफ़्तर के कमरे में चली गई थी। आँखें उठाकर देखा तो अपनी सिनेमाई या नाटकीय मुद्रा में, सज्जित अम्बिका देवी ने उठकर तापसी का हाथ पकड़ लिया–"इनसे मिलो तापसी! यह जयमाला देवी हैं! और जयमाला जी, यह तापसी बहुत पढ़ी-लिखी हैं। अवसर मिले तो बहुत आगे जा सकती हैं।"

तापसी ने आँखें उठाकर अविश्वास से पहले अम्बिका देवी को देखा,

फिर कुर्सी पर बैठी उस संभ्रान्त महिला को देखा। अधेड़ उम्र की गौर वर्णीय दुर्बल-सी वह महिला, सादी सफ़ेद रेशम की साड़ी में सिर ढके बड़े सलीके से कुर्सी पर बैठी थीं। उनके चेहरे पर शालीनता थी और भव्य-सी शांत दो नीली आँखें, उम्र के बोझ से झुकी-झुकी, परन्तु इतनी प्रभावशाली कि जिन्हें अपनी तर्क-परिधि में समेटने में तापसी अपने को असफल पा रही थी। बस, केवल एक मुग्ध भाव से भरकर उन्हें देखे जा रही थी। मुड़ कर देखती थी तो उसे लगता था, निःसंदेह जब से वृन्दावन आई है, ऐसी सरल, अकपट, अपने में समेटने वाली दृष्टि उसने कहीं नहीं देखी। पता नहीं, वह कैसा मुखौटा था, कौन-सा चेहरा, भीनी-भीनी सुरभित मुस्कान से भरा मन की बात उकेरता, जैसे जितेन-दा के बगीचे में सुगन्ध मिले रंग होते थे—फूलों के, बयार के। समय पता नहीं कहाँ चला गया था? उसे याद ही नहीं पड़ता, एक वर्ष व्यतीत हुआ था या पाँच या और अधिक? जाने कितने दिन, कितनी रातें आश्रम के अँधेरे परिवेश और मन्दिर के भक्तिविहीन जाप में खिसकते चले गये थे। गणताएँ करना वह जैसे भूल गई थी। अँगुलियों की लकीरों पर पोर फिराये तो अचानक हथेलियों पर उभरे नीले चकत्ते और पीले बदरंग हाथ-बर्तन माँज-माँज कर खुरदुरे से और दुखती पोर-पोर। राख की काली रेखाओं से जाने कौन-सा भाग्य उकेर रहे थे? परन्तु लकीरें तो भाग्य नहीं बदलतीं।

''तापसी, जयमाला जी एक स्कूल खोल रही हैं। इन्हें अध्यापिकाओं की आवश्यकता है। तू पढ़ी-लिखी है। जाना चाहेगी इनके साथ?''

तापसी की इच्छा, अनिच्छा, प्रतीतियों से क्या होता था? क्या हुआ था अब तक? जीवन के निष्कर्ष पर तो उसका अधिकार कभी नहीं था। अम्बिका देवी के कँटीले स्वर, वाक्य, पहली बार अपना परिवेश बदल रहे थे—आनुक्रमिक तर्कना से दूर, अपरिभाष्य-सा सुख, ठंडे जल के स्रोत-सा भीतर की आग पर छींटा-छींटा गिरने लगा था।

''हाँ, क्यों नहीं।'' उसने संयत स्वर में कह तो दिया, परन्तु मन के भीतर एक हलचली तूफ़ान घुमड़ रहा था।

''सोच लो बेटा। जगह बड़ी मामूली है। कठिनाइयाँ और अड़चनें भी काफ़ी हैं; परन्तु मैं हूँ न साथ में और यह नन्दिता है। ये उद्धव जी। हम सब मिलजुल कर काम करेंगे।'' जयमाला ने पास खड़े लोगों से परिचय करा दिया। नन्दिता साधारण से चेहरे वाली, माथे पर बिन्दी, माँग में सिंदूर, काँच की खूब सारी

चूड़ियाँ और भरा-भरा शरीर। उद्धव जी धोती-कुर्ता पहने अधेड़ उम्र के, चेहरा-मोहरा मठाधीश जैसा गर्वित, अकड़ा हुआ, सफ़ेद दाढ़ी और सफ़ेद मूँछों से भरा-पूरा व्यक्तित्व। बातचीत चलती रही, परन्तु तापसी वहाँ जैसे नहीं थी। सोच रही थी—जाने आगे क्या है उसके लिए? इन सबके भीतर की बात भी कौन जानता है? कौन कितना सच्चा था? और वह सच, जिसका ताप सहने योग्य वह बची ही नहीं थी। पता नहीं, किस भूमिका के लिए वह चुनी जा रही थी? हाँ, एक मधुर शब्द भीतर तक झंकृत कर गया था। उसको किसी ने दुर्बल आवाज़ में ही सही 'बेटा' कहा था। कैसा अपरिचित परन्तु कैसा मीठा। मन के एक कोने में दुबक गया था वह 'शब्द'। एक अमूल्य निधि-सा वह 'शब्द', जो उसका कभी नहीं था। पहचान तापसी को आती भी कहाँ थी? फिर भी कुछ था उस स्वर में, उस शालीन महिला के व्यक्तित्व में, जो साथ चलने के कमज़ोर आमन्त्रण के तंतु राह में फैला रहा था। घायल कबूतर की उड़ान जैसी थी, हाथों में टीसते घाव, आँखों में पथराये सपने, बड़े से पिंजरे से एक चिड़िया छूट रही थी। खुले आकाश में दो नीली आँखें, उड़ानें भरने के मृदु हास्य के साथ फैल कर जैसे संकेत कर रही थीं। आकाश पहली बार अंतहीन लग रहा था। अनेक घुमड़ती हुई सम्भावनाओं से भरा-पूरा आकाश, गहराता दूर तक, दूर की अनन्तता के किसी अजनबी छोर तक फैला हुआ।

तापसी के मन की किसी परत के नीचे दबा कोई स्वर उजागर हो रहा था 'मनुशेर मोनचय मनुशोरी मोन' (Human heart longs for human intimacy) मनुष्यता के लिए तरसता उसका हृदय। और मिला क्या था? विवाह, आश्रम और भीतर की न मिटने वाली इच्छा, कुरेदती, कचोटती इच्छा। और अब यह आकर्षण में बाँधता स्वर "मैं हूँ न!" सेतु बाँधने पड़ते हैं। तो, पार उतर जाना चाहिए। उसी वाक्य के सहारे तापसी ने आश्रम से मौन विदा ली। भागकर कमरे के अँधेरे कोने से अपनी गठरी, अपनी नीली कॉपी ले आई। और तो कुछ था भी नहीं। नीले पड़े हाथों-कलाइयों का एकमात्र सोने का कंगन, जो अपना जैसा लगता था, उसे याद नहीं कब किसने उतार लिया था। आश्रम के द्वार तक उसे छोड़ने आई थी, बरौता, नूराबाई, वृन्दा, मरियम। सब चुप थीं, एक मौन में समोई हुईं। समानान्तर चलती दो दिशाएँ, एक पीछे छूट रही थी, दूसरी स्मृति-पटल पर कुछ लिख रही थी, कुछ अन-पहचाना। उस चौखट से बाहर आकर, जिन्दगी की चौखट पर खड़े होकर तापसी को लग रहा था,

जैसे वह इस संसार में कहीं नहीं थी। 'मनुशेरी' मनुष्यत्व, जाति, गुण, सम्बन्ध, सब खोखला था, अजुड़ा। तो फिर उनसे बिछुड़ने का हल्का-सा दुःख क्यों? दुःख, क्या यही परिभाषा है दुःख की, यदि है तो?

तापसी बिना मुड़े तेज़ी से चलती हुई नन्दिता के साथ रिक्शा पर बैठ गई। रिक्शा सड़क के वे सब किनारे, नालियाँ, गलियाँ, दुर्गंध भरे कूड़े के ढेर पीछे छोड़ता हुआ आगे की ओर जा रहा था। वह रास्ता, वह कीचड़, जिन्हें फलाँग कर तापसी अपनी साथिनों के साथ मन्दिर जाती थी, पीछे छूटते जा रहे थे। मन-ही-मन उसने उन सब घुमावदार गलियों, अँधियारे कोनों, मठों, मन्दिरों से विदा ली जहाँ रहना उसे एक पल के लिए भी सुखकर नहीं लगा था और जहाँ से आते-जाते उसके भीतर वह उन्मेष कभी नहीं जागा था, जो बोलपुर में 'विश्व भारती' के आँगन के घने पेड़ों की छाया तले गुज़रते उसे एक चाह, एक उत्ताप से भर देता था। बैंक के सामने का चौराहा, जहाँ पत्रकार भाषण देता था, बाज़ार की भीड़ भरा वह चौराहा, पत्रकार-विहीन सूना लग रहा था। कैसे विचारणीय शब्द थे उसके, भीतर तक उसको और कहीं अधिक उकेरते हुए या फिर प्रश्न खड़े करते हुए। और फिर उसका मार खाता, पिटता जिस्म, दर्दविहीन चेहरा, टूटी हुई ऐनक और तार-तार वस्त्र, खून से सनी कटी हुई जिव्हा, भीख माँगने को फैले विवश दुर्बल दो हाथ, खाली, मूर्छित स्थिति में पेट की कुलबुलाती भूख—सच बोलने का उपहार! एक शीत, सिहरन तापसी के भीतर उमड़कर जैसे उसकी हड्डियों में फैलने लगी। उसे लगा, जैसे वह पत्रकार उसकी अपनी अहमन्यता का परिवर्तक बन गया था, उसकी चेतना पर फैलकर, उसी की तरह संसार से प्राप्त सारे-के-सारे अत्याचार सह गया था। और सच भी कैसा? वह 'सच', जो उसको किसी स्वार्थ से नहीं जोड़ता था, वह सच, जो दूसरों का था, नैतिक था, संसारी था, अपने लिए उसमें कुछ भी नहीं था। अवश्य ही वैसा सच मनुष्य को उत्थापित करता था, परन्तु मिला क्या? मृत्यु-दण्ड, 'मनुशेर मोनचय मनुशोरी मोन।' वह पत्रकार अपने विचारों की तटस्थता के तहत नियति के भीतर चला गया था और तापसी उस नियति से निकलकर अचानक बाहर आ गई थी।

वृन्दावन पीछे छूट गया था। बड़ी सड़क पार करके रिक्शा आगे वाली पतली-सी सड़क पर चल पड़ था। नन्दिता एक आध सवाल पूछ कर चुप हो

गई थी, शायद इस कारण कि तापसी अपने विचारों के गहरे बादल में घिरी हुई थी अपने उस स्थितीय शरीर से अलग-अलग। लम्बी सड़क के दाईं तरफ़ गोवर्धन के परिवेश में 'कुसुम-सरोवर' दिखाई पड़ रहा था। पहले भी एक बार आई थी वहाँ तापसी, परन्तु आज उस धरती पर उतर कर, पैर रख कर उसे जाने क्यों जुड़ाव जैसा अनुभव हुआ था। मन में फिर बोलपुर धड़कने लगा था।

आमार एई पय चलार आनन्द
खले याय—रोद्र धाया वर्षा—आसे-वसन्त

(अब जब मैं चल रही हूँ तो यह चलना मुझे आनन्द देता है। प्रकृति और विश्वास मेरे साथ चलते हैं। ऋतु परिवर्तित होती है, परन्तु मैं चलती जाती हूँ, शायद इन्हीं सधे कदमों से चलती रहूँगी।)

'कुसुम-सरोवर' की धरती, उसका स्पर्श, फैली हुई धूप, जैसे अपनी अर्जित अँगुलियों से सारे परिवेश को छूर रही थी और तापसी को लग रहा था, जैसे उसके रक्त में जो शीतलता कहीं गहरे तक समाई हुई थी, अब पिघल रही थी, ठंडापन सुगबुगाने लगा था। ताप, एक अजनबी ताप, खामोश-सी हवा में बहता ताप, जो उसके शरीर के भीतर ठहरे हुए समय को टुकड़े-टुकड़े करता खण्डित कर रहा था। और 'वह' पता नहीं क्या था, जो साथ छोड़ रहा था? एक ज़बरदस्ती की ओढ़ाई दीनता, वाष्पीभूत होकर उसके परिवेश से उड़ रही थी। वह फिर से सशरीर 'प्रश्ना' में ढल रही थी। तापसी को लगा, वह प्रश्ना ही रहेगी, क्योंकि उसके प्रश्न अवश्य ही उस लालटेन जैसे थे, जो जीवन के किसी तथ्य या सच को जानने की खातिर वह अचानक जला लेती थी अपने भीतर के गुप्त अँधेरे में। मृत पत्रकार का चेहरा, उसके शब्द तापसी के भीतरी विश्वास में घुलने लगे थे। जितेन दा, जिसे 'आलटर-ईगो' कहते थे वैसा ही कुछ वह पत्रकार उसका 'परिवर्तक-अहम्' जैसा स्मृतियों में हमेशा के लिए टँग गया था। कभी तापसी को अनुभव होता, बामखेपा की चामुण्डा-सी विकराल कोई आकृति उसके शरीर में कुछ उकेर रही थी—साहस या शायद कोई अजनबी-सा नया, भविष्य तक ले जाता मार्ग? पता नहीं।

'स्कूल' में क्लास चल रही थी। छोटे से कमरे में पन्द्रह-बीस बच्चे, बेहद मैले, चीकट हाथ-पैर, बाल उलझे हुए, स्कूल की बदरंग काली पड़ गई यूनीफॉर्म में ज़मीन पर बिछी दरी पर बैठे हुए थे। एक अध्यापिका, काम चलाऊ-सी मेज़

पर रखा हारमोनियम बजाकर उन्हें गाना सिखा रही थी। काली, बदसूरत-सी टीचर, आँखों पर चश्मा और गहरे प्रिंट की साड़ी से ढँका हुआ सिर; परन्तु स्वर उसका मधुर था—शरीर की कुरूपता से विपरीत जाता हुआ।

"हम होंगे कामयाब! हम होंगे कामयाब एक दिन। मन में है विश्वास, हाँ, हाँ, पूरा है विश्वास...

हम होंगे कामयाब एक...दिन...।"

सारे शब्द जैसे एक अछूती ऊर्जा से कंपित थे। तापसी के शरीर में विद्युत् लहर से दौड़ रहे थे। एक अजाना-सा विश्वास उसे भी झनझना रहा था। कैसा स्फूर्तिदायक गान था। वह दीवार के सहारे टिक कर देख रही थी—मैली-सी पाठशाला, कच्चे फ़र्श पर अधफटी दरी, छोटे-छोटे बच्चे, कमज़ोर मैले-कुचैले, बहती हुई नाक, मिचमिची आँखें, भिनभिनाती मक्खियाँ, स्मृति में कुछ कौंधती एक स्मृति, अपने स्कूल के दिनों में देखी वह फ़िल्म, सूडान के भूख से मरते बच्चे, सोमालिया के बच्चे, स्मृतियों में हॉण्ट करते वे बच्चे यहाँ कैसे आ गये, उसके पास? परछाइयाँ जैसे सशरीर सामने आ खड़ी हुई थीं। कैसा सम्बन्ध था उनसे, पता नहीं?

स्कूल के तीन-चार कमरे लगभग एक जैसे थे। दो-तीन में कुर्सियाँ मेज़ भी थीं बच्चों के बैठने के लिए; परन्तु बच्चे इतने मैले थे कि कुर्सियों पर बैठे हुए बदसूरत ही नहीं, बेमेल भी लगते थे। एक कमरे में दफ़्तर जैसा था, जिसे उद्धव का बेटा घनश्याम चलाता था। पढ़ाई की व्यवस्था, पैसा, हिसाब, तीन-चार अध्यापिकाओं का वेतन वही देखता था। स्कूल, दिल्ली की किसी संस्था की धन-व्यवस्था और निगरानी में पनप कर यहाँ तक पहुँचा था। नन्दिता भी कुछ दिन पहले पढ़ाने के लिए अनुबन्धित की गई थी और गाने वाली बहनजी गायत्री भी। तापसी के रहने की व्यवस्था स्कूल के सामने बस्ती के एक मकान में कर दी गई थी। नीचे के दो कमरों, बरांडा, रसोई वाले घर में जयमाला जी रहती थीं। ऊपर के एक कमरे में तापसी। खाना-पीना वह जयमाला जी के साथ खाती। एक सेविका सुबह जयमाला जी की रोटी-पानी तथा अन्य काम निबटा कर स्कूल में भी सहायता करती थी। वहीं से वेतन पाती थी।

स्कूल के सभी बच्चे सपेरों की बस्ती से आते थे। उस बस्ती को वे लोग 'नगला' कहते थे। सपेरों का अपना व्यवसाय धीरे-धीरे मर रहा था। साँपों का खेल, सिनेमा और टेलीविज़न के नयनाभिराम कार्यक्रमों के सामने फ़ीका पड़

चुका था। सपेरे भी तो बहुरूपिया थे। जन्माष्टमी, रामनवमी आदि पर यदि मेला लगता तो वे भगवे कपड़े पहन कर संन्यासी का रूप बना लेते या कभी डाकुओं की टोली में शामिल होकर चोरियाँ करते, डाके डालते। सच तो यह था कि उस तरफ़ आम जनता का आना-जाना कम था। लोग वहाँ आने से घबराते थे। शायद इसी कारण नन्दिता ने तापसी से पूछा था—"तापसी, तुझे यहाँ अकेले कमरे में डर तो नहीं लगेगा। यह एरिया ऐसा ही है, चोर-उचक्के और बदमाशों से भरा हुआ।"

'डर', तापसी कैसे कहती, यह शब्द उसके अतीत के किसी प्रहर में पीछे छुटा रहा गया था। वह उसे नहीं जानती, बिलकुल नहीं—"देखा जायेगा नन्दिता जी, अभी तो आश्रम की उस भीड़ के बाद अपना यह अकेलापन, सिर्फ़ अपने लिए प्राप्त कमरा मुझे स्वर्ग-जैसा लग रहा है। फिर जयमाला जैसी महिला के पास बने रहना! मैं जैसे अपने आप में लौट रही हूँ।" नन्दिता ने उसे घूर कर देखा, साधारण-सी बंगाली विधवा, बातें कैसी शालीन, गहरी और अर्थपूर्ण! दृष्टि में कितनी स्वच्छता थी, जैसे ओस से अभी-अभी नहाकर आई हो और तापसी की चिन्ता थी वे बच्चे। उसने पाठशाला की सेविका को साथ लगा कर क्लास में पढ़ाने से पहले, उन सब बच्चों को रगड़-रगड़ कर नहलाया, उद्धव जी से मनुहार करके साबुन की चक्कियों का जुगाड़ किया, नाई बुलवाकर उनके बाल कटवाये, बेतरतीब बढ़े नाखून काटे गये, दो-तीन दिन में बच्चों के कपड़े भी धुले सूखे और उस नन्हे-से स्कूल में एक कायाकल्प पसर गया। बिना किसी अपेक्षा के आपसी एक मैत्रीभाव पनप रहा था। गायत्री, नन्दिता, उद्धव, घनश्याम, सेविका और दूर से देखती जयमाला जी, वे सब अदृश्य सूत्र में बँध रही थीं जैसे। काम की छलकती हुई लगन, मस्ती में बदल रही थी। वे सब हँस रही थीं। बच्चे हँस रहे थे—'बोसनिया' के भूख से मरते बच्चे—स्कूल से पाया गिलास भर दूध पीकर, साफ़-सुथरे होकर हँस रहे थे। तापसी को लगा, वह भी हँस रही थी। कैसी थी वह हँसी...? जैसी भी हो परन्तु बच्चों की खनखनाती, पूरे खुले हुए मुँह से भरपूर छूटती हँसी, अछूती-सी कोमल भोली-भाली हँसी। उसने सोचा—'असभ्य' तो हो ही नहीं सकती।

उस जल-स्रोत को, जिसका नाम था 'कुसुम-सरोवर' और उसे घेर कर लाल पत्थर का वह पक्का नयनाभिराम घाट बुर्जियों, झरोखों, मेहराबदार छज्जों से सज्जित कारीगरी का नायाब परिवेश गर्व से तना खड़ा था। खुले आँगन

का सोपान मंडित वह विशाल-कुंड उस एकान्त में भी निर्जन नहीं था, जैसे कुंड के जल की काई। पानी का पुरानापन पता नहीं कितना पुराना था, परन्तु फिर भी उसमें डुबकी लगाकर स्नान करते स्त्री-पुरुष अभिभूत होते ही दिखाई देते थे। लोगों का ताँता वहाँ निरन्तर लगा रहता था। कोई आता था, कोई जाता था। 'कुसुम-सरोवर' के अहाते से ही जुड़ा हुआ था वह नन्हा-सा स्कूल। उसके आगे दीवार से जुड़ा 'उद्धव-जी' का एकमात्र मन्दिर और 'मौनी-बाबा' की छोटी-सी कोठरी, कच्चे-पक्के लाल पत्थरों का दालान, एक कुआँ और खाली पड़ी ज़मीन, जिस पर नितान्त अभाव था सुन्दर वृक्षों का, फलों का, घनी-हरी सुरभित छाया का। बस, थोड़े से बबूल के कँटीले पेड़ अपनी पतली नाज़ुक पत्तियों पर गहरी-सी धूल की परत ओढ़े खड़े थे। वे अवांछित ही नहीं, उपेक्षित भी थे। उसे पूरे परिवेश में 'कुसुम-सरोवर' जैसे किसी गहराई का प्रतीक था—एक बोध, एक गीली संवेदनशीलता, जो भीतर की तरफ़ देखने में सक्षम थी और वह स्कूल, चार कमरों का नन्हा-सा स्कूल जैसे उचक कर बाहर की तरफ़ देख रहा था, सुदृढ़ता और विश्वास को प्राप्त करने के लिए अपनी दुर्बल-सी काया और कमज़ोर हाथों को ऊपर तानता हुआ। नन्हा-सा वह स्कूली परिवेश, उस धरती पर जैसे दीये-सा जल उठा था। रोशनी फैलने के दुर्बल प्रयास में जुटा जयमाला जी का अस्तित्व लोगों और संस्थाओं से दान में माँगे कपड़े जुटाती, साधन बटोरती स्कूल की एक रूपरेखा, एक परिवेश देने में जी-जान से लगी हुई थीं। अब जयमाला की कँपकँपाती लौ में आ समाया था तापसी का अपना व्यक्तित्व। तापसी अपने भीतर एक बदलाव, एक नयी स्फूर्ति और एक नयी दृष्टि अनुभव कर रही थी। उसके व्यवहार में एक स्वतन्त्र खुलापन समा गया था। उसे लगता था, जिस बिन्दु पर वह अपना एक जीवन कहीं बहुत पीछे छोड़ आई थी वही बिन्दु रूप बदलकर उसके लिए गोवर्धन की उस धरती पर जैसे रूपायित हो गया था, उसके साथ-साथ चल पड़ा था। स्कूल से प्राप्त पहला वेतन, पहला अपने श्रम से कमाया, उसके बहे हुए स्वेद का स्वच्छ परिणाम वह धन-हथेली पर एक नया सूरज उगा था जैसे। नीले चकत्तों के स्थान पर कुछ मुड़े-तुड़े नोट, एक परितुष्टि—बिलकुल न कुछ या शून्य जैसी स्थिति, जिसमें वह अब तक रहती आई थी; वह स्थिति जहाँ उसके हृदय में कुछ नया नहीं आलोड़ित होता था। कुछ उमड़ रहा था—भाव, इच्छाएँ, सपनों के चूरे में आकार लेता एक स्वप्न-चित्र। वह जैसे पुराने सड़े-गले, सड़ाँध

फैलाते पोखरे से निकल कर स्वच्छ जल की तरंगिणी में नाव-सी तैर गई थी। उसके कमरे में पुस्तकें, आगे पढ़ने के लिए भरे गये फ़ॉर्म, परीक्षाओं की व्यस्तता फैल गई थी। आगे पढ़ पाने की उसकी निरन्तर पिपासा पिघलने लगी थी जैसे। और उसमें घुलता था पिघलता हुआ जयमाला जी का प्रेम—"मैं हूँ न!" जैसा आश्वासन, जो उसका सम्बल बन गया था। कभी-कभार लगता, जैसे 'टीचर-दीदी' बोलपुर के उस पुराने कब्रिस्तान से उठकर आ गई थीं। तो क्या इसी कारण जयमाला जी उसके जीवन का उत्तरदायित्व हँस-हँस कर उठा रही थीं? पीछे मुड़कर देखती तापसी तो आत्मा में खुदे घाव पीड़ा से कराहते हुए फड़फड़ाते पाती और उन पर जमा हुआ परत-दर-परत अपमान जैसे सड़ाँध से गंधाता उसके अस्तित्व को पछाड़ रहा था। हाँ, इतना अवश्य था कि बच्चों को पढ़ाते, सिखाते, दुलराते, डाँटते उसे लगता था, उसे कुछ देना था उन बच्चों को, बोसनिया के भूख से बिलबिलाते बच्चों को...एक नया जीवन, एक नयी दिशा, विद्या-ज्ञान, वह सब जो अतीत में लिपटे उसके बचपन में उससे बिछड़ गया था। तापसी सारा समय व्यस्त रहती, मेहनत करती, तरह-तरह के चार्ट बनाती, चित्र उकेरती और दीवारों पर लगाती, समझाती, जाने क्या सिखाना चाह रही थी बच्चों को। अपने होने की संभावना? जयमाला उसे दूर से देखतीं तो उन्हें भी लगता एक लहराती-सी अदृश्य जल-धार तापसी के पूरे परिवेश में बह आई थी जो न केवल उसका भीतर धो रही थी, अपितु बच्चों के साथ-साथ वहाँ के समूचे वातावरण को भी अपने प्रपात में सराबोर कर रही थी।

उन दिनों स्कूल के अहाते में बिलकुल सामने किसी संस्था ने एक नया बोर्ड लगा दिया था, जिस पर लिखा था—"पढ़ रहे हैं हम दुनिया को जानने के लिए, दुनिया को बदलने के लिए।" वहाँ से आते-जाते तापसी उसे रोज़ पढ़ती थी, मात्र पढ़ लेने से जान पाता है कोई, संसार की घूमघुमइया के कौन से दाँवपेंच? और पढ़ लेने से, किताबी ज्ञान से कितना बदलता है संसार। क्या यह जानना उतना सरल है? और जानने से उपलब्ध 'प्रसन्नता'—वह पर्याप्त है क्या, कुछ भी परिवर्तित कर पाने के लिए।

'प्रसन्नता', 'उत्फुल्लता', 'उत्साह' जैसे शब्दों को कोश में पढ़कर भी तापसी जानना चाहती थी उन्हें अपने अनुभव में? उसे लगता, अगर वे शब्द थे कहीं तो मरीचिका भर थे, जिन्हें छू पाने में कम-से-कम वह असमर्थ थी। परन्तु उसे अब इतना अवश्य अनुभव होता था कि पुस्तकों के सान्निध्य से, उसके भीतर

का कुचला हुआ अपनापन, अपमान स्कूल की उस व्यस्त दिनचर्या के मध्य धीरे-धीरे घुल रहा था। एक हल्की सहज-स्फूर्ति जो उसमें पहले थी, बोलपुर में, 'छातिम-टोले' के निकट खड़े होकर अनुभव की हुई, वह धीरे-धीरे लौट रही थी, पता नहीं वह अनुभूति उस 'न होने' के 'शून्य' से भिन्न थी या पता नहीं क्या थी? पुस्तकें पढ़ते या स्कूल में पढ़ाते क्षण तापसी सोचती, कागज़ों पर लिखे हुए वे सारे-के-सारे शब्द, अक्षर, वाक्य, स्याही और कलम की नोक से निकलकर फैलते-लकीरों में या गोलाकार समाहित अर्थ—जाने कब से संसार में चले आ रहे थे—संसार आरम्भ होने के दिन से लेकर गुफ़ाओं के पत्थरों पर उकेरे जाकर, दीवारों से उतर कर ग्रंथों के पन्नों पर छपकर उस तक जो आये थे—अज्ञात-सी चुनौतियों-से जैसे अकड़े खड़े थे। तापसी ने कितना समझा था उन्हें? उन शब्दों को, उनके अर्थों को और वह क्या था जो वह अब उन छोटे-छोटे बच्चों को समझा रही थी। पता नहीं क्या? कौन-सा भावार्थ? कितना समझ पा रहे थे वे बच्चे, निर्धन, कंगाल, भूखे, अधपेट खाये बच्चे, धूल-कीचड़ से उठते आकार लेते वे बच्चे, निर्धन-अनपढ़ माता-पिता की टूटी-फूटी झोपड़ियों से आते कंगाल-से वे बच्चे। उनके माता-पिता को वह और नन्दिता बहुत बार बैठ कर समझाती, गाँव में घूमघूम कर समझाती थीं जीवन और उसकी महत्ता को, परन्तु वे सब, जन्म के सपेरे, वेष बदलते, साधू बनते, स्वाँग रचाते, नौटंकी करते स्त्री-पुरुष कहाँ समझ पाते थे उन शब्दों और उनके अर्थों को? कहाँ? उन्हें तो बस सरोकार था 'भूख' और 'पेट-भरने', 'तन-ढँकने' और उन्हीं से जुड़ी सारी समस्याओं से। उससे आगे देख पाने का सलीका या चाह उनमें कहाँ थी। तापसी भरपूर समझाती उन्हें, "अपने बच्चों को प्यार करो, लाड़-करो, दुलार करो। आपका प्यार उनके लिए पेट भरने से अधिक कीमती है। आपकी गोदी, आपके स्नेह-पगे वाक्य उनके लिए अमूल्य हैं।" तापसी सोचती रहती—क्या करे, कौन-सी भाषा का सृजन करे जो उन्हें समझ आ जाये? कौन से शब्दकोश से खोज निकाले वह वाक्य कि वे सारे-के सारे बच्चे एक सूखे, प्रेम-विहीन बचपन की चटकन से बच जायें?

"धैर्य!" जयमाला जी कहतीं—"तापसी, धैर्य!" और वह सोचती, क्या होता है यह धैर्य? और वह कौन-सा शब्द है जो जयमाला जी को, उस स्कूल के बच्चों और गोवर्धन की उस धरती से बाँधे है? क्या?

वृन्दावन की उस तपोभूमि में, जयमाला ने अपने अस्तित्व को स्थापित-सा कर लिया था, धर्म और जनसेवा उनका अवतारीकरण बन गये थे। पता नहीं, वह वहाँ रह रही थी या गोपी–भाव-भावित देह में मात्र साँस-साँस जी रही थी, पता नहीं? तापसी को लगता था, जयमाला जी 'कुसुम-सरोवर' की तथ्यात्मकता में लबालब डूबकर जैसे विलुप्त-सी होती जा रही थीं। तापसी से या अन्य लड़कियों से वे कभी कहतीं–"यहाँ जो अशोक लता की झाड़ी है न, वहाँ अर्द्धरात्रि को प्रिया-प्रियतम विहार करते हैं। चलोगी रात को, हम लोग छुपकर देखेंगे उन्हें।"

और सचमुच, कई बार रात को उनकी अर्द्धमूर्छित कृश-देह को नन्दिता या उद्धत सरोवर की सीढ़ी पर से उठाकर लाते! कभी कहतीं, "यहाँ बहुत से सिद्ध महात्मा निवास करते हैं तापसी, लता-पत्रादि के मध्य। मैंने उन्हें समाधिस्थ देखा है।" और वह स्वयं एक अद्‌भुत अवस्था में बैठ कर चुप रह जातीं–खुली आँखों से कुछ न देखते हुए भी जाने कहाँ देखती हुईं। शालीन स्वर में मृदुभाषिनी वह महिला हर किसी के हृदय में निवास करती थीं। उस दिन भी तापसी को बुलाकर कहा–"सुन, तापसी! वह सामने जूही के जो फूल लगे हैं न, उन्हें तोड़ ला। फूल गिन कर रखना टोकरी में–एक लाख होने चाहिए। मेरी आज आग्निहोत्री की पूजा है।" फिर एकाएक कहतीं, "यह सरोवर सखियों के विहार की स्थली है न! यहाँ सखियाँ जल-विहार करने और फूल तोड़ने आती हैं। सुन, उनके आने से पहले फूल तोड़ लाना।" तापसी हैरानी से देखती। वहाँ जूही के फूल तो क्या, किसी भी फूल का कोई पौधा नहीं था। वह उठकर जाने लगती तो कहतीं–"पता है तुझे तापसी, इस सरोवर में स्नान करने से एक बार नारद जी को स्त्री देह प्राप्त हो गई थी। तू मत नहाना इस जल में।" वह खिलखिला कर हँसती और उसी मदमस्त अवस्था में कृतकृत्य हो कहतीं–

"यथा वयं कृष्णापत्न्यस्तथा त्वमपि शोभते।
वयं विरह-दुःखर्तास्त्वं न कालिन्दिद् वद।।"

तापसी हैरानी से उन्हें देखती, नन्दिता के पास जाकर कहती, "क्या करूँ नन्दिता, जयमाला जी की पूजा के लिए फूल कहाँ से जुटाऊँ? यहाँ तो फूल क्या, कायदे के पत्ते भी नहीं हैं?"

"मत घबरा तापसी, उद्धव जी बाज़ार से मँगवा देंगे। इनकी ऐसी पूजायें तो हर महीने चलती हैं, कभी तुलसी-विवाह, कभी एकादशी, कभी पूर्णमासी। बस, फूल गिनते रहो, गोवर्धन जैसे उजाड़-सा खण्डहर नहीं, इनका राजभवन है जिसके बगीचे में फूल ही फूल लगे हैं। वे पता नहीं किस संसार में जी रही हैं? कौन से पुराने परिवेश में।"

"नन्दिता जी, जयमाला जी को लेकर बहुत कौतूहल होता है मन में। आप इनके बारे में बतायेंगी क्या?"

तापसी अपने प्रश्नों की गतिशील वास्तविकता में उतर आई थी।

"तापसी, केवल इतना जानती हूँ मैं कि जयमाला जी का जन्म उज्जैन में हुआ था और उनका घराना सामन्ती था। तभी तो वे अक्सर महाकालेश्वर मन्दिर और मोक्षदायिनी क्षिप्रा नदी की बात करती हैं। एक बार बता रही थीं कि उनके पिता सूबेदार थे। उनकी शिक्षा-दीक्षा, संस्कार जाने-माने गुरुओं-विद्वानों के सान्निध्य से पुष्पित-पल्लवित हुए। बता रही थीं कि परिवार में बहुत कड़ा अनुशासन था। सुबह चार बजे उठकर घुड़सवारी के लिए जाती थीं। उसके बाद शिक्षा-कला-दर्शन आदि में ही समय व्यतीत होता था।"

"हाँ, बता रही थीं जयमाला जी कि उज्जैन शहर का पुराना नाम अवन्तिका है और वे उसी धरती पर पढ़-लिख कर बड़ी हुई थीं, जहाँ भगवान कृष्ण और उनके भाई बलराम ने शिक्षा प्राप्त की थी।"

"और यह नहीं बताया क्या कि उज्जैन के निकट ही 'विदिशा' नगर है जहाँ कालिदास का प्रसिद्ध नाटक 'मालविकाग्निमित्र' का नायक अग्निमित्र रहता था, जो ईसा-पूर्व दूसरी शताब्दी के मौर्य राज्य का दूसरा महाराज था।"

"हाँ, और भवभूति के प्रसिद्ध नाटक 'मालती-माधव' में ग्वालियर के निकट बसे कांतिपुर और पद्मावती नदी का वर्णन भी तो आता है।"

"ऐसी धरती पर पढ़ी और बड़ी हुई यह महिला अपने आप में पूरी-की-पूरी एक जीवन्त इतिहास ही नहीं, एक प्राचीन संस्कृति भी है जैसे।"

“सुना है, उनकी कोई मित्र आने वाली हैं।”

“हाँ, कल पहुँच रही है। घनश्याम गया है दिल्ली उन्हें लाने।”

फूलों का इंतज़ाम करने के लिए दौड़ती हुई तापसी उद्धव जी के पास चली गई। वह भी देखना चाहती थी कि इतने फूल कैसे प्रयुक्त होंगे पूजा में। अभी तक की हुई मन्दिरों की पूजायें-मंजीरे-भजन अनवरत जाप उसके भीतर कोई भावनात्मक या आध्यात्मिक परिवर्तन नहीं उपजा पाये थे, परन्तु जयमाला जी की पूजायें उनके तर्क को, वह निरा कौतूहल समझ कर टाल नहीं पा रही थी। उनकी पूजा-अर्चना की अभिव्यक्तिवादी प्रक्रियाएँ, होम उसकी अपनी अन्तश्चैतनिक जीवन्तता में जैसे धीमी-सी दस्तक बन कर उतर रहे थे। और उस दिन जब तुलसी-विवाह का आयोजन हुआ था, जयमाला जी भारी साड़ी और सुहागिन की सज्जा से लदी-फँदी बैठी थीं। उन सबने भी अपने अच्छे-अच्छे स्वच्छ-सुन्दर कपड़े, साड़ियाँ पहनीं। यही नहीं, तुलसी के पौधे को भी गोटे का लाल दुपट्टा-लहंगा पहनाया गया था। एक शालिग्राम-शिला, शंख आदि निकट रख कर उन्हें दूध-जल से नहला कर सुगंधित इत्र लगाया गया था। अपने दुर्बल परन्तु सुरीले स्वर से मंगलाचार गा रही थीं जयमाला जी। फिर कथा पढ़ी गई। तापसी ध्यान से सुन रही थी। उद्धव जी पढ़ रहे थे। अक्षत-फूल बरस रहे थे—“रणभूमि में आकाशवाणी को सुनकर जब देवेश्वर शम्भु ने श्रीहरि को प्रेरित किया, तब वे तुरन्त ही अपनी माया से ब्राह्मण वेष धारण करके शंखचूड़ के पास पहुँचे और उन्होंने परमोत्कृष्ट कवच माँग लिया। फिर शंखचूड़ के रूप में वह तुलसी के घर की ओर चले। वहाँ पहुँचकर उन्होंने तुलसी के महल के निकट नगाड़ा बजाया और जय-जयकार से सुन्दरी तुलसी को अपने आगमन की सूचना दी। उसे सुनकर तुलसी ने झरोखे से उन्हें राजमार्ग पर आते देखा और पति को आया जान प्रसन्न हो गई। उसने तत्काल ही ब्राह्मणों को धन-दान देकर उनसे मंगलाचार करवाया और फिर अपना श्रृंगार किया। देवताओं का कार्य सिद्ध करने वाले भगवान विष्णु रथ से उतर कर देवी तुलसी के भवन में चले गये। तुलसी ने पतिरूप में आये भगवान का पूजन किया, बहुत-सी बातें कीं, तदनन्तर उनके साथ रमण किया। उस साध्वी ने सुख-सामर्थ्य और आकर्षण में व्यतिक्रम देखकर सारी प्रक्रिया पर विचार किया और संदेह उत्पन्न होने पर ‘तू कौन है’ यों डाँटती हुई बोली, ‘दुष्ट, तू कौन है? मुझे शीघ्र बतला। माया द्वारा मेरा उपभोग करने वाला तू कौन है? तूने मेरा सतीत्व नष्ट कर दिया। अतः मैं तुझे अभी शाप देती हूँ।’ ”

लीलाधारी भगवान अपनी परम मनोहारी मूर्ति में परिवर्तित हो गये। उस रूप में तुलसी ने भगवान को पहचान लिया कि यह साक्षात विष्णु हैं। परन्तु उनका पतिव्रत नष्ट हो चुका था। इस कारण वे कुपित होकर विष्णु से कहने लगीं—

"हे विष्णो! तुम्हारा मन पत्थर के सदृश कठोर है। तुम में दया लेशमात्र भी नहीं है। मेरे पतिधर्म के नष्ट हो जाने से निश्चय ही मेरे स्वामी मारे गये। चूँकि तुम पाषाण-सदृश कठोर, दयारहित हो, दुष्ट हो, इसलिए अब तुम मेरे शाप से पाषाण स्वरूप ही हो जाओ।" यों कहकर शंखचूड़ की वह सती-साध्वी पत्नी तुलसी फूट-फूटकर रोने लगी। इतने में भक्त-वत्सल भगवान शंकर प्रकट हो गये और उन्होंने समझा कर कहा—"देवी, तुम अब मेरी बात सुनो। तुमने जिस मनोरथ से तप किया था भद्रे, उसी के कारण ऐसा घटित हुआ। अब तुम यह शरीर त्याग कर दिव्य देह धारण कर लो और मेरे वर के प्रभाव से इस धरती पर प्रत्येक देवपूजन सामग्री में तुम्हारा प्रधान स्थान होगा। सुन्दरी, तुम मृत्युलोक, पाताल लोक और स्वर्गलोक में सदा श्रीहरि के निकट वास करोगी। तुम बैकुंठ में दिव्यरूप-धारिणी, वृक्षाधिष्ठात्री देवी बनकर सदा एकान्त में श्रीहरि के साथ क्रीड़ा करोगी और तुम्हारे शापवश श्रीहरि भी पत्थर का रूप धारण कर भारत में गण्डकी नदी के जल के निकट निवास करेंगे। जो महाज्ञानी पुरुष शालिग्राम-शिला, तुलसी और शंख को एकत्र करके उनकी रक्षा करेगा, वह श्रीहरि का प्यारा होगा।"

जयमाला जी ने ऊबे स्वरों में जय-जयकार किया। तुलसी के बिरवे पर अक्षत-पुष्प, सिंदूर और चूड़ियाँ चढ़ा कर उसे सदा-सुहागिन रहने का आशीर्वाद दिया। तापसी बड़ी मन्त्रमुग्ध बैठी हैरानी से सभी कुछ देखती रही। प्रेम, स्त्रीत्व, प्रियतम विहार-रमण, सुहाग, उसके लिए अजनबी से शब्द थे, जिनको वह नहीं जानती थी। वह यह भी जानती थी कि जैसा जितेन दा के पास था, वैसा जानकारियों का अशेष भंडार तो किसी के पास नहीं था। फिर भी वह नन्दिता से पूछने बैठ गई—"नन्दिता जी, यह प्रेम क्या होता है? क्या प्रेम ही है जीवन की सबसे उत्तम भावना?"

"अरे, इतना भी नहीं जानती, तापसी? प्रेम स्त्री-पुरुष के मध्य उठती एक इच्छा है, जिसे तेरी अंग्रेज़ी में 'इनर्जी' और हिन्दी में ऊर्जा कहते हैं। वैसे ही मन्द-मन्द बहती ऊर्जा, जो किसी पेड़ और फूल, श्वास और वायु, वर्षा और

नदी, घाटी और पर्वत के मध्य बहती है, उन्हें रस से सराबोर भी करती है और बगावती होकर बाँध भी तोड़ डालती है। प्रेम में मनुष्य अपनी सुध-बुध खो देता है, उसकी अलमस्त सिहरन में अपना सर्वस्व न्योछावर कर देता है।''

''ऐसा कब होता है, नन्दिता?''

''तब, जब हमें अपने सपनों का राजकुमार या अपनी चाहत का पुरुष प्राप्त हो जाता है।''

''मैंने तो अधिकतर पति-पत्नी को लड़ते-झगड़ते देखा है, बस। प्रेम करते हुए नहीं। प्रेम इस संसार में है क्या, कहीं भी?''

''प्रेम है, तापसी। प्रेम हमारी हर क्रिया में गुँथा हुआ है। प्रेम हमारी आत्मशक्ति है। प्रेम जब होता है, सारे संयमों के बाँध टूट जाते हैं। सच में, मैं अनुभव करती हूँ अपने रणबीर की बाँहों में। मैं कहाँ रहती हूँ और वह भी।'' नन्दिता का समूचा अस्तित्व एक सजल दीप्ति से जैसे जगमग था।

''शायद आप ठीक कह रही हैं। मैं ही प्रेम को नहीं जानती। यह भी सच है, मेरे हिस्से में प्रेम लिखा ही नहीं भगवान ने।'' वह खिसियाई-सी हँसी हँसती रही थी।

''शरीर की एक भाषा होती है, तापसी। एक उमगती हुई वासना, जो जीवन के लिए उतनी ही आवश्यक है जितना पेट भरने के लिए भोजन या पानी। हर खालीपन एक भराव चाहता है। शरीर भी।''

''आपने अनुभव किया है अपने जीवन में या किताब से पढ़-पढ़ा कर बोल रही हैं, नन्दिता जी?''

''हाँ, तापसी! रणबीर से शादी हो जाने के बाद सान्निध्य में, उसके ऊतव्य के तले बह कर मैंने उस प्रेम के अनन्त सुख का अनुभव किया है और शायद इसी कारण एक परितृप्ति मेरे मन में हमेशा, हर समय समोई रहती है।''

''हो सकता है; परन्तु उद्धव जी का हर समय का गाली-गलौज; अपनी घरवाली को मारना; जब भी उनके घर के सामने से निकलती हूँ; एक नया दृश्य, उनकी पत्नी का आँसुओं में भीगा चेहरा सामने खड़ा पाती हूँ! कपड़े धोती, सुखाती, काँपते होंठों में गालियाँ बुदबुदाती उनकी घरवाली हर समय भन्नाई रहती है। और वह खुद जब यहाँ आते हैं स्कूल में तब कैसे सफ़ेदपोश, तिलकधारी, शालीन लगते हैं। हैं न असंगत जोड़े भी इस दुनिया में? परन्तु उनके होने से प्रेम की परिभाषा तो नहीं बदली जा सकती। प्रेम सदा ताज़ी, सदा जीवंत रहते

जाने की अनुभूति है।'' अचानक रुक कर नन्दिता ने पूछा, ''तू भी तो विवाहित थी तापसी, फिर क्यों...?''

''कुछ लोग जन्म से अकेले पैदा होते हैं, नन्दिता जी! मैं भी थी। माँ तो थी नहीं। केवल एक काका था। फिर काका, कनिका दी और जितेन दा ने मुझे ऐसे बेच दिया जैसे मैं परछाईं थी उनके लिए। मैं जैसे कुछ नहीं थी, अस्तित्वविहीन पत्थर की एक शिला। बस। और फिर मेरी नियति, मुझे जिसके पल्ले बाँधी गई थी, वह पुरुष भी कहाँ था! अपनी शारीरिक असमर्थताओं की सारी खीज, कुण्ठा मेरे शरीर पर उतारता हुआ, मुझे टॉर्चर करना उसका अपना सुख बन गया था।''

वह एक पुराने सफ़र पर निकल गई थी और किसी चौरस्ते पर खड़ी सुस्ता रही थी थकान से पस्त।

''बहुत सहा तूने, तापसी! विद्रोह नहीं किया? बस, बरदाश्त करती रही चुपचाप।''

''सत्रह-अठारह साल की अबोध लड़की को क्या पता होता है विद्रोह, और फिर मैं भी 'ड्रग्ड' रहती थी। पता नहीं क्या पिलाता था मुझे दूध में घोल कर, गुलाबी-सी पुड़िया? जैसे ही मुझे होश आया, बस, एक एहसास जागा मन में। और तब अधिक अपमान सहने की मेरी शक्तिहीनता, मेरा बल बन गई। मुझे लगा, बामखेपा की माँ, चामुण्डा मुझे चेता रही थी। बस, मैं भी उसी विश्वास में समोहित होती चली गई। मेरे अपने आप में उठ खड़े होते ही, वह मेरा पति, कमज़ोर पड़ता गया और अपनी ही कुण्ठाओं में ग्रस्त बीमारियाँ झेलता चल बसा। सुहाग तो था भी नहीं। फिर भी वैधव्य ओढ़ना पड़ा मुझे। सारे नाते रिश्तेदार, सब पैसे के थे, और किसी के पैसे पर मेरा कोई अधिकार नहीं था।''

नन्दिता ने तापसी का हाथ कस कर पकड़ लिया था—''ओह, तापसी! चल छोड़, पीछे मुड़कर नहीं देखते।'' परन्तु तापसी वहीं खड़ी थी।

''वह भी शाश्वत सत्य था और आपका बताया प्रेम शाश्वत झूठ। नन्दिता जी, इस संसार में केवल स्वार्थ बड़ा है, मनुष्य नहीं, उनकी भावनाएँ भी नहीं। शादी-ब्याह बस व्यवस्था है जिसमें हम औरतों को बाँध दिया जाता है, और कुछ नहीं।''

''ओह!'' नन्दिता उसे बाँहों में लेकर सहलाने लगी। तब वह पहली बार फूट-फूट कर रोई थी। तापसी का जाने कब का भीतर का संचित गुबार या

शायद दुःख आँखों के रास्ते बह गया था।

नन्दिता उसे सहलाती हुई कह रही थी, "रो ले तापसी, अपने भीतर की सारी कटुता को बहा दे इन आँसुओं में। अपने भीतर की ऊर्जा को संचित करके, अपनी इस साधारणता से उठकर विशेष हो जा तापसी। तेरी ऊर्जा तेरे पास है। वह दैहिक राजनीति का शिकार होने से बच गई है। उसे ही मार्जित करके, उसे ही तू अपनी क्षमता में ढाल ले तापसी!"

"आप कविता लिखती हैं, नन्दिता जी?"

"हाँ, जब आत्मविभोर होती हूँ तब कविता मेरे भीतर अपने-आप उग आती है?"

"आत्मविभोर?" तापसी ने पूछा, "आत्मविभोरता घटना है क्या, जो हमारे भीतर घटती है, कभी, या कोई मन का विकार, इच्छाओं का फैलाव, वैसा विस्तार जिसकी कोई सीमा नहीं होती?"

"नहीं, तापसी। आत्मविभोरता समय का वह पल है, जो हमारे भीतर ठहर जाता है। वह पल सुख का होता है, आनन्द का होता है। वह पल विस्मृति का पल होता है। हमें उस पल कुछ याद नहीं रह जाता, अपने दो शरीरों के अतिरिक्त और कुछ भी नहीं। उस क्षण बाहर का वास्तविक जगत, सब शून्य हो जाता है।"

तापसी अपने भीतर टटोलती रही, था क्या वैसा कोई पल उसके अपने जीवन में, आनन्द के स्फुलिंग बरसाता कोई दिवस? शायद वह क्षण जब वह 'विश्व-भारती' के छायादार वृक्षों तले बैठ जाती थी या जब चुपचाप एक कोने में खड़ी होकर वह 'दीदी-टी-स्टाल' के निकट बातें करते-बतियाते विद्यार्थियों में अपनी परछाईं स्थापित करती थी। हाँ, तब अवश्य समय थम जाता था और भीतर कुछ पिघलता था, या तितली-सा फड़फता वह पल, एक छोटा-सा लम्हा जब उसने मलय को देखा था। बचपन के कुछ साथ खेले हुए दिन तो याद नहीं थे पर उस दिन उसके शरीर से टकराने का रोमांच नसों में विद्युत् करेंट-सा दौड़ गया था—सुख से गुँथा अपूर्व पल। इससे पहले तापसी अपने मन में उगी किसी प्रज्वलित चाह के लिए शब्द ढूँढ़ती, मलय की गोरी-चिट्टी मेम पत्नी अपनी ऊँची एड़ी की सैंडिल से उस पल की कोमल पंखुड़ियों को कुचलती हुई, उस पल के मध्य से निकल गई। अपनी उस बेनाम भावना को मृत्यु की गहरी खाई में ढकेल दिया था तापसी ने। परन्तु आज अचानक लगा, वह नन्ही-सी इच्छा

उसके मन के किसी कोने में कँपकँपाती लौ-सी दबी पड़ी थी। वह बुझी नहीं थी, न ही उसने दम तोड़ा था—इतना कुछ घटित हो जाने पर भी?

अचानक अपने पुरानेपन में चलती-चलती तापसी किसी एक पल में ठहर गई—"एक बात बताऊँ, नन्दिता जी। जितेन दा के यहाँ अक्सर शाम को बहुत प्रकार के लोग जमा होते थे, या यूँ कहूँ, 'सो काल्ड-इंटेलैक्चुअल्स' का, बुद्धिजीवियों का जमघट्टा लगा रहता था। हर प्रकार की चर्चाएँ होती थीं, रवीन्द्र संगीत से लेकर बाउल-गीत तक। मेरे लिए वह सब एक माध्यम था एक परिचय का, संसार की वस्तुस्थितियों को जानने का या शायद अध्ययन का। एक बार उर्दू के एक शायर आये थे। जब उनकी कविताएँ या शायरी किसी को समझ नहीं आई थीं, तब उन्होंने हल्के-फुल्के शे'र पढ़ने आरम्भ किये—

"मेरे जनाज़े के पीछे सारा जहाँ निकला।
सिर्फ़ वह न निकला जिसके पीछे मेरा जनाज़ा निकला।"

उर्दू कविता को श्रोतागण दोहराते हैं, ऐसा रिवाज़ है। तो हमारे एक बंगाली बाबू ने उसे ऐसे पढ़ा—

"मेरे जनाज़े के पीछे सारा जहाँ निकला।
केवल वह शाला नहीं निकला, जिसके पीछे मेरा जनाना निकला।"

बेचारा शायर सिर पीटता चला गया। वे दोनों खिलखिला कर हँस पड़ीं।

तापसी जाने-अनजाने जयमाला जी की दिनचर्या, उनके छोटे-बड़े कामों में शामिल होती चली गई। स्कूल के बाद उनके कपड़े ठीक करना, उनका कमरा बुहारना, उनके ठाकुर जी के वस्त्र, चोला सीकर उस पर गोटा-किनारी जड़ना उसे बहुत रुचिकर लगता था। साथ-साथ चलता बातों का क्रम उसे जयमाला जी के जीवन की रहस्यात्मकता के और निकट ले जाता था। हर शाम जयमाला जी नन्दिता से संस्कृत पढ़ती थीं। तापसी ने पूछा तो कहने लगीं, ''सीखने की उम्र कभी बड़ी नहीं होती। मैं चाहती हूँ, संस्कृत में लिखे ग्रन्थ अपने-आप पढ़ लूँ, समझ लूँ, इसी से पढ़ रही हूँ।'' हर समय उनके भीतर का चेतन जैसे नये किसी अनुभव के लिए उत्सुक रहता था, चेहरे पर प्रतिबिम्बित जैसे एक सटीक चित्र। एक दिन स्कूल के जलसे में संगीत-कला आदि पर चर्चा हो रही थी तो बताने लगीं कि उन्हें बचपन में राजपंडित शंकर गंधर्व विद्याधर से, जो ग्वालियर शैली की गायन-परम्परा के मुख्य हस्ताक्षर थे, गायन सीखने का अवसर प्राप्त हुआ था। यही नहीं, उन्होंने ग्वालियर के प्रसिद्ध सुरेन्द्र प्रसाद जी से कत्थक और नवकुमार से अन्य नृत्य-शैलियों की शिक्षा प्राप्त की थी। अपने अतीत की तरंगों में बहती वह कह रही थीं—''संगीत मेरे लिए संसार से पार उतरने का माध्यम था, अभी भी है। शायद इस कारण कि अकेलेपन से या अपनी आत्मपरकता से उबरने के लिए इससे सुंदर और कुछ नहीं हो सकता।'' और वह जाने किस अनुभवातीत यथार्थ की परतों तले गुम हो जातीं, जैसे संगीत की कोई तरंग सागर की उत्ताल लहर की तरह लपेट कर उन्हें किसी दूसरे लोक में ले गई हो।

तापसी मन-ही-मन उनकी इस सात्त्विक और साथ-ही-साथ गतिशील जीवनचर्या में बाँधने लगी थी। उसे जयमाला के समूचे व्यक्तित्व में एक अजीब-सा आकर्षण दिखाई देता। जब भी समय मिलता, वह उनकी कोठरी में चली जाती। मन में जिज्ञासा जागती, इतना चमक-दमक भरा ग्लैमरस जीवन

जीने वाली यह सिने-तारिका इस छोटी-सी कोठरी में कैसे रह लेती थीं, जहाँ विशेष सुविधाएँ भी उपलब्ध नहीं थीं। सारा कमरा गर्मियों में भट्टी-सा तपता था और सर्दियों में खूब ठंडा हो जाता था। हाँ, गर्मियों में कुछ महीने वह दिल्ली या ग्वालियर चली जाती थीं, और उन दिनों सारा स्कूल, मन्दिर, उद्धव जी सँभालते—वे सब जैसे एक चुप्पी साध लेते थें, सन्नाटा-सा पसर जाता था पूरे परिवेश में, जो अस्वास्थ्यकर तो शायद नहीं था। तभी मन में एक सरसराहट अनुभव करती तापसी जयमाला जी के कमरे में जाती, झाड़ू लगाती, जाले छुटाती, उनकी पुरानी-धुरानी जर्जर पुस्तकों को झाड़ती तो उसे लगता मानो किसी कृशकाय पुराने-से शरीर के द्वार खुल गये हों और उनकी आत्मा कदम-कदम उठ कर बाहर निकल आई हो; और उनका अस्तित्व अपनी उस अ-स्वतन्त्रता से स्वतन्त्रता में प्रवेश करती हुई मित्रता के लिए हाथ बढ़ा रहा हो। उस पल तापसी चुपचाप बैठ कर उनकी आत्म-चेतना को पूरी गरिमा और पूरी ज़िम्मेदारी से अपने धुकधुकाते हृदय में उतर जाने देती। कितने प्रश्न थे जो उत्तर हो जाते थे। मौन में जागता था अ-मौन होता कोई भी विचार, जो उसकी चेतना को कब से खटखटा रहा था।

एक बार जयमाला जी की पुरानी साड़ियों का ट्रंक सँभालते हुए एक मैले से रेशमी रूमाल में लिपटा एक टूटा हुआ शीशा तापसी के हाथ में चुभ गया तो उसने जयमाला जी से पूछा—"दीदी जी, यह शीशा फ़ेंक दूँ क्या? टूट चुका है।"

"अरे नहीं तापसी, यह शीशा तो मेरी बीती हुई ज़िन्दगी का बहुत महत्त्वपूर्ण हिस्सा है। यह शीशा मेरे 'वैनिटी-बैग' में लगा हुआ था। फ़िल्मों में काम करते समय वह वैनिटी-बैग सारे मेकअप के सामान के साथ मेरे साथ रहता था, और मैं लोकेशन पर अभिनय से पहले इसी शीशे में देखकर मेकअप किया करती थी। आखिरी बार जब बम्बई से पूना लौट रही थी तो कार का एक्सीडेंट हो गया था। अब तक यह भी नहीं पता चला एक्सीडेंट हुआ था या कराया गया था। खैर, मैं बच गई परन्तु यह शीशा टूट गया। मुझे लगा, जैसे मेरे लिए इसका टूटना एक इशारा था, निर्णायक था। बस, मैंने उन टूटी हुई किरचों में से इस टुकड़े को अपनी स्मृतियों के खज़ाने में सहेज लिया। पड़ा रहने दे इसे, तापसी। मेरी बहुत-सी यादें बन्द हैं इस बक्स में। इसी में राजघराने के 'आर्म्ड-सैक्शन' से मिला पिस्तौल भी है। पता है तापसी, हमारे घर में उन दिनों (1942) के

क्रांतिकारी रात-बिरात आकर छुप जाते थे। मेरे पिता उन्हें आश्रय देते थे। मैं तब बहुत छोटी-सी थी और उनके ध्येय को भी नहीं जानती थी, परन्तु मुझे वे बहुत आकर्षित करते थे। अंग्रेज़ी स्कूल में पढ़ती थी न। इसी कारण उन्हें मैं 'जोवियल घोस्ट' कहा करती थी। वैसा रहस्यात्मक परिवेश मुझे परीकथा-जैसा लगता था—रोमांचक। सच कहूँ, तापसी! वैसे स्वाभिमानी क्रांतिकारी, वैसे व्यक्तित्व, वैसी ज्वलंत भावनाओं में उबलते नेता अब कहाँ हैं? अब तो सब कुछ स्वार्थ के बदरंग परदे में लिपटा हुआ है, जो खुली आँख से भी दिखाई दे जाता है।''

जयमाला जी की मित्र उनसे मिलने वृन्दावन आ पहुँची थीं। घनश्याम उन्हें टैक्सी में बिठा कर ले आया था। घर के छोटे-से बरांडे में दोनों आमने-सामने खड़ी थीं। तापसी देख रही थी, उम्र में बराबर होने पर भी बहुत विपरीत थीं दोनों। जयमाला जी की सखी उनसे कहीं अधिक स्वस्थ और स्मार्ट थीं, सुन्दर न होने पर भी खूब फैशनेबल थीं, कटे हुए बाल, कीमती साड़ी और चेहरे पर सुरुचिपूर्ण मेकअप उन्हें और भी भव्य बना रहा था। जयमाला जी का दुर्बल शरीर, डूबती हुई आवाज़, अतिसाधारण सूती साड़ी, परन्तु सुन्दर चेहरे पर नीली दो आँखें! प्रेम, दया, मित्रता से लबालब भरी हुई गहरी-सी एक जलहरी डूबने का आमन्त्रण देती हुई।

''तापसी, चाय का इंतज़ाम करना बेटी, ये मेरी बचपन की सहेली हैं। हम दोनों ग्वालियर के 'मिस हिल्स स्कूल' में साथ पढ़ती थीं। उस ज़माने में उस स्कूल को एक अमरीकन लेडी चलाती थी।''

''मुझे याद है जया, तुम अपने उस दकियानूसी देहाती 'सरदार पुत्री पाठशाला' से भाग कर हमारे वाले अंग्रेज़ी स्कूल में दाखिल हो गई थीं।'' हाथ पकड़ कर वे दोनों जैसे एकाएक समय के उस पुराने खण्ड में जा खड़ी हुई थीं।

''हाँ, ग्रेस, उस छोटी-सी उम्र में भी मुझे इतना पता था कि वह स्कूल मुझे केवल एक आदर्श गृहिणी के खोल में ढाल रहा था और मुझे वह कतई स्वीकार नहीं था।''

''परन्तु मुझे याद है, शादी तो हुई थी तुम्हारी।''

''हाँ, हुई तो थी, परन्तु मैंने उसे स्वीकारा कब? मुझे याद है, गौने के बाद मैं ससुराल जाने के लिए गाड़ी में बिठा दी गई थी। मेरे साथ मेरे मामाजी

भरी हुई बन्दूक लेकर ट्रेन में सवार थे। हमें जाना था कोंकण। 'सेंट ज़ेवियर' से बी.ए. पास, मन में आगे पढ़ने की इच्छा से तड़फड़ाती मैं, कोंकण के परिवेश को किसी भी प्रकार स्वीकारने को तैयार नहीं थी। मुझे लगा, मेरे साथ नाइंसाफ़ी हो रही है। मैं एक परदानशीन दुल्हन बनकर नहीं जी सकती। मुझे अपने लिए निर्णय लेने का समय मिल गया। जैसे ही गाड़ी कल्याण के स्टेशन पर रुकी, मैं पानी पीने के बहाने उतर गई। और भागती हुई दूसरे प्लेटफॉर्म पर खड़ी गाड़ी में बैठ गई। संयोगवश, वह गाड़ी पूना जा रही थी। पूना में मेरी मौसी का घर था। बस, मैं सीधी उनके घर चली गई। मेरा यूँ भाग आना उन्हें भी अच्छा नहीं लगा था। परन्तु मैं गले जो पड़ गई थी। तंग आकर उन्होंने मेरी नौकरी 'अगारकार हाई स्कूल' में लगवा दी। बी.ए. की डिग्री काम आ गई। मैं पढ़ाने लगी और आत्मनिर्भर हो गई। अपने उस पढ़ाने के क्रम में मैंने पढ़ना भी शामिल किया और बम्बई जाकर एम.ए. की परीक्षाएँ भी दे डालीं।''

''वहीं आते-जाते तुम्हारी मुलाकात कर्वे साहब से हुई थी। वे जो सिनेमा के 'स्क्रीन-प्ले' और संवाद लिखते थे।''

''हाँ, उन्होंने ही मुझे फ़िल्मों में प्रवेश करने का प्रोत्साहन दिया और बाबूराम प्रभाकर की पहली फ़िल्म 'लापाण्डव में हीरोइन का रोल दिलवा दिया था। मेरी नियति शायद वही थी ग्रेस! कमज़ोर पत्ते तूफ़ान में बह ही जाते हैं, टिके नहीं रह पाते। मैं भी बह गई ग्लैमर की उस जगमगाती दुनिया में।''

''तुम थीं भी बहुत खूबसूरत जया, सॉरी, अभी भी हो। खण्डहर बता रहे हैं, इमारत बुलंद थी।''

वे दोनों हँसती रही थीं। तापसी ने पहली बार जाना, क्या होती है शालीन हँसी, कैसी घंटियों-सी टुनटुनाती, मधुर...बहावदार...।

''और किन-किन फ़िल्मों में काम किया आपने? आज बता ही डालिये जयमाला जी!'' नन्दिता नीचे बिछी दरी पर आलथी-पालथी मार कर बैठ गई थी।

''बहुत सारी फ़िल्मों में—मेघराज कपूर के साथ किया 'सिकंदर' में, उसके साथ कितना नाम हुआ था तुम्हारा जया। फ़िल्म की 'रुखसाना' को देखकर लोग आहें भरते थे। मैं विदेश में थी उन दिनों, परन्तु तुम्हारे चर्चे पत्रिकाओं में पढ़ती रहती थी।''

ग्रेस अतीत के किसी पृष्ठ पर खड़ी थी और जयमाला जी उसी पृष्ठ

पर ठहरकर मुखरित हो उठी थीं—"और उस फ़िल्म के बाद मेरे मुख्य अभिनेता मुझे कभी 'डायना' कहते थे, कभी 'मून गॉडेस' (चाँद परी)। एक बार शूटिंग के समय मैं घोड़े पर सवारी कर रही थी। पहाड़ी से उतरते समय पृथ्वीराज जी ने मेरी कुशलता देख कर कहा—"हर पेरेन्ट्स मस्ट हैव पुट हर ऑन सैडल, इन्सटेड ऑफ क्रेडल" (इसके माता-पिता ने पैदा होते ही इसे पालने के स्थान पर घोड़े की पीठ पर कसी जीन पर बिठा दिया होगा)। सच भी था, बचपन में सीखी घुड़सवारी मेरे काम आई थी। यही नहीं, बड़ी सहजता से मैं किसी भी चरित्र में ढल जाती थी। मेरे लिए कभी भी किसी डुप्लीकेट की आवश्यकता नहीं पड़ती थी।"

अपने निश्चित समय पर जयमाला जी कमरे के बाहर वाले बरांडे में आ गईं। उनके हाथ में टोकरी थी, चिड़ियों को दाना डालने का समय जो हो गया था। ग्रेस भी उठकर उनके पीछे-पीछे आ गई। ढेर सारी चिड़ियाँ, आकाश के पता नहीं किस छोर से उड़ती-फड़फड़ाती वहाँ झुंड-का-झुंड जमा हो रही थीं। तापसी को वह समूचा दृश्य बहुत भाता था। हर परिन्दे को स्वतन्त्रता से जीने का अधिकार था। ग्रेस, तापसी, नन्दिता मुग्धभाव से देख रही थीं। जयमाला जी जाने उन्हें दाना डाल रही थीं या वे रंग-बिरंगे परिंदे अपनी खुली चोंच ऊपर को उठाये उन्हें प्यार करने के लिए वहाँ जमा हो गये थे, पता नहीं?

सेविका स्टील की पुरानी-सी तश्तरी में कुछ नमकीन और वैसे ही बदरंग गिलासों में चाय रख गई थी। मेज़ का अस्तित्व भी जर्जर था।

"आओ ग्रेस चाय ले लो।" जयमाला जी ने फिर से अपनी छोड़ी हुई जगह पर बैठते हुए कहा।

"जया, तुम्हारे समय के एक्टर अभी तक फ़िल्मों में काम कर रहे हैं—माँ का नानी-दादी का रोल और तू, वह कौन सी फ़िल्म थी, जिसके लिए राष्ट्रपति का पुरस्कार मिला था तुझे, उसके बाद अचानक सब-कुछ छोड़-छाड़कर यहाँ आ गई, इस उजाड़-सी जगह में तपस्विनी जैसा जीवन जीने?"

"हाँ, ग्रेस!" अपनी धीमी-सी, मीठी आवाज़ में जयमाला ने कहा, "एक बार 'श्याम ची आई' का इतना महत्त्वपूर्ण चरित्र जी लेने के बाद मुझे लगा था कि मैं अब कोई साधारण-सा रोल, कोई नाटक नहीं कर पाऊँगी। विराट छू लेने के बाद, सस्ते, कामचलाऊ किरदार निभाना मुझसे सहन नहीं हुआ। बस, एक पल के निर्णय में मैं अपनी .सी आत्मचेतना में लिप्त चली

आई।'' कुछ देर चुप रह जाने के बाद फिर कहने लगीं—''बहुत कठिन था यहाँ पर अपने को पुनः स्थापित कर पाना। कठिनाइयाँ भी कम नहीं थीं। फिर, इन चिड़ियों का चहचहाना, चुलबुली वृन्दावनी पगडंडियाँ, मथुरा के टेढ़े-मेढ़े रास्ते, गोवर्धन का पर्वत, तापसी-जैसी लड़कियों का दर्द, इस स्थान की 'क्रूअल बट स्प्रीचुअल रिएलिटी' उसकी क्रूर वास्तविकता मुझे इस धरती से बाँधे हुए है।''

''क्या कभी अफ़सोस जैसा महसूस नहीं हुआ जया? कोई पश्चाताप?''

''ग्रेस, फ़िल्मों में के.एन. सिंह एक शेर पढ़ा करते थे, वह मुझे वक्त-बेवक्त याद आता है। तुझे सुना रही हूँ—

'शिकवे नहीं किसी से मगर हाँ मलाल है,
कुछ अगली-पिछली बातों का बेशक खयाल है'।''

आकाश का पश्चिमी कोना लाल हो आया था। सूर्य देवता अपनी समूची उज्ज्वलता समेटकर पश्चिम दिशा के किसी अज्ञात कोने में सिमट रहे थे। घर लौटता एक दिन शाम के झुटपुटे में घुल रहा था। ग्रेस, जयमाला और 'कुसुम-सरोवर' की उस जलहरी से, ब्रजभूमि की धरती से विदा ले रही थी। तापसी उन्हें टैक्सी तक छोड़ने आई थी। अपनी पश्चिमी सभ्यता समेटे वह गोवर्धन से दूर जा रही थी अपनी वस्तुवादी दुनिया में और जयमाला जी अपनी छोटी-सी कोठरी के अँधेरे परिवेश में आरती के दीये जला रही थीं। आरती के अस्फुट स्वर 'कुसुम-सरोवर' की ठहरी हुई शान्ति में परिन्दों-से उड़ रहे थे।

घनश्याम का चिन्तातुर स्वर! शोर सुनकर वे सब अपनी-अपनी कक्षाओं से बाहर आ गये थे। नन्दिता, तापसी, गायत्री...बच्चों को नया गीत सिखाती बीच में से उठ आई थीं। झन्न से बन्द हुए हारमोनियम की गूँज सारे वातावरण में एक निनाद-सी फैल गई थी। स्कूली परिवार के लोग भागते हुए उद्धव जी के मन्दिर की ओर दौड़े थे। आँगन में भीड़ पहले से जमा हो चुकी थी। उद्धव-मन्दिर का पुजारी, घनश्याम आदि निरन्तर बोले जा रहे थे। केन्द्र बिन्दु थे मौनी-बाबा, जिनका दुर्बल शरीर किसी मूर्छना में लिप्त धरती पर निर्जीव-सा पड़ा था। घनश्याम बता रहा था, ‘‘बाबा सुबह दरवाज़ा खोल कर नियमपूर्वक बाहर आते हैं, थोड़ा-सा टहलते हैं या कभी-कभी बाज़ार की तरफ़ निकल जाते हैं। अब की दो-तीन दिन से बाहर नहीं आये।’’

पुजारी ने बताया—‘‘अरे भई, वे तो ब्रह्म-मुहूर्त्त में ‘कुसुम-सरोवर’ में स्नान को जाते हैं। सीढ़ियों पर बैठ कभी-कभी ध्यान भी लगाते हैं। इनका एक शिष्य भी उसी मुहूर्त्त में पता नहीं कहाँ से आता है। स्नान के पश्चात् जब बाबा कोठरी के भीतर चले जाते हैं तब वह बाहर खड़ा होकर ‘जय राधे’ ‘जय राधे!’ कहकर दण्डवत् प्रणाम करता है। मौनी-बाबा तो बोलते नहीं, परन्तु कोठरी के भूगर्भ से उसी का स्वर गुंजायमान-सा होता बाहर लौटता है। आज सुबह जब उसे अपनी ‘जय राधे’ का उत्तर नहीं मिला तो उसे चिन्ता होने लगी। उसने मुझे सूचना दी। मुझे लगा, बाबा ने अपने लिये मौन तो चुना ही है, परन्तु कई अवसरों पर मैंने देखा था, वे ‘लीला’ में डूब कर ध्यानातीत हो जाते थे और ज्ञान-शून्य अवस्था में घंटों पड़े रहते थे।’’

‘‘क्या होती है यह ज्ञान-शून्य अवस्था?’’ तापसी के मन में प्रश्न कुलबुलाया था।

बड़े उद्धव जी आ पहुँचे थे—‘‘अरे बाबा, भीड़ हटाओ ना, ‘मौनी-बाबा’ बेहोश नहीं हैं भाई, अपनी दिव्योन्माद जैसी अवस्था में डूबे हुए हैं।’’

'दिव्योन्माद'...बाबा की ऐतिहासिकता, उनका अस्तित्व...तापसी के मन के कौतूहल में आ मिले।

भीड़ हटाई गई। बच्चे अपनी-अपनी कक्षाओं में लौट गये। गायत्री उन्हें ले गई। बाबा का शिष्य आ पहुँचा। उसके साथ एक धोती-कुर्ताधारी वैद्य जी भी थे। उन्होंने बाबा की नब्ज़ देखी। उनके शरीर को उठवाकर खुली धूप में चबूतरे पर लिटवाया।

"कब से बेहोश हैं?" वैद्य ने पूछा।

"कई दिन से चल रहा है। दो-तीन दिन पहले भी मैं आया था। जब प्रणाम करने लगा दरवाज़ा खुला था। बाबा अजीब उन्मादित स्थिति में कभी हँसते थे, कभी रोते थे। मैं दूध का पात्र रख कर आ गया था।"

"दूध पिया क्या बाबा ने?" किसी ने पूछा।

"हाँ, आज सुबह पात्र खाली था, परन्तु बाबा, वह तो ऐसे ही पड़े थे। मैं डर गया था, तभी वैद्य जी को बुला लाया।"

"तू कहाँ समझेगा रे! बाबा तो बहुत पहुँचे हुए हैं। अपनी भक्ति और दिव्योन्माद की लीनता में खोये रहते हैं। मैंने अक्सर आधी रात को उनके कमरे में बड़ा-सा दीया जलता देखा है, दिव्य प्रकाश फैलाता। यों जाकर कोठरी में देखो, न तो कोई दीया है वहाँ न बाती, कुछ भी नहीं है...फिर?" उद्धव ने कहा।

वैद्य ने तब तक पानी में औषधि की पुड़िया घोल कर उनके मुँह में डालने का प्रयास किया, परन्तु अधखुले मुँह से वह सब बाहर बह गया और उनके होंठों के पपोटे वैसे ही सूखे रह गये।

"कुछ खाया-पिया इन्होंने?" वैद्य ने कोई पीला-सा लेप उनकी हथेलियों पर मलते हुए पूछा।

"कहाँ खाते हैं! कुछ दिन पहले कुछ ऐसी ही अवस्था थी, पर होश में थे। 'राधा-कुण्ड' वाले डॉक्टर के पास ले गया था। ग्वालियर के मन्दिर से प्रसाद भी लाया था, परन्तु बाबा ने स्लेट पर लिख कर कहा—"मैं राजा का अन्न नहीं खाऊँगा।"

"वैसे भी तो दूध पीते थे।" पुजारी ने बताया।

"अरे भई, दूध के साथ कभी-कभी संखिया भी खाते थे।"

"ओह!" वैद्य ने हैरान होकर कहा—'तब तो, इनका बचना मुश्किल है।

विष अपना असर कर रहा होगा। खैर, मैं यह पुड़ियाँ छोड़ जाता हूँ। पानी के साथ घोल कर देते रहना और यह लेप भी हथेलियों और पैर के तलवों पर मलते रहना। संखिया का विष फैलेगा नहीं। आगे हरि इच्छा! शाम को लौटता हुआ देख जाऊँगा।''

वैद्य जी अपना झोला सँभालते हुए चले गये। भीड़ भी छँटने लगी। पुजारी और मौनी-बाबा का शिष्य उनकी सेवा में जुटे रहे, परन्तु मौनी-बाबा ने न तो होंठ खोले, न ही आँखें।

श्वास धीरे-धीरे उनके शरीर को कंपायमान अवश्य कर रहा था।

''उद्धव जी, मौनी-बाबा यहाँ कब से रह रहे हैं, आप तो अवश्य जानते होंगे?'' तापसी का प्रश्न बाहर आ ही गया।

''हाँ, क्यों नहीं जानता, ये बाबा ब्रजभूमि के रहने वाले नहीं हैं। उड़ीसा से यहाँ शिक्षा हेतु आये थे। इनके पूर्वज मध्यगौड़ीय सम्प्रदाय के उड़िया संत थे। इनके वास्तविक नाम को तो मैं नहीं जानता, परन्तु इतना अवश्य याद पड़ता है कि गुरुकुल में जहाँ ये शिक्षा पाते थे, अपनी वाचालता के लिए प्रसिद्ध थे। पढ़ते समय भी चुप नहीं बैठते थे। एक दिन व्यर्थ की बकबक कर रहे थे तो इनके गुरुदेव ने फटकार लगाते हुए कहा—'चुप रह, मूर्ख!' बस, उसी क्षण का मौन उनका जीवन प्रवर्त्तक बन गया। पहले अकेले दो मील दूर वन में रहते थे। कुछ साल पहले यहाँ आकर रहने लगे। हमीं लोगों ने इनकी कुटिया बनवा दी। बस, अपने गहरे मौन में जीने के लिए केवल दूध पीते हैं या उसके साथ संखिया खाते हैं—'ना काहू से दोस्ती ना काहू से बैर'।''

दोपहर बाद, स्कूल का काम समाप्त होने पर तापसी और नन्दिता फिर से मौनी-बाबा को देखने चली गईं। बाबा उस समय भी मूर्च्छित पड़े थे। घनश्याम और उद्धव जी ने डॉक्टर को भी दिखा दिया था। डॉक्टर इंजेक्शन लगाकर चला गया था, परन्तु बाबा की स्थिति में कोई सुधार नहीं हुआ था। जैसा कि वह सब कह रहे थे—पता नहीं, बाबा की चेतना किसके प्रति चेतन थी? पता नहीं? बाबा के निकट बैठे लोग बाबा के चिरन्तन मौन, मृत्यु, पता नहीं, किसकी प्रतीक्षा कर रहे थे? गंगाजल-तुलसी ही नहीं, कच्ची मिट्टी का दीया भी जुटा लिया गया था। पुजारी मन्दिर के पट खोल कर धीमे स्वर में भजन गा रहा था। समय व्यतीत हो रहा था। नन्दिता घर जा चुकी थी। अकेली तापसी एक सीढ़ी पर चुपचाप बैठी क्षण-क्षण घटित होते उस दृश्य को देख रही थी।

अचानक एक दस-बारह साल का बच्चा सफ़ेद छोटी-सी धोती-कुर्ता पहने भागता हुआ मन्दिर के प्रांगण में आ खड़ा हुआ। हाथ हिला-हिला कर पूछने लगा, ''उड़िया बाबा, जिनके प्राण निकसबे को हैं, कहाँ हैं?''

उद्धव जी ने कहा, ''ये तो बरसाने के गोस्वामी का बालक है। यहाँ कैसे आया, वह भी अकेले?''

बच्चे के हाथ में एक छोटी-सी पुड़िया थी। वह हाथ में उठाकर बोला, ''जा पान के बीड़े को बाबा कूँ खवाय देओ। श्री जी ने पठाई है। कल रात बिनने स्वप्न में मोते कही—कुसुम-सरोवर बारो उड़िया बाबा मोरो दर्शन सहन नाँय कर सक्यो। बाके प्राण जायबे को हैं। बाको मेरी प्रसादी बीड़ी खवाए देओ तौ जी उठैगो।''

इससे पहले कि भीड़ में कोई प्रतिक्रिया जागती, बच्चे की भोली बातों पर कोई हँसता, कुछ कहता, वह बालक छलाँग लगाकर दर्शकों के हजूम से निकल कर मृतप्राय मौनी-बाबा के निकट जा पहुँचा और पत्ते में बँधी पुड़िया में से एक पान का बीड़ा निकाल कर बाबा के सूखते होंठों से छुआ दिया। बाबा के होंठों में कंपन जागा, चेहरे की रंगत पलटने लगी और शिष्य का स्वर 'जय राधे' अकेली खाली पड़ी कोठरी के गहरे सन्नाटे में गुंजरित हुआ। सब लोग उधर की तरफ़ दौड़े, बच्चा जिस छलाँग गति से कूद कर आया था, उसी गति से मन्दिर के बाहर चला गया। 'मौनी-बाबा' ने आँखें खोल दीं। करवट बदली। दवाई मिला जल पुजारी के हाथों गटागट पी लिया।

''इंजेक्शन का असर अब जाके हुआ।'' कोई बोला।

''शायद ध्यान टूटा है बाबा का।'' दूसरे ने कहा।

उद्धव जी चिल्लाये—''वह बालक कहाँ गया, ढूँढ़ो उसे?'' उद्धव जी काँपते हुए स्वयं बाहर की तरफ़ दौड़े—''वह बालक कहाँ गया रे!'' ''बाँके-बिहारी ...जय कृष्ण-कन्हाई'' शिष्य ने मौनी-बाबा को सहारा देकर उठाया। बाबा जैसे गहरी नींद से जागे थे। भीड़ को आश्चर्य से देखते हुए अपनी कोठरी में चले गये।

''उनका बिरहानल शान्त करबे कूँ आया रहा कान्हा।'' स्त्री स्वर गूँजा था। परन्तु मौनी-बाबा का मौन कोठरी से उठकर वातावरण में पसर रहा था। आने वाले समय में उद्धव मन्दिर के आँगन में दर्शक बाबा के लिए चढ़ावा—गाय का दूध, बूढ़ी गउर-दासी, सातों देवालयों का चरणामृत आदि लाते थे। बाबा

की कीर्ति कहानियों के अनेक रूप दूर-दूर तक हवा में बहने लगे और प्रश्नाकुल भक्त-दुःखीजन दूर-दूर से आने लगे। बाबा प्रश्नोत्तर करने लगे थे। उनके उत्तरों के सत्य और गम्भीरता को सभी मान्यता देने लग गये थे। उनके सुबह-सवेरे के ज्ञान से 'कुसुम-सरोवर' का जल लोग चरणामृत मानकर पीने लगे थे।

मन्दिर से जुड़ा स्कूल का आँगन भी अब दर्शनार्थियों का विश्रामस्थल बन गया था। जयमाला जी उस घटना के समय दिल्ली में थीं। वापिस लौटीं तो व्यथित थीं कि वह भगवान के, बालकृष्ण के उस रूप से वंचित रह गईं। और तापसी सब कुछ देखकर भी, अभी तक निश्चय नहीं कर पाई थी। अपने जीवन में मृत्यु के अनेक रूप देखकर सोच रही थी, कि कैसा होता है अपने ही अस्तित्व में अनस्तित्व से गुज़रना, कैसा?

नन्दिता ने तो पूछा भर था, परन्तु तापसी का अपना प्रश्नाकुल आलोचक व्यक्तित्व वहाँ बिछ-सा गया था। बड़ी कठिनाई से जयमाला जी अतीत के उस गहरे अँधेरे कमरे में आ खड़ी हुई थीं, जिस पर उन्होंने अपनी दुर्बल अँगुलियों से तड़प का एक ताला बन्द कर दिया था। बड़ी देर तक वह अपनी संगृहीत-संकलित स्मृतियों के अरण्य में चुपचाप खड़ी रहीं, फिर कहा—"बरसों का गड़ा-दबा अतीत तुमने उघाड़ लिया नन्दिता! यादों के रेगिस्तान में मीलों भटकने पर भी कोई ठोस पत्थर जैसा हाथ में कहाँ आता है? हाथ आती है केवल कुछ दर्दीली बालुई स्मृतियाँ, आँसुओं से गीली, आँसू जो कभी नहीं सूखते।"

"पूना के तटवर्ती जंगल, वहाँ की झील, नदी, ठहरा हुआ जीवन, वहाँ का वातावरण, स्वच्छता, शांति, शिक्षा, पुरतकें, कालिजी दिनचर्या में बहती मेरी कमज़ोर निष्ठा जैसी ज़िन्दगी आ पहुँची थी, बम्बई के उत्फेनित समुद्र की उत्ताल तरंगों में बहने के लिए। डगमगाना तो था ही। मैं भी बाहें खोल कर चली गई उसमें डूब जाने के लिए; शायद इसलिए भी कि वह मेरी पूर्व निर्धारित नियति थी।"

तापसी और नन्दिता जयमाला जी के अतीत में प्रवेश कर गई थीं।

"सिने-तारिका का जीवन बहुत अकेला होता है, तापसी! हम अभिनेत्रियों का प्रेम केवल चित्रपट पर उभरता है। वास्तविक जीवन में होती है एक चुप्पी, उदासी, अकेलापन। शायद इसलिए भी कि बाहरी संसार से हमारा सम्पर्क विच्छिन्न-सापा हो जाता है। हम जाना भी चाहें तो कहीं नहीं पहुँचते। जीवन की वास्तविकता हवाओं के हाथों में थमी रह जाती है, हमारे घर, हमारे कमरों की घुटन में नहीं प्रवेश करती। पत्रिकाओं में छपती हमारे अभिनय की प्रशंसाएँ, हमारे सम्मान, पुरस्कार सब सतही होते हैं, नन्दिता! अन्दर का मन, शरीर की इच्छाओं का गला घोंटना पड़ता है। मज़े की बात यह है कि शरीर ही हमारा माध्यम होता है हमारे समूचे सौन्दर्य, हमारी भीतरी कला के प्रदर्शन

का। उसे ही सँवारने में, बनाये रखने में सारी ऊर्जा खर्च हो जाती है और उसकी ही इच्छाओं का गला घोंट देना पड़ता है। है ना अजीब बात। शरीर की मिल्कियत में शरीर को ही नकारना पड़ता है।''

''सिनेमा-जगत में उतर आने के बाद मुझे लगने लगा कि मेरे निकट जो कुछ भी था—परिवेश, मित्र, सम्बन्धी—उन्हें लगता था मेरा शरीर, मेरा सौन्दर्य बिकाऊ है, सस्ता है, क्रय करने की वस्तु है। शायद इस कारण भी कि वह अभिनय के दौरान एक के नहीं बहुतों के कंधों पर टिका होता था या शायद वैसे टिका होना उसकी मजबूरी थी। निर्देशक, प्रोड्यूसर से लेकर साथ में काम कर रहे अभिनेता, नायक, खलनायक तक, हमें सभी को अपना बनाकर चलना पड़ता था। फ़िल्म एक 'टीम-वर्क' या परिवार—जैसी थी, जिस पर विश्वास करना आवश्यक था। परन्तु यह भी सच था कि वे सभी पुरुष, अपने पुरुषत्व के साथ चाहते थे कि उस विश्वास के टिके हुए सिर को कंधों से उठाकर होंठों तक ले जायें, जिस्म को बिस्तरे की सिलवटों में समेट कर कुचल दें, क्योंकि उनके हिसाब से फ़िल्म की नायिका का शरीर उस पूरे कुनबे का, सबसे बड़ा विजेता होता था, और किसी दूसरे की विजय...कौन स्वीकारता है, जीवन की सच्चाई में...कौन?''

जयमाला जी अतीत में अपने जीवन के औचित्य को खोज रही थीं जैसे।

''मैं उसी प्रपात में बहती हुई कर्वे साहब के प्रति आकर्षित हो गई थी या शायद प्रेम करने लगी थी उन्हें। उनका सहारा लेकर या हाथ थामकर मैं उस सिनेमाई जीवन की गहरी खाई में उतर गई थी, बिना सोचे-समझे, बिना तार्किक अर्थ जाने। शायद इस कारण भी कि कर्वे साहब बड़े सीरियस किस्म के व्यक्ति थे, या यूँ कहूँ कि वे 'मिस्टिकल-जीनियस' थे। उनकी सभ्य शालीनता के साथ-साथ उनकी लाड़-भरी बातें मेरे भीतर जैसे हर पल टहलती रहती थीं। वे बहुत पढ़े-लिखे थे। उनके गम्भीर चिन्तन में एक आकर्षण जैसा था, जो मेरे मन को बाँध ले गया था। परन्तु विवाहित पुरुष से प्रेम करना बहुत खतरनाक भी था, शायद इसलिए कि उनके जीवन में उनका परिवार और बच्चे ही अहम थे। और मेरा प्रेम? मेरा प्रेम तो भिखारी के भिक्षापात्र में डाले गये सिक्कों के समान था। मेरी चाहत का कोई मूल्य नहीं था। सुविधाएँ भी कितनी कमज़ोर होती हैं। वे जब निकाल पाते थे समय, कुछ थोड़े-से पल, कुछ घंटे, बस, वही मेरे अगाध बहते प्रेम का प्रत्युत्तर थे। शायद इस कारण भी कि हर रात अकेले

बिताने की सज़ा हम अभिनेत्रियों की नियति थी। मेरा हृदय, मेरा स्नायु-केन्द्र सभी कुछ एक भुतहा घर की तरह वीरान बना रहता था, जहाँ दर्दीली हवा साँय-साँय करती बहती थी। मेरा सारा कैरियर, मेरी फ़िल्मों का सारा दायित्व, मेरे रोल का चुनाव, क्या, कब, कैसे करना है, कौन-सी फ़िल्म 'साइन' करनी है, कौन-सी नहीं, वही सुझाते थे। कर्वे साहब ही मेरे बैंक-बैलेंस थे। पैसा कहाँ से आता है, कहाँ जाता है, उनकी ज़िम्मेदारी थी। मेरा फ़्लैट, मेरी गाड़ी, मेरे खर्चे सब उन्हीं के हाथों होते थे। मेरा दुनियावी न होना उनका हथियार बन गया था, जो वह मेरे लिए प्रयुक्त कर रहे थे। एक बार किसी फ़िल्म के रोल के लिए मेरे विरुद्ध एक कोर्ट केस बन गया था। मैं बेअकल तो थी ही। वह केस आसानी से हार गई, तो कचहरी के उस भरे-पूरे परिवेश में कर्वे साहब ने मेरे मुँह पर एक थप्पड़ दे मारा। एक पल के लिए मैं सकते में आ गई। सभी कुछ ठहर-सा गया, सारी कायनात और उसकी गति। आकर्षण के समूचे तंतु, प्रेम के सतरंगे इन्द्रधनुष, चकनाचूर हो गये।''

आँसू-भरी आँखों से सपने बह निकले थे। पुराने दृश्य, अपमान के पल, गले में फँस-से गये थे। पानी का गिलास गटागट पी गई थी जयमाला। कदम अभी भी अतीत की खुरदुरी धरती पर जुड़े थे।

''कचहरी के विटनेस-बॉक्स में खड़ी मैं, जैसे भक् से जल उठी। मेरा समूचा अस्तित्व अपमान की आग में दहक उठा। पलट कर मैंने भी अपने समूचे साहस से एक भरपूर तमाचा कर्वे साहब के मुँह पर—अपनी चाहत के उस खोखले मुखौटे पर—दे मारा। उनका चश्मा टूट कर दूर जा गिरा। उनके साथ-साथ पूरे कोर्ट-रूम में गहरा सन्नाटा छा गया। मैं चुपचाप वहाँ से निकल आई।''

चिरकाल की तड़प स्मृति की सलवटों से निकल आई थी। वह उनके चेहरे पर स्वेद-सी झलक रही थी। क्लांत मन से बिस्तरे पर लेट गई। अतीत का चलचित्र अभी चल रहा था।

''बस, तापसी, वह एक पल—मेरे जीवन का 'आई-ओपनर' बन गया था, जैसे कर्वे साहब के हाथों का वह अन्तिम स्पर्श मुझे वास्तविकता के संसार में लौटा लाया था। मेरी आँखें खुल गई थीं। मैं केवल देख ही नहीं रही थी, जान भी गई थी कि इतनी 'बॉक्स-ऑफ़िस' फ़िल्में कर लेने के बाद, इतने पुरस्कारों के बाद भी मेरे पास कुछ नहीं है। न तो वह फ्लैट मेरे नाम था जिसमें मैं रह रही थी, और न ही कोई दूसरी छत जहाँ मैं रह सकूँ। बैंक से पता किया तो

मालूम हुआ कि वहाँ भी मेरे नाम का खाता कभी खुला ही नहीं था। तो परदे की 'स्टार-क्वीन', भरे बाज़ार भिखारिन जैसी खड़ी थी, खाली हाथ, पराजित। मेरे पास चार-छह गहने थे। बस, उन्हें ही बेच-बाच कर मैं चल पड़ी। सब कुछ पीछे छूट जाने दिया। नयी फ़िल्में, नये प्रोड्यूसर जो मेरे पीछे यहाँ तक आये मुझे ढूँढ़ते हुए, वे सब अभिनेता भी जो मुझसे विवाह करने को आतुर थे, लेकिन ग्लैमर के मिथ्यारचित जीवन को तिलांजलि दे दी मैंने नन्दिता! परन्तु बहुत कष्टमय था वह समय। 'मैण्टल ब्रेक डाउन', जैसी स्थिति में मैं पता नहीं कब तक रही। उन्हीं दिनों कर्वे साहब का सौ रुपये का मनीआर्डर आया था एक बार, जिसे मैंने लौटा दिया था।'' कुछ देर आँख बन्द किये बैठी रही जयमाला। फिर कहा—''उठते-बैठते एक भयानक अपमान नसों में ताप-सा बहता, टीसता हुआ दर्द धमनियों में बहता रहता था। मैं बीमार रहने लगी। मैं अपनेपन की निरर्थकता को कोसती कि क्यों किया प्रेम? क्यों सोचा भी कि वह भी मुझे प्रेम करता था। परन्तु प्रेम के समय सोच कहाँ साथ देती है। एक विवाहित पुरुष से प्रेम करने का मेरा अधिकार भी क्या था? खैर, मेरा उस समय का सच, विक्षिप्तता, जो भी कहो, बस प्रेम था, प्रेम। परन्तु उससे भी बड़ा सच यह है तापसी कि इस संसार में कोई पुरुष या कोई भी स्त्री भावनात्मक स्तर पर इतने समृद्ध नहीं होते हैं कि प्रेम जैसी भावना की महानता को समझ सकें। यहाँ सब कुछ नाटक है। सच्चाई कुछ भी नहीं है। हर स्त्री, हर पुरुष, सभी 'इंडीवीज़ुअल' बस, अपने आप से प्रेम करते हैं। इसके सिवा केवल अपने वजूद से और किसी से भी नहीं। और अपने-अपने शरीर की परितृप्ति के लिए वह केवल एक-दूसरे के जिस्म का प्रयोग करते हैं और कुछ नहीं। प्रेम या फिर विवाह, बस, स्वार्थ साधने की नौटंकी भर है। उस अभिनय को सच मानकर जीने से बड़ी भूल या अपमान और कोई नहीं है, तापसी! नन्दिता, वह अपमान मुझे आज भी हौन्ट करता है।''

स्मृतियों के डंक जैसे एकाएक फिर से नसों में विषाक्त होकर बहने लगे। जयमाला लेट गईं। नन्दिता सोच रही थी अपने प्रेम के विषय में। वह तो अनुभव कर रही थी कि उसके अपने अस्तित्व को उसका पति रणबीर अवश्य ही निरपेक्ष रूप से या पूरी तरह से चाहता था और वही चाहना उसका अपना निज का आनन्द था। वह अपने प्रेम को आध्यात्मिक अर्थ देकर पोस रही थी। तो फिर? तभी बाहर रणबीर उसे लेने आ गया था। वह चली गई।

जयमाला जी कुर्सी पर बैठी चाय पी रही थीं। सारे वातावरण में झींगुर की झुनझुनी आवाज़ सुनी जा सकती थी। दूर कनेर के पेड़ों के झुंड में कुछ जुगनू जलते-बुझते प्रकाश की आँखमिचौनी खेल रहे थे। तापसी उनके कमरे से जुड़ी सीढ़ियों पर चुपचाप बैठी सोच रही थी—जयमाला जी का जीवन क्या था? 'प्रेम'...एक भ्रम, एक परछाईं, एक भटकती हुई कल्पना, बस? घनश्याम भीतर आ गया था। उसके हाथ में कागज़ों का एक पुलिंदा था। वह कह रहा था—"दीदी जी, आपका दिल्ली का टिकट आ गया है। कल शाम को जाना है। तैयार रहियेगा। गाड़ी का भी बन्दोबस्त कर दिया है।"

"जया दीदी, आप दिल्ली जाकर क्या करती हैं?" तापसी उदास स्वर में पूछ रही थी।

"दिल्ली में छत्रपति शिवाजी महाराज की जीवनी, इतिहास, उनकी शिक्षाओं को राष्ट्रीय स्तर पर बढ़ावा देना मेरा मिशन है, तापसी! बस, वही करती हूँ। एक पत्रिका भी छपती है वहाँ से।"

"परन्तु यहाँ का सब तो आपके जाने के बाद उजाड़-सा हो जाता है दीदी जी!"

"मेरे जीवन के दो ध्येय हैं तापसी, आध्यात्मिक और भौतिक। अपनी आध्यात्मिकता में चलती हुई मैं वहाँ चली जाती हूँ। जितना बन पड़ता है, काम करती हूँ। पत्रिका के लिए लेख लिखती हूँ। भौतिकता में ठहर कर यहाँ श्री कुंजबिहारी की झाँकियाँ और रासलीला में मग्न हो जाती हूँ। उसमें मुझे रस आता है। और फिर इस स्कूल के लिए पैसा भी इकट्ठा करना मेरा 'मिशन' है ना।"

"कब तक लौटेंगी?"

"जल्दी लौट आऊँगी। संगीत-सम्राट स्वामी हरिदास की जयंती पर लौट आऊँगी।"

कितनी दुर्बल लग रही थीं जयमाला जी। तापसी को लगा, वह काफ़ी हद तक अपना समूचा ध्यान, अपनी चेतना को बाहरी या भौतिक वस्तुओं से सिकोड़ कर अपनी ही स्वयं की आंतरिक, आत्मगत प्रतिक्रियाओं में केन्द्रित किये जा रही थीं, धीरे-धीरे विलीन-सी हो रही थीं, शरीर की दुर्बलता या पता नहीं, अपनी कृशकाया की किसी तह में छुपे श्री कुंजबिहारी के प्रेम में। कितने तो उपवास रखती थीं। तापसी ने एक बार पूछा था तो कह रही थीं—"उपवास, भूख से मित्रता का एक मनोवैज्ञानिक बोध है, तापसी! अगर हम दुःखों के प्रति

या भूख के प्रति सचेत हो जाते हैं तो अपने भीतर एक क्षमता आ जुटती है और प्रकृति भी साथ देती है। भगवान का नाम जोड़ लो तो वह भी ऊर्जा प्रदान करता है और भूख के प्रति, दुःख के प्रति दृष्टिकोण बदल जाता है।''

एकाएक जयमाला जी ने कहा—''तापसी, तेरी उम्र क्या होगी?''

''क्यों पूछा आपने?'' तापसी मन में हिसाब जोड़ रही थी—सोलह की थी तो शादी हुई थी। दो वर्ष विवाहित रही। फिर विधवा। आश्रम में तीन वर्ष, चार वर्ष स्कूल की छत्रछाया में और साथ-साथ बी.ए. तक परीक्षाएँ दे दी थीं—''चौबीस की हूँ, दीदी जी।''

''हाय इतनी छोटी उम्र! क्या यहीं काट देगी इस कोठरी के सुनसान अँधेरे में?''

''तो क्या करूँ? पीछे मुड़कर देखती हूँ तो मुझे लगता है, मुझे पहली बार अपने लिए जी पाने का अवसर मिला है। मैं पढ़ा रही हूँ, खुद भी पढ़ रही हूँ। पढ़ना मेरा उन्माद था बचपन से। और यहाँ के दुर्बल, गंदे, बीमार बच्चे, जाने कब से मेरी स्मृतियों में अटके हुए थे। कभी भी भूल नहीं पाई थी उन्हें। अब यहाँ इनके साथ रहकर लग रहा है कि यहाँ आना मेरी नियति थी तभी तो इतनी दूर आ गई हूँ।'' वह पुरानेपन में लौटना नहीं चाहती थी। तभी कहा—''यहाँ आपका सान्निध्य मुझे जो कुछ प्रदान कर रहा है वह अमूल्य है मेरे लिए। बी.ए. का परीक्षाफल आते ही मैं 'जी-मैट' की परीक्षा देना चाहती हूँ जया दीदी! आपने इतना किया है मेरे लिए। मुझे वहाँ तक और पहुँचा दीजियेगा।''

''हाँ, क्यों नहीं। दिल्ली में मेरी भतीजी है। कॉलेज में लेक्चरार है। तेरी सहायता अवश्य करेगी।''

''तापसी, तेरा बी.ए. का परिणाम तो आ गया। मैं कब से अखबार लिए खड़ा हूँ। तू देख ही नहीं रही है।'' घनश्याम ने कहा।

''सच,'' झपटकर तापसी ने अखबार ज़मीन पर फैला दिया। काँपती अँगुलियों से परिणाम खोजने लगी। रोल नम्बर तलाशती वह टपाटप आँसू बहाती उठ खड़ी हुई—''जया दीदी! जया दीदी!''

''क्या हुआ? रो क्यों रही है? अरी बता न?''

''मैं, जया दीदी पूरे विश्वविद्यालय में सबसे अधिक अंक लेकर पास हुई हूँ। उत्तर प्रदेश के सारे कॉलेजों में प्रथम। विश्वास ही नहीं हो रहा।'' वह फिर रोती हुई जयमाला से लिपट गई।

"इतनी खुशी की खबर है और तू रो रही है। पगली है न। घनश्याम जा, भागकर मिठाई ला और इसकी भी टिकट कटा दे। मैं इसे भी साथ ले जाती हूँ।"

"मैं अभी आती हूँ, जया दीदी! मौनी-बाबा को बता दूँ।" वह भागती हुई 'कुसुम-सरोवर' की सीढ़ियाँ फलाँगती जा रही थी। बहुत से लोग नहा रहे थे। अपने-अपने क्रियाकलापों में व्यस्त थे। ज़िन्दगी अपनी आपाधापी में बहे जा रही थी। तापसी को लगा कि उसे उभर कर वहाँ पहुँचना था जहाँ जीवन साधारणता से उठकर एक ध्येय में परिवर्तित हो जाता था। अचानक देखा, एक रंगीन बड़ी-सी तितली हवा में उड़ती सामने आ गिरी। तापसी ठहर गई। तितली को अँगुलियों में उठाया। दोबारा उड़ा देने का प्रयास भी किया परन्तु वह मर चुकी थी। उड़ान भरने वाले पंख स्थिर हो गये थे। तापसी, जाने क्यों, तितली से पूछना चाहती थी—कहाँ से आती हो तुम और फिर सुदूर नीले आकाश को पारकर नन्हे पाँवों पर सवार होकर कहाँ चली जाती हो। कहाँ है तुम्हारा डेरा। कौन-सा उपवन तुम्हारी स्वप्न सेज है? कौन-सा हरा-भरा वृक्ष, कौन-सा फूल? कौन-सा? तापसी का जी नहीं चाहा कि उसे यों ही फ़ेंक दे। उसने एक खंडहरी दीवार के आले में उसे बड़े पत्थर से दबा दिया। मिट्टी उकेर कर उसकी कब्र जैसी बना दी, ऐसी जगह जहाँ किसी के पैर उसे रौंद न सकें।

मौनी-बाबा के आँगन में बहुत भीड़ थी, इतनी कि उसे लौटना पड़ा। वह 'उद्धव जी' के मन्दिर के आगे ठिठक गई। उसका जी चाहा प्रार्थना करे, तितली के लिए या शायद अपने भविष्य के लिए। बुदबुदाया भी कुछ, पता नहीं क्या, जाप के शब्दों को उसने याद ही कब किया था! बेमानी लगी थी उसे अपनी प्रार्थना। कमरे में चुपचाप लौट आई। मेज़ पर एक मुड़ी हुई पर्ची पड़ी थी। उसने खोला तो लिखा था—"समूचे विश्वास और लगन से किए प्रयास विफल नहीं होते।" किसने भेजी होगी यह पर्ची? पता नहीं, किसने?

'जी-मैट' की परीक्षा देकर तापसी महीने भर बाद लौटी थी। तापसी बहुत आश्वस्त लग रही थी, जैसे वह परीक्षा, परीक्षा नहीं थी, उसके विचारों, उसके प्रश्नों की भीड़ को छाँटता एक विकल्प थी। स्कूल का काम आरम्भ हो चुका था। नन्दिता ने उसे देखा तो छूटते ही कहा, "अरे तापसी! लगता है दिल्ली का असर हो गया है। कैसी बदली-बदली लग रही है। एनी-वे, बहुत अच्छी लग रही है—स्मार्ट।"

"मज़ाक तो नहीं कर रही हैं आप?"

"मज़ाक क्यों करूँगी? तू वाकई अच्छी लग रही है—पहले से अधिक कॉन्फीडेन्ट और मोर पॉलिश्ड—सुन्दर भी, सलोनी भी।"

"कुछ दिन रही न जया दीदी की भतीजी के घर। बस, उन्हीं ने, वसुन्धरा जी ने, मेरे नये कपड़े सिलवा दिये। कहने लगीं—बहुत देहाती लगती हूँ मैं। अगर दिल्ली में रहना होगा तो यह वेश नहीं चलेगा। साड़ी बाँधने का सलीका भी उन्हीं से सीखा। बस, ज़बरदस्ती मेरे बाल छँटवा दिये—'पार्लर' ले गईं। पहली बार हल्का-सा मेकअप किया तो लगा मेरा दोष-दर्शी-दर्पण किसी नये चेहरे से मेरा परिचय करवा रहा था। मुझे लगा, वह मैं नहीं थी—वह पुरानी 'तापसी'—जिसे कभी 'असभ्य हँसी' हँसने के लिए डाँट पड़ती थी और जिसे कभी मलय के सम्मुख मात्र नौकरानी-जैसी स्थिति में नकार दिया जाता था या वह, जो विधवाओं के आश्रम में काली भयंकर औरतों से रेप होती, नोची-खसोटी जाती हुई औरत के मुखौटे में प्रतिबिम्बित रहती थी।"

नन्दिता की आँखों में भी आँसू छलछला आये थे—"अब सब भूल जा, तापसी! पर क्या अब दिल्ली में काम करेगी तू?"

"हाँ, वसुन्धरा जी कह रही थीं, मैं उनके पास रह सकती हूँ—उनका भी विवाह नहीं हुआ—बड़ी बीमार-सी लगती हैं—जाने क्या बीमारी है—खैर, काम के लिये जहाँ भी रहूँ—"

“और काम तो करना पड़ेगा। मेरा एक सपना था न विश्व-भारती का, वह तो पूरा हुआ नहीं, परन्तु यहाँ रहने का मेरा अब जी नहीं चाहता। खैर परीक्षा-फल आने पर ही निश्चय कर पाऊँगी। मेरा परीक्षाफल मेरा पलायन बन जायेगा।”

“पलायन या प्रगति?”

“पता नहीं?”

“ओह!” नन्दिता क्लास की तरफ़ मुड़ गई। और अपनी कक्षा में जाने से पहले तापसी को अचानक अपनी मृत दफनाई हुई तितली की याद हो आई। स्कूल के बाहर जगह खोजकर उसने तितली की कब्र को उखाड़ दिया। तितली अपनी उस पथराई अवस्था में भी वैसी ही खूबसूरत थी जैसी मृत्यु के पहले दिन। उसका मखमली शरीर, उसके गहरे रंगों को उकेरते पंख, मृत्यु में भी जीवन्त थे, चमकीले और स्वच्छ। तो क्या परिवर्तन मृत्यु के बाद भी नहीं छूता शरीर को? सुन्दरता शरीर में स्थिर रह जाती है क्या? परन्तु बहुत पहले...धरती के नीचे समाधिस्थ महन्त जी का शरीर? उससे उठती दम घोटती वह गंध? पता नहीं?

तापसी ने हाथ पर रखी तितली के पंखों को अँगुलियों से सहलाना चाहा, परन्तु अचानक पंखों की रंगीन चमक भुरभुरा गई। पंख सूखे पत्ते से झड़ने लगे। वह मखमली शरीर बेआवाज़ अँगुलियों के स्पर्श से चकनाचूर हो कर राख के-से नन्हे ढेर में बदल गया। तापसी के माथे में हमेशा घुमड़ने वाला चक्कर जैसे अचानक थम गया। उसने सोचा, “अपने अतीत को, व्यतीत हो चुके समय के उस कष्टपूर्ण काल खण्ड को विदा दे देनी चाहिए। जो कभी था, अब नहीं है। और जो है बस वही सच है। हथेली पर तितली के शरीर का नन्हा-सा भूरा इस बात का साक्षी है न। उसे ‘कुसुम-सरोवर’ के जल में बहा देगी। तितली भी तो प्रकृति की इतनी महान विशालता का एक अंश थी, संसार की गति की तरंगता में बहती हुई—जैसे मैं बही थी; क्योंकि संसार के प्रवाह से टकराना किसी के वश में नहीं था—तितली या मेरे किसी के भी नहीं। दूसरी दिशाएँ हैं न अंतहीन। दृष्टि को फेरा जा सकता है।” तापसी को लगा, “यह एक दिन, दोपहर का सिकुड़ता पल, बस, एक स्मृति भर रह जायेगा और कुछ नहीं...और कुछ नहीं।”

कुसुम-सरोवर की सीढ़ियाँ उतरते-उतरते एक स्वर कानों से टकराया—"अरे, यह तो अपनी तापसी है। तू तापसी है न! यहाँ कैसे?" महज बंगाली सलीका, बोलपुर...? तापसी ने आँखें उठाईं। तितली का भूरा अस्तित्व हाथ से फिसल कर जल में बह गया।

"अरे आप! भोलानाथ काका, यहाँ? और सब घर में कैसे हैं?" मृत पुरानापन जल में बहने के स्थान पर रक्त में प्रवाहित होने लगा था जैसे।

"पहचानी क्या तापसी, अपने छोटे बाबू मलय? बचपन में खेली तो थी मलय बाबू के साथ।"

"कौन-सा बचपन?" तापसी की श्वास, रक्त का प्रवाह एकाएक थम गया। विलायती बाबू मलय, मेम का पति मलय, यहाँ वृन्दावन में, विधवाओं की उजाड़ता में कैसे आ पहुँचा, कैसे? शरीर की नसें फूलकर कुप्पा होने लगीं।

"छोटे बाबू, यह तापसी, रखाल की भान्जी। घर में आती-जाती थी न, दीदी माँ का हाथ बँटाने। दीदी माँ भी कितना चाहती थीं इसे।"

"तुम यहाँ कैसे, तापसी?"

"विधवा जो हूँ।" आँखों में कितना-कुछ घुमड़ आया था। वह भागती हुई 'कुसुम-सरोवर' की सीढ़ियों से ऊपर आ गई। उसके पीछे-पीछे वे लोग भी। पीछा छुड़ाना चाह कर भी वह पीछा नहीं छोड़ रहे थे।

"आप लोग कब आये?" उसे पूछना पड़ा।

"बस कल ही।"

साथ चलते-चलते वह सब तापसी के कमरे तक आ गये थे—"आओ भोलानाथ काका, भीतर आ जाओ। आप, मलय, अगर आना चाहें तो। मैं यहीं रहती हूँ। पहली बार मलय का नाम उच्चारते शरीर जाने क्यों झनझनाया था।

और मलय ने जैसे उसे पहली बार भरपूर देखा था। दुर्बल-सा शरीर, परन्तु तराशा हुआ। पीठ पर फैले लम्बे-घने बाल, बड़ी-बड़ी आँखें, तरल, परन्तु

एक अजीब रहस्यमयी चमक से अंजित; माथे पर दप-दप करती तेजस्विता, प्रसाधन-विहीन चेहरा, परन्तु आकर्षण जैसे उसकी लुनाई में घुला हुआ था। बचपन की धुँधली स्मृति के उजड्ड जंगलीपन से उभर कर उठती अनस्तित्व से अस्तित्ववान होती सजीव-सी स्त्री, नितान्त भारतीय, परन्तु सुन्दर। उसने मन-ही-मन स्वीकारा।

"आओ भइया, इधर बैठे लेते हैं। तुम भी तो कल से हैरान हो रहे हो। तापसी, तुझे इतने दिन बाद देख कर कित्ता अच्छा लग रहा है।"

"ठीक है।" मलय भोलानाथ के पीछे-पीछे चलता कमरे के भीतर आ गया। बहुत साधारण कमरा, परन्तु बेहद साफ़, एक पलंग साफ़-सुथरी चादर से ढंका हुआ। एक मेज़, एक कुर्सी, पढ़ने के लिए रखा लैम्प, दीवार पर ठुके लकड़ी के शेल्फ पर ढेर सारी पुस्तकें। एक कोने में चाय आदि बनाने के लिए छोटा-सा स्टोव, छोटी-सी जाली की अलमारी, छुटपुट सामान-बर्तन। सरलता-सादगी में भी एक चरित्रमयता प्रतिबिम्बित हो रही थी।

मलय पलंग पर बैठ गया। भोलानाथ कुर्सी पर और तापसी, उसके तो पैर धरती पर नहीं पड़ रहे थे। अतीत का यह पुनःसृजन उसे सिहरा रहा था। वह भाग कर घनश्याम को खाने-पीने की व्यवस्था के लिए कह आई थी और आकर स्टोव पर चाय उबाल कर गिलासों में डाल कर साड़ी के पल्लू से पोंछती मलय को पकड़ाने लगी।

"आपके लायक तो कुछ भी नहीं है, फिर भी जैसा है, जैसा भी है... ।"

"अरे नहीं! इतना अच्छा है तुम्हारा कमरा, माई गॉड, इतनी सारी बुक्स और इतना सब! तुम पढ़ती हो, तुम तापसी?"

"हाँ, मैं...!" उसने सिर हिलाया। पुराना संकोच आँखों में सघन हो आया था।

"अरे, ये तो पढ़ने में बड़ी तेज़ थी छोटे बाबू! हमेशा अव्वल पास होती थी। वह तो छोटी अवस्था में शादी हो गई, नहीं तो?"

"अच्छा, इतनी इंटेलीजेन्ट थी तो फिर शादी की जल्दी क्या थी? चाइल्ड मैरिज...दादा ने रोका नहीं क्या? अभी समाप्त नहीं हुआ पुराना सिस्टम?"

"अरे! ये कहाँ चाहती थी, और इसकाकाका, वह हरामी पिअक्कड़ रखाल, पैसे खा गया मजूमदार के। बस, करनी पड़ी शादी।"

"भोलानाथ काका, सिर्फ़ रखाल काका, या और लोग भी शामिल थे मेरी

दुर्दशा, मेरी सौदेबाज़ी में। आप भूल गये क्या, मेरा कन्यादान किसने किया था? बतायें तो?"

"अब मैं ठहरा सेवक, क्या बोल सकता हूँ तापसी बेटा! और अब क्या, अब तो वे दोनों ही नहीं रहे इस संसार में। भगवान उनकी आत्मा...।"

"क्या?" तापसी धम्म से चटाई पर बैठ गई, "काका, बताओ ना, जितेन दा, कनिका दी...?"

"हाँ, तापसी! जितेन दा तो तेरी शादी के बाद ही गम्भीर रूप से बीमार पड़ गये थे। पेट में भयंकर दर्द उठता था। आठ-दस महीने डॉक्टर घोष का इलाज चला। बड़े अस्पताल भी रहे। सभी कुछ करवाया दीदी माँ ने—झाड़ा-फूँकी, तांत्रिक पूजा, सब। परन्तु दादा बचे नहीं। तापसी, बड़ा कष्ट सहकर गये।"

"और आप? आप उन्हें विदेश ले जाते न। वहाँ तो बड़े इलाज हैं?" आँसुओं से भीगे चेहरे पर दर्द उभर आया था।

"मैं नहीं आ पाया, तापसी, माँ ने बुलाया तो था, पर लिलिअन और हमारा 'प्रि-मैच्योर' बेबी। उनको अस्पताल में छोड़ कर आना संभव नहीं था।"

"दीदी माँ को बड़ा धक्का पहुँचा था तापसी! बस उसी दिन से गुमसुम रहने लगी थीं। तुझे भी पुकारती थीं, अपने आप में कुछ-कुछ बोलती रहती थीं। पता नहीं क्या-क्या? तिल-तिल घुल रही थीं जैसे और बस उसी अवस्था में प्राण छोड़ दिये। छोटे बाबू तब भी कहाँ आये। हमने ही किया सब कुछ क्रिया-कर्म, श्राद्ध, जो भी बन पड़ा हमसे।"

तापसी के आँसू थम नहीं रहे थे। एक अमूर्त दृश्य सामने फैल गया। तमतमाये मुँह से बोली—"क्यों नहीं आये आप? अपनी मेमसाहब और अपने बच्चे के प्रेम में माँ को भी भुला दिया, वही माँ जो हर दिन, हर साँस में आपका नाम लेकर जीती थी। मैं भूली तो नहीं, सब याद है मुझे। जो भी मिठाई, पकवान या भोजन बनाती, कहतीं—मलय को यह अच्छा लगता है। यह पसन्द है उसे। ऐसी माँ को भुला दिया आपने?" सन्नाटा आँसुओं में बहने लगा। फिर एकाएक तापसी ने ही कहा—"आई एम सॉरी, नलय बाबू, मेरा तो कुछ भी अधिकार नहीं था। फिर इतना कुछ कह दिया आपसे। मुझे क्षमा कर दें। बुरा नहीं मानियेगा। असल में, मैं कनिका दी को बहुत प्यार करती थी, बहुत श्रद्धा थी उनके प्रति। वह मेरे लिए माँ जैसी थीं। शायद इसी कारण मैं अनुभव कर सकती हूँ, अकेले घर में कितनी बेचैन रहती होंगी कनिका दी? कितना तरसी होंगी आपका, पोते का मुँह देखने के लिए? पर क्या, कुछ भी भारतीय संस्कार नहीं बचा आपमें,

मलय बाबू?'' फिर ज़ोर से रो पड़ी। अपने आप में लौटती कहने लगी, ''क्षमा करें, छोटे बाबू, मेरा अधिकार तो नहीं है। मैं होती भी कौन हूँ। मुझे सच में माफ़ करें। कनिका दी के मन की भटकन जानती हूँ। इसीलिए कह दिया।''

''प्लीज़ तापसी, कहती रहो, कोई तो है इस संसार में, जो इस तरह अधिकार से पूछ रहा है; मुझे डाँट रहा है। जब से लौटा हूँ इतना अकेला हूँ। जो भी घटा था, किसी के साथ 'शेयर' नहीं कर पाया। कोई तो अपना नहीं था भोलानाथ के अतिरिक्त, जो बताता।''

''अकेले ही आये हो? आपकी मेम, 'सॉरी', पत्नी, बच्चा?''

उसके चेहरे की उदासी की धुंध और गहरा गई। दीवार की शून्यता में देखता मलय कहने लगा, ''हाँ, अकेला ही आया हूँ। वे लोग मेरी ज़िन्दगी में अब शामिल नहीं हैं। बच्चा तो जी नहीं सका, तापसी! बस, उसके बाद लिलियन और मेरा डाईवोर्स। उसी में कुछ महीने बीत गये। जब सब सैटल करके वहाँ से लौटा तो यहाँ सब कुछ समाप्त हो चुका था।''

''आई एम सॉरी!'' कुछ देर वे तीनों कमरे की शान्ति में चुपचाप बैठे रहे अपनी-अपनी स्मृतियों की परछाइयों में लिपटते हुए। मलय से कभी भी इतनी बात कर पाने का अवसर कहाँ आया था। तापसी उसे जानती ही कितना थी। बचपन का विस्मृत भोला-भाला मलय बहुत छोटा-सा था। वह साथ, जो खेल-कूद में, या शायद नकार में बीत गया था और जो स्मृतियों में कहीं कोई ऐसा अमिट-सा चिह्न नहीं छोड़ गया था, जो भविष्य की किसी उड़ान के लिए प्रयुक्त हो पाता।

घनश्याम खाने-पीने का सामान ले आया था। उसके साथ रंगीन बनियान और हाफ पैंट पहले एक रिक्शावाला भी था। ट्रंक से साफ़ चादर निकाल कर तापसी ने चटाई पर बिछा दी थी। उसी पर खाना लगा दिया। हरी-हरी पत्तलों में पूरी-कचौरी, सब्ज़ी, चटनी, मिट्टी की हाँडी में रबड़ी-दही के दोने।

''इतना सब मँगवा डाला, तापसी! हम बाज़ार में कहीं खा लेते।''

''यहाँ के बाज़ार में?'' तापसी हँसी, ''आप कहाँ खा पाते। इतनी गंदगी है। कनिका दी खाना खाने के समय दस बार हाथ धुलवाती थीं। याद है न।'' आँखों में फिर से आँसू डबडब बह आये थे—''हाथ से खा लेंगे? मेरे पास चम्मच आदि नहीं हैं न।''

मलय उसकी मिलीजुली प्रसन्नता, उदासी, आग्रह में डूबता, अभिभूत, मंत्रमुग्ध खाने लगा।

“तुम भी खाओ न, तापसी!”

“अरे नहीं, मैं बाद में खा लूँगी।”

घनश्याम ठंडी बोतलें खोल कर ले आया था–“आप हमें तर्पण आदि के बारे में बताएँगे। कहाँ करवाना चाहिए?” भोलानाथ ने घनश्याम से पूछा।

“हाँ, क्यों नहीं, मेरे पिता करवाते हैं। किसका करना है स्त्री का या पुरुष का?”

“दोनों का ही नहीं, प्रेतात्माओं का?”

“क्या?” घनश्याम धरती पर धम्म से बैठ गया, “क्या कह रहे हैं आप?”

तापसी के हाथ, अन्नपूर्णा हुए, खाना परसते हाथ, थम गये थे, पथरा गये थे। एक गहरा तिलस्मी-सा सन्नाटा कमरे के परिवेश में भरने लगा था। खाना चुपचाप चलता रहा। पानी के गिलास भर कर रख दिये। साफ़ तौलिया लाकर मलय को पकड़ा दिया। बचा खाना समेट कर कमरे के एक कोने में सहेज कर तापसी फिर से चटाई पर आ बैठी।

“क्या कहा काका आपने? किसका तर्पण...?”

“अब तुझसे क्या छिपाना, तापसी! छोटे बाबू तो आये नहीं दीदी माँ के मरने पर। हमसे जैसा बना, क्रिया-कर्म कर दिया। वे सब दोस्त मित्र, जो हर शाम घर में जमघट्टा लगाये रहते थे, खाते-पीते थे, कोई नहीं आया। हम ही ने अकेले किया सब कुछ और घर को जैसे का तैसा बन्द कर दिया। गेट पर भी ताला डाल दिया। दीदी माँ थीं तो भोजन मिलता था, पैसे भी। बाद में पेट भरने की खातिर दूसरी जगह नौकरी पकड़ ली। कभी-कभार जाकर बगीचे में पानी दे आते थे। घर का द्वार कभी नहीं खोला। अब जब चार साल बाद छोटे बाबू आये, तो इन्हीं को चाभी सौंप दी हमने। इनकी अमानत जो थी, सो इन्हीं ने अपने हाथ से चार साल बाद ज़ंग लगा दरवाज़ा खोला। सच कहें तुझ से, तापसी! घर वैसे का वैसा था, साफ़-सुथरा, चमकता हुआ वैसा, जैसा, हमने बन्द किया था। किसी कमरे में जाला नहीं, मिट्टी-कचरा कुछ भी नहीं। और तू तो जानती है बड़े बाबू की पीतल की गुड़गुड़ी। उसकी चमक वैसी-की-वैसी, तम्बाखू की सुगंध वैसी-की-वैसी, पानी भी गरम और भी बतायें तुझे। दीदी माँ के मन्दिर में ‘माँ’ की प्रतिमा प्रतीक पर चढ़े फूल बिलकुल ताज़े थे। गंगाजली लबालब भरी हुई और अगरबत्ती सुलग रही थी, जैसे अभी-अभी दीदी माँ पूजा करके उठी हों।”

"झूठ कह रहे हो काका! ऐसे कैसे हो सकता है? आज के समय में यह क्या कहानी गढ़ ली तुमने?" वह थोड़ा-सा हँसने का प्रयास कर रही थी, "कोई तो रहा होगा। शिवदेई, वह जो कभी-कभी कनिका दी के सिर में तेल डालने आती थी, या उनकी वह सहेली चित्रा, कोई तो आता होगा।"

"नहीं, तापसी! कोई नहीं आया। सारे कमरे दरवाज़े खिड़कियाँ सब बन्द थे। छोटे बाबू ने अपने हाथ से खोला था सभी कुछ।"

"नो, इट इज़ अमेज़िंग। मैं खुद बहुत हैरान हुआ। वहाँ कोई रास्ता खुला नहीं था आने-जाने का। एनी वे...अभी दस-पन्द्रह दिन से हूँ वहाँ। रात को लगता है कोई है घर में। दबी-दबी एक पदचाप सुनाई देती है। पता नहीं, कौन है? शायद माँ, जो सिरहाने आकर बैठती है। मन्दिर में अगरबत्ती जलाती है। उसकी साँसों को अपने बहुत निकट सिर के पास अनुभव करता हूँ, तापसी! आई कैन फील समबडी ब्रीदिंग...रिअली...इट इज़ ट्रू।"

मलय तापसी को ही नहीं, अपने को भी जैसे तसल्ली दे रहा था।

"तो?" प्रश्न तापसी के गले में अटक गया और सन्नाटा गहराने लगा।

"शाम को मौनी-बाबा से पूछ लीजिये, बाबू जी! बहुत मान्यता है उनकी। वह बता पायेंगे।" घनश्याम ने युक्ति सुझाई।

"हाँ, तापसी! हम भी उनकी चर्चा सुनकर यहाँ आये हैं। सुना है, वे मौत के द्वार से सशरीर लौटे हैं। बड़ा नाम है उनका।"

"उनका नाम बोलपुर तक पहुँच गया, ताज्जुब है।" तापसी ने कहा।

"मैंने उन पर आर्टिकल पढ़ा था किसी पत्रिका में तभी आया हूँ। नहीं तो क्या विश्वास कर लेता भोलानाथ की बातों का?"

"ओह!" तापसी जान गई थी कि कुछ लोग मरकर भी मरते नहीं हैं। वे हमारी सोच के भीतर जीवन्त रहते हैं। हमारे विचारों में उनकी आईडेन्टिटी, उनका अस्तित्व वैसा ही रहता है जैसा हम चाहते हैं। परन्तु क्या कनिका दी...?

मौनी-बाबा से साक्षात्कार करने का समय सभी के लिए नियत था। अपनी दिनचर्या में वे केवल शाम को चार बजे से छह बजे के बीच मिलते थे। उनके चबूतरे की भीड़ दिन-पर-दिन बढ़ रही थी, शायद इस कारण कि उनका नाम फैल रहा था और उन पर कुछ लेख आदि पत्र-पत्रिकाओं में छप चुके थे। मलय, भोलानाथ के साथ तापसी और उद्धव जब वहाँ पहुँचे तो पहले से ही बहुत से और यात्री प्रतीक्षारत बैठे थे। सब अपनी उलझनों, गुत्थियों, परेशानियों की झनझनाहट में गुम चुपचाप बैठे थे या बातें कर रहे थे। कुछ बीमार कराहते हुए लोग भी चादर बिछा कर लाल पत्थर के उस थड़े पर लेट गये थे। मन्दिर का पुजारी भाग-भाग कर सबको पानी पिला रहा था।

मलय दीवार से टिककर खड़ा हुआ था। तापसी मन्दिर की सीढ़ियों पर चुपचाप बैठी थी। वह भोलानाथ से बहुत कुछ पूछ रही थी—कनिका दी, जितेन दा की बीमारी, मकान, बगिया, विश्व-भारती, 'दीदी-का-टी-स्टाल।' सभी कुछ जान लेना चाहती थी जैसे। भोलानाथ ने जब उसके रखाल काका के बारे में कुछ बताना चाहा तो उसने मना कर दिया। बिखरे हुए बादल कभी जुड़ते हैं क्या, आकार बदल लेते हैं, बस! केवल कहा, "नहीं, रहने दो काका। उखड़े हुए ज़ख्मों का दर्द बहुत बढ़ जाता है। मुझे और कुछ नहीं जानना।" वह छिटककर दूर बैठ गई। मलय की ओर देखा। मलय दूर खड़ा था। तापसी को लगा, कितना शालीन, सुदर्शन, कांतिवान चेहरा था! आकर्षक व्यक्तित्व, लम्बा-ऊँचा कद ...ऐसे युवक को कैसे छोड़ दिया लिलियन ने, क्यों? ढेर सारे प्रश्न थे उसके मन में, परन्तु शायद उससे भी अधिक थे मलय की आँखों में। और उसके प्रश्नों में शायद सबसे बड़ा था कनिका दी और जितेन दा की मृत्यु और उसका अवांछित-सा परिणाम। अजीब गुत्थी थी। कभी देखा-सुना नहीं था। इतने अच्छे थे वे दोनों सज्जन, सच्चरित्र। परन्तु उनकी दैहिकता या इन्द्रियातीतता की यह कैसी अवांछित दशा, दुर्दशा, पता नहीं क्यों? मृत्यु तो, जितना तापसी जानती

थी, मनुष्य की सभी सम्भावनाओं का निषेध होता है, सभी अपेक्षाओं और योजनाओं का संहार, फिर ऐसा क्या था, ऐसी कौन-सी अपेक्षा थी और वह भी अपने ही लाड़ले एकमात्र पुत्र से, जो अपूर्ण रह गई थी और जिसका बोझ मलय अपनी चेतना पर निरन्तर अनुभव किए जा रहा था। तापसी का जी चाहा, मलय को बाहों में उठाकर आसमान से भी ऊँचा कर दे कि उसे कोई भी परेशानी छू ना सके; अपनी अँगुलियों से सोख ले उसकी सारी चिन्ता। परन्तु क्या?

भोलानाथ बड़ी तन्मयता से किसी सज्जन के वार्तालाप में व्यस्त था। वे बंगाली सज्जन शायद मथुरा होते हुए, यमुना स्नान करके, मन्दिरों के दर्शन करते हुए मौनी-बाबा से साक्षात्कार करने आ पहुँचे थे। आँखें मूँद कर भोलानाथ को सुना रहे थे–

''यमुने एइकी तुमिसेई यमुना प्रवाहिनी
ओ जार तटे रुपेर हाट विकांत नीलकांत मणि।''

तापसी सोच रही थी, यमुना का इतना सुन्दर वर्णन–''हे यमुना! तुम वही हो क्या, जिसके तट पर रूप का बाज़ार था, और उस बाज़ार में नीलकांत मणि का विक्रय होता था?''

''हाँ, तापसी दीदी!'' घनश्याम ने कहा, ''यमुना तट पर रूप का बाज़ार आज भी है, और नीलकांत मणि भी प्रस्तुत है। आवश्यकता तो केवल खरीददारों की है।''

''क्या मूल्य होगा नीलकांत मणि का, घनश्याम?''

''सर्वस्व समर्पण ही उसका मूल्य है।''

''ओह!'' तापसी चुप हो गई।

''कैसी अजीब बातें करते हैं आप लोग!'' मलय सुन रहा था–''क्या है यह नीलकांत मणि?''

''मैं समझी थी 'नीलम' को कह रहा है। वह रत्न जिसे शायद अँगूठी वगैरा में पहना जाता है।'' तापसी ने समझाना चाहा।

''नहीं, तापसी दीदी! 'नीलम' नहीं। स्वयं भगवान की नीली छवि हमारे कृष्ण-कन्हैया और कौन।''

वे दोनों ही चुप हो गये, परन्तु भोलानाथ जिन सज्जन के पास जा बैठा

था, वे बार-बार चाँदी की एक डिबिया जेब से निकालते, चुटकी भर कुछ फाँकते और फिर डिबिया बन्द करके जेब में रख लेते। भोलानाथ ने पूछा—''तम्बाखू है क्या? हमें भी दें। मैं जल्दी में लाना भूल गया।''

''अरे नहीं बरखुरदार, यह तम्बाखू नहीं है।''

''पान मसाला?''

''वह भी नहीं। अब आप कुछ और पूछें तो बता ही दूँ, यह यमुना नदी की रेत है।''

''क्या, इतनी देर से आप क्या रेत फाँक रहे हैं?'' भोलानाथ क्या, बाकी लोग भी भौंचक्के होकर उनके उस वार्तालाप में शामिल हो गये।

''आप यहाँ की रेत खा रहे हैं, मुसलमान होकर?'' घनश्याम को आश्चर्य हो रहा था।

''अरे हाँ भई, बहुत बेशकीमती है। मुझे किसी ने एक किस्सा सुनाया था। आपको भी सुनाये देता हूँ। मेरे एक दोस्त हैं। वे अक्सर कब्रिस्तान के पास टहलते थे। वहाँ रोज़ाना दो-चार लोगों को हँसते-बतियाते देखते थे। उन्होंने सोचा—कब्र-अब्र खोदने वाले कारिंदे होंगे। एक दिन जब वहाँ से गुज़रे तो देखा, वे सब एक ताज़ा कब्र के पास खड़े होकर रो रहे थे। उन्होंने पूछा—भई, बात क्या है? रो क्यों रहे हो? क्या कोई नज़दीकी रिश्तेदार गुज़र गया है? 'अरे नहीं', वह कहने लगे, 'साहब, हम लोग तो भूत हैं, जिन्न। यह आदमी मर कर हमारी बिरादरी में शामिल होने वाला था पर इसे जिस पागल साँड़ ने अपने सींग से मारा, उस सींग पर गोवर्धन परबत की रेत लगी हुई थी, जो इसके पेट में पहुँच गई, जिससे इसको सीधी जन्नत नसीब हो गई और वह भूत नहीं बना।''

''ओह माँ!'' भोलानाथ के साथ तापसी और मलय भी चौंक गये।

''तब से हम और हमारा वह अज़ीज़ दोस्त यह रेत की डिबिया साथ रखते हैं।''

''मलय भइया! लगता है ठीक जगह आ गये, मालिक को, माँ को भी मोक्ष...।'' फुसफुसाता भोलानाथ रोने लगा—''देखो तो इस धरती पर मुसलमान भी...?''

''हाँ भई!'' वे सज्जन कहने लगे, ''हममें से काफ़ी लोग मानते हैं कृष्ण भगवान को। आपको नहीं पता। यहाँ मथुरा के पास हमारी एक पाक-रूह-खातून

की छतरी है, बड़ी पुरानी, जिसे 'ताज की छतरी' कहते हैं। एक बार ताज बीबी 'काबा-शरीफ' तशरीफ ले जा रही थीं कि मथुरा से गुज़रते लोगों ने उन्हें बताया कि यह इबादत की जगह है और यहाँ कृष्ण के नाम से 'छोटे खुदा' रहते हैं। बस, वह यहीं ठहर गईं।'' बेचैन होकर पुकारने लगीं–

''सुनो दिलजानी, मेरे दिल की कहानी तुम,
दस्त ही बिकानी, बदनामी भी सहूँगी मैं,
देवपूजा की ठानी, मैं निमाज़ हूँ भुलानी।
तजे कल्मा-कुरान, तेरे गुनान गहूँगी मैं।''

मौनी-बाबा की खिड़की खुली, उनका शिष्य, मुसलमान सज्जन को बुलाकर ले गया। आश्चर्य अभिभूत! मलय भोलानाथ का हाथ पकड़कर चुपचाप बैठा था। भोलानाथ कह रहा था–''रेत की भी कहानी है, तापसी! यहाँ आकर तो मैं हैरान हो गया हूँ। अजीब जगह है?''

''रिअली अमेज़िंग! ऐवरी एक्सपीरिएंस इस डिफरेंट। जब से मैं भारत आया हूँ, तापोशी! इतना कुछ घटा है, ऐसा कुछ, जो नॉर्मल नहीं है। हर दिन मुझे नये अनुभव हो रहे हैं। ताज्जुब है, मैंने अपनी इस धरती को कभी निकट से देखा ही नहीं, जाना ही नहीं या शायद देखने का अवसर ही नहीं मिला। हर दीवार, हर पत्थर, रेत, पानी की बूँद, एवरीथिंग...कैसी रहस्यमय है– कैसी-कैसी कहानियाँ, मिथ, चिपके हुए हैं सब के साथ। परेशान हो गया हूँ मैं। माँ को याद करता हूँ तो उनकी बातें, उनका पूजा-पाठ, सभी कुछ मेरी कौंशसनेस, मेरी चेतना को कहीं दूर गहराई तक जैसे छूने लगता है। मेरे गुनाहों की फेहरिस्त, पता नहीं क्या है, जो उनकी आत्मा को दर-दर भटका रही है। पता नहीं क्या, कौन सी भूल?'' मलय, विलायती बाबू मलय कह रहा था। देहाती असभ्य कहलाने वाली तापसी सुन रही थी। मलय के विचारों के घनत्व को और मन-ही-मन उसके अनुभवों में गुँथे अलगाव के तात्त्विक अर्थ तलाश रही थी।

मौनी-बाबा का शिष्य निकट आ खड़ा हुआ था–''चलो तापसी, बाबा बुला रहे हैं।''

''हाँ, चलो मलय–भोलानाथ काका।''

मौनी-बाबा ने मलय का प्रश्न सुना–भोलानाथ का अपनी तरह का वर्णन। तापसी दूर खड़ी देख रही थी। बाबा ने अपनी काली स्लेट पर सफ़ेद चॉक

से कुछ वाक्य लिखे, जिन्हें मलय ने एक कागज़ के पर्चे पर उतार लिया और उसके बाद बाबा की खिड़की खट् से बन्द हो गई।

तापसी ने परचा पढ़ा। लिखा था—"उनकी आत्मा भटक रही है, क्योंकि विश्वासघात हत्या से भी अधिक निकृष्ट कर्म है। द रिस्पौन्सिबेलिटी इज़ ऑन मैन, नॉट ऑन गॉड।"

चबूतरे की भीड़ छँटने लगी। लोग अपनी बातों, प्रयोजन, छानबीन में जुट गये। कुछ के समाधान स्पष्ट थे, कुछ के विचारणीय। मलय निःशब्द बार-बार उस पर्चे को पढ़े जा रहा था, "उत्तरदायित्व उसका था, भगवान का नहीं।" तापसी और शायद भोलानाथ भी, वे वाक्य पढ़कर अपनी समस्त कल्पना में लौट कर सोचे जा रहे थे। ऐसे उदार, प्रेम करने वाले, सरल हृदय दम्पत्ति ने किसके साथ किया होगा विश्वासघात, किसके साथ? मलय तापसी की आँखों में देखकर कह रहा था, "तापसी, तुम तो माँ को, बाबा को मुझसे अधिक जानती थीं। तुम बहुत निकट थीं उनके। बता सकोगी कोई घटना, दुर्घटना, कुछ भी, कौन था, किसके साथ किया था उन्होंने विश्वासघात? किसके साथ?"

"पता नहीं! मलय मैं तो बहुत छोटी थी। जब मेरा लगन हो गया था...उन्होंने ही तो किया था मेरा कन्यादान।"

"ओह माँ!" भोलानाथ ने कसकर तापसी का हाथ पकड़ लिया।

जिस दिन श्राद्ध की पूजा का निर्णय लिया गया था, उसी दिन सुबह-सुबह जयमाला जी का फ़ोन आ गया था। घनश्याम तापसी को 'बूथ' पर ले गया था, बात करने के लिए। उन्होंने बताया—"तापसी, तेरा परीक्षाफल आ गया है। तू खूब अच्छे से पास हो गई है बेटा। अब पन्द्रह दिन तक तुझे जाना होगा। जल्दी से दिल्ली आ जा। पासपोर्ट बनना है। फॉर्म वगैरह भरने हैं। हवाई जहाज़ की टिकट खरीदनी है।"

"हाँ!" उसका गला भर आया, "आती हूँ जया दीदी! आपको फ़ोन करूँगी। आप कितना करेंगी मेरे लिए?"

"तू चिन्ता मत कर। बस, आ जा।" जयमाला जी ने उत्तर दिया।

घनश्याम खुश होकर बोला, "आपने तो कमाल कर दिया, तापसी दीदी! आपने तो जैसे आसमान छू लिया। कैसे हालात थे और आपने इतनी पढ़ाई की।" उसे शब्द नहीं मिल रहे थे—"इतनी खुशी का समाचार और आप उदास हैं?"

"सोच रही हूँ घनश्याम, मेरा हर सपना मौत से ही क्यों शुरू होता है? कनिका दी और जितेन दा का आज श्राद्ध है। वे मेरी आत्मा, मेरी चेतना, मेरे धैर्य और जीवन पर किये विश्वास का एक बहुत अभिन्न, या मूल्यवान हिस्सा थे। उसके बाद भाषण देने वाला वह पत्रकार और है।"

घनश्याम हैरान होकर उसे देख रहा था। वह एकाएक चुप हो गई और अपने कमरे में चली गई।

उद्धव जी और घनश्याम ने मिलकर पूजा का सारा सामान मौनी-बाबा के चबूतरे पर पहुँचा दिया था। मन्दिर के पुजारी ने दरियाँ बिछवा दी थीं। मलय एक आसन पर सफ़ेद धोती पहने बैठा तपोवन के तपस्वी-जैसा लग रहा था। उसके गले में केसरिया कपड़ा, बस और कुछ नहीं था। अब तक वह विश्वास करने लग गया था कि जीवन में इस प्रकार के आयोजन, क्रिया-कलाप आवश्यक थे, क्योंकि उनका संदर्भ हर भारतीय की चेतना से जुड़ा हुआ था। मौनी-बाबा एक आसन पर अपने मौन में आँखें मूंदे बैठे थे। चार-पाँच पंडित मन्त्र बोल रहे थे। उद्धव, घनश्याम और तापसी के साथ नन्दिता भी शामिल थी। तापसी सोच रही थी—मृत्यु के महाशून्य के उस पार, कुछ है क्या? कोई धुँधली प्रतिध्वनि या कुछ और, जिसके सन्मुख सब अर्थहीन था। एक कांसे की छोटी-सी कलसी में कनिका दी के शरीर के अवशेष, मुट्ठी भर राख के साथ रखे थे। मन्त्रों का सस्वर उच्चारण, होम की अग्नि, धुआँ, सुगंध पूरे वातावरण को पवित्रता से भरे हुए थी। पंडित जी कुछ कह रहे थे—"फूल, अक्षत, जल उस नन्ही कलसी के अवशेषों में मिलाया जा रहा था। तापसी उठ कर चली गई थी। कभी-कभी सहना उसके लिए बहुत कठिन हो जाता था न...शायद इसीलिए...।"

सामान बाँध लिया गया था। वे सब एक ही टैक्सी में दिल्ली जाने वाले थे। सबसे विदा लेकर तापसी टैक्सी में मलय के साथ पीछे की सीट पर बैठ गई थी। भोलानाथ आगे था। तापसी बाहर देख रही थी—मरी हुई तितली की कब्र, मन्दिर का अहाता, 'उद्धव भगवान' की पथराई आँखें, मौनी-बाबा, बच्चे, सपेरों के बच्चे, 'कुसुम-सरोवर' सभी कुछ पीछे छूट गया था।

मलय ने उदास चुप्पी को तोड़ते हुए कहा—"तापसी, तुम चलो ना मेरे साथ, बोलपुर। लैट मी डू समथिंग फॉर यू। विच माइट हील योर वूड्स।"

"नहीं, मलय! मुझे तुम्हारी कृतज्ञता नहीं चाहिए। मेरी ज़िन्दगी में तुम्हारा दखल तो कभी नहीं था।"

"सच तापसी, यू फैस्सीनेट मी। मैंने तुम्हें पहले कभी देखा ही नहीं, पहचाना भी कहाँ! नहीं तो इतना सब क्यों होता तुम्हारे साथ? तुम्हारी दोस्त नन्दिता ने मुझे बताया। ऐनीवे तापसी, चलो बोलपुर। अपना सपना पूरा करो—जिस विश्व-भारती में पढ़ नहीं सकीं वहाँ पढ़ाने लग जाओ। आई प्रॉमिस यू ए गुड लाईफ़।"

अपने कानों पर अविश्वास हुआ तापसी को। ऐसे वाक्य तो जीवन भर सुनने को नहीं मिले। कितना तरसी थी वह उस जीवन के लिए। फिर भी कहा—"तुम शायद नहीं जानते मलय, मेरे जनम का इतिहास, भोलानाथ काका बता पायेंगे। वह जो मेरे, माथे पर लिखा है, देह-व्यापार करती मेरी माँ सोनागाच्छी में, पता नहीं जीवित भी है या मर-खप गई या वह भी प्रेत-योनियों के किसी खण्डहर में भटक रही है, पता नहीं? मेरे लिए क्या सहानुभूति। मेरा तो यह होना ही था। विधवा से, परछाइयों से शादी कोई नहीं करता मलय! बंगाल का आकाश तो वही पुराना है आँधियों से अटा हुआ।"

"मैं किसी की भी चिन्ता नहीं करता तापसी, यू डोन्ट वरी।"

"नहीं मलय, मैं, मेरी देह तो अपने-आप से हमेशा अजनबी बनी रही,

सुनसान घाटियों की तरह अपने को नकारती हुई, जिनमें पत्थर तो फ़ेंके जा सकते हैं, फूल नहीं उगाये जा सकते। मलय, मुझे शरीर जीने का सलीका कभी आया ही नहीं।''

''तुम चलो न तापसी! दीदी माँ का, मालिक का विश्वासघात...।''

''नहीं, काका नहीं। कुछ मत कहना, क्योंकि नाटक को सबसे अधिक नाटकीय बनाता है उस दृश्य पर परदा डालना।'' टैक्सी का दरवाज़ा खोलकर, दिल्ली की उस भीड़-भरी सड़क पर तापसी जयमाला जी के घर जाने वाले चौराहे पर पीछे बिना देखे उतर गई थी।

अपने सत्य को तापसी ने ठीक से जान लिया था। अब तक उसे पूरा विश्वास हो चला था कि यह संसार, वास्तविकताओं का यह कठोर संसार उसके लिए किसी सुख का द्वार कभी नहीं खोलेगा। 'सपने' या 'सुख' जैसे कीमती शब्द दुहराये जाकर कितने बेमानी हो जाते हैं। जीवन के इस मोड़ पर, इस चौराहे पर खड़े होकर उसे लगा, उसे अपने जीवन में किसी का हस्तक्षेप, कृतज्ञता कुछ भी नहीं चाहिए। बीता हुआ समय, उसका कँटीला चुभीलापन पर्याप्त था समझाने के लिए कि वह नितान्त अकेली है—उसका सत्य उसका अपना, निजी है। उसे अपने सच को, अपने ही पैरों से चलकर खुद तलाशना है—और शायद पाना भी है। अगर वह उसके लिए निहित है तो?

दिल्ली में जयमाला जी ने अपने भाई के घर तापसी के रहने की व्यवस्था कर दी थी। यह जैसे उसका 'ट्रेनिंग पीरियड' था और वह अमरीका जाने के लिए, एक नये जीवन के लिए एक विशेष तत्परता से तैयार हो रही थी। भाई जी की बेटी वसुन्धरा उसे पहले भी सभ्य समाज में रहने के तौर-तरीके, कपड़े पहनने का सलीका और मेज़ पर बैठकर छुरी-काँटे से खाना खाने के शिष्टाचार सिखाती रहती थी। परन्तु इस बार कुछ अतिरिक्त प्रेम, करुणा या आत्मीयता, पता नहीं क्या था जो तापसी को सुखद आश्चर्य में डाल देता था। इस घर में वर्ग-विभक्त समाज जैसे मिट गया था। तापसी को वह परिवार एक समानता के धरातल पर रख कर एक विशुद्ध निरहंकारिता से मार्जित करने या शिष्ट बनाने के प्रयास में लगा था। एक भूला-बिसरा शब्द 'शिष्ट हँसी' या 'सभ्य व्यवहार' उसके लिए द्वार खोले खड़ा था। उस घर में रहकर बार-बार तापसी को जितेन दा और कनिका दी की याद सताती थी, वह भी तो उसके चरित्र की निर्मिति में सहयोगी थे। तब उसने कल्पना भी नहीं की थी कि उसका भाग्य उसे इतना आगे ले जायेगा। वह बार-बार अविश्वास से उस फाइल को देखती जिसमें उसके वह सब परीक्षाफल थे और 'कॉर्नेल विश्वविद्यालय' का वह पत्र भी था जो उसे वहाँ आगे की पढ़ाई के लिए आमन्त्रित कर रहा था।

वसुन्धरा, अधिकतर अस्वस्थ रहती, बीच-बीच में उसे अस्पताल में भी रहना पड़ता था। शायद यही कारण था कि तीस-पैंतीस वर्ष की उम्र पार कर जाने पर भी उसका विवाह नहीं हुआ था। बहुत से कारण जान लेने और घरेलू मामलों में घुसने की निकटता, उतने सामीप्य को भुनाने का प्रयास तापसी ने कभी किया ही नहीं, परन्तु वह जयमाला जी और उनके भाई जी की मायूसी को पढ़ सकती थी।

खैर, निश्चिंतता के उस वातावरण में अपने भविष्य का एक नन्हा-सा दीया अपनी हथेली पर टिकाने का प्रयास कर रही थी तापसी, जिसे सुदूर किसी

शहर, किसी अनजान धरती, अजनबी कमरे में ले जाकर उसे जलाना था—जीवन के उस पार, यातनाओं के अतीत, गोवर्धन के वर्तमान, सबके पार, लम्बी सी यात्रा के किसी अदेखे छोर पर। इन दिनों उसने अपने सारे सपने, समूचा विश्वास, मन की सारी की सारी चेतना को जयमाला जी के इस घर की खूँटी पर टाँग दिया था। यह बात अलग है कि उसके भीतर काई जमे अतीत की कालकोठरियों में अनेक प्रश्न अब भी उभरते थे, आशंकाएँ जन्मती थीं। वह सोचती—कैसा होगा वह विश्वविद्यालय, उसका वातावरण जो उस जैसी जंग खाई लड़की को थोड़े से परीक्षापत्र उत्तीर्ण कर लेने भर से आमन्त्रित कर रहा है? तापसी को उसकी सभी दुर्बलताओं के साथ स्वीकार रहा है। यही नहीं, जयमाला जी निःस्वार्थ भाव से उसके भविष्य के लिए इतना खर्च भी कर रही थीं। तब तापसी की भीतरी सशक्त मनोदैहिक इच्छा उसे उड़ा कर वहाँ ले जाती थी, जहाँ जयमाला जी और उनसे अधिक वसुन्धरा उसे सान्त्वना ही नहीं साहस भी थमा रही थीं और उसके भीतर से गरीबी का, विधवा होने का दंश मिटा रही थीं। दीये की निर्मिति हो चुकी थी, जाने का दिन पास आ रहा था। बस एक चिंगारी उसके अतीन्द्र संवेदी दीपक को जला देने के लिए पर्याप्त थी। जया दीदी और वसुन्धरा की भागदौड़ से पासपोर्ट, परिचय-पत्र आदि तैयार हो गये थे और उनके अनुग्रह, एहसान के सहारे तापसी इंच-इंच अपनी बंधक योनि और परम्पराओं के गोरखधंधे वाले परिवेश से सरक कर मुक्तता के किसी अनजान रहस्यात्मक भविष्य की स्फुरण के पुलक में डूबती-उतराती जैसे एक बड़े से सपने में तैर गई थी।

हवाई जहाज़ के अजनबी परिवेश में प्रवेश करते ही तापसी अपने अन्दर बहुत घबरा भी रही थी, प्रयास भी कर रही थी कि सहज रहे, इसी से परिचारिका के बताये स्थान पर बैठ गई थी। वसुन्धरा की सभी चेतावनियों को अपने भीतर जैसे वह दुहरा रही थी। एक सुरक्षित चुप्पी को शॉल की तरह अपने शरीर के आसपास लपेट लिया था। परिचारिकाओं के अभिवादन से भरा यान धीरे-धीरे हवा में तैर कर, गोल चक्कर काटता धरती को दूर कहीं नीचे छोड़ता आगे बढ़ा जा रहा था। भारत की धरती शून्य होती हुई आँखों से ओझल होती जा रही थी। जहाँ तक दृष्टि जाती थी, बादल-ही-बादल, गुच्छा होते हुए, तमाम रूढ़ियों, नियमों, कामयाबियों से अलग-थलग नये समीकरण हवाओं में फैला रहे थे। तापसी को लग रहा था, अचानक बादलों के हाथ शक्तिशाली हो गये थे

और यान को फूलों की तरह कन्धे पर उठाकर आगे जा रहे थे। बादलों में ही बनती उसकी परछाईं जैसे कोई बड़ा पक्षी पंख फैला कर लम्बी उड़ान को निकल पड़ा था। तापसी सोच रही थी—इन बादलों में कनिका दी और जितेन दा की आत्मा भी शायद, इतनी पूजा-अर्चनाओं, तर्पणों के बाद मुक्ति पा गई हो या शायद अभी भी बोलपुर के अपने उसी भुतहा मकान में भटक रही हो, जहाँ की सुगंध कभी गुलाबी होती थी, या कभी नीली। पता नहीं? वह स्वयं भी तो आठ साल बाद यातनाओं के शिविर से मुक्त हुई थी। उसकी यातनाएँ किसी प्रेत योनि से कम तो नहीं थीं? खैर, यह नया-नकोर सफ़र केवल देह का नहीं था, उसकी आत्मा का भी था, एक मौलिक अनियमितता से छूट कर अपने में अपने लिए परिवर्तित हो पाने का सफ़र। बंगाल की धरती से आकर ब्रजभूमि की पवित्र रज पर नंगे पैर परिक्रमाएँ करती हुई वह और हर मील-पत्थर पर छूटे हुए कितने ही अन्य साथी थे, मील-पत्थर की तरह अटल, परन्तु भीतर कुछ कुरेदते हुए। अम्बिका देवी, बरौता, मरियम, वृन्दा, जीभकटे मरणासन्न पत्रकार का बृहत्तर सत्य, मौनी-बाबा, फिर जयमाला जी, वसुन्धरा, भाई जी सबकी भूमिका उसके जीवन में महत्त्वपूर्ण थी। कैसे-कैसे चरित्र थे वे सब, अद्वितीय मुखौटे या नाटकीय चरित्र, मिथकीय चरित्र या पता नहीं क्या?

छोटे से बैग में साथ लाई हुई पुरानी नीली कॉपी उसने खोल कर घुटनों पर फैला ली थी। कागज़ पीले से हो गये थे। पुरानेपन की हल्की-सी गंध भी जैसे उनमें समाने लग गई थी। पुराने नामों के पृष्ठ, बचकाने हाथ से लिखे अनुभव-संस्मरण उसने पलट दिये थे। एक नितान्त नये पन्ने पर जयमाला जी के छोटे भाई का पता नोट किया हुआ था और उसके कॉलेज की फैलोशिप का आमन्त्रण भी तहाया रखा था। न्यूयार्क जैसे बड़े शहर के अजनबी परिवेश में वह ही उसका सेतु बन गये थे। छोटे भाई ही उसे हवाई अड्डे पर लेने आने वाले थे, कुछ लोग अपने आप ही किसी शून्य से उभर कर हाथ थाम लेते हैं, ऐसे कि पता भी नहीं चलता, परन्तु अगर वे ना आयें तो? फिर प्रश्न। हर सज़ा का फैसला सज़ाए-मौत तो नहीं होता, तापसी ने अपने को समझाया। जयमाला जी ने फ़ोन पर बात की थी, वे अवश्य आयेंगे। पहली बार कुछ हो पा रही थी तापसी क्या? प्रश्न, प्रश्ना, प्रश्नाकुल उसका अंतर! प्रश्न इतने शाश्वत क्यों थे उसके अस्तित्व में घुले हुए? प्रश्न ही हर आयाम में उसके साथ थे, साथ निभाते हुए—प्रश्न ही उसके होने का, उसके न होने के एकमात्र साक्षी

थे। प्रश्नों के सहारे ही वह समय की निरन्तरता में बह रही थी। इस अनन्त फैले आकाश की तरह प्रश्न ही उसके सृजन का एकमात्र व्योम थे, हैं, और रहेंगे। उसने आँखें बन्द कर ली थीं। एक संगीत हवाओं में बह आया था। तीर्थों की परिक्रमा से उठकर उस तक आता एक 'कास्मिक रिद्म' या अनहद नाद, जो उसके स्व-चेतन की अब तक की अपरिहार्य पीड़ा को सहला रहा था। एकाएक फिर खिड़की से बाहर झाँका तापसी ने तो लगा, बाहर कुछ नहीं था, कोई भी धुआँकार आकाश, सूर्य, चाँद या सितारे, कुछ भी नहीं। वस्तुओं के ब्रह्मांड से भिन्न बहुत खाली वितान भर था चारों तरफ़ फैला हुआ। तापसी को अपनी स्वप्नद्रष्टा अवस्था में अचानक पूरा विश्वास जैसा हुआ था कि उस रंगविहीन व्योम की विशाल ग्रहणशीलता में अवश्य ही भटकती हुई आत्माओं को शांति प्राप्त हो जाती है, अवश्य ही। एक निष्ठापूर्ण विश्वास आँखों में नींद-सा भर आया...।

आँखें जब भी खुलती हैं दृश्य इतने अजनबी क्यों होते हैं? तापसी ने किसी बहुत गहरी नींद से जागते हुए सोचा, कि आसपास का परिवेश, हवाई जहाज़ के तरल संगीत और सुगंधित वातानुकूलित बोझिल हवा इतनी बदबूदार क्यों है? आसपास का शोर भी तो भिन्न था। यान की गद्‌देदार सीटों के स्थान पर उसने पाया कि उसका शरीर लोहे की सख्त चारपाई पर पड़ा है। मैली चीकट चादर ढेर सारी मक्खियों के साथ उसके हाथ-पाँवों को ढँक रही थी। हाथों से टटोलकर जानना चाहती है–तो क्या वायुयान टकरा गया कहीं? गहरी काली निराशा, मोहभंग, टूटन, चिल्ला-चिल्ला कर पूछती है–

"कहाँ हूँ मैं, कोई बतायेगा क्या, मैं कहाँ हूँ?"

आगे बढ़ाने को उठे कदम हमेशा पीछे ही क्यों लौटते हैं, उसका जीवन ताउम्र पीछे ही क्यों लौटता रहा है। उसकी चीख फिर से हवा को भेदती है–

"अरे होश में आ गई...।"

एक आवाज़ कहीं से आई, पता नहीं उस कमरे के किस कोने से। तापसी उठने का प्रयास करती है परन्तु शरीर जैसे पत्थर का हो गया था, माथे में घनघनाता दर्द भी तो आँधी-सा उठ रहा था–

"क्या हुआ मुझे, अरे कोई बताता क्यों नहीं।" तब तक एक नर्स निकट आ गई थी, "हाँ, पूछ क्या पूछना है, मैं बताती हूँ।"

तापसी ने उससे पहचान बनानी चाही, नर्स अपनी कठोर भंगिमा और भावविहीन चेहरे से उससे घुड़क कर कह रही थी–

"ज़्यादा हिल-डुल मत, देख हाथ की सूई हिल गई है ढेर सारा खून बह गया है।"

"प्लीज़ बताइये मैं कहाँ हूँ?"

"तू दिल्ली में है, अस्पताल में।"

"क्या हुआ मुझे, कैसे पहुँची यहाँ?"

"तू सड़क पर बेहोश पड़ी थी, कोई राह चलता यहाँ भरती करा गया। तेरे पेट का 'अपेन्डिक्स' फट गया था। जानती है 'अपेन्डिक्स' क्या होता है—एक ग्रंथि, इसी से ऑपरेशन करना पड़ा...अच्छा अब सीधा लेट इंजेक्शन लगाती हूँ।" नर्स इंजेक्शन के द्रव्य को उसकी नसों में उतारती है और काँपते हाथों से तापसी टटोल कर देखती है पेट पर पट्टी बँधी थी, लम्बी-चौड़ी पट्टी और तीव्र दर्द, जैसे उसकी आत्मा आँधी में फँसे पीले पत्ते-सी फड़फड़ा रही थी। पत्ता, जो कभी हरा हुआ ही नहीं, कमज़ोर कँपकँपाता पत्ता जिसे उम्मीद के सूरज ने हल्के से छुआ भर था, परन्तु अब, "ओह यह दर्द...पता नहीं मुझे किस पाताल लोक में घसीट रहा है यह दर्द।"

इंजेक्शन का असर हो चुका था।

जब भी होश में आती, अपने दर्द में कराहती, चिल्लाती, कभी वसुन्धरा, कभी जयमाला जी को आवाज़ लगाती। फिर नींद और इंजेक्शन की गहरी खुमारी में डूब जाती। कभी जागृति और कभी नींद के बीच खड़ी हो जाती जहाँ उसके जीवन की समूची इच्छाओं को साकार करता उसका भूला-भटका सपना उसे कभी तो यान् के पंखों पर बिठा कर उन्मुक्तता के आकाश तक ले जाता और कभी दुर्घटनाओं की निष्ठुरता से लहूलुहान होकर बिस्तरे की मैली सलवटों में सिमट कर उसके रोम-रोम की कराह में शामिल होकर ज़ार-ज़ार रोता था।

उसने खिड़की से बाहर देखा, बाहर बारिश हो रही थी। बारिश इतनी मरियल सी थी कि लगा जैसे बादल बरस नहीं रहे थे, रो रहे थे—चुपके-चुपके। खिड़की से सटे पेड़ के पत्तों पर परत-दर-परत चढ़ी आँधी की मिट्टी और धूल, अस्पताल की आहों, दर्दीली सिसकियों में लिपटी वह मिट्टी, मरगिल्ली बारिश के बेदम पानी के साथ जैसे किसी पछतावे के आँसू बहा रही थी। खिड़की के बाहर बादल का कोई टुकड़ा दिखाई नहीं दे रहा था। केवल साथ की बिल्डिंग की पलस्तर उतरी एक पीली-सी दीवार, जैसे कोई मैले दाँतों से हँस रहा था, भयानक-सी हँसी, वैसी जिसमें कोई सहानुभूति का रंग नहीं होता। तापसी ने घबरा कर अपनी आँखें फेर ली थीं। ओह यह दर्द, कहाँ से उठा यह दर्द, उसने हाथ से छूकर देखा एक बड़ी-सी पट्टी उसके पेट पर बँधी थी। पट्टी की लपेट और मलहमों की परत के नीचे दुबका हुआ दर्द जैसे अपने नुकीले पंजे जमाकर कपड़ों की तह से उठकर बाहर उठ आया था और उसकी साँसों पर चढ़ कर उकड़ू बैठ गया था, वह चीख रही थी। वह चीख रही थी एक मजबूर, बेबस

चीख, जिसे सहलाने वाला कोई नहीं था।

कमरे के खालीपन में कोई नहीं था, पास के प्रायः सभी बैड खाली थे, केवल एक चारपाई पर एक स्त्री सोई पड़ी थी। और कोई नहीं था—न कोई नर्स, न डॉक्टर, न किसी की परछाईं। नियत समय पर एक औरत आती थी दो समय का खाना, खिचड़ी भात, चाय दे जाती बस। नर्स आती, मशीनी गति से नब्ज़ देखती, दवाई की गोली खिलाती, एक इंजेक्शन लगाती और चली जाती। वह इंजेक्शन तापसी को किसी बेहोशी जैसी नींद में पहुँचा देता था। समय का हिसाब—पल, घंटे, सुबह-शाम-दोपहर, सभी कुछ ज़बरदस्ती की उस नींद में जाने कहाँ खो जाते थे। समय की गणना को उसने जीवन भर नहीं जाना था। अब भी समय, रबड़ की लिसलिसी-सी नलकी में प्रवाहित उसके हाथ की ठुकी इंजेक्शन की सूई के तरल पदार्थ में बह रहा था उस एक कुंजी की तरह जो चेतना को ताले में बन्द कर देती है। बाहर गहरे अँधेरे बादल के गुच्छे ने धीरे-धीरे भीतर आकर तापसी की आँखों में पसरने की इजाज़त माँग ली थी। तभी तो वह न चाहने पर भी नींद की गुफ़ाओं में भटक रही थी।

अब तक इंजेक्शन के साथ-साथ बेसुधी के सच को तापसी समझ गई थी। इसी कारण वह बहुत ज़िद करके उस एक दिन होश में रह पाने का प्रयास कर रही थी। पट्टी बदले जाने के समय खुली आँखों से अपने पेट पर के गोलाकार गहरे घाव को भी उसने देख लिया था। डॉक्टर की मलहम पट्टी के बीच वह जान गई थी कि घाव कोई विशेष नहीं भरा है। कुछ लोगों के स्वर निकट आ रहे थे, अतः तापसी बेहोशी की नाटकीय मुद्रा में चुपचाप साँस रोके पड़ी थी। पेट की तीव्र वेदना के बावजूद उसने अपनी चेतनता को अपनी अधमुँदी आँखों में सँभाल कर रख लिया था कि वह अपनी स्थिति के सच को जान सके। नर्स के सफ़ेद वस्त्र, डॉक्टर का स्वर और सरसराती सिल्क की बादामी साड़ी, फुसफुसा कर वह सब बातें कर रहे थे—

"तो डॉक्टर, अब ठीक है न लड़की, घाव भर गया है ना, आप इसे कब तक छुट्टी देंगे?"

कोमल-सा वह स्वर, परिचित, अगरबत्ती की खुशबू से उठता हुआ अस्पताल की फिनायली गंध में घुलता हुआ वह स्वर।

"हाँ, शी इज़ ओ.के., घाव भर रहा है, जैसा भाई जी ने कहा था अभी हम इसे ड्रग्ड रख रहे हैं। इसलिए कि होश में आने पर जब इसे एहसास होगा

कि इसकी एक 'किडनी' निकाल ली गई है तो इसे बहुत धक्का लगेगा।''

''वसुन्धरा के शरीर ने तो इसकी 'किडनी' ठीक से ऐक्सेप्ट कर ली है डॉक्टर?''

''हाँ, हाँ! आप बेफ़िक्र रहिये। शी विल बी नार्मल, अब वह बिलकुल ठीक हो जायेंगी... ।''

''और यह...तापसी?'' मृदु आवाज़।

''इसको तो समय लगेगा, अक्सर 'डोनर' या देने वाले को बाद में पछतावा होता है, और बहुत बार पेशेन्ट डिप्रेशन में चला जाता है।''

''पर डॉक्टर इसे तो हमने बताया है कि तुम्हारा अपेन्डिक्स का ऑपरेशन हुआ है—'किडनी' के बारे में वह कुछ नहीं जानती...''

अपनी अर्धचेतना में मूर्छित होती वह दर्द की तीव्रता और कराह को रोक नहीं सकी। अपने शरीर की पूरी ऊर्जा लगाकर चिल्लाई—

''ओह, डॉक्टर...यह दर्द...कौन हैं आप लोग...क्या कसूर था मेरा...ओह!'' तापसी ने एक हाथ से कसकर डॉक्टर की बाँह पकड़ ली। खुली आँखों से भयानक सच को देखा—जयमाला जी का चेहरा, उनके साथ वसुन्धरा के पिता का चेहरा, डॉक्टर का क्रूर-सा काला चेहरा, तापसी ने कसाई को कभी नहीं देखा था।

''आप ठीक हो जायेंगी, बिलकुल नार्मल!''

''शी विल बी नार्मल, वसुन्धरा ठीक हो जायेगी, और मैं...डॉक्टर हाऊ अबाउट मी?'' वह झटके से उठने का प्रयास करती है परन्तु घाव की सीवन, कच्ची सीवन उधड़ गई। तापसी का रक्त, बेगुनाह रक्त बहने लगा टप-टप। नर्स ने उसे पकड़ कर लिटाया।

''इंजेक्शन दो जल्दी, क्या सुबह इंजेक्शन नहीं दिया था नर्स, तुम्हारी केअरलेसनेस से इसने लगता है सब सुन लिया है। शी कैन बी हिलेरियस। बुखार भी बढ़ रहा है... ।''

नर्स इंजेक्शन तैयार कर रही थी, तापसी अपनी फटी-फटी आँखों से जयमाला जी को देख रही थी, आँसू बरसात की तरह उसके गालों पर बरस रहे थे। डॉक्टर इंजेक्शन लगा रहा था, तन्द्रा में डूबती तापसी सुन सकती थी।

''इसके किसी रिश्तेदार वगैरह को बुलवा लीजिये, अकेली पड़ी रहती है। हम लोग कब तक इन्हें बेहोश रखेंगे। कोई तो होना चाहिए जो इन्हें मौरल

सपोर्ट दे—इमोशनल सपोर्ट इतने बड़े ऑपरेशन के बाद बहुत ज़रूरी होती है। फिर आपने काफ़ी रकम दी होगी इसे...।"

दवाइयाँ शरीर पर अपनी मालकियत जमाने लगीं, एक विस्तृत पाताल तापसी को निगलने के लिए अपने जबड़े खोल कर बैठ गया। नाटकीय अँधेरा रहस्यमय लम्बे लबादे में लिपटा अकड़ कर खड़ा हो गया।

नन्दिता हाथ पकड़ कर उसे आवाज़ दे रही थी—कहाँ से आ गई यह नन्दिता? तापसी ने हथेलियों से अपनी आँखों को रगड़ कर देखा, हाँ नन्दिता ही थी। तो क्या एक सपने से निकल कर दूसरे में प्रवेश कर रही थी तापसी? वायुयान के 'काकटेल-म्यूज़िक' की ध्वनि से बाहर पैर रख कर अस्पताल के गहरे सन्नाटे में चलती-चलती समय के जाने किस मध्यबिन्दु के निकट आ रुकी थी तापसी? उसकी अपनी विचारशक्ति किसी गहरे कुएँ की गहराई से बाहर आ रही थी वैसे ही जैसे उबलते पानी से भाप के बादल ऊपर उठते हैं।

तो यह सच था, नन्दिता वास्तव में उसके पास स्टूल पर बैठी थी। हाँ सच, उसने अविश्वास की काँपती अँगुलियों से नन्दिता को छुआ। सपने के खोल से बाहर आते स्वर—"नन्दिता, आप यहाँ, मुझे, प्लीज़, कम-से-कम मेरी इस हालत की वास्तविकता तो बता दें—मुझे कोई कुछ नहीं बताता।"

"हाँ, तापसी! मैं तुझे मिलने ही आई हूँ। मुझे घनश्याम ने बताया था तेरे बारे में। तापसी, तू दिल्ली के अस्पताल में है। तेरा ऑपरेशन हुआ है। तेरी एक 'किडनी' या गुर्दा जयमाला जी की भतीजी वसुन्धरा के लिए निकाल ली गई है। उन्हें कोई और नहीं मिला था डोनेट करने के लिए, इसलिए तुझे ही बनाया है बलि का बकरा।"

खिड़की के बाहर तूफ़ान और बारिश के प्रकोप से गिरा वृक्ष चुपचाप पड़ा था। उसके पत्ते अब तक मुरझा गये थे और उसकी शाखाओं को अस्पताल का माली चपरासी के साथ मिलकर मरोड़-मरोड़ कर तोड़ रहा था। दूर कहीं सड़क पर खड़खड़ाती बस गुज़र रही थी।

नन्दिता सहारा देकर तापसी को तकिये से टिकाकर बिठाती है। दर्द से काँपते हाथ से नन्दिता को पकड़ कर तापसी कहती है—"पता नहीं कितने दिन बाद बैठी हूँ—पीठ जैसे लकड़ी हो गई है पड़े-पड़े...।"

"दस-पन्द्रह दिन तो हो गये तुझे, ला मैं पीठ पर हाथ फेर देती हूँ।" नन्दिता उसकी पीठ को सहलाती है—"ओह तेरी यह पट्टी।"

"पता नहीं कब खुलेगी, कब मैं अपने पैरों पर खड़ी हो सकूँगी, पता नहीं कब?"

"जल्दी ही।" नन्दिता ने तसल्ली दी।

"नन्दिता जी, एक किडनी के साथ सब कुछ सामान्य हो जाता है क्या? मैं फिर से नॉर्मल हो जाऊँगी क्या?"

"चल, मैं तेरे कपड़े बदलवा देती हूँ...।" नन्दिता ने बात बदली—पलंग के नीचे से खींच कर हैन्डबैग निकाला, वह बैग जिसे तापसी ने विदेश जाने के लिए तैयार किया था।

"तापसी, डॉक्टर कह रहा था कुछ लोग तो पैदा ही होते हैं एक किडनी के साथ और सारा जीवन नॉर्मल रहते हैं। और फिर तूने तो अपनी एक किडनी से वसुन्धरा को जीवनदान दिया है...उसकी शुभकामनाएँ...तेरे साथ हैं ना।"

"नन्दिता, बड़ा आश्चर्य हो रहा है मुझे, एक तरफ़ तो जयमाला जी और उनके परिवार ने मुझे सब्ज़-बाग दिखाये। मेरे साथ इतना अच्छा व्यवहार किया कि मैं अपने पुराने सभी दुःख भूल कर एक नये भविष्य की कल्पना में डूब गई। दूसरी ओर मेरी यह दुर्गति। मुझसे पूछा तो होता, शायद मैं खुशी से उनके लिए किडनी क्या जीवन भी कुर्बान कर देती। परन्तु यह, मेरे भाग्य का ऐसा कठोर रूपान्तरण। इतना बड़ा धोखा!"

"तू ठीक कह रही है तापसी! मैं भी बहुत हैरान हूँ। तुझ पर जयमाला जी इतनी मेहरबान क्यों थीं, उनकी उदारता कभी-कभी शक को जन्म देती थी, तेरे लिए सब कुछ करने को तैयार थीं वो—तेरा पासपोर्ट?"

"हाँ, इसी बैग में होगा, मेरी फाइल भी होगी 'कॉरनेल यूनिवर्सिटी' लिखा है उस पर, ध्यान से देखिये ना।"

नन्दिता ने पूरा बैग पलट दिया। उसमें कपड़ों के अतिरिक्त उसकी नीली कॉपी थी बस और थोड़ी-बहुत ज़रूरत की वस्तुएँ—छोटे से बटुए में कुछ रुपये।

"क्या था वह सब, क्या था," अपने सुन्न हुए दिमाग में खोजना चाहती है तापसी, परन्तु एक गहराते खालीपन के अतिरिक्त कुछ हाथ नहीं आता।

"तेरा पासपोर्ट बना भी था या बस...एक बहलावा जैसा था तापसी!"

"पता नहीं, जहाँ तक मुझे याद पड़ता है बना था। पासपोर्ट हो सकता है उन्हीं ने सम्भाल लिया हो, अब मैं कहाँ जा पाऊँगी, कहीं भी नहीं।"

"तुझे पता है तापसी, तू जनरल वार्ड के इस मामूली बैड पर है और

वसुन्धरा कीमती 'प्राइवेट रूम' में। मुझे नहीं लगता तेरी दवाइयाँ आदि भी ठीक हैं, जहाँ तक मैं जान पाई हूँ तुझे ड्रग्ड पर रखा जा रहा है, परन्तु बेहोशी तो घाव भर जाने का इलाज नहीं है तापसी।''

''पूरे संसार में जयमाला जी ही रह गई थीं मेरे साथ ऐसा व्यवहार करने के लिए? नन्दिता जी, मैंने उन पर अटूट श्रद्धा की थी, वैसी ही जैसी कनिका दी और जितेन दा पर। उनके हाथ में सौंपी थी अपने जीवन की बागडोर, अपना भविष्य। मेरे इतने परिश्रम का क्या होगा नन्दिता जी।''

''चल लौटकर गोवर्धन चल। वहीं रह तापसी जहाँ थी तू। अब तेरे लिए, ऐसे कमज़ोर स्वास्थ्य के साथ और कोई रास्ता भी तो नहीं बचा है।''

''मुझे नहीं लगता मैं अब वहाँ रह पाऊँगी, वहाँ के कण-कण में जयमाला जी के प्रति किया अगाध प्रेम, विश्वास...उसकी टूटी किरचें, कैसे जी पाऊँगी वहाँ?'' नर्स नन्दिता को धमकाते हुए कह रही थी—''चलो जाओ भई, मरीज़ों से मिलने वालों का समय खत्म हो गया है।''

''मेरे मिलने वालों के पास समय ही कब था, वह भी मेरे लिए, वह तो कब का समाप्त हो चुका है।'' तापसी ने नर्स को पहली बार ठीक से देखा। हिकारत के स्वर उसकी अपनी बीमार मानसिकता के प्रतीक थे। नर्स का थका बेनूर चेहरा, चेहरे की कटी-फटी मुस्कुराहट, सफ़ेद कपड़ों में दवाओं की बोझिल बू, हाथों में तामचीनी की बदरंग-सी ट्रे जिसमें पीले पदार्थ में डूबा थर्मामीटर न जाने कितने बीमार शरीरों का बुखार नाप चुका था। दवाइयों का मुआयना करती नन्दिता कह रही थी—''नर्स, आपने इसे ऐंटीबायोटिक दवायें तो दी ही नहीं, इसका घाव, इन्फैक्शन कैसे ठीक होंगे?''

''हम क्या करें? जो डॉक्टर बोलेगा, हमको तो वैसे ही करना है। अच्छा, अब चलो आप जाओ, टाईम खतम हो गया ना...।''

''मैं फिर आऊँगी तापसी!'' नन्दिता को न चाहते हुए भी जाना पड़ा।

नन्दिता चली गई। सभी परिचित-अपरिचित उम्मीद के घेरे से बाहर खड़े थे, किसी से क्या अपेक्षा की जा सकती थी? जयमाला जी, भाई जी, वसुन्धरा, एक अदृश्य विभाजन था चाहत का वर्तमान के साथ, या एक काल्पनिक संसार के साथ जहाँ उसके हाथ में थे उसके परीक्षाफल, मुड़े-तुड़े कागज़, 'कॉर्नेल विश्वविद्यालय' की फैलोशिप का निमन्त्रण, उसका पासपोर्ट, उदास चेहरे की फ़ोटो जड़ा पासपोर्ट। पासपोर्ट कहीं नहीं था, खँगाले हुए सामान में उसकी पूरी

फाइल गायब थी। एक यथार्थपरक हादसा उसे फिर विभाजित कर रहा था। उसके भाग्यनिर्माताओं का बौद्धिक-विमर्श, जयमाला जी की करुणापगी मधुर वाणी, आदर्शवादिता, समाज सेविका के मुखौटे के पीछे नितान्त व्यावहारिक चाल का फ़ेंका हुआ वह पासा, जिसमें तापसी का भविष्य ही नहीं जीवन की बची-खुची साँसें भी दाँव पर लग गई थीं। उनमें और अम्बिका देवी में अंतर ही क्या था, तो क्या क्रय हुआ था? मनुष्य का जीवन केवल तिजारत है और कुछ नहीं? क्या इसीलिए, पिछले दो-तीन वर्ष उसे स्वस्थ जीवन इसीलिए दिया गया कि आगे जाकर उसके शारीरिक अंगों को अपने स्वार्थ के लिए प्रयोग में ले लिया जाये। अब तक तापसी को समझ आ गया था सारी साज़िश, मैनीप्युलेशन। जालसाज़ी अम्बिका देवी के माध्यम से हुई थी, स्कूल टीचरी और जयमाला जी की देखरेख में रहना सभी कुछ उस षड्यन्त्र का एक हिस्सा था। तापसी केवल एक प्रोडक्ट थी, तिजारती कम्पनी के हाथ बिका हुआ एक बेहद बेकार और मामूली-सा जिस्म। ये बात अलग है कि उसके भीतर एक संवेदनशील मन है और एक मेधावी मस्तिष्क परन्तु गुणात्मक हो जाने से युद्धबन्दी में रचे गये चक्रव्यूह तो नहीं टूटते? वह तो केवल वसुन्धरा की 'डो ।र' भर थी। उसके भिखमंगेपन में आ जुड़ा था उसका खण्डित विश्वास और उसका खण्डित शरीर, रीती हुई मनोइच्छाएँ—अब जानना इतना था—पूरे नाटक में नन्दिता भी क्या कोई मुख्य भूमिका निभा रही थी क्या?

"चल तापसी, मेरे साथ चल किसी अच्छे डॉक्टर को दिखाती हूँ, मेरे घर पर रह, ठीक हो जायेगी तो फिर विचार कर लेंगे कि भविष्य में क्या करना है तुझे?"

"भविष्य, कौन-सा भविष्य?"

अपने तराजू में अपने आपको तोलना था तापसी को।

नन्दिता का हाथ पकड़ कर वह अस्पताल की उस कैद से बाहर आ गई थी। समय फिर से अपनी हिसाब-किताबत से दूर चला गया था। जब वह यात्रा के लिए निकलने वाली थी तो उसने अपना शॉल लपेटा हुआ था। बाहर ठंड थी, उसे याद आया परन्तु अब गर्मी थी। तब वातावरण और मन में उत्साह की नर्म उष्णता थी। पैरों में नये चप्पल थे। आज मन में गहरे नैराश्य का ठंडापन और पैरों में कमज़ोर लड़खड़ाती शिथिलता। बदलते हुए मौसम इतने जानलेवा क्यों होते हैं? गलियों के रास्ते इतने सँकरे क्यों होते हैं कि आगे का कुछ भी दिखाई नहीं पड़ता। प्रश्ना, तापसी, वह स्कूटर के धचकों में अन्दर-बाहर पूरी तरह हिचकोले खा रही थी। पता नहीं कहाँ ले जा रही थी नन्दिता?

डॉक्टर ने उसकी पट्टी बदली। एक कागज़ पर दवाइयाँ लिखीं—''देखिये, इनको बहुत केअर, देखभाल की ज़रूरत है। अभी इनका ज़ख्म कच्चा है—ख़याल नहीं किया तो सैप्टिक हो सकता है—नियम से दवाइयाँ खाइये, और पोषक खुराक।''

''ज़ख्म तो हमेशा कच्चे ही थे मेरे। नन्दिता, मेरी ही गलती थी जो मैंने सोच लिया था कि भर गये हैं—मेरी ही मूर्खता थी कि मैं बेफ़िक्री के उन कुछ दिनों में अनुभव करती रही कि, और साधारण लोगों की तरह सपने देखने का अधिकार है मुझे। जाने कैसे मैं भूल गई थी कि संसार के इस विशालकाय चाक पर घूमती हुई मैं एक छोटा-सा मिट्टी का अंश भर हूँ, जिसके पैर श्मशान का रास्ता तलाशने के लिए तराशे गये थे। वायुयान पर चढ़ने के लिए नहीं।''

''तू जी छोटा मत कर तापसी, पहले ठीक हो जा। फिर देखते हैं क्या करना होगा।''

उखड़े हुए पेड़ की नियति तो यही थी कि उसे भरभराकर गिरना था। नन्दिता थी कि अभी भी उसे किसी सपने की ओर धकेल रही थी। सूखे पत्ते कभी हरे हुए हैं क्या?

नन्दिता के घर रहते, उसकी तीमारदारी और सेवा से शरीर थोड़ा ठीक हो गया था, परन्तु सुबह-शाम रणबीर और नन्दिता के बीच उसे लेकर जो कहा-सुनी होती थी उसकी प्रतिध्वनि को हवाओं में सरसराते हुए तापसी अनुभव करती थी। गृहस्थी की दबी-ढकी चिंगारियाँ अंगारों में बदलें, इससे पहले तापसी ने अपने आपको वहाँ से हटा लेने का मन बना लिया था। नन्दिता के पति के बेहद सख्त चेहरे और बच्चों की असहज दूरी, उखड़ा हुआ व्यवहार उसे बेचैन कर रहा था। नन्दिता विरोधाभास के अदृश्य पाटों के बीच जैसे पिसी जा रही थी।

''नन्दिता, मैं अब ठीक हूँ। इस लायक हो गई हूँ कि यात्रा कर सकूँ। आप बस एक एहसान और करें मुझ पर, मुझे कलकत्ता जाने वाली ट्रेन पर बिठा दें, बोलपुर जाने का बहुत मन हो रहा है।''

तापसी ने हैण्डबैग में अपना सामान समेट कर रख लिया था।

यदि सभी कुछ समझ में आ जाये तो स्थितियाँ रहस्य नहीं रह जातीं। मन में संचित सारे भ्रम मृत तितलियों के रंगीन पंखों से भुरभुरा कर राख हो जाते हैं। जब से तापसी सभी कुछ जान गई थी उसके भीतर के सारे प्रश्न धीरे-धीरे दम तोड़ रहे थे। उसके प्रश्न उसे जीवित रखते थे, उसके प्रश्न उसकी जीवन के प्रति सोच, उत्सुकता, प्रेम, सम्बन्ध उसकी निरन्तरता के प्रतीक थे। तापसी के प्रश्न उसे जीवन के हर मोड़ पर एक लालटेन की तरह हल्का-सा प्रकाश फैलाकर उसे हर स्थिति से उबार लाये थे। परन्तु इस बार उसने जीवन से हार मान ली थी। शायद इस कारण भी कि शरीर का घाव ठीक होने की जगह और गहरा हो गया था।

तीसरी श्रेणी के रेल के उस डिब्बे में वह अपने अनभ्यस्त काँपते पैरों से चढ़ गई थी। हाथ में उसका छोटा-सा हैंडबैग था जिसमें प्लास्टिक के डिब्बे में लिपटी दो रोटियाँ, सब्ज़ी नन्दिता ने उसे रास्ते के लिए दे दी थीं। पानी की एक बोतल वह साथ ले आई थी। दर्द की गोलियाँ सटक कर वह रेल के डिब्बे की सीट पर चुपचाप मुड़ी-तुड़ी होकर बैठ गई थी। काफ़ी भीड़ थी, परन्तु उसका मन नहीं था किसी चेहरे की तरफ़ देखे या बात भी करे। तापसी अपनी पीठ मोड़ कर बैठ गई थी। यूँ भी शहर से स्टेशन तक आने में, रिक्शा के झटकों ने उसके दर्द को उकसा दिया था। ट्रेन भी तो अनेकानेक हिचकोले लेती चल रही थी। कोई आदमी टिकट माँग रहा था, हाँ टिकट उसने बैग में टटोला। एक लिफ़ाफ़े में टिकट था, साथ ही कुछ सौ सौ के नोट। टिकट चैकर चला गया। तापसी ने गिना दस नोट थे। नन्दिता के प्रति अनुग्रह, अनुग्रह के भाव में विकसित होता दर्द। तापसी ने सोचा—धागे के बिना माला की निर्मिति नहीं हो सकती, मोती के मनके बिखर जाते हैं धागे के बिना। किसी भी माला की संरचना में सबसे महत्त्वपूर्ण है धागा। तो क्या समूचे षड्यन्त्र में नन्दिता धागे की भूमिका निभा रही थी?

रेल एक लम्बी सुरंग के मध्य चली जा रही थी जैसे तापसी की परिस्थितिगत व्याख्या निभा रही हो। खाली, रिक्त तापसी, अँधेरे के हवाले होती तापसी।

सुरंग के बाद फिर सभी कुछ प्रकाशवान हो गया था। शाम का हल्का-सा धुँधलका फैल रहा था, खिड़की के बाहर आकाश नीली आँखों जैसा नीला नहीं था, गहरा काला था जिसमें कहीं-कहीं सफ़ेद बादल के टुकड़े तैर आये थे, जैसे आकाश फुर्सत से बैठकर तापसी के सपनों की जुगाली कर रहा था। उन सभी सपनों की जिन्हें उसने इतने वर्षों बाद अपनी आँखों और अपने शरीर के खोल से निकाल कर बाहर को ओर उछाल दिया था। शायद यही कारण था उसके भीतर असीम शांति थी—महायुद्ध के बाद की असीम शांति जिसके पीछे एक गोलियों से दागा हुआ चीखता हाहाकार दफ़्न होता है।

''कुछ लोगी...ठंडा, ऑरेंज...।''

खाकी वर्दी में खड़ा वह आदमी बाल्टी में पेय की बोतलें लिये सामने खड़ा था।

''हाँ, हाँ, दे दो, ऑरेंज...।''

भीतर प्यास उठ खड़ी हुई थी। आसपास के लोग भी खा-पी रहे थे। कोई सो रहा था, कोई चुपचाप खिड़की से बाहर झाँकता हुआ बैठा था अपने ही मौन में गुम। ऑरेंज की बोतल पीकर उसे अच्छा लगा, भूख-प्यास की याद न रहना उसके जीवन की अजीब-सी उपलब्धि थी।

''कहाँ जा रही हैं आप?'' पास बैठे सहयात्री ने पूछा।

''कलकत्ता...'' उसने देखा अधेड़ उम्र का, साधारण से चेहरे वाला व्यक्ति, चश्मे में जड़ी दो आँखें जो तापसी को देख रही थीं। ''और आप...?'' शिष्टाचारवश पूछना ही पड़ा तापसी को।

''मैं...धनबाद''

''क्या करते हैं वहाँ?''

''सरकारी दफ़्तर में एकाउंटेन्ट हूँ, ऑफ़िस के काम से जा रहा हूँ।''

''ओह!'' तापसी चुप रह जाना चाहती थी। उसके प्रश्न खो चुके थे। वह सभी प्रश्न जो बरगद के बीज में वृक्ष की तरह मन में ठुँसे रहते थे, इतने कि उसे स्वयं भी पता नहीं चलता था।

''आप कलकत्ता की रहने वाली हैं?''

''नहीं, उससे आगे छोटा-सा एक शहर है वहाँ।'' उसने जानबूझ कर बोलपुर

का नाम नहीं लिया, बोलपुर के साथ 'विश्व-भारती' और टैगोर बाबा का परिवेश सिर उठा कर खड़ा हो जाता और उसके मन के सारे के सारे कच्चे बखिये उधड़ जाते। वह खिड़की से बाहर देखने लगी। गोलियाँ खा लेने के बावजूद भी उसका दर्द, उसके घाव की नुकीली टीस थम नहीं रही थी।

"आप कुछ बीमार हैं क्या?" उसने पूछा।

"हाँ, मेरा ऑपरेशन हुआ है...।"

"ओह," उसने थोड़ी-सी जगह और बनाई कि तापसी आराम से बैठ सके। और वह स्वयं अखबार खोल कर पढ़ने लगा। तापसी चाह कर भी सो नहीं पा रही थी। उसने अखबार का एक कागज़ माँग लिया और पढ़ने लगी। अचानक अखबार के एक कोने के इश्तिहार को पढ़ कर वह चौंक गई, लिखा था—

"आवश्यकता है एक स्वस्थ 'किडनी' या गुर्दे के 'डोनर' की। किडनी देने वाले को एक लाख रुपये के इनाम के साथ-साथ उसके पूरे इलाज का खर्चा भी हम ही वहन करेंगे।"

धन्यवाद सहित...।

तापसी बड़ी देर तक अखबार के उस पन्ने को गोद में रखकर चुपचाप बैठी रह गई। बहुत से सच थे जो खिड़की से बाहर भागते हुए सूखे पेड़ों के बदरंग ठूँठों की तरह उसकी आँखों के सामने से गुज़र रहे थे। रेल के डिब्बे में अँधेरा घिर रहा था। उसके लिफ़ाफ़े में पड़े सौ-सौ के दस नोट, पेट पर बँधी पट्टी, दर्द की फुँकारती लहर, स्थितियों से पलायन की यह अव्यवस्थित राह जीवन के अब तक के कष्टों का अवकाश है, सीमान्त या आत्महत्या से बचा ले जाने का अंतिम पड़ाव, पता नहीं? अब उसे कुछ नहीं सोचना है, जो हो रहा है होने दो।

बाहर कोई स्टेशन आ गया था, रेलगाड़ी ने अपनी चाल तो धीमी की परन्तु रुकी नहीं। अँधेरे को तोड़ते जगमगाती रोशनियों के नन्हे द्वीप जैसा वह स्टेशन पीछे छूटा जा रहा था। बहुत कुछ था जो पीछे छूट गया था, उसके अस्तित्व का शिष्ट, शालीन रूपान्तरण, आत्मिक अभिमान, सभ्य जीवन की एक इच्छा जो वाष्पीभूत होकर आकस्मिक दुर्घटना के रक्तिम परिवेश में समा चुकी थी। हाँ, उसे लगा शायद उसके भीतर का ज़ख्म खुल रहा है, रक्त के साथ मवाद भी उसके घाव से बूँद-बूँद रिस रहा है। परन्तु बोलपुर उसे पहुँचना

है—शायद रखाल काका के पास, छोटे से उस मकान में जिसके सामने बड़ा-सा बड़ का पेड़ था और उसकी जड़ों में लिपटे थे उसके सपनों के राजकुमार सिपाही, द्वारपाल और टूटी बैलगाड़ी में छिपी थी एक आकृति, शादी के दिन छोटी-सी पोटली पकड़ाती कोई स्त्री, जिसे वह नहीं जानती या शायद जानती है...'माँ' कोई शब्द होता है। 'बामखेपा की माँ' आधी रात को श्मशान में गूँजता 'माँ' का स्वर। या फिर वृन्दावन से दिल्ली आते समय हाथ पकड़े, मलय का वह वाक्य ''लैट मी डू समथिंग फॉर यू, मैं तुम्हारे लिए कुछ करना चाहता हूँ तापसी, मेरे साथ चलो ना बोलपुर।''

उस वाक्य पर कितना अभिमान जागा था तापसी के भीतर। अवचेतन की सभी कुंठाओं के ऊपर रखा 'कॉर्नेल यूनिवर्सिटी' का वह पत्र, कागज़ का छोटा-सा टुकड़ा उसकी उपलब्धि, उसकी ईगो, एक विशिष्ट वैयक्तिक आविष्कार। जिसके बलबूते पर वह झटके से पीठ मोड़ कर चली आई थी। उस दिन, केवल उस दिन एक क्षण के लिए उसे लगा था वह वास्तव में कुछ है, उसके अस्तित्व में कुछ दम है। सूरज की समूची किरणों को जैसे छू लिया था उसने। उसके पैरों में नई चप्पल थी, शरीर पर नये सभ्य कपड़े थे और वह अपनी स्वअर्जित गरिमा से बिलकुल नये-नकोर परिवेश के लिए, किसी आकाशीय यात्रा के लिए तैयार हो रही थी। और उस एक क्षण को जी लेने के बाद, मनुष्य योनि में बस एक उन्मुक्त साँस ले लेने के पश्चात् उसकी समूची ऊर्जा को कुचलता विध्वंस, विनाश, प्रलय। ज़ख्म पर लिपटती पट्टी की तह के नीचे बूँद-बूँद रक्त रिस रहा था और चेहरे पर आँसू। साथ बैठा सहयात्री पता नहीं कौन से स्टेशन पर उतर गया था, अनाम एक चेहरा अतीत के ढेर सारे मुखौटों में गड्डमड्ड हो गया था। अखबार का एक पन्ना उसकी गोद में अभी भी पड़ा था। वह सब भूले-बिसरे चेहरे अपने नाम-रूप के साथ तापसी के बाहर-भीतर, यहाँ-वहाँ रेल के डिब्बे के अँधेरे में तैर आये थे। जैसे वही सब उसको खुरच रहे थे, दाँतों से काट रहे थे, कुतर रहे थे, पुरानी एक दीनता, जनम भर की थोपी हुई दीनता, उसके शरीर से बाहर आकर एक बार फिर जैसे उसके पुरुषार्थ को झकझोर रही थी। उसका सभी कुछ डगमगा रहा था—मन, विचार चिंतन और पल-पल अपने में ही डूबती उसकी आत्मा।

कलकत्ते का स्टेशन आते ही खलबली मच गई। सभी उठ खड़े हुए, आपाधापी, सामान, टोकरियाँ, औरतें, बच्चे, धक्का-मुक्की, एक अजीब आतुरता,

मंज़िल तक पहुँच जाने का नन्हा-सा सुख। लाल कुर्ते वाला एक कुली उसके सामने भी आ खड़ा हुआ–

"माँ...ओह माँ सामान।"

कैसी आत्मीयता, कैसा जुड़ाव, शायद अपनी धरती का। वह अपने कष्टों को सहेजकर बैग उसे पकड़ाती हुई सीढ़ी उतरने लगती है। लड़खड़ाते दुर्बल पैर, नई चप्पलों के अनभ्यस्त पैर फिसल जाते हैं, तापसी भरभरा कर गिरती है, सीढ़ी का कोई नुकीला कोना या प्लेटफार्म पर रखा भारी टीन का बक्स, कुछ, उसके पेट की पट्टी पर नुकीले दाँत-सा घुस जाता है। अर्धचेतना में गिरती तापसी को कुली सँभालने का प्रयास तो करता है परन्तु तब तक उसका रक्त उसके सैप्टिक हो आये जख़्म का सड़ता मवाद उसकी साड़ी की तह से भी बाहर बहने लगता है। कुली उसे सहारा देकर बैंच तक ले आता है। तब तक उसका रक्त प्रपात की तरह बह निकलता है। कुली घबराकर उसका बैग उसके पास पटक कर भाग निकलता है। अपनी मूर्छना के मध्य भी तापसी घबरा नहीं रही थी। दर्द से तो उसका पुराना, गहरा-घना सम्बन्ध था। हाथ में पकड़े अखबार से वह अपने रक्त से गीले हो आये अंगों को ढँकती है। गहरा लाल लहू टपाटप बह रहा था। तापसी हवा के झोंके से थोड़ा स्वस्थ होने का प्रयास करती है, हवा का झोंका पता नहीं कहाँ से आया था, छोटा-सा हवा का झोंका ही तो किसी बड़ी अग्नि को प्रज्वलित कर देता है और वही छोटा-सा हवा का झोंका दीपक को बुझा भी देता है। पता नहीं, कौन था जो उसे अखबार के कागज़ से हवा झल रहा था। अखबार का वह कागज़ हवा में हिल रहा था, उस पर छपा इश्तहार, प्लेटफॉर्म की छत पर मरियल-सा पंखा और फड़फड़ाते कुछ कबूतर, उसे लगा कबूतर के पंखों में रोशनी का एक पुल बँधा है। क्या है यह? सत्य या स्वप्न वह नहीं जानती। कुछ न होने में ही क्यों घटता है सब कुछ—पता नहीं? देह है या देह से परे, पता नहीं?

भागवत का एक श्लोक दीवार पर लिखा था, रासक्रीड़ा के समय ब्रज-सुंदरियों के साथ कृष्ण का मधुर भाव "यथा अर्भक स्व प्रतिबिंब विभ्रमः।" तो क्या जीवात्मा का अंहकार परमात्मा का भोजन है। क्या इसी विधान के अनुलक्ष्य में रासलीला करते कृष्ण गोपिकाओं के अहंकार-मर्दन के लिए अचानक अदृश्य हो गये थे। झटक कर मुड़ती, तेज़ी से पैर बढ़ाती तापसी अब कुछ सोच नहीं रही थी। हाँ, एक रोशनी का पुल उसके लिए रास्ता बना रहा था और

उसका अस्तित्व सपनों के एक घुमावदार वर्तुल में समा रहा था।

"किसकी लाश है यह? कुछ अता-पता?"

"शिनाख़्त, नहीं।"

अख़बार से ढकी खून से लथपथ तापसी।

प्रश्न मुड़ते हैं, बदलती हैं भाव भंगिमाएँ, भाव दिशायें।

मृत प्रश्न भीमकाय रेलगाड़ी के कठोर पहियों तले कुचल जाते हैं।

परन्तु कुछ प्रश्न शाश्वत होते हैं।

❑❑❑